L'HEURE DES FEMMES

Directrice de la mode de *Gala* et ancienne rédactrice en chef de *Elle.fr*, Adèle Bréau signe avec *L'Heure des femmes* son septième roman, récompensé en 2023 par le prix Maison de la presse. Son best-seller *Frangines* a déjà conquis plus de 300 000 lecteurs.

Paru au Livre de Poche :

La Cour des grandes
Les Devoirs de vacances
Frangines
Haute saison
Les Jeux de garçons
L'Odeur de la colle en pot

ADÈLE BRÉAU

L'Heure des femmes

ROMAN

JC LATTÈS

Photo Menie Grégoire (p. 425) : © D.R.

ISBN : 978-2-253-24696-1 – 1re publication LGF

À Ève, Isabelle et Natalie.

« Vous connaissez les femmes, paraît-il. Pouvez-vous les faire parler ?

— Oui… De quoi ?

— N'importe ! De ce qu'elles voudront bien. On verra. »

Jean FARRAN
à Menie GRÉGOIRE, 1967.

Cholet, 1932

— Marie, qu'est-ce que tu fais dehors ? Viens ! Nous allons bientôt partir.

— Menie, maman ! Je vous l'ai déjà répété cent fois. Moi, c'est Menie.

— Quelle idée. On ne change pas son nom de baptême. Surtout quand on porte celui de la Sainte Vierge. Et celui de sa mère.

— Justement…

— Pardon ?

— Rien, maman. Mais vous le savez, Menie veut dire Marie en vendéen. Et nous sommes des chouans, n'est-ce pas ?

— Nous sommes surtout des enfants de Dieu. Il faudrait que ton père et tes frères cessent de te mettre ces idées dans la tête. Certes, les chouans étaient de valeureux combattants, mais ils étaient avant tout des hommes, Marie. Des hommes qui ont pris les armes. Rien qui mérite que tu prennes exemple sur eux.

— Détrompez-vous, maman. J'ai justement lu récemment que beaucoup de femmes avaient également combattu. Et notamment Mlle Du Rocher du Quengo, qu'on appelait « Capitaine Victor ». C'est incroyable, non ?

Ce faisant, Menie attrape un bout de bois, bondit vers l'un des escaliers de fer de la grande bâtisse qui abrite la tribu, puis le brandit alors que ses trois frères débarquent, essoufflés, et entament avec elle une bataille imaginaire où les paysans insurgés, munis de leur seul courage et d'une bonne dose d'inconscience, partent défendre leurs terres et leurs idées. À travers les bambous, les lauriers, les ifs et les statues qui émaillent l'immense jardin de la propriété fantasque bâtie par leur père, le rire de Menie dégringole tandis que les cris des frères retentissent probablement jusqu'au clocher de l'église.

— Jean, André, René, ça suffit ! L'office ne va plus tarder. Le Bon Dieu nous attend et vous ne pensez qu'à vous amuser. Quant à toi, Marie, tu vas devoir cesser ces jeux d'hommes guère convenables pour une jeune fille. Tu as treize ans, maintenant. Il va falloir rentrer dans le rang, sinon tu ne trouveras pas de mari.

Le chignon impeccable, un visage de madone et la poitrine contrainte dans un corset que sa fille la sait revêtir chaque matin, Marie Laurentin affiche la mine des jours sévères. À moins qu'il ne s'agisse de son humeur habituelle. Menie ne sait plus très bien. Elle n'est jamais parvenue à briser le mur immense qui la sépare de cette femme qu'elle aime tant, mais à laquelle elle se sent tellement étrangère. Elle désire cependant lui faire plaisir, être la fillette qu'on attend qu'elle soit. Alors, à regret, elle redescend du muret sur lequel elle avait grimpé pour croiser le fer avec Jean, et rejoint sa mère.

— Et eux, maman, ils ne vont pas faire un brin de toilette pour aller à l'église ?

— Les hommes n'en ont pas besoin, Marie. Le Seigneur leur pardonne parce qu'ils sont courageux, et qu'ils font vivre leur famille et tourner le pays. Nous, les femmes, devons être présentables, respectables, douces et obéissantes. Tu as lu tes évangiles, non ? Ce n'est pas compliqué. Et je ne comprends pas pourquoi nous devons encore avoir cette conversation. Va te préparer. Nous partons dans dix minutes.

Menie regarde sa mère disparaître tel un fantôme. Elle est partie s'occuper de la petite sœur – son cinquième enfant. La maternité est son destin. Menie ne comprend pas pourquoi elle paraît si peu épanouie dans une vie qu'elle a pourtant choisie. Leur père est formidable. Le plus beau des hommes, le plus original, le plus talentueux aussi. C'est un architecte. Il passe ses journées à inventer, à faire surgir des visages de la pierre, pour offrir à leur maison et au moulin de Plassard, lieu de vacances enchanteresses, le plus beau des décors. Il écrit aussi. C'est un roi, se dit l'adolescente. Car il accueille les vagabonds. Tous ceux qui passent dans la région savent que Maurice, l'architecte, leur ouvrira sa porte. Les recueillera pour la nuit, voire plus, écoutera le récit de leur vie cabossée. Menie a un peu peur de ces hommes qui surgissent dans leurs vies. Mais papa est là pour les défendre. Jamais ils ne lui feraient de mal en sa présence. Et puis, quel mal ? Maman évoque souvent ce mystérieux danger venu des mâles. Quelque chose de trouble et douloureux, dont on ne parle guère mais qu'il faut à tout prix éviter en se faisant discrète, en taisant ses envies, en recouvrant sa peau.

Dans le miroir, Menie observe ce visage qu'elle juge hideux. Triangulaire. Avec deux yeux bruns immenses, et des cheveux trop noirs légués par son père, qu'on appelle l'Espagnol. Pour cette fois, elle aurait préféré hériter du côté de la belle Marie, qui ressemble davantage aux comtesses des livres d'histoire qu'elle dévore en secret.

— T'es prête ?

Jean n'a pas frappé. Si maman savait, ça ferait un drame. Depuis quelque temps, Menie ne jouit plus de la même liberté avec ses frères. Même lorsqu'ils vont se baigner à la rivière, maman rechigne, prétend que ça n'est pas correct. Elle lui coud des costumes de bain de plus en plus couvrants, qui grattent tellement que Menie n'aime plus beaucoup y aller, finalement.

Dans l'église, toute la ville est réunie. Papa, maman, les frères, Menie et puis la petite sœur occupent une rangée entière. Parfois, Céline les accompagne. Menie lève les yeux vers le Christ en croix. Elle songe à la douleur des clous dans ses paumes, aux os éclatés, à la couronne d'épines qui creuse la peau de son front, aux efforts qu'il doit faire pour rester droit, pour que le poids de son corps n'accentue pas les plaies de ses mains. La voix du curé emplit l'église. Elle rappelle aux paroissiens l'amour que leur porte le Bon Dieu, auquel ils se doivent de répondre en se montrant dignes de lui. Elle rappelle le sacrifice de son fils, venu les sauver eux, pauvres pécheurs. Menie repense à sa confesse d'hier. Comme souvent, elle a avoué les petites sournoiseries, les évitements, les minuscules mensonges à ses frères et sœur, les devoirs feints pour n'avoir pas à mettre la table, laissant Céline le faire. Elle a tu des péchés plus redoutables, ceux que ni M. le curé ni même le Seigneur ne sont prêts à entendre. Non, ce serait trop grave. Et il ne faudrait pas fâcher papa.

Elle tourne la tête et l'observe, lui son seul dieu. Debout, il chante d'une voix de stentor. Comme Jean et René qui ont longtemps été enfants de chœur. Alors elle pousse elle aussi sa jeune voix pour se frayer un chemin parmi les autres et monter jusqu'aux cieux. Papa perçoit soudain la sienne plus forte, fière et assurée. Oui, il entend la voix de sa fille qui s'impose. Il tourne son beau visage vers elle et lui adresse un clin d'œil presque imperceptible. *Sanctus, Sanctus, Sanctus Dominus, Deus Sabaoth !* Et, tandis que son chant la porte vers des cimes jusque-là insoupçonnées, Menie sent son cœur se gonfler d'amour et de félicité.

Paris, mars 1964

— Madame, est-ce que je dois faire la chambre ?

— Non. Merci, Bernadette. Je dois finir cet article. Je vais rester dans mon bureau toute la matinée. Je préfère que vous prépariez le dîner de ce soir. Combien serons-nous, déjà ?

— Je ne sais pas. Vous aviez parlé d'une trentaine d'invités, mais vous ne m'avez pas donné la liste. Avez-vous pu joindre les Chevreux ? Viennent-ils avec leur fille et leur gendre ? J'ai peur qu'on manque de chaises.

— Vous avez trop souvent peur, Bernadette, je vous l'ai déjà dit. On se remet toujours d'une histoire de chaises. Au pire, les gens resteront debout. On n'est pas grabataires. Oui, faites donc un buffet, c'est beaucoup plus amusant. Comme ça, les invités se mélangent et n'ont pas à se coltiner la discussion ennuyeuse de leurs voisins de table. Quant à moi, ça me permettra d'éviter Paulette Belfond, qui va encore m'enquiquiner avec son association de parents d'élèves. Comme si je n'avais que ça à faire, de grignoter des biscuits des après-midi entiers avec des bourgeoises qui ne savent plus comment occuper leur temps libre.

Tout en parlant, avec un débit de mitraillette, Menie soulève la multitude de pages qui jonchent son grand bureau en verre. Certaines sont dactylographiées. Beaucoup sont recouvertes de son écriture, reconnaissable entre mille. Les grandes lettres s'y déploient sur des feuillets à petits carreaux arrachés à l'un de ces blocs ocre qu'elle achète par dizaines aux Galeries Lafayette. Par la fenêtre devant laquelle elle se tient, on aperçoit les arbres de la cour dont les fleurs commencent à éclore. Il fait chaud pour la saison. Ce soir, on pourra laisser entrer l'air, et les voisins subiront une nouvelle fois le brouhaha infernal qui s'échappera du cinquième étage. Ces gens-là reçoivent trop. Et même en semaine. Comme si elle lisait dans ses pensées, sans lever les yeux de son ouvrage, Madame Menie s'adresse une nouvelle fois à Bernadette qui n'a pas bougé, debout dans l'embrasure de la porte, un plumeau à la main. Elle a vieilli, bien sûr, depuis Cholet. Elle est arrivée après Céline, il y a longtemps. Mais elle a tenu à la rejoindre lorsqu'elle a fini par trouver un mari et décidé de faire sa vie à Paris. Menie n'a pas pu dire non, même si une petite jeune fille serait tout de même plus pratique. Ce soir, elle fera venir comme souvent un maître d'hôtel pour l'aider.

— Allez donc proposer au quatrième et au sixième de venir prendre un apéritif. Ils nous enquiquineront moins.

— Les de Broglie sont en Bretagne chez leur fille. Quant au Dr Gréhan, je crois qu'il est en déplacement en congrès. Il n'y a que Madame qui soit là. Ce ne serait pas très correct qu'elle vienne seule.

Menie lève la tête et plante ses yeux noirs dans ceux de Bernadette qui se redresse, impressionnée malgré les années passées à son service. Madame a de la prestance. Elle a beau être une bourrasque qui emporte tout sur son passage, lorsqu'elle s'attarde sur vous, c'est quelque chose. Comme si elle déshabillait votre âme.

— Et pourquoi donc ne pourrait-elle pas venir seule ? Et on dit « les Broglie », Bernadette. Pas « les *de* Broglie ».

— Eh bien… Que diront les autres invités ? Et puis, ça déséquilibrera l'assemblée. Une femme seule… Ça fait mauvais genre. Ils n'aimeront pas ça.

— C'est tout de même quelque chose ! Cette pauvre Mme Gréhan n'appartient pas à son mari. Pas plus qu'elle ne va se jeter sur la gent masculine en son absence. Quoique, elle aurait bien raison. Le sien est d'un ennui abyssal et ne la mérite pas. Vous saviez qu'elle avait été résistante pendant la guerre ? Une sacrée bonne femme, planquée derrière ses carrés Hermès et ses trois grossesses. Si vous voulez mon avis, elle n'aurait jamais dû abandonner sa carrière.

— Quelle carrière ?

— Elle est infirmière. Elle en a sauvé, des jambes, des vies et des âmes, pendant que d'autres fermaient les yeux sur toutes ces atrocités, ou restaient bien au chaud dans leur salon en attendant que ça se passe. Tiens, c'est moi qui vais aller lui proposer de venir. Cette femme est charmante, elle mérite bien mieux que de cuisiner pour ses trois fils ingrats.

— Je vais y aller, Madame. Ne vous dérangez pas.

— Ça ne me dérange pas. Bien au contraire. J'en profiterai pour passer au journal leur déposer mon papier. Avec le courrier, on ne sait jamais quand ça arrive, et je ne voudrais pas rater le bouclage. Et puis, ça me fera prendre l'air. À quelle heure leur ai-je demandé de venir ?

— À qui cela ?

— Eh bien, aux invités !

— 20 heures, Madame.

— Parfait. Ça me laissera le temps de me préparer. Est-ce que Monsieur est là ?

— Non. Il a prévenu qu'il rentrerait pour 19 heures. Il a fait livrer des fleurs. Je les ai mises dans le salon.

Menie sourit. Roger a toujours ces petites attentions que ses amies lui envient. Pour sûr, elle l'a bien choisi. Il est grand, charismatique, élégant, brillant. Et totalement fou d'elle, ce qui, plus de vingt ans après leur rencontre, trois enfants et de longues périodes d'errements plus tard, ne cesse de la surprendre. Sans compter qu'il lui laisse une totale liberté. S'amuse, même, de ses excentricités et de cette envie soudaine de prendre un métier. Journaliste. Ça a de la gueule. Même s'il s'agit d'écrire dans des journaux de bonnes femmes. Mais les bonnes femmes, moi, ça m'a toujours intéressée, songe-t-elle. Même si personne ne s'en soucie.

Roger est haut fonctionnaire, il reçoit beaucoup, fait des rencontres. Dans son entourage professionnel, il n'y a que des hommes. En costume, sérieux, ployant sous le poids de leurs responsabilités envers la France. Ils sont pour la plupart des bourgeois qui habitent le quartier, ou bien la rive gauche, pour les plus fantaisistes. Ils ont des enfants, au moins trois, qu'ils ont inscrits dans les meilleures écoles – comme leurs filles à eux. Et des épouses, officiellement ravies de leur sort, celui de chapeauter une armée de domestiques chargés de tenir la maison, cuisiner, faire l'argenterie, les lessives, aérer les grandes pièces, servir à table. Ces femmes ont peu de problèmes, hormis celui de l'ennui. Surtout quand les enfants s'en vont, et que le vertige d'une féminité qui s'étiole et d'une mort qui approche les submerge. Certaines ont beau avoir de vrais problèmes – une sœur dépressive, une mère malade ou un mari volage –, ce ne sont pas elles qui intéressent Menie. Ce sont les autres. Celles qui, depuis la guerre, ont choisi ou ont été contraintes de trouver un travail. Qui triment du matin au soir en plus de leurs grossesses, du ménage, des enfants et des maris exigeants. Et puis cette nouvelle génération qu'elle voit débarquer le soir lorsque Laurence invite ses amies à la maison. Leurs revendications, leur liberté, leurs seins libres sous les tuniques qui épousent leurs formes dévoilées aux yeux du monde. Que vont-elles devenir ? Et celles, aussi, qui vivent loin de Paris, dans des fermes reculées, des appartements trop petits, qui mènent une existence secrète auprès d'un mari violent ou endurent la solitude d'un célibat subi, qui sont-elles ? Personne ne s'en préoccupe.

Deux ans auparavant, lorsque Frédérique a été assez grande pour ne plus avoir besoin de sa mère aussi souvent que celle-ci l'aurait espéré, Menie a fait des pieds et des mains pour intégrer une revue bien comme il faut dirigée par cet intellectuel distingué, à la fois arrogant et drôle, qui avait atterri elle ne sait plus comment dans leur salon, au milieu des volutes de fumée et d'une musique tzigane jouée par un orchestre embauché pour la soirée. Elle y était allée au culot. Après dix ans d'analyse, elle avait bien compris que la chance, ça n'existe pas. Qu'on doit la provoquer, et surtout ne jamais se soucier du qu'en-dira-t-on. Paris n'est pas Cholet, où elle a grandi entre les commérages et les interdits d'une sous-préfecture où les mêmes murs enferment des générations. C'est pour cette raison que Menie a voulu partir, loin d'une existence morne et sans fantaisie. Prendre le contre-pied de sa mère, et surtout ne pas lui ressembler. Ni dédier sa courte vie au Seigneur et aux hommes de son entourage, dans une ville minuscule qui finit par vous gober tout entière.

Oui, elle avait fini sa coupe de champagne et s'était avancée vers ce vieux philosophe qui faisait le coq devant deux jeunes gens ambitieux persuadés qu'il leur ferait la courte échelle – ce qui n'arriverait pas tant il était jaloux de tout et tout le monde, et particulièrement d'une jeunesse qu'il méprisait, plutôt que de s'en nourrir, ainsi qu'elle-même le faisait. Elle les avait bousculés et éblouis. Ce soir-là, elle était superbe dans sa robe pailletée à épaulettes extravagantes, les cheveux joliment crêpés, les yeux ourlés de khôl. Ils s'étaient écartés naturellement, pendant qu'elle entreprenait leur mentor.

— Mon cher Bernard, comment se porte la revue ? J'ai entendu dire que les ventes étaient en pleine progression ? Vous êtes incroyable !

Flatter les hommes. C'est si facile. Surtout celui-là. Il s'était rengorgé, ravi qu'elle souligne ses exploits de patron d'une presse pourtant assez confidentielle. Faire mousser les gens, les rendre plus charmants et plus grands qu'ils ne le sont, ça, elle sait faire. Et sans même se forcer. C'est elle qui porte Roger depuis des décennies. C'est elle qui lui a permis d'en être là où il est. Depuis qu'elle l'a rencontré, elle ne cesse de lui répéter qu'il est le plus beau, le plus brillant. Elle le pense. Et lui fait semblant de la croire. Ensemble, ils ont gravi l'échelle de la belle société parisienne, et lui a franchi les échelons de l'administration.

— Mais n'auriez-vous pas besoin d'une plume féminine ? Votre rédaction me semble bien trop pleine de testostérone.

— Une plume féminine ? Enfin, Menie, qu'en ferions-nous ? Notre lectorat n'est pas foncièrement friand de fiches de cuisine.

Content de lui, il avait éclaté de rire, faisant voltiger quelques miettes des miniquiches qu'il engouffrait goulûment dans son large gosier, pendant que les deux autres s'esclaffaient devant sa plaisanterie. Des fiches de cuisine, c'était d'un drôle !

— Ou de tricot, avait renchéri l'un des jeunes hommes, qu'elle avait fusillé du regard.

Le type s'était tu aussitôt avant de s'esquiver discrètement, son comparse sur les talons, peu désireux de continuer à jouer les spectateurs de cette conversation qui ne se révélait pas si amusante que ça. D'autant qu'elle les avait empêchés d'obtenir quoi que ce soit du vieux. Alors elle s'était approchée de lui. Entrer dans l'espace intime des gens les rend plus faibles, moins arrogants. Surtout lorsqu'il s'agit d'hommes dans son genre. Il avait essuyé ses gros doigts sur le rebord de son veston et avalé la fin de sa quiche avec une longue gorgée de champagne.

— Mon cher Bernard, vous n'êtes pas sans savoir que beaucoup de femmes sont également lectrices.

— De romans, chère Menie ! Voire de romances.

— Certes. Mais que diriez-vous d'élargir votre lectorat ? En abordant des sujets qui leur sont chers – et je ne parle ni de tricot ni de cuisine –, vous pourriez considérablement accroître votre nombre d'abonnées. Regardez autour de vous. Toutes ces riches épouses. Elles ont tellement de temps et d'argent à perdre. Elles seraient certainement ravies de lire elles aussi des analyses avisées sur notre société dans un média tel que le vôtre.

— Et où trouverais-je cette fameuse plume féminine ? Mon budget est très limité…

— Je saurais me montrer raisonnable.

— Vous ?

— Et pourquoi pas ?

— Mais… vous n'avez jamais fait ça, Menie. Ça ne serait pas convenable. Et Roger ? Les filles ? Qui va s'en occuper ? Vous êtes une honnête femme au foyer. Qui par ailleurs a passé l'âge…

— Ah non ! Ne soyez pas indélicat, cela ne vous ressemble pas ! Prenez-moi à l'essai. Ne serait-ce qu'une fois. Bénévolement. Vous verrez bien. Qu'est-ce que vous risquez ? Au pire, vous ne me publierez pas, et on en restera là. Qu'en pensez-vous ?

Il n'avait pas paru enchanté par cette affaire. Et puis Roger les avait rejoints. Il avait enlacé Menie, discrètement. Amoureusement. L'homme avait pour lui une admiration sans bornes. Il s'était interrogé. Menie avait-elle parlé de son idée avec lui ? Il n'avait pas l'air de s'y opposer. Au contraire, il trouvait amusant que sa femme écrive, prenne son envol. Selon lui, elle l'avait bien assez aidé durant toutes ces années, laissant entendre qu'elle était à l'origine de certains de ses discours – ce que Bernard avait du mal à croire. Décidément, l'amour fait faire des folies, avait-il songé. Cependant, il avait cédé. Parce qu'on ne refuse rien à Roger, rien non plus à ce couple auprès duquel le Tout-Paris se presse.

La musique ayant repris, les deux époux s'étaient mis à danser au milieu de leur immense salon, tandis que les invités s'écartaient naturellement. Voir ce haut fonctionnaire virevolter de la sorte était à la fois extravagant et très joyeux. Puis d'autres duos les avaient rejoints pendant que le reste des convives tapaient dans leurs mains sous les lustres qui brillaient de mille feux. La soirée avait duré jusque tard dans la nuit.

Le lendemain, Bernard avait trouvé Menie à son bureau à 8 heures. Fraîche, impeccable, et diablement motivée.

Bréhat, juin 2021

Chaque matin, c'est la même valse. À 6 heures, les pêcheurs descendent vers le port. Sans bruit. Pour ne pas réveiller les quelques plaisanciers endormis qui, comme moi, ne partiront pas en mer au petit jour. Je les entends depuis ma chambre, lorsque je ne me lève pas pour les observer, planquée derrière les épais rideaux bleus que je garde ouverts pour que les premiers rayons du soleil et le clapotis de l'aube me tirent d'un sommeil erratique. Ils portent des cirés durcis par le sel et le temps, des barbes drues et grises, qui cachent mal leur peau burinée par l'océan. Loïc m'adresse un petit signe. Il m'a aperçue. Je sursaute, je suis tentée de me cacher mais je finis par lui répondre en agitant la main. Je n'ai plus mal à l'épaule. Et puis je me glisse à nouveau sous mes draps de coton. Ici, on n'habille pas les lits de couettes. Les pièces ont gardé le charme suranné du temps d'avant. Les murs sont couverts de paysages bretons. Une grande maquette de bateau orne la cheminée qui fait face à une immense armoire normande regorgeant de linge odorant. Allongée, la tête bien calée sur l'un des gros oreillers rayés, le corps tout entier protégé du froid matinal par l'énorme édredon marine qu'Hélène a posé par-dessus la couverture qui ne me suffisait pas, j'écoute les embarcations qui quittent une à une le port alors que le soleil entame sa lente ascension. Puis j'entends l'escalier craquer. Hélène est réveillée, elle aussi. Elle ne dort pas bien, je le sais. Et puis elle met un point d'honneur à préparer le petit déjeuner pour ses hôtes pour qu'à 7 heures pile ils puissent trouver sur la table en bois de la cuisine du café chaud, du thé, des confitures maison, un beurre salé fraîchement moulé dans un beurrier traditionnel, et le pain, qu'elle ira bientôt chercher.

Dans quelques minutes, j'entendrai au loin le klaxon de la camionnette du boulanger, qui s'arrête en haut du chemin de terre surplombant la mer. En chemise de nuit, sous un épais manteau, Hélène aura parcouru les quelques mètres qui la séparent de la route, et échangé les mêmes mots qu'hier avec Alex, qui lui tendra cinq grosses baguettes, deux kouign-amann et une petite chouquette, qu'elle feindra de refuser. Non, vraiment, il est fou. Et comment fera-t-il pour vivre s'il offre le fruit de son labeur à n'importe qui ? Quand elle la mettra dans sa bouche, Élodie, sa voisine de toujours, prendra sa suite, bougonne, répondant à leur baratin matinal en levant les yeux au ciel.

Je suis à Bréhat depuis bientôt trois mois, et j'ai pourtant l'impression d'y avoir trouvé refuge depuis une éternité. Je me souviens parfaitement du jour où j'ai débarqué à Port-Clos, hagarde, quittant le bateau qui m'avait arrachée à Arcouest moins d'une heure auparavant. Une pluie fine était venue rafraîchir mon visage, lavant la douleur des mois précédents. À part quelques billets froissés dans la poche de mon jean, un pull trop grand et la certitude de n'avoir pas d'autre solution, il ne me restait plus rien. Rien que le soulagement d'avoir mis un océan entre mon passé et moi, et un curieux plaisir à découvrir ce bourg rassurant, les matelots qui sifflotent, les enfants roulant à vélo le long du quai, l'odeur de frites provenant d'une cahute d'où s'échappait un air doux que j'écoutais autrefois avec ma mère.

En bâillant, je tends la main vers ma table de chevet et déverrouille le portable que j'ai reçu il y a quelques jours au courrier. Il a mis un temps fou à arriver. Ici, on n'obtient pas tout ce qu'on veut en un clic et quelques heures d'impatience. Ça m'arrangeait pas mal, de n'être joignable par personne, de ne pas savoir quel temps il ferait le lendemain ni si les conflits avaient repris dans les zones de guerre. Pendant deux mois, j'ai vécu au rythme des marées et de cette petite vie agréable et simple organisée autour des repas servis à La Maison bleue. Pour les clients, Hélène et les gens du bourg, je suis Esther. C'est tout. Ici, on ne pose aucune question. On décortique des crabes, on nettoie des filets, on cuisine des tartes aux pommes, on part en mer, on partage ses silences en regardant les vagues s'écraser contre la jetée et on respecte les secrets de ceux qui viennent effacer ce qui est hors du temps présent. Mais il a bien fallu que je me résolve à sortir de ce doux cocon. Hélène a beau m'assurer que je peux rester tant que je veux, que pour la chambre, on verra bien, je dois la régler, appeler la banque. Trouver un moyen de gagner un peu d'argent depuis mon lieu de retraite.

J'ai acheté une carte prépayée à la maison de la presse, que j'insère dans le téléphone. Le fond d'écran est vide. Comme ma vie. Aucune petite enveloppe qui clignote. Rien que l'horloge et les minutes qui s'égrènent, me rappelant soudain que le temps, impitoyable, ne se rattrape guère et n'attend pas qu'on ait repris son souffle pour marquer la fin de la partie. En pianotant sur les minuscules touches, je parviens à me connecter à ma messagerie. J'ai des centaines de mails non lus. Des newsletters, des relevés de banque, des spams mal fichus. Et puis, se faufilant entre cette marée de mots inutiles, ce nom qui clignote partout, en gras, et fait trembler mes doigts. J'essaie de me concentrer sur les bruits rassurants du port, l'odeur du sel et du pain chaud qui filtre sous ma porte, et je les sélectionne un par un, sans regarder ni les dates ni les objets. Je supprime. Alors que je m'apprête à reposer l'appareil qui, en quelques minutes, m'a déjà filé la migraine, mon regard est attiré par un message de Katell. Je n'ai pas eu de ses nouvelles depuis plusieurs mois. Ou plusieurs années ? Je ne sais plus. Katell travaille pour un gros groupe d'édition où j'ai adressé un nombre invraisemblable de CV, toujours restés sans réponse. Les places y sont chères, les candidatures nombreuses. Je me suis faite à l'idée que ce métier n'était pas pour moi. Et j'ai continué mes journées pas malheureuses au CDI du collège Vincent-Auriol. Après tout, il ne faut pas péter plus haut que son cul – il avait sans doute raison. Pourtant, Katell et moi, on a fait les mêmes études mais voilà, la roue de l'existence est capricieuse. À moins que ce ne soit moi qui aie un problème. J'ouvre le message.

De : Katell Le Goff
24 mai 2021 – 15 h 42
Hello Esther,

Désolée, j'ai fait passer ta dernière candidature mais le poste a finalement été pourvu en interne. Tu sais ce que c'est. Je te fais signe dès qu'une autre opportunité se présente. En revanche, j'ai quelque chose qui pourrait te plaire en attendant, et te permettrait de mettre un pied dans la maison. Une mission de collecte d'infos pour notre nouvelle collection « Femmes d'influence ». Ça a l'air passionnant, et c'est pas trop mal payé. Dis-moi vite si ça t'intéresse.

Je t'embrasse.
K.

— Esther ? Le café est prêt !

Hélène a frappé deux petits coups. Je l'entends redescendre aussi sec vers la salle à manger. Je saute de mon lit, enfile mon vieux jean, l'une des deux marinières que j'ai achetées à la capitainerie, et descends, ragaillardie par ce soudain intérêt à mon égard. *Passionnant. Pas trop mal payé.* J'espère que personne n'a accepté la mission entre-temps.

Saumur, avril 1968

Il s'est réveillé à douze reprises cette nuit. D'habitude, elle ne compte pas. Mais ses seins lui font si mal que, cette fois, chaque sanglot est une douleur qui lui brûle le corps. Parce qu'elle sait ce que ça signifie. Il lui faudra ouvrir son corsage, voir sa poitrine rougie, si douloureuse du côté gauche, et mettre le petit au sein, qui tétera en s'obstinant, furieux, et la délivrera de cette torture. « Il n'y a que comme ça que ça passera, l'a rabrouée Marie-Ange, la sage-femme. Les accouchées, elles font toujours de ces salades, alors qu'elles ont fait le plus dur. » Pourtant, si on demandait à Mireille, elle préférerait cent fois revivre l'écartèlement de cette sixième naissance plutôt que d'endurer le tison qui la dévore. « C'est un abcès », a indiqué Marie-Ange. Qu'est-ce qu'elle porte mal son nom, celle-là, se dit Mireille. Le lait s'est coincé. Elle a dû mal faire, elle n'a pas écouté les plaintes du petit. Un nourrisson, ça se porte au sein toute la journée, et puis c'est tout. Ce qu'elle peut être feignasse.

Pourtant, elle n'a pas cette impression. Catherine, sa grande, qui aura onze ans demain, l'aide beaucoup. Heureusement qu'elle a eu une fille comme aînée. Sinon, qu'est-ce que ça aurait été ? Et puis il y a Jean-Pierre, Alain, Françoise, Béatrice. Et Jacques, qui est arrivé trois semaines auparavant. Dix mois après sa sœur. Béatrice aussi est encore au sein. Heureusement, elle réclame moins souvent. Mireille a mis les deux derniers dans leur chambre. Même si ça fait râler Lucien, qui ne supporte pas les pleurs la nuit. Le jour non plus, d'ailleurs. Mais le pauvre n'est pas là. Il part tôt le matin. Elle a bien essayé de les laisser dans la grande pièce, chacun dans un berceau. Mais avec cette douleur, c'est une torture de devoir se lever dans le froid de la nuit. Quand Jacques a crié une dernière fois à 5 heures avant le lever du jour, elle a simplement eu à tendre la main. Elle l'a posé contre sa poitrine, a fermé les yeux, serré les dents pour ne pas hurler et laissé les larmes couler le long de ses joues brûlantes. Il ne restait plus que trente minutes de sommeil à Lucien. Elle n'avait pas intérêt à le réveiller, sinon, le début de journée serait terrible. Il y aurait sa mauvaise humeur à lui, les cris des enfants, la porte qui claque et la culpabilité qui l'étreindrait toute la journée. Dix minutes plus tard, Jacques s'était endormi. Elle avait jeté un regard attendri sur son petit visage joufflu. Il était en bonne santé, c'était le principal. Béatrice aussi, qui dormait paisiblement un peu plus loin. Elle ne tarderait pas à se réveiller aux premières lueurs de l'aube. Elle est réglée comme du papier à musique. Mireille n'a jamais compris cette expression. Ici, on n'écoute pas de musique. Pas plus qu'on n'en joue. Et elle ne voit vraiment pas ce que cette histoire de papier vient faire là-dedans.

Quand le coq crie, elle a l'impression que cette fois elle ne pourra pas se lever. La fatigue l'accable tout à fait. Ses yeux la brûlent, comme son corps tout entier. Dévasté. Vidé de son énergie, de sa sève. Endolori par le labeur, le port des bébés et le manque de sommeil. Elle se roule en boule, pose sa tête sur l'oreiller. Encore quelques minutes. Juste quelques minutes qui lui permettront d'attaquer cette nouvelle journée. Lucien grommelle dans son sommeil. Mireille retient son souffle. Ne pas le réveiller. Il serait peut-être plus judicieux qu'elle se lève, qu'elle aille préparer du café. La table du petit déjeuner est déjà mise, évidemment. Mais le café chaud, c'est important pour un homme. Elle contemple le carrelage glacé. Elle doit y aller. Quelle feignante elle fait. Son père le lui a assez répété. Elle prend une grande respiration, pour refouler son besoin vital de dormir. Pourtant, elle aimerait tout oublier et laisser les autres se débrouiller. Pour une fois. Rien qu'une journée.

Et puis elle la sent. La main rugueuse de Lucien qui s'attarde sur sa chemise de nuit. Sur le sein qui la brûle, qu'il malaxe en grognant. Elle pourrait hurler. Mais elle ne va pas faire d'histoires. Réveiller toute la maison, et les petits qui dorment si près. Il appuie fort maintenant, triture ses tétons. S'approche, les yeux fermés, son bas-ventre tendu vers elle. Il se colle contre son dos. Son sexe est dur, comme chaque matin. Il lui souffle son haleine tiède dans le cou. Le coq chante à nouveau. Il remonte sa chemise de nuit d'un geste impatient. Baisse son bas de pyjama rayé. Celui des semaines impaires. Et d'un coup sec s'introduit en elle. Par là même où le petit Jacques est sorti il n'y a pas un mois. C'est quelque chose, le corps d'une femme, quand même. Sans cesse investi dans tous les sens.

Marie-Ange lui a fait un ou deux points de suture. « Le point du mari », a-t-elle précisé. Mireille n'a pas voulu savoir. L'accouchement a duré trente heures. À la fin, elle ne voulait même plus vivre, ni écouter cette vieille folle, ni le vacarme dans la grande pièce parce qu'ils n'en pouvaient plus, tous, qu'elle soit là à s'affairer à côté sans eux. Et qu'est-ce qu'ils allaient manger ? Et les devoirs de Jean-Pierre ? Il a toujours aimé les faire avec elle. Mais le petit ne passait pas. Ou alors elle poussait mal. « Au sixième, normalement, on sait y faire », avait grondé Marie-Ange. Mais elle faisait toujours des histoires, Mireille. Marie-Ange avait d'autres chats à fouetter. Si elle croyait qu'elle était sa seule patiente. On n'allait quand même pas déranger le docteur pour ça. Allez, allez ! Pousse ! Et elle regardait son ventre gigantesque, sur lequel Marie-Ange appuyait de toutes ses forces en lui criant dessus. Avec sa main énorme de fille de la campagne, et ses lunettes retenues par un petit cordon que Mireille avait eu envie de lui arracher. Pousse, bon Dieu ! Et Lucien qui passait une tête de temps en temps, excédé. Je fais quoi, moi, avec toute cette marmaille ? C'est pas bientôt fini ? Et puis la tête est sortie. Elle l'a vue dans le miroir qui fait face à leur lit – un vieux machin tout piqué que lui a donné sa mère, dont elle refuse de se séparer. Une petite tête toute visqueuse aux yeux fermés. Elle a eu peur que le bébé ne respire plus à cause d'elle. Parce qu'elle avait fait sa princesse. Refusé de se dépêcher pour le laisser sortir. Pousse ! Allez. Les épaules, c'est toujours le plus dur, mais après, ça glisse tout seul. Et on n'en parle plus.

Lucien fait des mouvements brusques. Elle sent son machin en elle, qui la déchire un peu. Il met la main sur sa bouche parce qu'elle gémit. Lui fait des bruits d'animaux. Comme les chiens qu'on fait saillir chez le voisin quand le précédent a rendu l'âme, car il faut bien quelqu'un pour surveiller la maison. Elle est comme ces femelles recroquevillées, l'arrière-train paralysé, soumises, résignées. Qui attendent que ça se passe. Parce que la vie est comme ça. Elle a donné un rôle à chacun, et celui des femmes n'est pas le meilleur. Mentalement, Mireille se repasse de jolies images de son enfance, quand le sexe n'existait pas. Elle se revoit courant dans les champs avec sa sœur Suzanne, insouciante, lorsque le soleil dardait ses derniers rayons et qu'elles rejoignaient ensemble la ferme familiale parce que c'était l'heure du dîner. Mireille serre les dents. Lucien accélère. Ça ne devrait plus tarder. Il agrippe ses épaules, s'agite une dernière fois, la secoue comme un prunier dont on voudrait faire tomber les fruits pas encore mûrs, donne des coups avec son truc comme si lui aussi voulait tout oublier en la pénétrant. Et puis il pousse ce petit cri qui la dégoûte et la soulage chaque fois, quand le liquide chaud jaillit en elle et qu'il se retire d'un coup, comme s'il avait honte de tout ça. De ces saloperies pas bien avouables. Il s'essuie avec un coin du drap. Remonte son pyjama. Pousse un long soupir. Sa journée va pouvoir commencer. Celle de Mireille aussi.

Elle entend les petits pas d'Alain dans la grande pièce. Il sait qu'il n'a pas le droit d'entrer dans leur chambre, parce qu'on n'est pas dimanche. Mais elle l'imagine, minuscule, pelotonné sur le banc de l'entrée avec son ours, attendant qu'elle se lève et l'entoure de ses bras. Alors c'est ce qu'elle fait. Elle remonte sa culotte, ouvre la porte qui grince et l'aperçoit, le pouce dans la bouche, qui la regarde avec ses grands yeux comme si elle était un genre de fée. Et elle se retient de courir vers lui parce qu'il ne faut pas donner dans le sentimentalisme. C'est pas bon pour les enfants. Surtout pour les garçons. Quoi, elle veut en faire une fiotte ? Mais elle entend le bruit de la douche. Alors elle cède à cette envie qui l'étreint, à ce besoin de tendresse que lui crie son corps tout entier. Mireille se précipite vers lui qui la serre fort, enfouit son visage dans sa poitrine, la respire. Elle le serre et avale son odeur de pain chaud, caresse la douceur de son visage, agrippe le petit ours en même temps que sa main potelée. Ses enfants, c'est toute sa vie. Ça, pour sûr, elle en a de la chance.

Paris, juillet 2021

Katell a un peu vieilli. Comme moi, sûrement. Mais je ne m'en rends plus compte. J'ai arrêté de me regarder dans le miroir. Inutile. C'en est fini de la séduction.

Son bureau est minuscule, couvert d'un monceau de papiers, de manuscrits empilés, d'enveloppes énormes reçues par la poste, qui renferment les espoirs si souvent déçus d'auteurs enthousiastes à l'idée de réaliser leur rêve. Être publiés.

Par la fenêtre, j'observe les passants qui se pressent sur le boulevard Saint-Germain. Des dames chics auxquelles je ne ressemblerai jamais. Des messieurs en pantalon de toile qui sortent seulement des restaurants du quartier. Le vieux monde de l'édition n'est pas encore tout à fait mort. Katell me fait signe qu'elle va bientôt raccrocher. Elle lève les yeux au ciel, l'air de dire quelle barbe, celui-là. Les auteurs ont leurs humeurs, leurs anxiétés. Elle m'en parlait souvent, quand nous nous fréquentions encore, du temps de notre jeunesse. Lorsque la vie n'avait pas encore délavé cette amitié étudiante, éloignant nos points communs autant que les dîners que nous annulions de plus en plus souvent, faute de temps ou de choses à nous dire.

Je m'attendais à voir un cadre posé sur son bureau, avec une photo de ses enfants, mais ça ne se fait plus. Les temps ont changé. Aujourd'hui, on les cale au fond de son téléphone. Sur les murs, en revanche, Katell a affiché des articles élogieux des livres qu'elle a publiés. Et des souvenirs de soirées. De prix littéraires remportés. Elle y figure, superbe, au côté d'auteurs ravis. Qu'est-ce que j'ai fichu pendant toutes ces années ?

— Alors, comment tu vas ? Désolée, je n'arrivais plus à m'en dépêtrer.

Tout en parlant, elle aspire une longue bouffée de sa cigarette électronique. Un machin un peu ridicule, énorme, qui fait un bruit de tuyauterie et remplit la pièce d'une épaisse fumée à l'odeur de fruit indistincte.

— Bien, je dis.

— Tu as bonne mine, tu étais en vacances ?

— Oui. En Bretagne.

— Magnifique ! Avec Pietro ?

— Non. On s'est séparés.

— Ah oui ? Mais pourquoi ? Vous aviez l'air si… fusionnels. Tu dois être très triste, ma pauvre. Est-ce que c'est définitif ?

— Oui.

J'ai parlé vite, sans réfléchir. Peut-être trop abruptement. Alors je souris. C'est idiot.

— Bon… Tu as encore un peu de temps. On n'est pas si vieilles, pas vrai ? Et puis tu as raison, on n'est pas obligés de rester ensemble si ça ne va plus. Comme nos mères. Ou nos grands-mères. Justement…

— Oui ?

— Notre projet.

Katell jette un coup d'œil à l'écran de son téléphone, sur lequel s'accumulent un nombre incalculable de messages, de toutes les couleurs. Elle marmonne avec exaspération, avant d'appeler son assistante :

— Bérengère ? Excuse-moi deux minutes, Esther… Bérengère !

La porte s'ouvre sur une minuscule femme entre deux âges, en cardigan rouge. Une médaille de baptême reposant sur son énorme poitrine. Les yeux mangés par d'immenses lunettes fantaisie.

— Vous voulez bien appeler Anna, et la prévenir que le cours de judo a encore été annulé ? Il faut qu'elle aille chercher Gaspard à 16 h 30 directement à l'école. Ah, et rappelez le cabinet de Bertin pour demain midi. Je le retrouverai finalement à La Rotonde. Vous avez le dossier Menie ? Je l'avais préparé pour Mlle Kahn.

— Oui, il est sur votre bureau. Le rose.

— Ah oui, parfait ! Merci, Bérengère.

La petite dame referme la porte, sans bruit. Je ne savais pas qu'on avait encore des secrétaires, aujourd'hui. Katell sourit à son téléphone, cette fois. Rougit un peu. Le déverrouille, envoie quelques mots. Le repose à l'envers, visiblement bien décidée à ne plus se laisser distraire, et plante ses yeux dans les miens.

— Excuse-moi. On est sans cesse dérangés, ici. Je n'ai même plus le loisir d'écrire trois lignes. Tu y arrives, toi ?

Je n'ai pas le temps de préciser que non. Que ça fait des mois que je suis à sec. Que je ne parviens même plus à lire le dos des boîtes de céréales, ni même les magazines à potins, comme les appelle ma mère. Concentrée sur ce fameux dossier rose qui me concerne, Katell n'attend pas de réponse.

— Voilà ! Je suis tombée sur une vidéo, l'autre soir. Un truc sur cette femme, que je ne connaissais pas. Elle a fait une émission dans les années 1970. À la radio. Menie Grégoire. Ça te dit quelque chose ?

— Ah oui…

Je mens. Comme chaque fois qu'on me parle de quelqu'un ou quelque chose que je ne connais pas, mais dont il semble que je devrais me souvenir.

— Une sacrée bonne femme. Qui a donné la parole à beaucoup d'autres en lançant son émission de libre antenne. Ça a été un gros truc, à l'époque. Je ne comprends pas que personne n'en parle. Et puis, c'est tout à fait dans l'air du temps. Je me dis que ça peut intéresser notre lectorat. Toujours des femmes. Enfin, si tu as le temps, j'aimerais que tu fasses des recherches sur elle. Sur l'époque, sur la société et cette nana. Ça pourrait faire une bio pas mal. Un petit truc qui se lit bien. Pour notre collection féministe. Je t'en ai parlé ? Au pire, on pourra caser ça dans un recueil, avec d'autres portraits. Il y a quelque chose à creuser.

J'ai ouvert le dossier rose que Katell m'a tendu. À l'intérieur, une dizaine de feuillets – quelques photos avec des articles de journaux. La radio fêtant ses cent ans, certains magazines ont pour l'occasion publié un papier sur l'histoire de cette Menie. Sur les images en noir et blanc, elle porte des robes élégantes, des chemisiers épaulés et beaucoup de bijoux. Assise devant un gros micro, elle ne sourit pas.

Je suis un peu déçue. J'avais pensé que Katell me proposerait un roman. Lorsque nous étions en fac de lettres elle et moi, nous avions écrit à quatre mains une histoire d'amitié entre deux étudiantes. Chacune portait la voix de l'un des personnages. Nous passions des après-midi entiers, dans les cafés autour de la Sorbonne, à en discuter. Nous avions alors des rêves de célébrité. De reconnaissance. Un auteur à deux têtes, jeunes et jolies de surcroît, ça ne courait pas les rues. Ça plairait sûrement au milieu. Katell me disait souvent que ma plume surpassait la sienne, qu'on y sentait affleurer une humanité qu'elle peinait à rendre. Tous les jours, elle me poussait à écrire. Me disait que je serais une grande romancière, avec ou sans elle. Et puis, elle a rencontré Vincent.

— Alors, je te fais un contrat ? Nous sommes un peu *short* pour le *timing*. Sur ce genre de sujets, il faut battre le fer tant qu'il est chaud. Mais je ne veux pas qu'on se contente de recherches Internet. Pour ça, j'ai des stagiaires. Il faut que tu écoutes les bandes-son de l'époque, que tu ailles aux archives, que tu rencontres la famille, les anciens collègues. Peut-être des femmes qu'elle aurait fait parler. Enfin, tu connais ça mieux que moi. Je veux un vrai boulot de doc, quelque chose de professionnel, de solide.

— Et la rédaction ? je tente.

— Oh, ça. On verra ensuite. Selon l'intérêt du truc. J'ai une de nos auteures en tête, qui pourrait être parfaite pour porter ce projet. Son nom serait indéniablement un plus pour éveiller l'intérêt de la presse.

Quelques gouttes se sont mises à tambouriner contre le carreau. Le bureau de Katell est soudain devenu très sombre. Avec cette chaleur étouffante de juillet, ça devait arriver. J'entends de petits cris dans la rue, des talons sur le pavé. Des groupes se massent sous les porches pour attendre la fin de l'ondée. Je n'entends plus que la voix de mon amie – peut-on encore l'appeler comme ça ? Jusqu'où dure l'amitié, lorsqu'on s'est tant aimées, mais qu'on ne se connaît plus ? – sans l'écouter. Elle parle de délai, évoque un budget. Je n'ai aucune idée de l'acceptabilité de sa proposition. De toute façon, je n'ai rien. Ni projet professionnel ni revenu. Ce sera toujours ça.

— D'accord, je prends.

— J'en étais sûre ! Ce projet est fait pour toi. Bérengère !

La porte s'ouvre à nouveau sur la petite femme enfermée dans son corps.

— Je vous laisse avancer sur l'administratif ? Désolée, mais j'ai un autre rendez-vous. J'enchaîne. Le taxi est arrivé ?

Elle avale une dernière gorgée de son café qui doit être froid, attrape à la volée son sac, fourre quelques livres dedans, son téléphone, ses lunettes.

— On se fait un déj bientôt pour en parler ? Je pars au mois d'août, mais à la rentrée ? Tu prends des vacances ?

— Non.

— Parfait, tu auras avancé, alors. Génial. Bisous !

Tandis qu'elle s'enfuit, je sens dans l'air qu'elle déplace son parfum, dont je n'ai jamais oublié l'odeur entêtante. Le passé me remonte une nouvelle fois dans le cœur. Bérengère me prie de la suivre, je signe les yeux fermés un contrat en trois exemplaires. Lu et approuvé bon pour accord. Tandis que je paraphe des dizaines de pages, j'entends des rires et des éclats de voix fuser dans les bureaux. L'imprimante crache sans relâche les pages d'un nouveau livre qui viendra encombrer les rayons des librairies. Bérengère me donne un sac en plastique pour y glisser le dossier rose. Avec la pluie, on ne sait jamais. Elle y ajoute des exemplaires des nouveautés de la maison et me raccompagne dans le hall.

Quelques secondes plus tard, je suis sur le boulevard Saint-Germain, seule. Personne ne m'attend. La pluie a cessé. Une odeur d'été mouillé monte des trottoirs. Un bus passe, bondé. Je décide de rentrer à pied. Je traverse un Paris qui prépare sa mue, encore rempli de travailleurs et de touristes ravis qui se prennent en photo devant la Seine.

Je marche longtemps, observant les terrasses, ces solitudes qui s'entrelacent, ces vies qui se racontent, inlassablement. Et puis je pousse la porte du vieil immeuble du XVIe arrondissement que j'ai finalement rejoint. Le quartier s'est déjà vidé de ses familles, parties balader en bord de mer leur bonheur insolent. C'est Hélène qui m'a trouvé cette solution provisoire. Une petite chambre au sixième étage appartenant à l'une de ses amies – une nonagénaire qui habite l'immeuble et me loge gracieusement en échange de menus services pendant l'été. Rapidement, je plie mes vêtements, fais couler l'eau de la minuscule cabine de douche. J'enfile un pantalon de toile et un débardeur. Mon épaule me fait encore un peu mal. Je jette un coup d'œil à la pièce, monacale – un lit simple fait au carré, souvenir de mes années d'internat, un portant et un petit bureau en acajou devant la fenêtre donnant sur une mer de toits gris. Je m'assois, sors le dossier rose, ouvre mon ordinateur et tape en gras sur la page vierge d'un document 1 : Menie.

Paris, janvier 1967

— Non mais qu'est-ce qu'il fiche, celui-là ? Avance !

Menie appuie sur le volant, la paume bien à plat, volontaire. Elle ne se lasse pas d'écraser le klaxon, qui résonne comme un cri de révolte qu'elle n'aurait jamais osé pousser. Le type devant elle qui se curait le nez lui fait un doigt d'honneur. Elle le reconnaît vaguement. Il est déjà venu dîner chez eux. Lui donnait du Madame, du baisemain et tout le tralala. Là, dans le tumulte de son quotidien, il a perdu ses bonnes manières et la traite comme une moins que rien. A-t-on idée d'avoir autorisé la conduite aux bonnes femmes ? Pourtant, ce permis, elle l'a obtenu avec les félicitations de son instructeur. À l'époque de son père, on se contentait de prendre le volant et de partir sur les routes. Ses frères ont tous appris sur les chemins de Plassard, faisant cahoter la Citroën familiale avant de maîtriser complètement la boîte de vitesses et les subtilités du véhicule. Elle les suppliait de l'emmener. Elle mettait les pieds sur la plage avant, balançait sa tête en arrière et fermait les yeux, respirant à pleins poumons cet air qui lui manquait tant. Aucun n'a voulu lui apprendre. Trop petite. Trop fille. Sauf Jean. Alors, quand il s'est agi, plus tard, de décrocher le papier rose, ça a été un jeu d'enfant. L'instructeur n'en revenait pas. Depuis, elle a sa propre voiture, ça en jette. Une mini-Vespa 400 toute cabossée, dans laquelle elle balance tout et n'importe quoi. Son sac à main qui déborde de livres et de papiers, des chaussures à talon, une trousse de maquillage, des affaires pour la campagne. Heureusement qu'ils ne sont pas nombreux à opter pour ce genre de transport dans Paris. Elle se demande ce que ça serait, si les centaines de silhouettes qui gesticulent à pied ou à vélo dans la capitale faisaient comme elle. Ça serait un sacré bazar. Elle passe devant la Madeleine, met son clignotant, s'arrête au feu rouge. Descend le pare-soleil du siège passager, le fait pivoter. Attrape un bâton de rouge dans son sac, se penche pour examiner son reflet dans le petit miroir rectangulaire. Elle est satisfaite. Ce matin, elle a enfilé la robe Courrèges que Roger lui a offerte. Toutes les femmes chics en portent. Elle est coupée au-dessus du genou. Si sa mère voyait ça ! C'est l'intérêt de prendre de l'âge, on peut faire ce qu'on veut. Autrefois, elle donnait des coups de ciseaux dans les patrons de la couturière pour gagner quelques centimètres sur les jupons qu'on lui faisait porter. Cette dernière n'y comprenait rien, la pauvre. Mais madame, non, j'ai pourtant pris les mesures. Et puis elle se gare pile en face de la rédaction du journal. Elle ne l'admettra jamais mais, quelques semaines après son intégration dans le prestigieux magazine féminin, elle est toujours aussi impressionnée. Et elle l'est encore lorsqu'elle passe déposer son papier à *Elle*.

Tout est allé très vite après qu'elle a publié sa série sur les femmes dans *Esprit*, la revue du vieux philosophe. Pourtant, en conférence de rédaction, ils n'y croyaient guère, tous ces barbons en costume qui ricanaient en l'écoutant leur expliquer son projet. Interroger des penseurs sur la condition féminine ! Pourquoi laissait-on cette mère de famille se piquer d'écriture, investir leur prestigieuse publication ? Qu'est-ce qu'on ne ferait pas pour Roger. À moins que leur patron n'ait eu une idée derrière la tête ? C'est vrai que, malgré ses quarante ans passés et ses trois enfants, elle se tenait bien, la Menie.

Mais la série avait fait du bruit. Au point qu'on l'avait nommée conférencière pour l'Alliance française. Une dame très bien était entrée en contact avec elle. Elle avait lu ses articles. Il y avait un truc à faire. Parler des femmes de l'étranger. De leurs droits dans d'autres sociétés. Une sacrée mission qui l'avait fait voyager pendant plusieurs mois. Puis il y avait eu cette première prise de parole qui l'avait pétrifiée. Et ce type croisé juste avant de monter sur scène, qui avait évoqué une intervenante précédente.

— Pensez ! avait-il dit. Elle a *lu* son texte ! Vous vous rendez compte ? Non mais quel ennui !

Alors Menie s'était résolue à froisser les huit feuillets qu'elle avait pourtant écrits et réécrits. Et s'était lancée, sans respirer, comme lorsqu'elle sautait autrefois dans la rivière de Plassard, parce qu'elle savait que l'eau serait gelée mais que c'était le seul moyen d'y entrer avant de s'habituer à la morsure.

Après cette prestation, elle est allée partout parler des femmes françaises, rencontrer celles d'autres pays. Elle a raconté son enfance à elle, décrit les libertés offertes aux Françaises, mais aussi parlé de leurs douleurs. De ces femmes claquemurées dans des existences de l'ombre, soumises aux hommes et à la maternité. Elle a fait tomber ces murs qui l'emprisonnaient elle aussi dans sa petite vie. Elle a pris l'avion seule, parcouru des aéroports avec sa jolie valise, investi des taxis conduits par des chauffeurs inconnus et des chambres d'hôtel parfois inquiétantes où elle s'enfermait à double tour en attendant que tombe le rideau de la nuit. Elle a écarquillé les yeux devant l'architecture spectaculaire de villes dont le seul nom suffisait autrefois à la faire rêver. En Chine, en Suède, en Italie. Elle s'est levée à l'aube, a bachoté son anglais, pris la parole devant des centaines d'inconnues venues l'écouter. Et elle les a écoutées à son tour, qui se sont ouvertes à elle. Lui ont parlé de contraception, donné un diaphragme et un gel qu'elle a rapportés chez elle, incrédule. Comment son pays, le plus cultivé, le plus libre, avait-il pu passer à côté de ça ?

Ni Frédérique ni Roger ne font de remarques sur ces longues absences, mais Menie a senti le reproche larvé. Pourtant, Frédérique ne dit rien. Jamais. Elle continue d'aller au lycée. Elle déjeune chaque midi avec son père. Elle prend peu à peu sa place à elle. Elle a cette chance de pouvoir décider sa vie. D'aller et venir dans Paris comme elle le désire. De faire des études. D'aller en rallye, de butiner les hommes pour pouvoir trouver le sien. Elle exagère, tout de même.

Menie manque terriblement à Roger, elle le sait. Mais elle ne peut plus sacrifier son destin. Le temps est compté. Elle a pour ainsi dire parcouru la moitié du chemin. Il faut avancer.

— Qui dois-je annoncer ?

— Menie Grégoire. Je suis pigiste pour le magazine. Vous vous souvenez ? Nous nous sommes vues la semaine dernière.

La fille de l'accueil lève les yeux vers elle. Puis lui sourit immédiatement.

— Bien sûr, madame Menie. Vous pouvez monter.

— Votre maman va mieux ?

La fille rosit. Elle ne pensait pas qu'elle se souviendrait. La semaine précédente, alors que Menie attendait dans le hall la fin de l'averse, elles avaient bavardé. La jeune fille s'était épanchée. Sa mère est malade. Janine aimerait aller la voir. Mais elle doit continuer à gagner sa vie. Alors elle prend des nouvelles comme elle peut, elle va aux PTT à l'heure du déjeuner pour lui téléphoner. À 17 heures, lorsque Janine avait pu quitter son poste, elles avaient fait un bout de chemin ensemble. Menie l'avait reconduite en voiture. La fille avait été impressionnée.

— Un peu. J'irai la voir cet été.

— Continuez de lui écrire, c'est important. Je suis sûre qu'elle est heureuse d'avoir de vos nouvelles, de savoir que vous avez une belle vie à Paris. Rendez-vous compte. Vous avez vu ces locaux ? Elle est très fière, j'en suis certaine.

— Oh, non. Vous savez, elle aurait aimé que je reste avec elle. Que j'épouse Jean-Marie comme c'était prévu. Une fille toute seule à Paris, sans mari, ça ne l'enchante pas vraiment. C'est peut-être elle qui a raison, finalement. Qu'est-ce que je fais ici ? Qui m'épousera ?

— Janine, vous vous souvenez de ce que vous m'avez raconté ? Ce jour où vous avez décidé de rompre la chaîne des femmes de votre famille qui n'ont jamais quitté le village ? N'est-ce pas ce que vous souhaitiez ?

— Je ne sais plus.

Janine ne pleure pas, mais elle baisse la tête. Plusieurs téléphones sont posés devant elle. L'un sonne. Elle respire, ôte sa boucle d'oreille comme elle l'a sans doute fait des dizaines de fois aujourd'hui. Elle sourit, s'anime, répond poliment à son interlocuteur, puis bascule l'appel. Elle a de jolies mains, un visage doux, les cheveux crêpés. Elle est si jeune. Un autre téléphone se met à sonner.

— Oui ? Très bien, je lui dis. (Puis, à l'intention de Menie :) Mme Lagarde va venir vous chercher. J'ai monté vos lettres. Il y en a de plus en plus. Vous m'en donnez, du travail ! plaisante-t-elle.

Janine est gênée de s'être enhardie ainsi. Elle n'aurait peut-être pas dû se montrer aussi familière. Heureusement, Menie lui sourit.

— Menie ! Qu'est-ce que vous faites debout ? Vous auriez dû vous installer au petit salon. Mademoiselle, enfin, vous auriez pu apporter un café à Mme Grégoire !

— J'étais très bien. Nous bavardions. À plus tard, Janine.

Françoise aurait juré que la jeune fille de l'accueil s'appelait Marie-France. Mais c'était peut-être la précédente. Elle ne sait plus. Ces filles-là changent tout le temps, s'en vont quand elles ont trouvé un mari, ou retournent dans leur province. Il n'y a pas grand-chose à en tirer.

Alors qu'elles gravissent ensemble l'escalier, Françoise admire la silhouette de sa pigiste. Après trois enfants, celle-ci est restée très mince et balade un corps dynamique haut comme trois pommes sur des talons vertigineux, sanglée dans des jupes trop courtes pour son âge. Elle est une parfaite ambassadrice de l'esprit du magazine.

— Vous savez qu'on en reçoit de plus en plus ? Vos lettres. On ne sait plus quoi en faire.

Et en disant cela, Françoise Lagarde désigne une grosse caisse remplie d'enveloppes de toutes les couleurs, adressées à Menie Grégoire, au journal. Depuis qu'elle a parlé de contraception, après cette émission de télévision qui a fait tant de bruit, les lettres affluent. « Menie Grégoire devant les problèmes que les femmes n'osent pas regarder en face. Une femme sur deux ne connaît pas l'amour », « Menie Grégoire revient sur le problème qui détruit le bonheur des couples. Deux hommes sur trois sont déçus par l'amour et ils accusent leur femme », « Le grand secret des couples qui réussissent ». Françoise a posé ses derniers articles sur le bureau. Elle sait trouver les titres chocs, ceux qui font vendre et provoquent l'ire de la bonne société. Menie, elle, sait débusquer parmi ces courriers, ces colères, ces banalités et ces supplications le sujet qui fédérera, soulèvera un débat, fera mouche. À elles deux, elles forment une bonne équipe.

— Vous avez votre prochain sujet ?

— Les femmes à part entière. Cette Beauvoir est bien gentille à fustiger le mariage, la famille, son aliénation. Mais c'est une extrémiste ! Les femmes sont mariées, c'est une réalité. Tout le monde n'a pas le loisir de passer ses journées à flâner au Café de Flore. Elles élèvent leurs enfants et travaillent. Comment réussir tout ça en même temps ? À la fois sa vie personnelle et sa carrière ? Et d'abord, faire carrière pour une femme, est-ce que c'est possible ?

Françoise Lagarde a une petite moue dubitative. Elle a fait carrière. Mais elle n'a pas d'enfants. Elle est la maîtresse d'un homme marié depuis des années. Tout Paris est au courant. Sa passion pour cet homme de pouvoir est dévorante. Devant lui, ses yeux brillent, et elle se fait toute petite, elle qui gère d'une main de fer son journal, son équipe, ses interviews. Menie pense-t-elle qu'elle a raté sa vie ?

— C'est dans les lettres, c'est partout. Françoise, c'est le grand sujet de notre époque. Depuis la guerre, les femmes ont pris leur place dans la société. Elles ont remplacé les hommes quand ils n'étaient pas là. On a prouvé qu'on en était capables. On se l'est prouvé à nous-mêmes, surtout. On ne va tout de même pas retourner dans l'ombre parce qu'ils sont rentrés. Regardez dans la rue, la nouvelle génération. C'est incroyable, ce qui se passe ici – à Paris, bien sûr. Mes filles sont libres, elles font des études, deviendront avocate, juriste, interprète. Mais je ne veux pas pour autant qu'elles renoncent à devenir mères. Ni qu'elles aient peur de ne pas satisfaire leur époux parce qu'elles s'absentent la journée. Et dans les campagnes, imaginez la révolution. Il faut leur dire, à ces filles, qu'elles ont droit à tout ça. Il faut réfléchir ensemble à comment cela va s'articuler. C'est une révolution, Françoise. Il faut en parler !

— Je vous fais confiance. Même si je ne suis pas très convaincue. Et proposez-moi d'autres sujets pour nos gros numéros d'été. Nos stylistes commencent à plancher sur des patrons de maillots de bain, de robes bain de soleil. Dans quelques mois, on prendra toutes nos quartiers en famille. Ça devrait vous inspirer, non ? Irez-vous dans votre charmante maison provençale avec Roger ?

— Pardon ?

Menie est ailleurs. Elle pense à toutes ces filles qui naissent au moment où elles parlent. Qui débarquent dans cette époque insensée où on leur demandera peut-être davantage encore que durant les siècles passés. Mais qui auront la chance, elles, de refaire le monde si elles le désirent.

— Oui, nous partirons dès la fin juin. Nous serons d'abord en Touraine et descendrons dans le Sud en août. Est-ce que vous passerez avec Jean-Jacques ? C'est toujours un délice de vous avoir parmi nous.

Françoise s'empourpre. Les Grégoire font partie de ce petit cercle qui les reçoit, elle et son amant magnifique. Ils ont la discrétion des gens bien nés. Ne posent pas de question, leur font préparer une chambre double dans leur mas de Saint-Rémy, ferment les yeux sur ce secret de Polichinelle. Les hommes s'entendent à merveille. Montent à cheval, jouent aux échecs l'après-midi à l'ombre des abricotiers. Les femmes se reposent au bord de la piscine, lisent et bronzent parfois seins nus. À La Garrigue, il n'est pas rare que les puissants croisent les vieux amis. On y tombe la veste et la cravate, on s'y décorsète, les contrats s'y signent plus volontiers au cœur des nuits trop chaudes où l'on continue d'échanger en sirotant un dernier verre de rosé des Baux.

Les deux femmes échangent quelques banalités, prennent date. Françoise ouvre son gros agenda, entoure ces jours qu'elle volera peut-être à la réalité cette année encore. À moins que Jean-Jacques n'annule une nouvelle fois. Un imprévu. Un fils malade. Une communion. N'importe quoi. Mais elle est plus forte que ça, elle ne se plaint jamais, serre les dents. Il ne faudrait pas le perdre, ça n'est pas un homme à qui on fait des histoires. Il ne le supporterait pas.

Et puis une heure est passée. Si vite. Menie doit partir. Elle a rendez-vous avec un homme de radio.

— Ah, vraiment ? Vous nous faites des infidélités ? Je plaisante. Évidemment, vous êtes libre. Mais c'est drôle, je ne vous imaginais pas devant un micro. C'est très masculin comme média. Vous y ferez l'horoscope, ou quelque chose comme ça ?

Menie ne sait pas vraiment. Le type qu'elle doit voir est une connaissance. Ou plutôt un ami. Elle aime beaucoup ce Philippe. Un teigneux. Rapide, sec, très drôle. Toujours bronzé, et accompagné de filles insensées qui font trois fois sa taille. Il vient de prendre les rênes de la plus grande radio du pays. Il a beaucoup d'idées, veut tout changer. Il lui a proposé de passer. On ne sait jamais. La vie est faite d'imprévus, songe Menie en embarquant son carton de lettres.

— Laissez, enfin, on vous les fera livrer ! propose Françoise Lagarde, déjà plongée dans un article qu'on vient de lui déposer.

Menie referme doucement la porte. Dans la salle de rédaction, ça grouille de jeunes femmes extraordinaires. Grandes, belles, les cheveux joliment attachés. Elles portent des chaussures vernies à fines brides, ou des bottes, et des robes courtes bien taillées qui dévoilent leurs jambes énergiques. Elles parlent fort, rient beaucoup. Menie sourit à quelques-unes, ferme les yeux. Dire qu'elle a failli rater ça. Cette déflagration.

Saumur, avril 1968

— Tu es sûre de ton choix ?

— Mireille, j'ai vingt-quatre ans. Tu penses vraiment que j'en ai un, de choix ? Et puis il est très bien, Robert.

— C'est quand même un bagarreur. Lucien l'a vu l'autre soir au bistrot avec les gars de l'usine. Il les a houspillés. Même qu'il a bien arrangé Francis. Paraît que c'est pas la première fois.

— Oh tu sais, les bonshommes, la castagne, ils ont ça dans le sang. C'est pas pour autant qu'il fera un mauvais mari.

Suzanne ne sourit pas. Elle tient Béatrice dans ses bras pendant que Mireille donne péniblement le sein à Jacques tout en faisant cliquer ses aiguilles à tricoter – si je me dépêche, songe Mireille, je devrais avoir fini ce pull avant la fin de la journée. Malheureusement, avec Suzanne qui lui parle, elle perd du temps. Catherine doit aller chercher Jean-Pierre à l'école, l'institutrice est au courant. Et elle a encore le dîner à préparer. Avec trois fois rien. C'est elle qui tient les comptes. Plus que trois jours avant la paye – en attendant, elle doit faire avec ce qui reste. Lucien lui donne mille francs tous les mois, qu'elle met dans une petite boîte à biscuits. Elle note tout dans un petit carnet. Les dépenses alimentaires, les fournitures, les possibles imprévus. Et puis les rentrées, aussi. Les quelques francs qu'elle gagne avec ses tricots, divers travaux de couture, les objets qu'elle revend parce qu'ils n'en ont guère besoin. Comme ce robot ménager qu'elle a gagné en jouant par correspondance à un concours idiot, qui avait fait écarquiller les yeux aux enfants. Les purées, elle peut bien les faire elle-même, au moulin à légumes. Ce qu'on peut être paresseuse, parfois. Comme Suzanne, qui a trop tardé à se trouver un mari. Vingt-quatre ans, pensez. Bientôt, plus personne n'en voudra. Même les veufs ou les invalides. Et qu'est-ce qu'elle ferait de sa vie, alors ? Mais quand même. Robert, c'est pas un cadeau. Un ivrogne pas bien aimable qui fait toujours des salades. Bel homme, ça c'est sûr. Yeux noirs, traits taillés à la serpe et bras bien musclés à vous faire défaillir. Même que certaines femmes mariées se seraient laissé trousser pendant qu'il venait réparer chez elles. Enfin, c'est ce qu'on raconte. D'ailleurs, Mireille ne comprend pas pourquoi elles s'infligeraient ces saillies supplémentaires rien que pour les beaux yeux d'un gars. Suzanne dit qu'il sait y faire. Que quand il la touche lorsqu'ils sont seuls, elle sent le ciel qui s'ouvre et les anges qui se mettent à chanter. Mireille n'a jamais rien entendu d'autre que la douleur dans son ventre ou sa petite voix intérieure qui, pendant ces moments-là qui lui mangent sa journée, lui rappelle son labeur du jour. Est-ce que c'est elle qui est anormale ?

— Tu as fait attention, Suzanne ? Faudrait tout de même pas que tu tombes en cloque avant le mariage. Tu imagines ? Enfin, si tu l'épouses. Il t'a demandée ?

— Oui, l'autre soir. Même qu'il a dit qu'on pourrait faire ça vite, à pas nombreux. Il peut plus attendre. Ça le rend fou que je me préserve. Il dit qu'il fait attention, qu'il sait s'y prendre pour que le bébé ne vienne pas. Qu'il connaît les techniques. Que je suis bien bête. C'est vrai ?

Mireille ne répond pas. Elle se contente de contempler Béatrice qui s'est finalement endormie dans les bras de Suzanne, et le petit Jacques contre son sein, ivre de lait, la bouche entrouverte, souriant aux anges. Elle se lève, pose le bébé dans le landau qui a servi pour tous les autres. Un gros machin gris à capote usée avec un petit filet pour les provisions. Une des roues bringuebale.

— Mets Béatrice dans la poussette, tu veux bien ? On bavardera en chemin.

Suzanne a eu un congé par sa famille partie à la campagne pour des obsèques. Ils l'ont déposée, c'était sur leur chemin. Sinon, la semaine, elle est bonne à tout faire, à Paris, chez des gens très bien. Des bourgeois gentils chez qui elle fait le ménage, la cuisine, et s'occupe des enfants. C'est peut-être pour ça qu'elle n'a pas encore trouvé de mari. Trop de travail, trop d'éloignement. Là-bas, elle sort peu. Uniquement pour le travail. Parfois, elle sert à table quand Madame et Monsieur reçoivent. Même qu'un jour un invité lui a pincé les fesses dans le couloir en sortant des toilettes. Il ne retrouvait plus le chemin du salon et s'était adressé à elle. Il était très beau, grand, avec une jolie moustache. Alors, elle ne s'est pas méfiée. Ensuite, elle a beaucoup pensé à lui, espéré un miracle, comme dans les contes de fées. Elle s'est imaginée en Cendrillon des temps modernes, épousée par cet homme puissant qui aurait fait fi des conventions pour elle, la fille de la campagne, la boniche aperçue dans la cuisine. Mais il n'est jamais revenu. Pourtant, elle a obtenu son certificat d'études.

Suzanne est la seule fille de la famille à être allée au collège. « Dites comment vous procédez pour enlever une tache de graisse sur un vêtement de lainage », c'est à cette épreuve qu'elle a obtenu le meilleur résultat. Elle a répondu correctement, presque sans fautes d'orthographe. Elle leur avait montré fièrement sa copie, à l'époque. Mireille avait pensé que sa sœur deviendrait institutrice. Ils avaient une intellectuelle dans la famille. Elle était fière. Leur cousin, lui, avait échoué l'année précédente pour une question sur le chauffage au gaz. « L'épreuve est plus facile pour les filles », avait-il argué, plein de frustration, mais déjà occupé à reprendre la ferme familiale. Il avait peut-être raison. Toujours est-il que Suzanne était intelligente, ça se voyait comme le nez au milieu du visage, qu'elle avait ingrat, disait leur mère, persuadée que celle-ci serait moins facile à marier. Alors, institutrice, pourquoi pas.

La pendule indique 15 heures. Mireille se dépêche de ranger le linge entassé dans la grande pièce. Elle a eu peu de temps pour faire son repassage aujourd'hui. Juste celui de faire bouillir les draps après avoir habillé toute la famille, préparé le café de Lucien, rangé le petit déjeuner, fait un peu de ménage et épluché des légumes pour le souper. Elle ne déjeune pas à midi. Ça fait gagner du temps et ça évite de dépenser inutilement.

Dehors, il fait bon. Les beaux jours ont pris leurs quartiers. Heureusement que la nourrice n'est pas loin. À peine un kilomètre à pied. Parfois, Lucien l'emmène en voiture, lorsqu'il rentre pour le déjeuner. Il la dépose juste devant et elle récupère les petits plus tôt. Ça n'est pas pratique mais tout de même moins fatigant. Surtout qu'ils ne marchent pas bien vite. Mais qu'ils puissent aller en nourrice, c'est un vrai luxe. C'est Lucien qui le lui a proposé il y a deux semaines, quand elle n'a plus été capable de tout gérer. Elle tombait tout le temps. Faisait des malaises. Pourtant, avec les aînés, elle n'avait eu aucun problème. Là, ça tambourinait dans sa tête, le matin, l'après-midi, la nuit. Elle trimballait le petit avec Béatrice qui refusait de rester dans son parc, hurlant jusqu'à ce qu'on la prenne. Lucien, c'est un homme bien. Il a demandé des heures supplémentaires à l'usine. Calculé combien ça coûterait pour la nourrice, une vieille voisine dont un collègue lui avait parlé, qui ne prenait pas cher parce qu'elle n'avait plus vraiment l'âge de s'occuper d'enfants, mais pas assez de sous pour faire tourner sa maison depuis que son mari était tombé du toit.

Les deux sœurs cheminent sur la route. Le landau cahote sur les cailloux. Jacques ne pleure pas. Il sourit, bercé par ce drôle de roulis. Mireille marche vite. Elle a appris à être courageuse, à serrer les dents.

Mais son truc de femme lui fait mal. Elle voudrait demander à Lucien d'arrêter. Parce qu'elle le sait, elle ne pourra pas en accueillir un septième. Elle a trente ans, elle est bien trop vieille, maintenant. Elle met au monde depuis leur mariage, il y a une bonne décennie. Un septième, ce serait trop. Elle ne sait même pas s'il lui reste assez d'amour sous la fatigue qui lui déchire le corps. La voisine en est à son dixième. On dirait une vieillarde. Elle a trente-cinq ans. Quand est-ce que ça s'arrête ?

Tandis qu'elle réfléchit à tout ça, Mireille n'écoute pas sa petite sœur. Suzanne est arrivée tard, cinq ans après elle. Leurs parents avaient semble-t-il du mal à concevoir. À moins que leur père n'ait eu la délicatesse de laisser leur mère tranquille. De faire sa petite affaire ailleurs. C'était un homme doux, résigné. Solange, leur mère, était au contraire aride, exigeante. Rien n'était assez bien pour elle qui considérait qu'elle avait raté sa vie de femme en ne mettant pas au monde de garçon. Lorsque leur père n'était pas revenu de la guerre, elle s'était effacée dans les étoffes noires et son désespoir et avait reporté sur elles deux son insatisfaction douloureuse, obsessionnelle. Alors, quand Lucien avait demandé Mireille en mariage le jour de ses dix-huit ans, dix-sept mois après qu'ils eurent commencé à se fréquenter, elle avait versé une larme de soulagement. L'une de ses filles était sauvée. Le jour des noces, la veuve avait exceptionnellement posé un foulard blanc sur ses cheveux, rompant une tradition qu'elle paraissait ne jamais vouloir abandonner. On eût dit que c'était elle la mariée, elle qui trouvait dans cette union le salut que le Seigneur lui avait injustement ôté un jour de mai 1944, lorsqu'une lettre était venue mettre un terme à son destin.

Pendant que Mireille enfilait sa modeste robe blanche sous les yeux ébahis de la petite Suzanne, Solange avait pris à part sa fille aînée, scruté ce corps tout juste sorti de l'adolescence qui, ce jour-là, allait pour la première fois s'offrir à un homme, son époux.

— Tu dois faire tout ce que ton mari te demande, l'avait prévenue Solange. Tu dois le garder, le satisfaire, éviter ses colères. Sois une gentille fille, prépare chaque jour son café, son souper, garde ta maison propre pour qu'il ait du plaisir à la trouver le soir en rentrant du travail.

Mireille avait hoché la tête, distraitement, contemplant son reflet dans le miroir de leur maison – celui qui trône aujourd'hui dans sa chambre. Elle était si jeune. Son corps frêle flottait dans la longue robe qui lui rappelait son aube de communiante, revêtue il n'y avait pas si longtemps. Cette fois-ci, elle n'épousait pas le Bon Dieu.

— Et puis ce soir, il te demandera autre chose, ce que tu lui refuses lorsque vous êtes seuls. Mais maintenant il faudra dire oui, parce que alors tu seras sa femme. Tu verras, ça passe vite. Il te suffit de fermer les yeux. La première fois, ça peut être douloureux, mais on s'habitue. Chaque fois qu'il aura envie de recommencer, tu devras obéir. C'est ton devoir. Tu m'as bien comprise ? Si tu fais tout cela, ton mariage durera. Avec ton père…

Lasse d'entendre chaque jour ces vieux souvenirs enjolivés par les années, évoquant un mariage idyllique dans lequel sa mère s'épanouissait en attendant leur fils, Mireille avait cessé d'écouter. Bientôt, elle parlerait de Suzanne, dont il avait fallu s'occuper, mais qu'elle aurait volontiers placée en nourrice. À quoi bon se tuer à la tâche pour une seconde fille ? Pas bien courageuse, avec ça. Et au visage ingrat. Heureusement, Mireille était là, qui viendrait les tirer de cet humiliant gynécée qui les coupait du reste de la société. Leur mère était morte peu de temps après.

Alors que la ferme de la nourrice apparaît peu à peu dans la brume de chaleur, Mireille voit Suzanne lâcher brusquement la poussette et courir vers le bord de la route. De sa bouche jaillit un liquide ocre, qui éclabousse la chaussée.

Paris, août 2021

Je tourne dans le quartier depuis une bonne demi-heure. Aucune boulangerie ouverte. Tout le monde est parti d'un coup. En juillet déjà, les rues étaient vides, les places de parking nombreuses et les commerces souvent fermés. Lorsque je vivais à la Bastille avec Pietro, on adorait l'effervescence du quartier. Le chahut qui montait des terrasses sous notre minuscule balcon, les avenues jamais désertes, les cafés qu'on pouvait investir à tout moment. Le matin, après le retour de Pietro, lorsqu'il revenait d'un déplacement, et après qu'il m'eut fait l'amour pour me sortir doucement du sommeil. Ça avait été un crève-cœur de quitter ce petit deux-pièces sous les toits dans lequel nous avions été si heureux.

— Excusez-moi, monsieur. Vous savez où je peux trouver une boulangerie ?

— Vous n'êtes pas du quartier ?

Il doit avoir la cinquantaine. Pantalon brique, polo moutarde. Une épaisse chevelure poivre et sel. Chien assorti tirant sur la laisse.

— Pas vraiment, non.

— Vous voulez que je vous y conduise ?

— Ne vous embêtez pas. Indiquez-moi juste la direction, je me débrouillerai.

Je me force à sourire. J'ai horreur de dire non. Ce type pue l'ennui. Ça lui aurait peut-être fait plaisir de bavarder cinq minutes avec quelqu'un dans ce Paris aoûtien qui étreint les solitudes. Sa femme et ses enfants sont sans doute partis depuis plusieurs semaines, le laissant seul dans leur grand appartement silencieux parce qu'il doit continuer à travailler avant de les rejoindre. Sans compter le chien qu'il faut sortir de bon matin. J'ai du mal à réprimer un haut-le-cœur en regardant l'animal s'accroupir au milieu du trottoir pour se soulager. L'homme s'approche lentement de moi.

— Ça vous dirait que je vous prépare un petit café ? Vous m'avez l'air perdue.

Je sursaute parce que je m'attendais à tout sauf à cela. Ça fait bien longtemps qu'on ne m'accoste plus dans la rue. Que je n'ai plus à subir les sifflets des ouvriers, les murmures des hommes qui vous frôlent de trop près, les inconnus qui vous proposent un verre comme si c'était la meilleure façon de parvenir à leurs fins. Une femme a-t-elle déjà accepté de céder aux avances d'un dragueur de rue ? Depuis mes trente-cinq ans, j'ai l'impression d'être devenue transparente. Invisible. Pousse-toi, tu vois bien que la dame veut passer. *La dame*. Je suis devenue ma mère. Le désir ne s'allume plus chez les hommes qui me croisent. Le respect ou le mépris l'ont remplacé. Souvent ça m'arrange. Parfois ça me manque. Alors je souris vaguement, parce que c'est touchant, ce brusque regain d'intérêt qui surgit au petit matin. Je me dis que je vais peut-être mieux. Que je suis à nouveau attirante. Que tout ça est revenu.

— C'est gentil, vraiment. Mais je suis un peu pressée.

Une ombre passe dans ses yeux, qui me tord le ventre.

— Tu fais ta princesse ? Non mais tu t'es regardée ?

J'aimerais répondre quelque chose, mais rien ne me vient. Sa violence me paralyse. J'ai l'espoir que quelqu'un débarque, n'importe qui. Un passant qui réenclenche la normalité du monde.

— Allez, viens. On va se faire du bien, reprend-il en baissant la voix.

Le chien a fini son affaire. Mes yeux se posent sur cette crotte incongrue. Je pense à ma vie qui s'est arrêtée. À cet avenir que je ne perçois plus. À Bréhat, à Katell. À mon ordinateur qui m'attend dans la petite chambre rassurante dans laquelle je me sens si bien, enfin. Aux pigeons qui se posent dès l'aube sur les ardoises du toit, et dont le roucoulement joyeux ponctue mes réveils. Alors je trouve au fond de moi la force de m'extraire de ces yeux noirs, de cette odeur animale qui émane du polo moutarde, qui m'enserre et me rapetisse parce que je sais qu'il pourrait en une poigne autour de mon bras, en une gifle, le corps pressé contre le mien, me contraindre complètement.

— Merci, bonne journée.

J'ai l'impression de crier mais je marmonne. Je ne sais même pas s'il m'entend. Comme dans ces rêves récurrents dans lesquels je veux crier à l'aide alors qu'aucun son ne sort de ma gorge. Juste un gémissement pathétique venu du fond de mes entrailles.

— Connasse !

Je me retiens de courir. Je ne veux pas qu'il sente ma peur irrationnelle. Dans ces rues bien mises et désertes de l'ouest de la capitale, personne ne pourra m'aider. Bientôt, j'aperçois une grande boutique éclairée, devant laquelle deux petits vieux patientent. Je pousse un soupir de soulagement et j'ose enfin me retourner. Il n'est plus là. Évidemment. Il n'allait pas se lancer à mes trousses. Avec son fute brique, son polo moutarde et le chien des gosses. C'est absurde d'avoir réagi comme ça. Pourquoi n'ai-je pas répliqué ou éclaté de rire ? Ce type avait beau être grotesque, pitoyable, il m'a fait régresser en moins d'une minute. Connasse. La violence des hommes surgit de n'importe où. Je respire enfin et lève mon visage vers le soleil qui brille fièrement dans un ciel sans nuage. Comme hier, il va faire une chaleur de bête. La minuscule dame devant moi avance pas à pas, comme une petite tortue. Son dos est tellement voûté qu'on pourrait croire qu'elle a glissé un ballon sous sa robe fleurie. Est-ce que moi aussi, je marcherai ainsi ?

Un quart d'heure plus tard, j'ai réinvesti mon refuge, ouvert en grand la fenêtre qui donne sur la mer d'ardoises et lancé la cafetière à filtre que ma logeuse m'a prêtée. Ça fait des années que je n'en ai pas utilisé, j'avais oublié l'odeur subtile, et le glouglou familier de l'eau qui coule sur la mouture. Lorsque je remplis ma tasse fleurie, je croise mon reflet dans le petit miroir accroché au-dessus de l'évier. J'ai beaucoup maigri. De fines stries griffent mon visage. Sur le front, autour des lèvres. Pietro a noyé ma jeunesse. À moins que ce ne soit le temps, tout simplement.

Puis je me remets à mon bureau parce que, parfois, il vaut mieux plonger dans la vie des autres que de sonder la sienne. Et je lance les bandes audio que m'a enfin envoyées un journaliste de la radio où travaillait Menie quand sa seconde vie a commencé. Elle était plus âgée que moi, pourtant.

« Allô, Menie ? »

Ma chère Menie, j'ai trente ans. Je suis mariée depuis six ans et demi, j'ai un gentil petit garçon mais hélas, je suis frigide et comme je ne veux pas rester comme ça, Menie, j'en ai parlé à mon docteur. Et si vous, Menie, vous nous prenez au sérieux, les médecins, eux, nous disent que c'est difficile à soigner sans savoir pourquoi. Sans nous donner aucun conseil. J'ai eu une enfance qui, chaque fois que j'y pense, me meurtrit le cœur. Chez moi, il n'y avait aucune entente. Personne ne m'écoutait. On a pris l'habitude de m'appeler « la grosse ». Inutile de vous dire comme j'en ai souffert. Je savais bien, moi-même, que je n'étais pas gracieuse. Je me souviens surtout des claques, des coups de poing, des corrections. Comme on donne d'homme à homme. Et je n'ai pas fini. Je pense que c'est vers treize, quatorze ans que mon frère de dix-sept ans a tenté de me violer. J'ai tremblé et tout caché. À qui le dire ? Après, j'avais le dégoût de tous ces gens qui s'embrassaient. Vers seize ans, j'étais trop malheureuse et j'ai obtenu de suivre des cours par correspondance parce que j'avais beaucoup manqué l'école. Puis, je fis la connaissance de mon mari à vingt ans. Lui en avait dix-huit et demi. Il était gentil, beau garçon. Mais lui aussi a eu des problèmes de jeunesse. Pendant les fiançailles, jamais nous ne parlions des sujets importants. Moi, parce que je savais ne pas être très maligne. Sur le plan sexuel, je préférais ne pas y penser. Je sentais qu'il avait toutes les qualités nécessaires pour faire un bon mari. J'aime mon mari. Mais sur le plan sexuel, c'est un échec. Grâce à vous, Menie, je me suis mise à me soigner. On m'a conseillé d'aller voir un psychiatre qui me soigne aussi pour les nerfs. Je commence à oser parler. Je commence aussi à me sentir plus femme. Je sens que ma jeunesse est la cause de bien des choses. Aussi, j'ai insisté auprès de mon docteur pour voir quelqu'un à qui je pourrais raconter tout cela. Pouvez-vous me dire si c'est bien ?

Paris, janvier 1967

Il l'a invitée au restaurant. Pas un de ces établissements cérémonieux où elle a l'habitude de dîner avec Roger. C'est un bistrot bruyant où nombre d'hommes et quelques femmes devisent gaiement devant des pichets de vin rouge en fumant cigarette sur cigarette. À travers les vitres, Menie observe les passants et la queue qui se forme devant la porte à battants qui ne cesse de s'ouvrir et de se fermer. Quand on fait partie du monde du spectacle ou des médias, c'est ici qu'il faut être vu. Depuis qu'ils se sont assis, Philippe a été accosté par une dizaine de personnes qui n'ont accordé aucun regard à Menie. Ils l'ont alpagué, cigare au bec ou trop parfumés. Lui ont rappelé des anecdotes qu'elle n'a pas comprises, promis de l'appeler, donné rendez-vous pour quelque spectacle où il se rendrait comme chaque soir. Philippe est fascinant d'énergie, d'humour et d'inventivité. Menie se sent toute petite face à cet homme pourtant minuscule, mais elle ne le montre pas. Après dix ans d'analyse à tenter de faire taire la voix de sa mère lui répétant qu'elle ne vaut pas grand-chose, qu'il faut laisser la lumière à ses frères et accepter docilement le sort que lui réserve le Seigneur, il est hors de question qu'elle continue de courber l'échine. La vie semble lui offrir une chance de se faire entendre, elle ne va pas la laisser passer.

— Voulez-vous une salade, ma chère ?

— Qu'est-ce que vous prenez, vous ?

— L'andouillette, comme chaque jeudi.

— Je prendrai donc la même chose.

Elle a refermé le menu d'un coup sec – une simple feuille enfermée dans une chemise en plastique graisseuse – et planté ses yeux dans les siens. Soudain, il l'observe avec intérêt. Comme s'il se souvenait enfin que c'était à sa demande qu'elle était là, parce qu'il avait quelque chose à lui proposer. Quelque chose qu'elle ne pouvait pas refuser.

— Votre livre a bien marché, n'est-ce pas ?

— Oui, c'est un beau succès. Pourtant, savez-vous ce qu'on m'a dit lorsque j'ai souhaité le publier et que personne n'en voulait ? « Madame, avec les femmes, vous n'allez intéresser personne. » Tu parles ! On réimprime pour la cinquième fois.

— Vous êtes un peu l'héritière de Beauvoir !

— Détrompez-vous, je n'ai rien à voir avec elle, si ce n'est l'intérêt que nous portons toutes les deux à la cause féminine. Mais contrairement au Castor, je ne considère pas que le mariage soit une aliénation, ni la maternité un naufrage. Ce que n'a pas réussi à saisir cette femme intelligente – hélas ignorante des réalités qui animent la société hors du petit cercle germanopratin –, c'est la double peine des femmes de notre époque. Mères, elles le sont, assurément. Mais, à la différence de leurs propres génitrices qui se mouraient d'ennui au foyer, elles travaillent. Et continuent de faire tourner la maison. Qui parle de cela, aujourd'hui ? Qui s'adresse à ces femmes soumises à des journées à rallonge, à des bonshommes qui ne fichent pas grand-chose à la maison et auxquels il faut bien servir à souper lorsqu'ils rentrent à peine plus tard qu'elles le soir ? Qui les écoute, qui les comprend ? Personne ! Ah ça, c'est bien beau de fustiger le patriarcat, mais avant cela, il faut tenir compte des réalités de son époque ! Sans compter la contraception. Savez-vous que la Suède a mis en place un planning familial qui vient en aide aux pauvres malheureuses qui ne savent plus comment éviter les grossesses à répétition ? Récemment, après la sortie de mon livre, j'ai donné des conférences à travers l'Europe. L'Alliance française m'a envoyée faire une grande tournée. Si vous saviez tout ce que j'ai vu et appris.

— Les andouillettes ?

Le serveur ne se soucie guère de la passion avec laquelle Menie raconte ses récentes expériences. Philippe, en revanche, l'écoute avec attention, malgré le brouhaha qui les entoure, et une femme très jolie qui le dévisage avec ostentation. Sans prendre la peine de répondre au garçon qui dépose leurs assiettes copieuses devant eux, Menie poursuit son exposé tout en attaquant la pièce de viande.

— Ça bouge beaucoup, partout. Les femmes ne veulent plus se taire. Ni se laisser enfermer dans un rôle qui n'est plus le leur. Philippe, vous le savez. C'est nous qui avons tout géré pendant la guerre. Évidemment, je sais que ça n'a pas été facile pour vous non plus.

Roger et lui ont été faits prisonniers ensemble. Ils ont gardé de cet épisode une amitié presque fraternelle, qu'ils partagent tous les deux avec René, le grand frère adoré de Menie. C'est par son entremise qu'elle a rencontré Roger, à qui son compagnon d'infortune avait confié un courrier à porter à sa petite sœur lorsque celui-ci avait été libéré quelque temps avant lui. Cet étrange jeune homme très grand au visage poupin lui avait donné rendez-vous sur le pont des Arts. Elle l'avait aperçu au loin et s'était immédiatement éprise de son immense silhouette qui paraissait dominer le monde. Puis de ses yeux si doux qui l'avaient enveloppée tout entière alors qu'elle décachetait l'enveloppe devant lui, et que les premiers rayons de l'aube dessinaient des lignes étincelantes sur la Seine, peu soucieuse de leur amour naissant.

« Elle est jolie mais un peu petite », avait rapporté Roger ce jour-là. Elle ne l'avait pas appris tout de suite, mais cette humiliante sentence l'avait dès lors incitée à ne plus quitter ses immenses talons qui l'accompagnaient même lors des brûlants après-midi d'été sous le soleil de Provence. Ça continue d'amuser Roger, qui la supplie de retirer ces objets de torture qu'elle feint d'ignorer totalement, malgré l'inconfort et l'envie de gambader pieds nus comme le font leurs invités. « Il faut souffrir pour être belle », se répètent les femmes depuis la nuit des temps.

Pendant qu'elle se perd dans ses souvenirs, une femme aux yeux ourlés de noir à la manière de Brigitte Bardot s'est avancée vers leur table et la fusille du regard, tandis qu'elle murmure à l'oreille de Philippe avec un air de propriétaire. Croit-elle que

Menie et lui prendront leur dessert à l'hôtel, comme le font pas mal des convives qui les entourent ? Les mœurs ont changé. On prend plaisir à goûter aux tentations en faisant fi des promesses faites devant M. le curé. Depuis qu'elle sort beaucoup sans Roger et rencontre tant de monde, ça n'a pas échappé à Menie qui est très sollicitée. Beaucoup d'hommes lui font la cour sans se soucier des conventions ni de ses trois enfants. C'est assez agréable de se sentir désirée, elle ne le nie pas, mais ne songe guère à céder à ces avances incongrues.

— Vous prendrez un dessert ? lui propose Philippe, rose de plaisir, et manifestement émoustillé par les propos de la femme à son oreille.

— Volontiers. Commandez-moi ces gros choux couverts de chocolat.

— Des profiteroles ? Menie, vous êtes insensée. Ne faites-vous donc pas attention à votre ligne ?

— Je ne prends pas un gramme, cher Philippe ! Comme tout le monde dans ma famille. Autant que j'en profite, vous ne pensez pas ?

— Vous savez ce qu'on dit des femmes qui aiment la bonne chère ?

— Pas de ça entre nous, Philippe.

— Vous avez raison. De toute façon, vous n'êtes pas mon genre.

— Avez-vous vraiment un genre ? rétorque avec ironie Menie, néanmoins vexée par la remarque de son hôte.

— Vous avez raison. Toute femme mérite d'être goûtée. Les belles, les laides, les gaies, les grosses, les maigrichonnes, les tristes, les mariées, les très jeunes, et même les dépassées, qui se montrent si généreuses pour faire oublier qu'elles partent avec un train de retard.

— Vous exagérez, Philippe. Dire des horreurs pareilles devant moi !

Menie feint d'être scandalisée. Mais elle aime cette liberté de ton, et le fait qu'il ose s'adresser à elle avec la même désinvolture qu'il le ferait avec un compagnon de beuverie. Les hommes l'émeuvent, elle n'y peut rien. À moins que ce ne soit justement ça, sa force. Son féminisme conciliant, sa tendre indulgence à l'égard du sexe prétendu fort, sa capacité à comprendre tous les bords du combat que semblent vouloir se livrer les deux sexes, perdus dans ce bouleversement sociétal.

Alors que Menie plonge sa cuillère dans le chocolat chaud qui glisse sur les choux remplis de crème glacée, Philippe pose sa serviette blanche sur la table, puis sa tasse à café dans sa soucoupe. Le brouhaha s'est calmé. Tout le monde est peu à peu retourné au travail. La radio n'est pas loin. De même que les bureaux qui émaillent ce quartier dans lequel personne n'habite. Soudain sérieux, il sort un stylo à l'effigie d'un club privé pour hommes et se met à dessiner sur la nappe en papier.

— Menie, vous le savez, je viens de prendre la direction des programmes de notre belle Radio Luxembourg, pour laquelle j'ai de grandes ambitions. Je vois beaucoup de monde. Il va falloir offrir à nos auditeurs ce qu'il y a de mieux. Vous ne l'ignorez pas, nous nous distinguons des autres antennes par notre proximité. Les sujets barbants, incompréhensibles au Français lambda, très peu pour nous. Savez-vous ce qui assure notre succès aujourd'hui ? Les jeux ! Et la musique rock. Je ne me suis pas fait que des amis, mais j'ai remercié la plupart des vieux briscards qui sévissaient devant nos micros. Si nous voulons affronter la concurrence, il faut proposer une offre plus jeune, plus accessible. Révolutionnaire, je dirais. De l'info, et du divertissement. C'est sur ces deux piliers que nous allons construire la nouvelle grille. Et puis cesser cette conversation à sens unique. Que connaissons-nous de nos auditeurs ? De quel droit nous adressons-nous à eux sans savoir vraiment ce qu'ils veulent entendre ? ce qu'ils vivent ? comment ils appréhendent le monde d'aujourd'hui ? Alors, j'ai eu une idée.

— Vraiment ? Philippe, ne me dites pas que vous voulez me faire animer un jeu d'argent, c'est d'une vulgarité. Savez-vous que je suis diplômée en histoire ?

— Ne vous inquiétez pas, Menie. J'ai ce qu'il faut de ce côté-là. Et notre valise bat déjà des records d'audience. Savez-vous pourquoi ?

— Non.

— Parce que les auditeurs nous appellent. Ils passent à l'antenne. Monsieur et madame Tout-le-monde peuvent entendre leur voix dans le poste. Prévenir leurs amis, leur famille, échanger avec l'animateur, participer réellement à l'émission ! Ça n'est pas génial ? Oui, apportez-moi un autre café. Vous en voulez un ?

— Très court. Avec un sucre à côté.

— Les auditeurs ont la parole. C'est ça, l'avenir. Et c'est aussi ce qui fera la particularité de notre radio.

— Et qu'est-ce que je viens faire là-dedans ?

— Vous aimez les femmes, n'est-ce pas ? Dans votre magazine, vous conversez avec elles. Elles se confient à vous, elles vous racontent leur vie. Sans tabou. Et puis vous leur répondez. C'est formidable. J'ai vu les scandales que ça créait, et la ruée vers les kiosques depuis que vous y tenez votre chronique. Elle a beau s'en étrangler, Françoise Lagarde ne peut pas nier l'impact de votre collaboration sur le succès du journal. Tenez, saviez-vous que Jean-Jacques avait une nouvelle maîtresse ? Une jeune danseuse de l'Opéra de Paris. Une merveille de fraîcheur avec un cul à damner l'abbé Pierre.

— Philippe !

— Je m'égare. Voilà. Je veux vous intégrer à notre émission de la fin de matinée. Vous serez plusieurs chroniqueurs au micro, à papoter. Chacun prendra la parole à tour de rôle. Ce sera très bon enfant. Votre rôle à vous sera de répondre aux problèmes des femmes. Vous les analyserez et exposerez votre point de vue. L'interactivité à l'antenne. C'est dans vos cordes ?

— Mais je n'ai jamais parlé dans un micro ! Comment s'y prend-on ?

— Si cette vieille chouette de Bernard Boulez y parvient, je ne me fais pas de souci pour vous, Menie. Je demanderai à mon assistante de vous organiser un rendez-vous avec notre speakerine des infos. Il suffit de poser sa voix, d'être détendue, de regarder les ingénieurs. Et puis, l'équipe vous portera. Alors, on signe ?

Sur la nappe tachée, Philippe a dessiné une table ronde, autour de laquelle des silhouettes grossières se tiennent devant des micros. Une grosse horloge leur fait face. Tout autour, il a écrit les mots « auditeurs », « femmes » et puis « Menie », qu'il a entouré à plusieurs reprises. Il fait signe au chef de rang de mettre leur repas sur sa note, puis déchire un coin de la nappe, écrit un chiffre, replie le bout de papier qu'il tend à Menie, laquelle glisse sur sa langue le morceau de sucre imbibé de café. Son père faisait cela, et offrait à ses cinq enfants cette unique friandise le dimanche. C'était une fête. Elle a gardé de cette tradition la saveur de la récompense.

Philippe s'est déjà levé, prêt à rejoindre la femme aux yeux de Bardot qui patiente sur le trottoir en fumant une cigarette. Ils parcourent les quelques mètres qui les séparent de la rue Bayard. Plusieurs hommes tournent la tête au passage de Menie, admirant sa silhouette menue et énergique, le maintien fier de ses épaules. Certains lui adressent un petit signe de tête. Ils l'ont croisée chez elle, ou dans une réception de la capitale. Dehors, un timide soleil de printemps s'est installé, les voitures sillonnent l'artère bruyante, non loin des Champs-Élysées. Les passants marchent vite. Pas comme dans son quartier, où les mères de famille trompent souvent l'ennui en flânant sagement pour que la journée se déroule ainsi. Philippe a allumé un cigare, placé une main assurée autour de la taille de la femme maquillée qui le dépasse de deux bonnes têtes. Ils sont pressés de la quitter, le désir les électrise. Déjà parti vers d'autres cieux, le petit homme en complet rayé se retourne vers Menie et lui lance :

— Demain 10 heures à la station ?

Comme s'il s'agissait de la chose la plus naturelle du monde. Elle a un papier à rendre, sa couturière à voir. Quant à Frédérique, ne lui a-t-elle pas demandé de l'accompagner quelque part ? Elle ne se souvient plus. Elle devrait consulter son petit agenda en cuir planqué au fond de son sac à main. Pour cela, il faudrait qu'elle se penche, et révèle le léger tremblement qui agite ses doigts. Il n'en est pas question. Menie se redresse davantage, dégage une mèche invisible et lui crie avec un large sourire :

— Parfait, à demain !

Il est déjà loin, sûr de son pouvoir. Un serveur ouvre la porte à battants et se précipite vers elle.

— Madame, vous avez oublié votre foulard.

Un cadeau de Roger.

Sans même y jeter un coup d'œil, Menie chiffonne le petit morceau de nappe et le balance dans une poubelle. Elle va marcher un peu, ça lui fera du bien.

Saumur, juin 1968

Lucien est encore rentré tard. Une réunion avec le syndicat. Mireille avait déjà fait dîner les petits. Catherine et elle ont passé du temps à ranger. Jean-Pierre, Alain et Françoise avaient mis un de ces bazars. La dînette, le petit camion tout cabossé pour lequel ils ne cessent de se battre, et les cadeaux Bonux que leur donne la nourrice, tout était éparpillé un peu partout. Même qu'elle a failli trébucher avec Jacques dans les bras. Ça, ils l'ont entendue ce soir. Elle a crié à s'en péter les cordes vocales. Ils la regardaient tous avec des yeux ronds. Même Catherine, qui a l'habitude et qui est une grande. À maintenant onze ans, elle range, prépare le dîner, fait bouillir les draps, l'aide pour le repassage. En plus, elle est bonne élève et lit très bien. Dommage qu'elle ne puisse pas continuer l'école plus longtemps. Mireille a trop besoin d'elle. Parfois, elle prétexte une bonne grippe pour que sa grande reste à la maison avec elle. Entre Béatrice et Jacques, elle ne s'en sort pas. Il y a toutes ces tétées, toutes ces couches à changer. Et le souper de Lucien à préparer.

Il a poussé la porte à 20 heures. Chez le voisin, qui a dégotté un poste chez ses beaux-parents, elle a aperçu le journal télévisé qui commençait sur l'ORTF. Les gens de Paris racontent une vie qu'elle ne connaît pas, mais dont lui parle souvent Suzanne. Parfois, Mireille rêve d'y aller avec sa sœur. Juste quelques jours pour visiter les Nouvelles Galeries, voir la tour Eiffel et ces belles dames qui courent les bals en robes merveilleuses pendant que Suzanne leur sert du champagne et se réfugie en cuisine, tout au bout du grand appartement. Rien que quelques petits jours sans les enfants, sans lui, sans cette vie-là. L'esprit libre de toute contrainte.

— Qu'est-ce qu'on mange ?

— De la soupe de poireaux.

— Et comme viande ?

Il la regarde à peine, il est absorbé par son journal, récupéré à l'usine. Le chef le lui laisse tous les soirs. Il l'a à la bonne parce qu'il est éduqué. Ça l'intéresse, Lucien, la façon dont tourne le monde. Tous les soirs, il plonge le nez dans ces pages qui lui salissent les doigts. Et puis le lendemain, il raconte aux autres ce qui s'y dit. Il paraît que ça continue de bouger, à Paris. Que les étudiants ont passé une nouvelle nuit à faire des barricades. Même qu'à l'usine ils aimeraient eux aussi défier l'autorité du Général, qui leur a ajouté des heures de travail. Ils ont peut-être raison. Lucien travaille trop. Quarante-huit heures, Mireille ne le voit guère. Les enfants non plus.

Les gars du syndicat échauffent les autres comme pas permis. Mais qu'est-ce qu'ils savent de sa vie à elle, de l'argent qui s'envole tous les jours, de la viande qu'elle n'a pas pu acheter parce qu'il en reste encore quatre avant la paye et que la petite boîte posée sur le radiateur est vide. À peine de quoi s'offrir un pain de campagne à plonger dans le potage parce que ça gonfle bien dans le ventre.

— Je n'ai pas pu en prendre.

Elle a dit ça comme si c'était sa faute. Alors qu'elle fait vraiment des efforts. Calcule tous les soirs avec Catherine. Rogne sur tout. Reprise les vêtements avec des bouts de draps. Fait trois ourlets aux petits et envoie son aînée à l'école avec des jupes feu de plancher.

— Qu'est-ce que tu fiches avec l'argent que je te donne ? Ma parole, t'es un vrai panier percé !

Il a dit ça avec humeur, sans lever la tête de son journal. Mais Lucien ne lui fait pas peur, elle sait qu'il ne la corrigera jamais. C'est un gentil. Depuis le temps, il aurait eu l'occasion. Même que souvent, il s'endort dans ses bras. Tel un enfant. Et ce simple geste a le don de les apaiser tous les deux. Comme quand les petits viennent les voir le dimanche dans leur chambre, et glissent sous les draps leurs corps encore tout chauds de sommeil. Lucien prétend que ça ne se fait pas mais il finit toujours par les garder auprès d'eux, par les chatouiller ou les faire sauter sur ses jambes. Quand le soleil se glisse entre les volets, dans ces moments-là, Mireille se dit qu'ils sont vraiment heureux, qu'elle a tort de s'en faire et que peut-être bien que les grandes dames de Paris, avec leurs belles robes, n'auront jamais accès à cette richesse-là.

— Et si je cherchais un travail ? tente Mireille.

Elle s'est assise en face de lui pour qu'il la regarde, et qu'il cesse de lire son journal. Dans quelques minutes, il allumera ce transistor que lui a donné un collègue, et qu'il écoute en boucle, le soir, sans lui parler. Lucien lève la tête et la regarde fixement, comme si elle l'avait giflé.

— Et les gamins ?

— Ils sont à l'école, ou chez la nourrice.

— Les petits sont même pas sevrés.

— Je pourrais les passer au biberon.

— Au prix que ça coûte. Et puis, c'est quand même ton rôle de mère, de les nourrir. Tu l'as fait pour tous les autres.

— Justement. C'est trop, Lucien. J'y arrive plus. Je ne suis même pas sûre d'avoir assez de lait, ni de force. Regarde mes seins, ils sont brûlants. Ils me font mal. J'ai trop donné.

Mireille a ouvert son chemisier. La rougeur a augmenté sur sa poitrine. Les mamelons sont dévorés. Elle a l'impression d'être une machine, une vache. Comme si on avait décidé de l'essorer de tout. De sa jeunesse, de sa force. Il faut que ça cesse sinon elle risque de mourir. Qui sait ce qui se passerait si ça arrivait ?

— Suzanne a dit que je devrais montrer ça à un médecin. Elle y va demain. Je pourrais l'accompagner ?

— Elle va où ?

— Chez le docteur. Elle a peut-être quelque chose de grave elle aussi.

— Pourquoi « elle aussi » ? Qu'est-ce que tu as de grave ?

Mireille n'a plus la force de lutter. Et puis, il a sans doute raison. Qu'est-ce qu'elle a à se plaindre tout le temps ? Quand on a eu deux minots aussi rapprochés, c'est le prix à payer. Mais elle doit accompagner Suzanne, qui a des vertiges sans arrêt, qui ne mange plus rien depuis quelques jours. Mireille a peur pour sa cadette. Elles ne sont que deux. Alors elle ne dit rien parce que Lucien est à présent concentré sur son transistor, et qu'il se met à rire parce qu'un animateur raconte des bêtises et que, parfois, ça fait du bien de penser à autre chose qu'aux soucis. Elle retire doucement son assiette, la plonge dans l'eau savonneuse de l'évier et savoure la chaleur sur ses mains. Le rire de Lucien la cajole aussi et lui rappelle le temps de leur jeunesse, quand il riait tous les jours parce qu'il avait la légèreté chevillée au corps. Elle rince les deux assiettes, prend un torchon et se place à son côté. Et puis elle pose sa joue sur son épaule parce qu'elle sait qu'après le travail il n'a pas la tête à « ça » et qu'elle peut se laisser aller à ce rapprochement sans avoir peur qu'il ait envie d'autre chose. Elle ferme les yeux et se laisse bercer par son rire et la promesse de quelques minutes de sommeil contre son homme avant les exigences de sa nuit et la peur du lendemain.

Il est 20 h 42, vous êtes sur RTL.

Gare Montparnasse, août 2021

J'avais oublié le monde, cette foule qui se presse dans les gares pour parcourir le pays. Bordeaux, Biarritz, Nantes. Sur les tableaux d'affichage, je n'arrive plus à m'y retrouver. Je suis restée enfermée trop longtemps. Tours, à l'heure. La voie n'est pas encore annoncée. Hier, l'homme que j'ai eu au téléphone m'a assuré que je pourrais accéder aux bandes sonores. Menie a tout confié aux archives de la ville. Les lettres, les émissions. Depuis trois semaines, je n'ai pas levé la tête. J'ai lu les livres de Menie, ses articles, ceux qui y faisaient référence. Ça me passionne. J'en rêve la nuit, quand je finis par m'endormir le livre sur le nez. L'été a emporté tous les habitants. La chaleur écrase les rues désertes. Depuis l'épisode avec l'homme de la boulangerie, j'ai préféré rester dans ma petite chambre.

Tous les deux jours, j'apporte quelques produits frais à ma logeuse. De l'eau, des fruits. Tandis que je rangeais ses courses dans les placards de sa cuisine, je lui ai parlé de mon projet et son visage s'est illuminé.

— Menie Grégoire, mais bien sûr ! Je m'en souviens comme si c'était hier.

Ses sœurs et elle écoutaient son émission, en cachette, car à l'époque ça n'était pas correct. Pourtant, elles y ont beaucoup appris. C'est peut-être grâce à Menie qu'elle a eu le courage de quitter son mari lorsqu'elle ne l'a plus aimé.

— Ça alors, Menie Grégoire… Quelle histoire ! s'est exclamée la vieille dame. Mais qui ça peut intéresser, aujourd'hui ? Avec Internet, la télévision, et toutes ces jeunes filles qui déambulent à moitié nues dans les rues.

Elle ne comprend plus les femmes. Sauf moi, qui lui parais être une « jeune fille très bien ». C'est amusant comme l'âge n'est qu'une vue de l'esprit. Pour ma logeuse, j'ai toute la vie devant moi. Elle a peut-être raison. Menie me fait oublier Pietro, le passé et le vide de mon existence, tellement triste comparée à la sienne, si riche de projets et d'enthousiasme. Est-ce l'époque qui a tiédi ? Ou le regard que je porte sur elle ?

J'aurais pu m'arrêter là, rendre à Katell une synthèse succincte mais sérieuse qui relate le destin d'une bourgeoise, miraculeusement lancée dans une autre vie à l'aube de la cinquantaine, qui a rencontré un mouvement de société inédit et libéré la voix des femmes de toute une génération. C'est déjà pas si mal. Une femme racée, intelligente et sensible qui s'est trouvée au bon endroit, au bon moment. Qui a exprimé ses douleurs pour accoucher celles des autres. Oui, j'aurais pu m'en tenir là, puis faire valoir mon expérience dans d'autres maisons d'édition. Mais lorsque j'ai appris pour les archives, j'ai tout de suite su que je ne m'arrêterais pas là.

J'ai rendez-vous cet après-midi à 14 heures, après avoir obtenu l'accord de la fille aînée de Menie, visiblement souvent sollicitée par des étudiants, quelques journalistes et des sociologues. Elle n'a pas cherché à en savoir davantage sur mes motivations, elle semblait pressée de retrouver ses petits-enfants qui criaient au loin. Je me demande si elle ressemble à sa mère. Comment se construit-on à l'ombre d'une telle personnalité ? J'aimerais beaucoup l'interroger… Je le ferai peut-être. Plus tard. Pour le moment, je dois creuser l'histoire de Menie. Écouter la voix des auditrices. Et la sienne.

Dans le TGV, je repense à ce documentaire où Menie est filmée dans le train qui l'emmène en Touraine. Elle contemple un paysage, le même que celui qui défile devant mes yeux. Avec ses plaines un peu tristes, son ciel mouvant et ces maisons en bord de voie dont on a du mal à envisager les vies qu'elles renferment. Avait-elle percé le secret de ces destinées ?

Ce matin, j'ai reçu un message de Pietro, comme souvent lorsque je rallume mon téléphone après une nuit de tranquillité. Cette fois-ci, il était doux. Posé. Il pense qu'on devrait parler. Il va mieux. Il a consulté quelqu'un pour évoquer nos problèmes. Nos problèmes… Il a changé, il veut me voir, bon Dieu, il devient fou. Merde, on s'aime. Et c'est ça qui est important, non ?

Tours est une ville charmante. Pour être autonome, j'ai loué une petite voiture à la gare. Je n'ai pas conduit depuis des années. Pietro prenait toujours le volant. Jamais je ne m'étais posé ces questions auparavant, mais aujourd'hui je me demande pourquoi cela me paraissait si naturel d'agir ainsi. Est-ce parce qu'il est un homme que je considérais comme allant de soi de lui indiquer la route, d'aller acheter les boissons à la station-service, de subir ses humeurs face aux autres automobilistes ? La chaleur est si harassante que j'ai enfilé une robe légère ce matin – s'il me voyait, Pietro prétendrait que c'est pour attirer les regards.

En attendant mon rendez-vous, je me suis installée à une terrasse dans la vieille ville aux murs médiévaux. Passionnée d'histoire, Menie était également diplômée en archéologie. Sans doute aimait-elle cette région à cause du passé qui y a laissé son empreinte un peu partout. Ou alors c'était peut-être à son propre passé qu'elle avait besoin de se ressourcer. Ou à celui de sa mère, dans la maison natale de laquelle elle avait établi ses quartiers d'été. À Rochecorbon. Sa relation à Marie a visiblement bien plus joué dans son rapport aux femmes qu'elle ne voulait le croire. On ne se déleste jamais complètement de ses premières années. On édifie sagement, ou on bataille contre les modèles de son enfance. Mais ces derniers restent pour toujours les fantômes de celles que nous devenons. Ma mère a quitté mon père pour une broutille lorsque mon frère et moi étions adolescents. Par la suite, elle n'a plus jamais accordé sa confiance à personne. Serais-je moi aussi prisonnière de ce schéma ?

J'ai commandé un croque-monsieur avec une grande assiette de frites, et me suis même accordé une bière bien fraîche. J'ai regardé les jeunes gens passer dans la rue, ivres de la liberté offerte par ces mois d'été si jubilatoires quand on a dix-huit ans.

Après avoir examiné dans le miroir des toilettes le coup de soleil qui orne mon nez, j'ai pris la route pour Chambray-lès-Tours, où sont archivés les documents de Menie Grégoire.

— Bonjour, j'ai rendez-vous avec Paul…

— Bien sûr. Je l'appelle.

La jeune femme qui m'accueille est souriante. La vingtaine. Elle doit être en vacation pour l'été. Elle n'a pas eu besoin que je donne le nom de mon interlocuteur, manifestement connu comme le loup blanc en ces lieux silencieux et frais où passé et savoir imposent le respect.

— Esther ?

La voix est à la fois métallique et grave. Je lève la tête. Le type a les cheveux trop longs, des cils immenses, une chemise à fleurs et des yeux qui sourient tout seuls. À coup sûr, la couleur de mon nez l'amuse beaucoup. Je m'étais imaginé un autre style de documentaliste. Il continue de me sourire sans rien dire, comme s'il avait tout son temps – ce qui est peut-être le cas. Qui vient consulter de vieux documents en plein mois d'août, à part quelques étudiants en retard ou des retraités en mal de relations humaines ?

— Je… Oui, pardon. Nous nous sommes parlé au téléphone hier. Vous savez. Pour Menie. La dame de la radio.

— La dame de cœur.

Je sursaute. Peu de gens connaissent le surnom de Menie. C'est étonnant, surtout pour quelqu'un d'aussi jeune.

— Oui. C'est bien elle.

— Bien sûr que je me rappelle. Vous me suivez ?

Je suis soulagée parce que la jeune fille de l'entrée va enfin cesser de nous observer. J'ai horreur des premières rencontres. J'ai horreur de rester debout, cramponnée à mon sac, dans un lieu que je ne connais pas sous le regard d'étrangers. Je lui souris néanmoins, mais elle n'a d'yeux que pour son étrange collègue qui détonne avec cette froide institution.

— Vous avez fait bon voyage ?

Là encore, j'ai horreur de ce genre de formule toute faite qui ne sert qu'à combler le vide entre deux personnes qui n'ont rien à se dire. En temps normal, j'aurais levé les yeux au ciel, mais la mine résolument guillerette de mon interlocuteur douche mon cynisme.

— Très. C'est rapide de venir.

— Une heure à peine. Avec le TGV, c'est presque trop court, non ? Menie prenait souvent le Corail, juste pour le plaisir d'y passer plus de temps.

Un frisson me parcourt l'échine.

— Vous l'avez rencontrée ?

— Oui, plusieurs fois. Une femme charmante. Pleine d'énergie.

Quel âge peut-il avoir ? La quarantaine ? Plus ? Moins ? Je suis incapable de l'estimer. Nous empruntons un long couloir, puis un autre, pendant que le dénommé Paul sifflote. Ça m'agace prodigieusement, car cela vient parasiter mon émotion devant ces hautes armoires en aluminium qui renferment tant de témoignages du passé.

Enfin, nous parvenons à d'immenses allées devant lesquelles sont affichées des photos de Menie. En couleurs et en noir et blanc. Elle y figure devant le logo de la radio, souriante ou sérieuse, son casque audio vissé aux oreilles, assise sur son bureau ou derrière un gros micro, penchée sur des carnets, le chignon gracieusement crêpé, le rouge à lèvres impeccable. Paul a cessé de fanfaronner. Redevenu très professionnel, il se tourne vers moi.

— Bien que choletaise, Menie était tourangelle de cœur. Mais vous devez déjà le savoir. Petite, elle venait dans la région avec ses parents. Lorsqu'elle a arrêté l'émission, il a été question de détruire les bandes, comme ça se faisait alors à la radio – tout le monde se fichait bien de garder ça. Mais Menie a exigé de les récupérer et les a léguées aux archives départementales d'Indre-et-Loire. Avec le reste.

Il esquisse un large geste de la main pour désigner le vaste espace dédié à Menie Grégoire. Puis il reprend :

— Vous avez devant vous soixante-quatorze mètres de linéaire de lettres, d'enregistrements audio, de ses carnets noirs. Les bandes sont les originales, les bobines qui sortent des studios de RTL. Ce qu'on appelle les galettes. Vous pouvez les écouter sur un magnétophone que nous avait confié Menie. On en a mille. Il y a aussi toutes les lettres classées par elle et son équipe. Quatre-vingt mille au total. Rangées par ordre alphabétique. Cela va d'« abandon » à « violence », en passant par « adultère », « alcoolisme »,

« corps », « gynécologie ». Il y a aussi des sous-parties, « avortement », « bébé poubelle », « vie de couple », « consanguin », « masturbation », « viol », « timidité ». Nous les avons ensuite triées selon trois thèmes. Celles qui ont été ouvertes et celles qui ne l'ont jamais été. Et puis celles lues à l'antenne, par numéros et dates de passage. Il y a aussi les fiches, sur lesquelles elle notait ses réactions, ses agendas, ses articles de presse, ses travaux universitaires. Une quinzaine de chercheurs sont déjà venus les étudier pour leurs travaux sociologiques. Vous avez de quoi faire. Sur quoi travaillez-vous ?

Fascinée par le trésor qui m'entoure, je ne l'écoute plus. Ce sont plutôt ces voix de femmes que j'entends, ces confidences, pour la plupart oubliées. La propension humaine à effacer le passé est prodigieuse, me dis-je. Comment toute cette matière humaine a pu être entreposée ici, dans ces allées silencieuses, sans que personne s'en soucie. Comment ces viols, ces avortements, ces solitudes, cette vérité crue livrée sans fard aux oreilles de millions d'inconnus ont été cachés aux générations futures comme s'ils n'avaient jamais surgi du silence. Fallait-il une nouvelle fois faire taire ces hommes, ces femmes surtout, qui ont raconté la vie ? La vraie. Qu'on l'aime ou pas.

Une phrase de Menie orne l'une des allées. « Si nous avions eu, pour les siècles passés, le quart de ces témoignages vécus, l'histoire n'aurait pas eu le même visage et je crois qu'elle serait plus humaine. »

— Impressionnant, non ?

Je sursaute. Mon compagnon n'a pas bougé. Il est là, souriant, pas vexé outre mesure que je ne réponde pas à ses efforts pour me mettre à l'aise, ni à son intérêt pour mon travail.

— Très.

— Je vous installe ?

— Je… Oui, merci.

En attrapant mon sac, il frôle ma main. Je n'ai plus l'habitude qu'on me touche, et cette proximité physique, si minime soit-elle, me dérange. J'ai pris plusieurs boîtes d'archives, et nous avons cheminé plus loin. À présent, nous sommes seuls dans une grande salle. Il pose mon sac sur une large table en bois qui fait face à une baie vitrée donnant sur un jardin verdoyant, puis recule de quelques pas. Il a peut-être senti ma réserve. Je m'assois, sors mon ordinateur, mon cahier, et chausse mes lunettes tandis qu'il se remet à parler. Cherche-t-il à détendre cette atmosphère étrange ?

— Nous sommes ouverts jusqu'à 17 heures. Du lundi au vendredi. Sans interruption. Mais je ne saurais trop vous conseiller de faire une pause pour le déjeuner, d'autant qu'il est interdit de manger dans l'enceinte de l'établissement. Je vous laisse une paire de gants pour consulter les documents. Ils sont précieux, vous l'aurez compris. Voulez-vous un verre d'eau ?

Je secoue la tête et montre la gourde isotherme, offerte par Hélène, que j'ai apportée. Une mèche de cheveux bruns retombe sur le visage de l'archiviste, qui l'écarte en soufflant dessus avant de faire demi-tour.

— Vous savez où me trouver. Bon voyage dans le passé !

Et je me retrouve seule face à cette multitude de témoignages, d'appels à l'aide reçus de 1967 à 1981. Je ne sais pas par où commencer. Ni ce que je fais là. Un après-midi ne sera jamais suffisant pour réveiller toutes ces vies endormies. Alors je finis par me lever, tends la main au hasard vers un carton.

66 J 221 femme / femme / travail / femme au foyer 1969-1974.

Je le pose sur ma table, l'ouvre délicatement et en sors une dizaine de lettres un peu jaunies. Les graphies sont différentes. Immenses, grossières ou déliées, à l'encre ou au crayon à papier, à l'écriture franche ou bien timide. Toutes convergent vers « Menie », ce phare dans la tempête d'existences chahutées qui cherchent une âme venue les secourir ou une oreille pour les écouter. Un nouveau message de Pietro vient d'arriver sur mon téléphone. Je l'éteins d'un coup sec, le retourne et plonge dans d'autres tourments que les miens.

« *Chère Menie, j'en ai gros sur le cœur…* »

Paris, juin 1967

— Il faut être concis, Menie. Rapide. Balancez dans le vif du sujet en quelques secondes ! Prenez votre place, rentrez-leur dans le lard, chopez l'auditeur !

Chaque jour, dans le grand bureau de Philippe, elle subissait ses retours souvent durs. Parfois tendres. Elle avait bien failli abandonner. Qu'est-ce qu'une bourgeoise de son âge, qui ne connaissait rien à la radio, venait faire dans ce monde fermé de journalistes professionnels et rodés ?

Les premières émissions étaient restées confidentielles. Menie attendait sagement son tour autour de la table des chroniqueurs, chacun tirant la couverture à lui. On ne laissait guère de temps à cette novice inattendue. Parfois, même, il lui en restait trop peu pour qu'elle puisse prendre la parole convenablement. Elle commençait par lire son papier, quelquefois sous les ricanements condescendants de ses confrères masculins, puis les petites notes des publicités résonnaient dans le studio. Ses doigts tremblaient un peu, comme sa voix, qu'elle avait du mal à poser au début. L'introduction était trop longue, peut-être. À moins que ce ne soit son style trop ampoulé qui retardait l'entrée en matière.

Roger était peu là, rarement à l'écoute. Les filles s'en fichaient pas mal, surtout Frédérique, bien trop occupée par ses histoires de cœur pour se pencher sur les nouvelles velléités professionnelles de sa vieille maman. L'aînée bûchait dur. Quant à la cadette, elle préparait son mariage avec l'ardeur d'un agriculteur veillant sur ses futures moissons. Rien n'aurait pu la détourner de cet objectif ultime.

Et puis, il y a eu ce jour où, comme souvent, la conversation entre chroniqueurs a tourné potache. Il était question d'Yvonne de Gaulle, des seins nus de quelques manifestantes aux États-Unis. Menie en avait eu assez. Elle serrait dans sa main un courrier reçu le matin même au journal. Devant elle, la petite fiche qu'elle avait préparée pour sa chronique lui avait paru bien fade comparée à cette lettre qui lui avait retourné le ventre. Alors elle les avait interrompus, poliment. Leur avait demandé si elle pouvait lire une lettre, simplement – ce n'était pas vraiment une question. Elle s'était approchée du micro, avait agrippé son casque, défroissé la feuille et offert à cette femme anonyme une tribune providentielle.

La lettre parlait de sexualité. Les types autour de Menie avaient roulé des yeux, l'air de dire qu'elle exagérait, qu'on ne racontait pas ces choses-là à la radio. D'autant que l'inconnue évoquait le peu de plaisir pris sous les draps avec un mari guère soucieux de sa douleur ou de son plaisir. Mais le sérieux de Menie, le ton de sa voix, l'attention qu'elle avait portée à cette femme, juste en lisant à voix haute son témoignage à l'intention des milliers d'oreilles collées à leur transistor, ça avait vraiment créé quelque chose. Les rires avaient brusquement cessé. Puis Menie avait répondu à cette femme, comme si celle-ci se trouvait dans le studio, avec eux. Elle avait fait comme lors de ses séances de psychanalyse, commencées lorsque son père avait été terrassé dans ses bras par une crise cardiaque, et qu'elle n'avait plus su comment tenir debout sans lui. Elle s'était adressée à cette femme sans visage d'une voix douce, en fermant les yeux. Les autres s'étaient tus. Parce qu'on ne peut pas se gausser de tout, surtout pas de cela. Du témoignage de ces malheureuses qui s'ouvraient à elle sans retenue, parce qu'elles lui faisaient confiance.

Elle en avait profité pour parler de la condition des femmes, du plaisir féminin qu'on a tu pendant si longtemps. De l'injonction à faire des enfants, à obéir à son époux. Mais non, les femmes peuvent aussi prendre du plaisir, participer à cette communion des corps qui ne doit plus être une corvée supplémentaire au milieu des tâches ménagères. Il était temps qu'on parle de cette réalité-là, du sexe, de ses conséquences. Oui, il était temps qu'on parle de tout cela sans enfermer les secrets au confessionnal, sans laisser M. le curé gérer seul les confidences des épouses, parce que les hommes s'accommodent plus facilement du silence, parce qu'ils ont été élevés avec l'idée qu'on ne parle pas, qu'il suffit de se battre, un point c'est tout. Elle n'en avait pas dit autant, mais elle aurait aimé le faire. Car à mesure qu'elle répondait à cette anonyme qui allait tout changer, cette évidence s'imposait. Elle-même avait adulé son père, adoré ses frères, méprisé l'inertie maternelle, et naturellement accepté de n'être qu'un second choix dans une hiérarchie familiale entendue. Apprécié, même, qu'on la laissât faire des études, donner son avis parfois. Mais après les voyages, le planning familial, les lettres, les articles et puis le livre qui avait rencontré un tel écho…

La société était en train de changer. On se rebellait contre le pouvoir en place, contre le Général, devenu le symbole d'un monde dépassé. Roger en parlait beaucoup à la maison… Tout le monde semblait aspirer à changer les choses. Alors pourquoi pas les femmes ?

Oui, pourquoi les femmes ne profiteraient-elles pas de ce formidable élan de vie pour prendre enfin leur place dans une société en pleine mue ?

C'est le moment, s'était dit Menie.

Philippe l'avait quelque peu sermonnée après cette prise de parole trop longue, trop engagée, trop choquante, qui avait valu au standard pas mal de coups de téléphone outrés par le ton que prenait cette station dont on ne comprenait guère le virage éditorial. Non mais où allait-on ? Raconter de telles horreurs à une heure de grande écoute ! Et qui était cette bonne femme, d'abord ? Mais derrière cette petite leçon de morale pour la forme, Menie avait vu poindre chez Philippe ce sourire espiègle et satisfait qui ne cessait de la séduire. Il était son mentor, sa béquille. Sans lui, elle n'aurait jamais eu le cran d'affronter les autres journalistes, ni même de lire à l'antenne ces mots qui lui brûlaient les doigts.

*

Lorsque juillet était arrivé, Menie avait rejoint Roger et Frédérique. Ils avaient pris le train pour la Touraine avant le mois d'août à Saint-Rémy. Et elle avait mis de côté tout cela. On avait reçu des cousins et des connaissances de la région. De grandes tables avaient été dressées dans le jardin, recouvertes de belles nappes amidonnées ayant appartenu à sa mère. Des rillettes, des charcuteries, du pain frais, de grandes salades et des carafes de vin rouge de la région avaient été disposés. Les invités, élégants, étaient arrivés les uns après les autres, en famille. Les enfants, qui avaient bien grandi, s'étaient naturellement réunis autour d'une grande tablée un peu à l'écart, oubliant les heures passées petits à se considérer comme des frères et sœurs, des cousins. Aujourd'hui, ils se faisaient la cour. Les garçons vantaient leurs premiers postes prometteurs, une fois leurs services militaires terminés. Les filles avaient sorti leurs jolies tenues, élaboré de savants chignons retenus par des rubans de velours, et fumaient des cigarettes qui leur donnaient des allures de stars de cinéma.

Autour de Roger et Menie, on avait beaucoup ri, évoquant les potins des alentours. Du village, on pouvait entendre ce joyeux tumulte qui unissait les générations, et puis la musique qui s'échappait des gros baffles qu'on avait sortis dans le jardin, devant les tables de bridge pelucheuses destinées aux jeux de cartes en plein air. Personne n'avait parlé des activités radiophoniques de Menie. Était-ce par pudeur ?

À moins qu'il ne s'agisse d'un désintérêt pour cette distraction de mère de famille en mal de passe-temps. Seule Jacqueline de Bresnac était venue l'asticoter mine de rien, lui demandant si ça n'était pas trop difficile, pour ce cher Roger, d'avoir à subir tout cela.

— Mais tout quoi, chère Jacqueline ? Croyez bien que ce que j'apprends au contact de ces femmes confrontées aux réalités de « la chose » ne peut qu'enchanter le quotidien d'un couple.

La chère Jacqueline avait piqué un fard, plongé son nez trop rouge dans son verre de loire et rapidement tourné les talons. Elle avait toujours eu un faible pour Roger.

Un dimanche soir, ils étaient rentrés à Paris avec Frédérique malgré les embouteillages du chassé-croisé. Leur benjamine chantait les louanges d'un jeune centralien miraculeusement apparu lors d'une de ces soirées de province où, habituellement, il était rare de croiser de nouvelles têtes. Menie se demandait bien ce qu'elle pouvait trouver à ce jeune homme fade et ennuyeux, hormis l'attrait que suscite trop souvent le dédain affiché par ce genre d'individus sûrs d'eux et de leur intelligence. Roger gardait les yeux rivés sur la route, concentré, pendant que Menie, son agenda sur les genoux, organisait la semaine à venir. Chaque soir, ils avaient des obligations. Une réception, une première au théâtre, un dîner intime à la maison – il faudrait prévenir Bernadette, qu'elle aille faire les courses et appelle un maître d'hôtel. Aller chez la couturière, aussi, ou même en boutique, choisir une robe. Elle avait porté les autres un nombre incalculable de fois. Mercredi, ils dînaient au Quai d'Orsay. La carrière de Roger décollait, on pensait même à lui pour de très hautes fonctions. Il lui faut un costume neuf, songe Menie. Bientôt, Roger arborerait une nouvelle médaille, c'était certain. Femme de ministre, ça aurait de la gueule, tout de même !

Ils avaient fini par regagner Paris tard dans la soirée, alors que les terrasses se vidaient. Et tous les trois, ils s'étaient installés devant le grand poste de télévision qui avait depuis peu rejoint le salon au plafond haut, dans un coin discret au milieu de guéridons couverts de dizaines d'objets rapportés de leurs voyages. Frédérique avait replié ses jambes, posé sur ses genoux le plateau de victuailles apporté par Bernadette. Certaine d'irriter sa fille, Menie s'était abstenue de lui expliquer qu'une jeune fille comme il faut se tient autrement. Et puis, se rappelant les reproches de sa propre mère, elle en avait conclu que ces règles étaient d'un autre âge.

Après avoir englouti son assiette, Frédérique les plante là pour aller téléphoner. Elle va encore bloquer la ligne des heures ! Roger pourrait être appelé à n'importe quel moment, ce n'est pas sérieux. Cependant, Menie est heureuse d'avoir son mari pour elle seule, même si elle ne supporterait guère de passer en tête à tête plus que cette soirée dominicale sanctuarisée. Menie veut sentir le monde. Elle refuse de rester campée sur ses positions de bourgeoise, incapable d'appréhender les espoirs d'une génération. On parle d'un demi-million de chômeurs. Faut-il que rien ne tourne plus rond pour que même le travail vienne à manquer ? Pourtant, les femmes qui lui écrivent se tuent à la tâche. Pour un maigre salaire. Elles ont peur pour leurs enfants qui vont entrer sur ce marché du travail désormais encombré. Comment élèveront-ils les leurs ? Quel sera leur avenir ?

Roger travaille avec Georges Pompidou, le Premier ministre. Ensemble, ils cherchent des solutions pour préparer un monde nouveau qui répondra aux besoins viscéraux d'une France qui s'ennuie et a tellement soif de liberté. Menie ressent au plus profond d'elle-même cet appel à laisser de la place à ceux qui feront le monde de demain. Ce soir-là, elle pose sa joue contre le torse de son mari qui, lunettes sur le nez, relit patiemment un rapport qu'un jeune homme lui a fait déposer dans la soirée. Elle ferme les yeux en pensant à ces espoirs bouillonnants, à ces corps qui veulent s'étreindre, à ce désir d'élargir un horizon devenu trop étroit.

*

— Menie ! Venez voir !

— Attendez, je n'ai même pas déposé mon sac. Ni bu un thé. Enfin, Philippe, laissez-moi respirer. Il est à peine 10 heures, et on est lundi matin.

Menie aime la radio où, à n'importe quelle heure du jour ou de la nuit, tous œuvrent ensemble pour divertir et informer les auditeurs. Elle retrouve là l'esprit de groupe qui a animé son enfance. Ses frères sans arrêt en mouvement, jamais las d'inventer, de raconter des histoires folles, de peindre le monde avec des couleurs toujours plus gaies.

Dans le bureau de Philippe, ça sent fort le café. Une grosse machine à filtre y gargouille, dans laquelle sa secrétaire verse sans relâche de l'eau chaude pour contenter cette addiction très américaine que Menie trouve follement chic. Pourtant, il lui semblerait plus opportun de laisser ladite machine dans le bureau adjacent de son assistante. Philippe a de ces lubies.

— Je vous en sers un ?

— Volontiers.

— Un sucre ?

— Vous le savez.

— Cigarette ?

— Seulement en soirée. Bon, dites-moi, qu'y a-t-il de si important ?

— Le standard.

— Quoi, le standard ?

— Il a explosé. Depuis votre intervention, ça n'arrête pas. Autant vous dire que les filles de l'accueil sont débordées. Mais c'est quelque chose.

— Les gens se plaignent ?

— Certains. Mais pas tous. C'est même une très faible partie des appels. Non, plein d'auditeurs, et surtout d'auditrices, tiennent à vous remercier d'avoir répondu à cette dame – celle dont vous avez lu la lettre. Sans parler des autres, qui souhaitent raconter leur propre histoire, vous demander conseil, savoir ce qu'elles doivent faire. Vous êtes visiblement la seule à pouvoir leur répondre. Sans compter le courrier. Regardez !

Philippe lui indique un sac de courrier bien rempli. Menie a l'habitude. Au journal, c'était pareil. Les gens s'ouvrent à elle, lui racontent leurs grands drames et leurs petits soucis. Tout le monde a besoin de ça. D'une oreille, sans jugement. De quelqu'un qui puisse tout entendre, qui puisse leur répondre qu'aucun vice, aucune douleur, aucune tragédie n'est solitaire. Quelqu'un qui explique aux femmes leur corps, aux jeunes filles les réalités du couple, aux hommes les besoins de leurs épouses. On ne parle pas de ces choses-là, non. Ni chez les riches ni chez les pauvres. On se tait depuis si longtemps parce que c'est ainsi qu'on faisait autrefois, parce qu'on n'avait pas le choix et qu'il fallait bien vivre plutôt que de s'appesantir sur le chagrin de la disparition d'un frère, d'un père ou d'un fils. Parce qu'il fallait rester fort, forte, et ne pas se regarder le nombril. Mais il n'y aura plus de guerre. Aujourd'hui, on a le droit de s'écouter et d'écouter les autres.

Philippe frétille d'enthousiasme. Il a allumé un de ses gros cigares. L'air satisfait, il froisse quelques enveloppes. Il semble avoir pour Menie de grandes ambitions.

— Je pense sérieusement à une émission pour vous toute seule, Menie. L'équivalent de votre courrier des lecteurs mais à la radio, en direct. Vous imaginez ? Les auditeurs pourraient appeler, pour donner leur avis sur les lettres que vous auriez sélectionnées. Ça ressemblerait à une conversation. Ce serait très ludique, non ? Et surtout totalement inédit. Il faut trouver un titre, quelque chose de percutant. On a le temps d'y penser. Non, le plus important, c'est l'horaire. Que diriez-vous du matin ? Ou du soir, lorsqu'on peut s'adonner aux confidences ? C'est bien, ça. Le soir. On n'a pas grand-chose sur ce créneau-là.

— Non, pas le soir.

Elle pense déjà qu'une émission pour elle toute seule, qui n'y connaît rien, et que personne ne connaît, c'est une folie. Mais cette histoire d'horaire, non. Ça ne va pas.

— Et pourquoi donc ? s'étonne-t-il, pas convaincu.

— Parce que le soir, les maris et les enfants sont là. L'après-midi, c'est mieux. Les femmes sont seules chez elles. Elles en ont fini avec les tâches matinales, le déjeuner de leur époux. Les petits dorment. C'est leur seule pause. Et puis, elles seront sûres de ne pas être écoutées ou reconnues par leurs bonshommes qui seront au travail.

Philippe sourit, admiratif.

— On peut dire que vous connaissez votre sujet, Menie. Va pour l'après-midi, l'heure des femmes ! J'imagine que c'est un oui ?

— Pas du t…

— Parfait ! On va faire des affiches, une promotion de tous les diables. Personne ne vous connaît. Il faut vous construire un personnage. Pas trop dame patronnesse, ni trop bourgeoise. Une dame de confiance.

— Mais je veux rester moi-même !

— Bien sûr, bien sûr. Mais vous en mieux, ce serait terrible, n'est-ce pas ? On va vous prendre rendez-vous chez le coiffeur. Vous refaire un peu les dents. Et ce menton, il est superbe, évidemment, mais un peu fuyant. Ça ne donne pas vraiment confiance. Pour le look, c'est idéal. On voit bien que vous êtes allée à bonne école, chez Françoise Lagarde. Sexy et classe à la fois. Parfait. Vraiment parfait.

Menie ne sait pas comment elle doit prendre les dernières paroles de Philippe. Elle est à la fois flattée et affreusement vexée. Qu'est-ce qu'il a, son menton ? Et ses cheveux ? Toutefois, elle sent poindre l'excitation au fond de son ventre, la perspective d'une seconde jeunesse, d'un visage rajeuni, d'un nouveau métier qui va peut-être changer radicalement sa vie. Philippe a déjà appuyé sur les boutons de son interphone. Il ordonne à sa secrétaire de prendre les rendez-vous dont il vient de parler. Tout doit aller vite. Le nouveau monde est comme ça. Le succès n'attend pas plus que ces centaines d'auditrices qui ne manqueraient pas d'affluer à l'heure de la sieste.

— Et puis, au pire, si ça n'arrive pas, on aura essayé, pas vrai ? Menie. Menie ?

— Oui ?

— Je vais faire de vous une vedette.

— Il est 15 h 10 sur RTL. Bonjour, Menie Grégoire.

— Vous savez, je reçois beaucoup de lettres de solitaires mais je vous préviens, je me refuse ici à pleurer. On me dit souvent que je suis forte mais si je parle ici de tous les problèmes, ça n'est pas pour pleurer, sinon je ne sers à rien. Aujourd'hui, avec toutes ces solitaires, on va se poser la question de savoir pourquoi certains êtres sont seuls alors que d'autres sont très entourés. Voici une première lettre…

Madame, je suis seule à Paris. J'ai quitté ma province à vingt-deux ans. Bien sûr, chez moi, j'aurais pu me marier et peut-être aujourd'hui, je serais mère de famille. Mais voilà, je voulais connaître autre chose donc je suis venue travailler à Paris comme femme de chambre. C'était pour moi le meilleur moyen de démarrer. Ça fait maintenant sept ans que je fais la même chose. Je n'ai aucun contact avec l'extérieur. Le matin, je descends trois étages. Le soir, je les remonte. Il m'arrive pendant un week-end de n'ouvrir la bouche que pour dire merci à la boulangère et pardon dans le métro. J'ai cru rencontrer le grand amour sans bague au doigt. Vous allez sans doute me conseiller de rentrer chez moi mais mes parents se sont habitués à mon absence. Et surtout, je suis devenue trop indépendante. Et surtout, madame, il y a des jours où la solitude est intolérable. Madame, que faut-il faire pour rencontrer d'autres personnes ? Je voudrais vous soumettre aussi un projet qui me tient à cœur : acheter un studio. Qu'en pensez-vous ?

Saumur, juin 1968

— Madame Suzanne Verdier ?

Les deux sœurs ont sursauté en même temps. Le docteur est vieux, peu avenant. Il a des lunettes sales posées au bout de son nez, des cheveux gris épars qui partent dans tous les sens, et sa blouse blanche les effraie. Mireille serre la main de Suzanne. Elles se lèvent toutes les deux.

— Qui êtes-vous ? demande-t-il à Mireille en la toisant sans aucune bienveillance.

— Sa sœur, répond-elle. Sa grande sœur, précise-t-elle comme pour souligner l'importance qu'elle a dans sa vie.

— Alors, vous allez rester ici. Je ne vais pas accueillir toute la misère du monde dans mon cabinet, tout de même.

Toute la misère du monde. Mireille n'ose rien dire, elle presse la paume de Suzanne pour lui donner du courage, lui laissant croire qu'elle comprend qu'il ne veuille pas de sa présence. C'est un docteur, tout de même. Il a beaucoup étudié, il sait ce qu'il fait. Il a besoin de concentration pour l'ausculter, pourtant, ce serait mieux de pouvoir être accompagné par quelqu'un de proche quand on est terrifié. Et puis elle aurait bien aimé lui montrer la rougeur au sein qui lui fait mal parce que le petit a beaucoup tété ce matin le sein apte, et qu'un seul n'a pas suffi, alors elle a dû le passer sur celui-là, malgré l'horrible douleur, les coups de poignard de l'intérieur.

Le cœur de Suzanne tambourine dans sa poitrine. Le docteur lui fait peur. Les hommes importants l'impressionnent. Tous les hommes, d'ailleurs. Même Robert, qui n'est pas bien instruit mais dont la force et la puissance la font se sentir toute petite. Ça a toujours été comme ça. Depuis l'enfance, elle a conscience de leur supériorité. Ça la fascine, cette assurance que leur confère ce machin qu'ils ont entre les jambes. À moins que ce ne soit simplement leur grosse voix, leurs poils sur le torse et les muscles qui se dessinent à l'adolescence. À la maison, elles n'étaient que des filles, alors ça a encore accentué son attrait pour ce territoire inconnu, ces êtres inquiétants et brutaux qui allument un plaisir étrange dans le ventre.

— Quel âge avez-vous ? s'enquiert le médecin.

— Vingt-quatre ans, répond Suzanne, avec ce sentiment de honte qui l'assaille chaque fois qu'elle entend ces chiffres.

Elle est vieille fille. L'année prochaine, elle aura sans doute perdu toute chance de trouver un mari. Sa sœur a déjà six enfants.

— Avez-vous déjà eu d'autres grossesses ?

Suzanne ne comprend pas. Le médecin lui a demandé de se déshabiller. Lui a palpé le ventre. Lui a posé plein de questions indiscrètes que les messieurs ne posent pas aux jeunes femmes. Des questions sur ses cycles. Elle n'a pas tout compris. Juste qu'il ne l'a pas crue quand elle a dit qu'ils étaient comme d'habitude, irréguliers. Elle ne calcule pas. Ça tombe quand ça tombe. Comme la première fois, lorsqu'elle avait cru qu'elle allait mourir parce qu'elle avait vu tout ce sang dans sa culotte sans qu'elle sache pourquoi ni comment l'arrêter. Sa mère ne lui avait jamais parlé de ces choses-là, pas plus que ses amies, parce qu'elle n'en avait pas. Mireille avait quitté la maison, Catherine était déjà née. Au bout de plusieurs jours, elle était allée voir sa grande sœur en sortant de l'école. Mireille paraissait épuisée. Des cernes noirs dormaient sous ses beaux yeux gris qui donnaient toujours l'impression d'avoir été récemment lavés par les pleurs, ce qui était évidemment impossible puisqu'elle était devenue mère – quelle merveille – et avait épousé Lucien Martin, un homme gentil qui avait le sens des responsabilités. Suzanne avait attendu longtemps et puis, aux toilettes, quand elle avait vu que le linge qu'elle avait glissé dans sa culotte était à nouveau couvert de sang, elle avait fondu en larmes. Inquiète, Mireille l'avait suppliée d'ouvrir. Plusieurs fois. Lorsque Suzanne lui avait expliqué, elle avait éclaté de rire sous le regard éberlué de sa cadette. Puis elle lui avait raconté le secret des femmes. Cette chose qui arrive chaque mois. Qui peut durer une semaine, parfois. Qui fatigue, irrite, qui est un peu sale et dégoûte les hommes. Cette chose qui fait que, dorénavant, on peut avoir des enfants. Qu'on pourra leur donner ce sang-là pour grandir. Suzanne avait hoché la tête devant cet étrange discours qui l'avait quelque peu effrayée.

Allait-elle vraiment subir cette infamie toute sa vie ? Il ne manquait plus que ça ! On peut dire que le Bon Dieu avait bien chargé la mule de leur côté. Déjà que les filles ne pouvaient jouer à rien, étaient toujours reléguées au second plan et devaient attendre qu'un destin s'écrive pour elles, voilà qu'il leur fallait en plus gérer en cachette cette chose dégoûtante qui les coupait du monde. Depuis, Suzanne essayait de ne pas y penser. Une chance, ses cycles étaient courts, peu abondants, et plutôt capricieux. Était-elle parvenue à tenir à distance l'improbable tragédie simplement en lui affichant le plus profond mépris ? C'est en tout cas ce qu'elle avait fini par penser.

— À première vue, je dirais que vous êtes très enceinte, madame.

Il a déclaré ça d'un air sévère. Sans prévenir. Sans même la regarder. Il est déjà en train de retirer ses gants que son assistante, probablement une infirmière, attrape avant qu'il ne les laisse tomber Dieu sait où. La jeune femme a tout juste le temps de jeter un regard compatissant à Suzanne. Elle a bien compris qu'elle était venue seule. Sans mari. Que ce diagnostic est tout sauf ce que la patiente avait prévu en arrivant ce matin.

— Mais… comment est-ce possible ?

— Eh bien, ce n'est pas à moi de vous l'expliquer, tout de même ! Ce bébé n'est pas arrivé là par l'opération du Saint-Esprit. Et le pire, c'est que vous n'êtes pas la première à me poser cette question. Enfin, il a bien un père, ce petit. Auquel vous avez laissé assez de liberté pour que cet enfant soit mis en route.

Suzanne ne comprend pas. Robert lui avait pourtant juré qu'il savait y faire. Qu'avec lui ça n'arriverait pas. Qu'elle n'avait qu'à bien nettoyer son entrejambe après leurs petits jeux pour que le pire n'advienne pas. Ce qu'elle faisait scrupuleusement, non sans honte, chaque fois qu'elle peinait à retenir les ardeurs de Robert et qu'elle sentait sa propre volonté céder à mesure que la vague de chaleur déclenchée par ses mains expertes l'emportait tout à fait. La plupart du temps, ils se contentaient de se frotter comme des animaux. Robert enfouissait sa tête dans sa poitrine, ils collaient leurs corps, laissaient vagabonder leurs doigts un peu partout. C'était divin. Mais c'est vrai, une ou deux fois, elle n'avait pas su le retenir. Il avait glissé son sexe dur comme du bois en elle. Elle avait eu beau se tortiller pour l'en extraire, Robert n'avait plus voulu bouger. Ou plutôt si, il avait ondulé doucement, en gémissant, la suppliant de le laisser faire. Juste une minute, Suzanne, c'est si bon. Et c'est vrai que Suzanne n'avait jamais rien senti d'aussi exquis que cette lame brûlante qui avait envahi son bassin et enflé tandis qu'il s'enfonçait plus profondément en elle et que son corps répondait au sien. Oui, c'était arrivé une ou deux fois, tout au plus. Elle avait oublié le danger parce qu'elle s'était lavée entre les cuisses, avait pris soin de ne pas garder les jambes en l'air comme l'avait fait Mireille lorsqu'elle avait voulu tomber enceinte de Catherine. Elle n'avait conservé de ces instants que le souvenir du plaisir éprouvé ce jour-là grâce à Robert, qui avait ouvert le ciel pour elle, rendu possible l'éventualité d'un monde meilleur où le bonheur ne vaut même pas un sou.

— Eh bien ?

— Oui ?

— Dois-je en déduire qu'il n'y a pas de père ? lâche le docteur avec mépris.

Il sent que cette grossesse-là ne sera pas des plus simples à gérer. D'autant que la patiente n'a pas l'air bien maligne.

— Si, bien sûr. Mais nous ne sommes pas…

— Mariés. Évidemment. Il va falloir y remédier vite. Vos seins sont tendus, mais votre ventre n'est pas encore très arrondi. C'est une chance. Pourtant, ça ne devrait pas tarder. En vous rendant rapidement à la mairie, vous pourriez obtenir la publication des bans dans les jours qui viennent et vous unir sous deux semaines. Bien sûr, lorsque l'enfant naîtra, il y aura quelques esprits calculateurs qui trouveront que cette gestation a été des plus soudaines, mais enfin, ce petit-là aura des parents mariés. C'est bien l'essentiel, n'est-ce pas ? D'autant que vous n'êtes pas de toute première jeunesse. Qu'en pensez-vous ?

— Oui.

— Bon. Eh bien, mademoiselle, je vous souhaite bonne chance pour tous ces petits tracas administratifs, et pour les mois à venir. Nous nous revoyons lorsque ce sera le moment. D'ici là, tâchez de ne pas trop vous fatiguer.

Comme Suzanne reste assise sur sa chaise, silencieuse, les mains sagement posées sur ses genoux, le médecin, visiblement agacé par tant d'inertie, se lève d'un bond après avoir posé ses lunettes sur son bureau. Il tire la chaise de sa patiente, l'invite à le suivre et lui tapote l'épaule en guise d'au revoir.

Dans le couloir, les bruits semblent reprendre, comme la vie qui continue malgré la déflagration que cette nouvelle a provoquée dans celle de Suzanne. Il va falloir prévenir Mireille, lui révéler ce qu'a dit le médecin. Mireille qui a déjà tant de soucis et pas que ça à faire, d'autant qu'elle n'a pas bien confiance en Robert. Est-ce que Suzanne osera lui avouer qu'elle a fait cette bêtise ? Qu'elle n'a pas bien suivi ses conseils, qu'elle les a mis dans une belle panade à être si gourde ? Il faudra bien. À moins que le petit ne tienne pas. Ça arrive souvent, après tout. Surtout quand on travaille. C'est arrivé plusieurs fois à une amie de Madame. Alors qu'elle ne travaille pas. Elle a perdu deux bébés de suite. Ça a été un drame. Suzanne les a entendues en parler dans le salon tandis qu'elle leur apportait du thé.

En arrivant dans la salle d'attente, Suzanne ne voit pas Mireille. Elle a disparu. « On l'a emmenée », l'informe la secrétaire à l'entrée. Elle a perdu connaissance. Allons bon. Elle est partie en ambulance à l'hôpital de Tours. Le médecin fronce les sourcils. C'est un monde, on aurait pu le prévenir. Qu'est-ce qu'elle avait donc, cette brave dame ? Attendait-elle pour le voir ? Si l'écervelée qui lui fait face savait gérer ses cycles, aussi, on n'en serait pas là. Qu'est-ce qu'ils vont dire, à l'hôpital ? Suzanne panique. Tours n'est pas à côté. Comment va-t-elle s'y rendre ? Elle doit rejoindre sa sœur. C'est votre sœur ? Que faisait-elle là, alors ? Est-elle enceinte, elle aussi ? Oh non. Ou ce ne serait vraiment pas de veine. Déjà que son avant-dernière a à peine onze mois. Eh bien, dites-moi, on ne s'arrête pas dans la famille.

Suzanne ne relève pas. Le décor tourne autour d'elle. Les autres patients l'observent. Elle a horreur de ça. Pourtant, l'un d'eux se redresse, lui propose de l'emmener – il travaille justement à Tours et doit y retourner. Il a trop attendu ici. Son patron va le tuer s'il rentre trop tard. C'est pas grave, il repassera. Se soignera plus tard. Ni le médecin ni la secrétaire ne cherchent à le retenir. Suzanne hésite. On lui a appris à ne jamais suivre un inconnu. Surtout dans sa voiture. Dieu sait ce qu'il pourrait lui faire. La découper en rondelles, l'étrangler sur le bord de la route, cacher son corps dans son coffre. Chaque semaine, elle lit *Le Nouveau Détective*. Elle se gargarise de ces histoires épouvantables, du destin brisé de ces jeunes femmes qui ont croisé un ogre sur leur route. Elle ne sait pas pourquoi elle continue de se gaver de ces récits abominables, elle ne peut pas s'en empêcher. Madame trouve que ce sont des lectures de concierge. Suzanne finit néanmoins par accepter la proposition. A-t-elle le choix ? Et puis, elle est enceinte. On ne viole pas une femme enceinte.

L'homme est plombier à Tours. En montant dans son estafette fatiguée, Suzanne remarque un tas d'affaires mal rangées, des vestes, de vieux journaux, des restes de son déjeuner. Elle réprime un haut-le-cœur et une envie de mettre un peu d'ordre dans tout ça, d'autant que la conduite du type est nerveuse, mais elle se tait. La peur l'empêche de parler, elle peut à peine répondre lorsqu'il la questionne sur sa venue au cabinet médical, sur Mireille, sur son travail à Paris. Il y est monté une fois, pour son apprentissage. Il a trouvé la ville bruyante, ses habitants arrogants et bêtes. Suzanne se dit qu'il ne comprend rien. Que Paris est une ville magnifique, où elle aurait aimé faire sa vie avec un homme de bonne condition qui lui aurait offert assez d'aisance pour élever ce bébé qu'elle aurait promené en poussette au Jardin des Plantes, au Luxembourg, ou dans les allées boisées du centre de la capitale.

L'homme s'appelle Alain, il a vingt-huit ans. Pas de femme, pas d'enfants. Trop de travail pour aller au bal. Un village trop petit pour y rencontrer celle qui l'accompagnera dans la vie. Il ne regrette pas, il a le temps. Les hommes ont le temps, n'est-ce pas ? Même si sa mère s'impatiente. Il est fils unique, il lui tarde de pouponner à nouveau mais qu'est-ce que vous voulez ? Et puis Alain se lasse des silences de Suzanne, plongée dans ses pensées, tournées entièrement sur ce bébé dont elle ne soupçonnait pas l'existence il y a à peine vingt minutes. Elle imagine ses petites mains, son visage qui ressemble peut-être à Robert. Ce serait une chance parce que Robert est vraiment bel homme. Ou il l'a été. Avant les cuites, la barbe trop longue et les griffes des années sur son visage d'ange qui fait encore tourner les têtes. Et puis elle songe à Mireille, toute seule dans cette ambulance. Et aux petits qui vont l'attendre chez la nourrice. Elle n'a aucun moyen de contacter Lucien. Peut-être que sa sœur l'a appelé à son arrivée à l'hôpital. Et puis ce n'est pas à elle de s'en mêler, elle craint que ça ne fasse des histoires, même si Lucien n'est pas un mauvais bougre et s'il se met rarement en colère. Sauf ces derniers mois, d'après Mireille. À cause des mouvements de grève à l'usine.

Les paysages défilent tandis que le silence emplit l'habitacle. Alors Alain allume le poste de radio, tourne les boutons pour chercher une station au milieu du vacarme des ondes.

— Il est 15 h 08 sur RTL…

Saint-Rémy, août 1967

La maison dort encore. Hier, Frédérique et ses cousins sont rentrés tard. Menie les a entendus à travers la grande porte en bois laissée ouverte pour la fraîcheur. On ne ferme jamais rien, ici. La liberté les emporte pendant ce mois d'été qu'ils passent depuis cinq ans dans cette vieille bâtisse qu'elle a achetée avec l'aide de ses parents. Même Roger goûte à l'esprit bohème de cette maison de bric et de broc dans laquelle chacun reçoit sans compter. Tout au long du mois d'août, après l'escapade tourangelle, le mas est plein de neveux, de frères et de sœurs, d'amis qu'ils n'ont pas le temps de voir le reste de l'année. Toutes les générations se croisent dans cette auberge espagnole plantée sous les Alpilles, au rythme des repas pris sous l'auvent et du chant infatigable des cigales.

Tôt ce matin, Menie et Roger ont fait leurs longueurs dans la piscine. Quelques verres et une bouteille d'eau-de-vie étaient abandonnés là, témoins de la longue soirée des jeunes, achevée au petit matin. Menie leur envie cette liberté de ne pas penser au lendemain. À leur contact, elle prend chaque jour le pouls de ce pays en pleine mutation. Ici, pourtant, il lui semble que rien ne bouge. Paris est loin, la politique intéresse peu. Au village, elle est la dame de La Garrigue, qui repart chaque jour les bras chargés de caisses de tomates, de melons et de grosses miches de pain destinés à calmer les fringales de ses hôtes.

Le soleil est déjà haut dans le ciel limpide. Le corps ceint d'un paréo rapporté d'un voyage, Menie sirote lentement son thé en repensant aux mois passés. Ça a été un sacré tourbillon, et elle doit reconnaître qu'elle a aimé ça. Les courses à la radio, l'intérêt grandissant de ses compagnons d'antenne pour sa chronique. Les lettres qui s'entassent, son émission qui s'installe, les auditrices qui ne cessent d'appeler le standard pour lui parler à elle. Philippe est enchanté.

Ma mère n'aurait guère apprécié ce petit homme qui me pousse vers la lumière, songe Menie. Quant aux sujets qu'elle aborde sans honte devant des milliers d'inconnus, Marie en aurait été horrifiée. Enfin, Menie, pourquoi éprouves-tu le besoin de te faire remarquer comme ça ? Une femme comme il faut doit rester discrète, élégante, et ne prendre la parole que pour dire quelque chose d'intéressant. As-tu pensé à Roger ?

Menie tourne la tête vers celui qui l'accompagne depuis si longtemps. Il est plongé dans un livre épais qu'il a commencé hier soir, et dont il viendra forcément à bout avant la fin de la journée. De temps en temps, il porte à ses lèvres le bol ébréché qu'elle a rempli de café au lait pour lui, attrape les petites tartines qu'elle recouvre de beurre ou de confiture. Jamais les deux. Ils ont connu la guerre. Et puis chez elle, à Cholet, on ne gaspillait pas. Jamais on ne s'octroyait un tel luxe le matin.

Frédérique se fiche pas mal de tout ça et étale généreusement une couche de chacun en levant les yeux au ciel : « Maman, ce que vous pouvez être vieux jeu ! » Menie sait bien que sa petite notoriété fraîchement acquise n'enchante pas vraiment sa fille, et moins encore ces sujets intimes qu'elle aborde régulièrement à l'antenne. Beaucoup de ses amis lui envient cette mère fantasque et indépendante. Qui prône la libération sexuelle et la liberté d'exprimer ses aspirations enfouies sous des années de discipline jugée obsolète.

Soudain, un bruit strident interrompt le doux chant des cigales. Dans le salon, le gros téléphone tremble sur son guéridon, devant la chambre des enfants. Ils vont être d'une humeur ! s'agace Menie en reposant sa tasse de thé. Elle se précipite sur le sol déjà chaud de la terrasse tandis que Roger, impassible, la regarde avec des yeux ronds. C'est probablement pour lui. Une urgence d'État. Des mouvements sociaux inhabituels au cœur de l'été, un incident qu'il devra gérer depuis son lieu de villégiature, ou qui l'obligera à regagner Paris à la hâte. Avant que Menie ait eu le temps de rejoindre le cocon frais de La Garrigue, Martine, une fille du village embauchée pour la saison, a décroché et, de son accent mélodieux, a reçu l'importun comme il se doit. Non mais a-t-on idée de déranger les gens à cette heure-là ? L'estomac de Menie se tord. Et s'il était arrivé quelque chose à Laurence ou à Évelyne ? Pourtant, Martine n'a pas l'air inquiète. Au contraire, son visage contrarié se fend peu à peu d'un joli sourire. Et puis elle pique un fard, avant de tendre le combiné à Menie.

— Un monsieur de Paris pour vous, Madame. Il veut vous parler.

— Menie, je vous dérange ?

Philippe. À croire que cet homme ne dort jamais. Derrière sa voix, claire comme de l'eau de rivière, Menie entend le brouhaha de la rédaction et le gai bavardage de l'émission matinale de la station, sortie du transistor qu'il n'éteint jamais.

— Enfin, Philippe, c'est l'aurore, ici. Vous ne partez pas en vacances ?

— Pour quoi faire ? Vous savez bien que je déteste ça. Et puis, rentrer fiche trop le cafard, alors autant faire l'impasse sur ce genre de pratique. Je me reposerai quand je serai mort. Comment se passent vos congés ? Je ne vous réveille pas, j'espère ?

— Bien sûr que non.

Menie est piquée au vif par la remarque de son patron devenu ami – du moins l'espère-t-elle. Elle aussi a la récréation en horreur. Ses parents lui ont enseigné l'effort, la peine plutôt que le plaisir. Elle jette un coup d'œil à sa peau bronzée et repense au dîner d'hier qui a duré jusqu'à tard dans la nuit, ponctué par les éclats de rire et le vin qu'on se resservait des cubis déposés au sol.

— Quelles sont les nouvelles de la capitale ? demande-t-elle pour rompre son malaise et montrer à Philippe qu'elle n'est pas non plus déconnectée.

— Mauvaises. Elle est vidée de ses occupants, comme chaque année. Je me languis de leur retour, bien sûr. Mais les touristes sont là, avec leurs horribles cars et leurs appareils photo. C'est d'un vulgaire. Heureusement que les jeunes Européennes sont bien jolies. Et vous verriez les Américaines…

— Philippe, vous me téléphonez pour me parler du charme des femmes étrangères ?

— C'est vous qui m'interrogez, Menie ! Mais non, en effet, je ne vous appelais pas pour ça. Ni juste pour prendre de vos nouvelles. Même si cela m'intéresse. Évidemment. Comme de savoir comment se porte votre éminent époux. Non, voilà…

Son ton devient peu à peu moins désinvolte. Menie l'entend se redresser dans son gros fauteuil de cuir, fermer la porte pour ne pas être dérangé par les assistantes, les journalistes qui viendraient lui demander son avis sur une chute, un sujet, un angle à adopter. Puis il reprend, tandis qu'elle s'assoit sur le tabouret en tissu moutarde rapporté de Plassard. Celui sur lequel elle lisait enfant.

— Ça continue. Le courrier.

— Pendant l'été ? s'étonne Menie.

— Été ou pas été, il semble que les soucis de vos auditrices ne connaissent pas de saison. Des sacs postaux pleins à craquer nous arrivent tous les jours. On ne sait plus quoi en faire. On ne va quand même pas tout jeter. Ni les réutiliser à la rentrée. Ce ne sera plus du tout d'actualité… Menie, vous m'entendez ?

— Oui, Philippe. Que voulez-vous que je fasse ?

— Enfin. Je me disais… C'est un peu cavalier, évidemment. Vous êtes en congé, qui plus est dans un lieu qui vous laisse probablement peu de temps pour vous adonner à autre chose qu'à votre tribu. Mais…

— Vous voulez me les faire porter ?

— Ça ne vous poserait pas de problème ?

— Eh bien… non. Au contraire. C'est une idée charmante. J'ai un peu de temps libre le matin. Et à l'heure de la sieste. Je ne suis pas non plus obligée d'accompagner mes invités partout. Ils connaissent la région et se débrouillent très bien sans moi.

Vêtue d'une jolie tunique en soie qui met en valeur son bronzage, Françoise passe une tête dans le salon et propose à Menie une autre tasse de thé. Elle l'interroge du regard pour savoir qui peut bien appeler à une heure pareille. Y a-t-il un problème ? Menie secoue la tête et mime de ses longs doigts manucurés un geste qui signifie « Ne t'inquiète pas, j'en ai pour cinq minutes ».

— Parfait. Je savais que je pouvais compter sur vous. Il faut battre le fer tant qu'il est chaud. Dans nos métiers, une mode est si vite arrivée, et si vite partie. Ces petites dames pourraient très bien se lasser, si vous ne leur répondiez pas.

— Ce ne sont pas des petites dames, Philippe. Je ne vous permets pas. Et il y a aussi quelques hommes qui m'écrivent, savez-vous ?

— Oui, oui. Drôles de bougres, tout de même.

Il a baissé la voix, soudain pensif. Puis il reprend :

— Menie, ce qu'il faudrait, sans trop vous en demander, ce serait que je puisse aussi vous envoyer une équipe pour enregistrer. Mettre en boîte quelques émissions.

Menie reste silencieuse, interloquée. Elle n'avait pas anticipé une telle demande. Ça va coûter très cher à Philippe, à la station. D'envoyer des journalistes ici, des preneurs de son. Sans compter le courrier, l'essence. Elle est un peu gênée de susciter un tel déploiement de moyens, comme si elle avait commis une faute en partant en vacances au lieu de rester à Paris. Puis elle finit par se dire que Philippe a peut-être ses raisons. Des raisons pas forcément destinées à son seul confort à elle. Des raisons qui pourraient bien lui rapporter quelque bénéfice personnel ou financier. Alors, sans prendre l'avis de personne ici, parce qu'elle est seule maîtresse de son destin, elle tranche :

— C'est d'accord.

— Vraiment ? Merveilleux. Vraiment merveilleux. Je savais que je pouvais compter sur vous, Menie. J'envoie tout de suite une équipe. Ma secrétaire va vous rappeler pour prendre vos coordonnées.

Elle entend au loin les rires de Françoise et de Jean-Jacques, la voix de Frédérique qui doit enlacer son père ainsi qu'elle le fait chaque matin. Ils sont devenus si proches. Est-ce parce qu'elle n'est plus jamais à la maison ? Elle est sur le point de raccrocher quand elle perçoit de nouveau la voix de Philippe dans le combiné.

— Menie ? Il se passe quelque chose de grand, vous savez. De très grand.

— Oui, elles sont en train de se mettre debout, chuchote-t-elle comme pour elle-même.

Elle n'est pas certaine que son interlocuteur ait bien compris ce à quoi elle fait allusion. Dehors, les cigales n'ont pas cessé de chanter, ignorantes de ce qui se joue dans la vie de Menie et dans celle de ces femmes prêtes à rompre le silence.

Plassard, été 1930

Ce sont de belles jeunes filles, pense Menie en admirant ces cousines qu'elle ne voit qu'une fois par an, ici à Plassard. Ça crie, ça rit. Juliette, sa grand-mère, est là, qui lui fait oublier combien Marie est dure avec elle, comme s'il fallait la protéger de cette joie de vivre qui éclate en elle. Elles sont si différentes. Menie n'en peut plus de ses querelles avec sa mère. Elle désespère que cette dernière saisisse un jour ce qui l'anime. Juliette, en revanche, la comprend. Sa grand-mère est fantasque, fascinante, libre. Elle a passé l'âge des convenances et balance volontiers des vérités qui font pousser aux convives des cris d'orfraie durant les déjeuners qui s'étirent jusqu'au milieu de l'après-midi sous le soleil de Vendée.

Ce matin, Menie a regardé à la dérobée Marie enfiler son corset. Pas un jour sans que sa mère enserre son joli corps dans cet accessoire de torture qu'elle aimerait pourtant essayer. Est-ce ça, devenir une femme ? Contraindre ses mouvements et sa chair pour faire surgir les beautés que le Seigneur a bien voulu accorder à cette gent dont la fillette se languit de faire partie ? L'objet dessine une taille fine, des seins voluptueux. Pour finir, Marie rassemble sa belle chevelure en un éternel chignon bas qui met en valeur son visage de madone, et revêt une robe noire, prête à affronter cette existence sans surprise ni fantaisie dont elle paraît se satisfaire. Menie est-elle la seule petite fille à se poser autant de questions sur la vie des autres, leurs pensées les plus profondes, leurs espoirs déçus ?

Ses cousines paraissent faire peu de cas des desseins de leur mère. Assises près de la rivière, loin des garçons qui continuent de sauter dans l'eau en lâchant des rugissements qu'elles jugent idiots, les deux jeunes filles chuchotent en gloussant. Elles ont accepté que Menie les accompagne parce qu'elle leur a un peu forcé la main. Comme elle est trop jeune, on ne peut pas dire qu'elle soit une compagnie réellement digne de ce nom. Menie les écoute parler de garçons. D'un petit facteur qui passe distribuer le courrier au Moulin, et qui semble provoquer chez elles cet étrange comportement. Elles prononcent son prénom sans se lasser en riant aux éclats, les joues roses comme si elles venaient de courir le cent mètres. Et puis elles s'entraînent à embrasser la paume de leurs mains.

— Tu es choquée, Menie ? se moquent-elles.

Mais la fillette est bien trop heureuse d'avoir pu imposer ce fier prénom vendéen à ces fascinantes demoiselles pour se vexer. Et puis non, elle n'est pas choquée. À moins que…

— C'est un péché, ce que vous faites ? demande-t-elle.

— Quoi donc ?

— De parler de ce garçon. Maman dit que tout ce qui nous éloigne du Bon Dieu est péché. Je crois que je suis une grande pécheresse, parce qu'à part le dimanche, moi, le Bon Dieu, je m'en passe bien, ajoute-t-elle crânement.

— Enfin, Menie, mais tu es folle de blasphémer ainsi, s'emporte alors la grande en blêmissant.

— Mais je…

— Rien du tout. Nous sommes les agneaux du Seigneur, qui a sacrifié Son Fils pour nous sauver. Allons. As-tu oublié qu'André veut devenir prêtre ?

— Ce n'est pas René ? intervient la seconde.

— Les deux, je crois. Quelle fierté, n'est-ce pas, Menie ?

— Oui, bien sûr. Une grande fierté, parvient à répondre Menie, dont la gorge se remplit de larmes.

Après lui avoir confisqué sa mère, le Seigneur la privera-t-il de ses frères ? Papa et maman ont pourtant l'air de se réjouir de cette perspective qui la fait sangloter toutes les nuits en secret.

— J'ai peur d'aller au purgatoire, murmure l'aînée.

— Et pourquoi irais-tu au purgatoire, je te prie ? s'enquiert la seconde.

— Il m'arrive d'avoir des pensées impures. Si impures que je ne peux pas m'en ouvrir à confesse. Le Seigneur me voit, M. le curé nous le répète assez souvent. Est-ce que vous pensez que c'est long, l'enfer ?

Menie tremble. Sa mère lui parle souvent de l'enfer, ce lieu destiné aux pécheurs, aux mauvaises filles, à tous ceux qui s'éloignent trop du Bon Dieu. Elle se figure le diable, dont elle a vu diverses représentations, en personnage aux doigts crochus, aux cornes effrayantes, au visage défiguré par la haine. Et le martyre éternel des fauteurs sur terre, inconscients des sévices et des punitions que leur comportement aura entraînés.

Elle aussi a des pensées impures, de celles qu'on ne confie à personne, même pas à soi-même dans le silence de son lit. Souvent, elle rêve qu'elle est une de ces grandes dames bien mises des romans qu'elle chaparde dans la bibliothèque parentale. Elle s'imagine la poitrine gonflée par des robes extravagantes, offerte au regard de tous, subjugués par sa beauté. L'orgueil est un péché. La paresse aussi. Il lui arrive de préférer feindre le sommeil plutôt que d'aider Céline à ranger sa chambre d'enfant. Elle écoute les bruits des jouets qu'on entrepose, des vêtements qu'on plie patiemment pendant qu'elle, petite fille ingrate, se prélasse sous les draps. L'envie en est un autre, et Dieu sait qu'elle jalouse ses cousines pour leur féminité, ces seins qu'elle n'a pas encore, leur grain de peau si délicat. Elle jalouse même sa mère pour son épaisse chevelure blonde de comtesse, alors qu'elle se désespère de sa petite queue-de-rat brune et de ses traits hispaniques hérités de son père pourtant si fier de leur ressemblance.

Oui, pour toutes ces raisons inavouables, elle aussi brûlera en enfer, en compagnie des assassins, des voleurs, des incroyants. Terrifiée, elle sent les larmes lui monter aux yeux, mais malgré cela elle ne peut sortir ces idées sales du fond de sa tête sans doute malade.

— Il faut qu'on s'habitue, chuchote sa plus grande cousine. À la chaleur, à la souffrance. Peut-être que si on s'entraîne, notre vie éternelle sera moins douloureuse malgré les flammes du purgatoire ? suggère-t-elle en sortant de ses jupons une bougie volée sur le chandelier du salon.

Tandis que Menie frémit à l'idée que sa mère s'en aperçoive, sa cousine brandit une boîte d'allumettes et enflamme la petite mèche déjà noircie par les soirées d'hiver. La flamme vacille devant leurs trois visages angoissés. La jeune fille en approche son index pâle et le pose sur la flamme. Elle ferme les paupières, contracte ses maxillaires mais ne dit mot. Pourtant, lorsqu'elle rouvre les yeux, Menie voit son regard plein d'effroi, et les larmes prêtes à couler. Rapidement, elle retire son doigt de la bougie et le porte aussitôt à sa bouche. Menie a eu le temps d'en apercevoir le bout noirci. Au loin résonnent les rires de ses frères et de leurs cousins.

— À toi, maintenant.

Elle est bloquée physiquement, son éducation sexuelle a été religieuse, son mari est brutal et il sort du séminaire. C'est un éjaculateur précoce. Ils prient pourtant avant chaque rapport sexuel : « Seigneur, donnez-moi du plaisir ! » Lui ne veut rien savoir d'elle, et elle est près du suicide. Et voilà qu'elle a un coup de foudre fantastique, et elle demande au père s'il vaut mieux mourir ou avoir un amant. Il répond courageusement et parle de « nouveaux confesseurs » qui écoutent, aident ceux qui vivent des problèmes impossibles à rester dans l'Église.

(Extrait des carnets noirs de Menie)

Rochecorbon, août 2021

La Loire semble m'accompagner dans mon pèlerinage. Je ne pensais pas pouvoir visiter la maison de Menie, mais les nouveaux propriétaires ont été charmants. C'est Paul qui m'a donné leurs coordonnées. Ils ont racheté la demeure il y a quelques années, après sa mort. Je ne sais pas trop ce que je viens y chercher. Après ces après-midi aux archives, j'ai besoin de laisser derrière moi toutes ces voix du passé qui chaque nuit me hantent. Que sont devenues toutes ces femmes venues se raconter ? Qu'a-t-on fait pour elles ? Cinquante ans plus tard, mon sort est-il différent ? Hier soir, j'ai écrit à Pietro. La solitude était trop grande. Lui seul me connaît, sait mes peurs et mes angoisses – qu'il a d'ailleurs exploitées trop souvent. Je n'y peux rien. J'ai rompu ma promesse de ne plus jamais retourner vers lui. Hélas, telle une bouteille perdue dans l'immensité de l'océan, je me suis une nouvelle fois échouée, bousculée par les flots.

La première fois, c'était cinq ans après notre rencontre. Un après-midi. Nous étions assis à une terrasse de café. Lui lisait le journal. Moi, un manuscrit sur lequel je devais apporter des corrections. C'était un joli livre, qui me faisait souvent sourire. La vie était belle, alors. Les premiers rayons du printemps nous caressaient le visage. Des touristes passaient devant nous, sans doute attendris par ce couple de Parisiens attablés devant leurs cafés. Et puis c'était parti d'un coup, sans prévenir. J'ai beau sonder ma mémoire, je ne parviens pas à me rappeler ce qui a provoqué cette première crise. Comme pour toutes les suivantes, ce ne devait pas être grand-chose. Trois fois rien. Un regard, une phrase mal interprétée, une gaieté trop flagrante. Pietro est brusquement entré dans cette spirale qui nous a ensuite aspirés si souvent. Il revenait sans cesse sur ce mot, ce regard, ce truc qui avait déclenché sa colère. J'avais beau tempérer, m'efforcer de retrouver la quiétude des premiers instants, rien n'y faisait. Comme s'il rêvait intérieurement que l'on sombre dans cet abîme de noirceur où plus rien n'a de sens que de couler tous les deux, se meurtrir, gâcher les moments doux – pour les rendre plus intenses, peut-être.

Ça s'était envenimé à la terrasse. Le ton était monté devant les autres clients, auxquels je lançais des regards désolés. J'ai toujours eu horreur de me donner en spectacle.

— Calme-toi, ça n'en vaut vraiment pas la peine, tu ne penses pas ? avais-je murmuré, rassurante, payant l'addition tandis qu'il s'échappait en grommelant.

Peut-être me lançait-il déjà des insultes que je feignais de ne pas entendre. Je ne savais pas, c'était la première fois que l'autre en lui se manifestait à moi.

J'avais eu un mal fou à le rattraper. Lorsque j'avais fini par le retrouver sur les bords de la Seine, il me tournait le dos. Alors je m'étais approchée doucement, par-derrière, pour l'enlacer avec tendresse, mais il m'avait repoussée violemment. Il s'était retourné et j'avais vu ses yeux. Toute cette violence et toute cette haine, sans doute cachées depuis longtemps, je les ai découvertes pour la première fois ce jour-là.

— Non mais tu t'entends ? Tu te vois, un peu ? Ma pauvre fille. Ce que tu peux dire comme conneries.

Ça m'avait fait l'effet d'une gifle. En une seconde, j'avais eu l'impression d'avoir cinq ans. L'humiliation de l'enfance. La sensation de ne pouvoir rien faire d'autre que de subir en attendant que ça passe. La confusion et le sentiment de ne rien comprendre à ce qui se dit, de ne pas savoir quoi répondre parce que toute logique avait disparu.

— Quoi ? Qu'est-ce que j'ai fait ? Dis-moi, Pietro. Je ne comprends pas.

Combien de fois ai-je prononcé ces mots, par la suite. Sans hausser le ton, le plus calmement du monde, comme on parle à un animal affolé, pour lui signifier qu'on est de son côté, qu'on ne lui fera pas de mal et qu'il ne faut pas qu'il nous en fasse non plus.

— T'es vraiment trop conne. Je me demande bien ce que je fous avec toi.

Puis il avait tourné les talons et décampé de nouveau, comme si le seul fait de me regarder le dégoûtait. Pourtant, dix minutes plus tôt, il me répétait combien j'étais belle, combien nous avions eu de la chance de nous rencontrer. Et c'était vrai. J'étais sidérée, me demandant si je devais courir derrière lui ou laisser passer l'orage. Je n'avais pas eu le choix. Il avait fini par rebrousser chemin avec rage, avant de m'attraper brutalement par le bras en éructant :

— Bon, tu viens ? Tu ne vas pas rester plantée là comme une conne !

Je l'avais suivi en silence, tête baissée. Les passants feignaient de nous ignorer. Peut-être qu'ils ne voyaient même pas ce type très en colère m'emmener Dieu sait où en me traitant de conne. Les autres se fichent de ce qui se passe dans les couples. Ils pensent que ça les regarde, qu'il ne faut pas s'en mêler – si tout le monde faisait ça, où irions-nous ? C'est comme les secrets de famille, il y a des choses auxquelles il ne faut pas toucher.

Nous avions regagné notre studio. Ou plus exactement celui de Pietro. À l'époque, je tirais déjà le diable par la queue malgré mes trente ans passés. Dès le début de notre histoire, je m'étais naturellement fondue dans l'environnement de ce bel homme rencontré chez des amis communs – un as de l'immobilier qui vendait des bureaux et des appartements comme d'autres liquident chaque jour les petits pains, avait-il argué. Sauf que lui n'avait pas à se lever aux aurores ni à économiser son pécule. Les autres mecs étaient bien bêtes. Lui, il avait ça dans le sang. Le commerce, la tchatche. Ça lui venait de ses origines italiennes. Il lui suffisait de l'ouvrir et l'argent tombait comme ça, d'un coup. Les commissions de chaque vente lui permettaient de vivre un sacré moment sans avoir à régler son réveil le matin. La plupart du temps, il ne faisait rien, donc. Il profitait de ce studio que ses parents avaient mis à sa disposition à sa majorité, fumait pas mal de joints, passait des coups de fil, traînait au lit et me faisait l'amour avec talent. Ça me suffisait amplement. D'autant que, avec l'argent des commissions, nous faisions de beaux voyages. Pietro louait de superbes voitures de collection, m'emmenait dans des hôtels incroyables, savait surprendre la vie plus sûrement que tous les idiots qui, comme moi, avaient décidé de se soumettre au système. Métro, boulot, frigo, télé, et rebelote.

Ça, on peut dire que j'avais tiré le bon numéro à la loterie de l'amour. Mes copines et mes collègues ne pouvaient pas comprendre. Pourtant, mentalement, je passais mes journées à me rejouer nos nuits d'amour et de passion sauvage, nos cris sur la plage au petit matin après nos virées d'ivresse, nos disputes parfois homériques qui se finissaient toujours en échauffement des corps aux plaisirs inédits. Je vivais. Oui, pour la première fois je vivais vraiment.

— Ça te fait plaisir de me foutre la honte comme ça, pas vrai ?

Le silence dans le studio avait duré près d'une heure, durant laquelle je m'étais recroquevillée sur un coin du canapé en cuir pendant qu'il se roulait un joint avec humeur, sans me regarder, comme s'il se demandait ce qu'il allait bien pouvoir faire de moi. M'achever ? Me libérer ? Je n'en avais pas la moindre envie alors.

Non, je voulais retrouver mon Pietro. Je voulais que tout redevienne comme avant. Que ce mauvais film cesse et que le script de notre bonheur reprenne ses droits sur la suite du scénario.

— C'est comme l'autre jour, quand tu m'as affiché chez l'épicière. Ça, t'aimes bien faire ton intéressante, pas vrai ?

J'avais beau sonder ma mémoire, je ne voyais vraiment pas de quoi il parlait. L'autre jour. L'épicière. Je n'avais aucun souvenir de nous deux faisant des courses récemment. Encore moins d'avoir cherché à l'humilier.

— Quand ça, chez l'épicière ? avais-je murmuré.

Je ne l'avais pas vue venir. Peut-être que cela n'aurait rien changé. Si ça n'avait pas été ce jour-là, c'en aurait été un autre. Est-ce que si je m'étais souvenue de l'épicière, rien n'aurait commencé ? Je me suis longtemps posé la question. Depuis, chaque fois que je passe devant l'étal d'une marchande des quatre saisons, je frissonne. Parfois, je n'y pense même pas. Ce n'est que quelques mètres plus loin, quand le malaise s'est dissipé, que je prends conscience de la terreur qui s'est installée ce jour-là.

La gifle était tombée comme ça, d'un coup. Je ne saurais même pas retracer le geste de la main de Pietro, ni visualiser au ralenti son rictus de haine et son envie de me faire taire – parce que je suis vraiment trop conne, ou peut-être que je le fais exprès –, avant que sa main ne s'abatte sur moi, comme ça, d'un coup, avec une violence fulgurante. Je ne me souviens plus, non plus, s'il y avait eu un claquement sec comme dans les films. Non, je ne me souviens que de la brûlure sur ma joue, du bruit dans mon oreille et de ma stupéfaction mêlée d'horreur. Comme si mon propre chien s'était jeté sur moi pour me dévorer.

Les larmes étaient aussitôt montées. Je les avais ravalées en silence parce que j'étais bien trop sonnée, et scandalisée par ce qui venait de se passer, pour sangloter. Oui, j'étais en colère, révoltée. Je savais bien qu'on ne frappe pas une femme. Qu'on ne frappe pas sa femme. J'avais l'intuition qu'il me fallait partir tout de suite, sans demander mon reste. Que c'était impardonnable. Et même si j'avais fomenté un coup vraiment tordu avec cette fichue épicière, rien ne justifiait qu'on lève la main sur moi. Alors, sans réfléchir, j'ai sondé la pièce pour pouvoir m'enfuir au plus vite. J'ai repéré mon sac à main posé sur le sol devant la porte d'entrée et un, deux, trois, je me suis levée, j'ai attrapé mes affaires sans prendre la peine de les enfiler et je suis partie sans un mot. Oui, ce jour-là, je suis partie.

J'arrive devant un grand portail vert derrière lequel se dresse un pigeonnier qui surgit au-dessus des arbres. Les nouveaux propriétaires m'ont demandé de les appeler quand je serais entrée dans Rochecorbon. Je gare ma voiture sur le bas-côté pour les attendre. Ils sont allés au village acheter du pain pour le déjeuner. Je n'en demandais pas tant, mais ils semblent sincèrement ravis de partager ce repas avec moi. Le village court sur une rue principale qui prend racine près de la Loire, et que longent de petites maisons dont beaucoup sont troglodytes. Ici, la roche engloutit tout. Çà et là surgissent une fenêtre, une porte, une façade. Une boulangerie, une épicerie, un boucher ont installé leurs activités en contrebas. Plus haut, une église et une maison de la presse achèvent d'animer ce village que j'ai rapidement rejoint depuis Tours, et que Menie aimait tant. Je me demande s'il lui arrivait d'aller à l'église le dimanche ou pour Noël, qu'elle fêtait ici en famille. Ou si la religion et tout ce qui avait contraint son enfance et la vie des femmes en général avaient achevé de la dégoûter des lieux saints.

J'aperçois mes hôtes qui marchent l'un derrière l'autre sur le minuscule trottoir de pierre blanche. Les deux fringants sexagénaires ont acheté la maison aux filles de Menie quand elles ont dû se résoudre à la vendre après son décès. Ils me saluent chaleureusement et attendent que je remonte dans ma voiture pour m'ouvrir le portail. Lorsque je m'engouffre dans la propriété, les petits cailloux crissent sous mes pneus et je ne peux m'empêcher d'imaginer Menie au volant de la sienne, seule ou avec Roger. Hier soir, Paul m'a raconté plein d'anecdotes sur elle. Entre autres qu'elle plaçait sur son siège une petite planche de contreplaqué qui l'aidait à voir la route. Une habitude prise à l'époque où les voitures, comme une grande partie de la société, n'étaient pas prévues pour les femmes.

Paul et moi avons dîné place Plumereau, sur une terrasse très animée, dans la douceur de l'été.

Je chasse le souvenir de cet étrange tête-à-tête pour me concentrer sur M. Picart, qui m'aide à manœuvrer sans que j'abîme ni mon véhicule ni les gros pots de fleurs en pierre blanche comme de la craie. Le soleil est haut dans le ciel, bien au-delà des murs pourtant immenses de la maison de Menie.

— Elle aurait certainement aimé que vous voyiez Le Jour dans ces conditions, me lance Pierre Picart en me tendant la main.

— Le Jour ?

— C'est le nom de la maison. Trouvé par sa mère. Nous n'en avons pas changé, vous pensez bien.

Tout en continuant à me parler, mon hôte me fait entrer dans une petite pièce avec une porte vitrée où sont entreposés des manteaux et quelques clubs de golf.

— Ici, du temps de Mme Grégoire, c'était la cuisine. Il y faisait un froid de canard. Nous nous sommes toujours demandé avec ma femme comment cette petite dame avait pu passer autant d'hivers à y cuisiner.

Je ne réponds pas. Je n'en sais rien moi-même. La grande pièce est telle que je l'ai aperçue dans les documentaires tournés sur Menie. Entièrement creusée dans la pierre, vertigineusement haute de plafond, ornée au fond d'une gigantesque fresque religieuse que les Picart m'expliquent avoir achetée avec la maison.

— Ça lui donne du cachet, et quand on achète ce type de demeure, on a beau faire des travaux, on acquiert aussi une histoire, un passé.

Il est vrai qu'il règne dans ces murs une atmosphère étrange, à la fois paisible et grave, comme si Menie nous observait. C'est idiot, je sais. D'autant que je ne suis pas spécialement croyante, ni si proche de l'objet de mon étude qu'elle doive suivre mes recherches depuis l'au-delà.

— Quand nous avons acheté Le Jour aux filles de Menie, nous avions imaginé tout refaire. Je suis architecte. Alors un bien pareil, ça donne beaucoup d'idées grandioses ou farfelues. Finalement, la maison a pris possession de nous plutôt que le contraire, et nous avons gardé bien plus de choses en l'état que nous ne l'avions envisagé. Tenez, ce cadran solaire. C'est elle qui l'a sculpté. Saviez-vous qu'elle sculptait ? Mademoiselle ? Mademoiselle ?

Paris, janvier 1968

— Bonsoir, maman. Vous êtes superbe !

— Bonsoir, ma petite chérie. Oh, des fleurs, quelle merveille ! Elles sont ravissantes, comme toi. Mais entrez. Cher Erwan…

Le salon déborde d'une multitude de bouquets. Certains, époustouflants, sont dressés dans les vases sur pied rapportés d'un voyage en Chine avec l'Alliance française. Menie a gardé un souvenir de chacune de ses expéditions. L'appartement est rempli de bijoux extravagants qui trônent sur les consoles, de tableaux exotiques, de tapis immenses et même de deux portes gigantesques qui abritaient un palais. C'est ce qu'elle aime raconter. Menie a tendance à exagérer, à enjoliver l'existence, sans doute pour panser la brutalité des maux qu'elle recueille chaque jour. Cette fête, elle la donne pour célébrer le succès de l'émission après moins d'un an d'existence. Ça a été fulgurant. « Comme une lame de fond », a-t-elle expliqué à un journaliste venu récemment l'interviewer.

Désormais, nul n'ignore plus le nom de Menie. Dans les dîners en ville, chacun donne son avis, se moque, s'insurge ou s'emporte. Laurence en a fait l'expérience il y a quelques semaines. Sans savoir qu'elle était la fille de Menie, ses voisins de table ont commencé à railler cette psychologue pour ménagères, son ton condescendant, le caractère impudique de l'émission. Elle d'ordinaire si calme, si habituée à taire ses sentiments, à être polie, à ne répondre que lorsqu'on lui adresse la parole, a dû élever la voix pour défendre sa mère, dont elle est si fière. Elle leur a répliqué qu'ils étaient tous bien sots, qu'elle donnerait cher pour savoir comment ça se passe dans leur famille. Leur mère était-elle heureuse ? Leur était-il arrivé de se poser la question ? Non, bien sûr, ils étaient trop occupés à boire, à fumer et à rire comme bien des jeunes gens de leur génération. Certains s'étaient excusés.

— Pardon, Laurence, on ne savait pas.

— C'est ta mère, vraiment ? C'est incroyable. Est-ce que tu peux nous avoir un autographe ?

Laurence n'est toujours pas habituée à cette soudaine célébrité. Elle leur est tombée dessus avec une fulgurance inattendue. En fin d'année, juste avant Noël, la station a décidé de lancer une campagne d'affichage pour révéler au public le visage de Menie Grégoire, cette femme dont la voix s'immisce chaque jour dans les foyers, les usines et les voitures.

— C'est insensé, je ne vous imaginais pas du tout comme ça !

— Ah bon, mais comment m'imaginiez-vous ? minaude souvent Menie depuis qu'elle se fait arrêter dans la rue à chaque carrefour.

— Comme une dame un peu replète, pas élégante comme vous, pas aussi belle.

Et c'est vrai que Menie n'a jamais été aussi radieuse. Laurence se doute bien qu'elle a dû faire « deux, trois bricoles », comme sa mère lui a répondu lorsqu'elle l'a interrogée avec douceur. Quoi qu'il en soit, c'est très réussi. Ses traits sont lisses, son teint éclatant. Désormais, elle applique sur ses yeux un trait d'eye-liner qui lui donne un air très féminin, intensifie son regard concentré et attentif. Menie est invitée à toutes les premières. Il y a quelques jours, elle a donné ses places à Laurence et Erwan – elle ne peut pas aller partout. Les organisateurs ont été bien déçus en constatant que Menie ne viendrait pas, et qu'il faudrait placer ces inconnus à côté d'Alain Delon – ils lui avaient réservé la meilleure place.

Pourtant, malgré les paillettes, les affiches dans Paris, les cartes postales à son effigie qu'elle signe sans compter avec un gros marqueur noir qui ne quitte plus son sac, Menie prend sa mission très au sérieux. Chaque appel, chaque lettre, chaque échange retient toute son attention. Elle sélectionne avec soin les courriers qu'elle lira à l'antenne. Cependant, elle n'est jamais satisfaite d'elle-même, de sa préparation. Sa petite équipe de bonnes femmes incroyables, comme elle dit, l'aide sans compter. Ensemble, elles trient, priorisent. Souvent, Menie supprime certains passages, sélectionne le plus fort d'un témoignage afin de ne pas monopoliser le temps d'antenne, et surtout de mettre en lumière un sujet qui devrait toucher ses auditrices. Elle l'a compris, le thème de chaque témoignage résonnera dans un grand nombre de cœurs et de foyers. Combien de fois ne lui a-t-on pas dit : « Menie, la dame d'hier à la radio, c'est moi. »

Laurence et Erwan ont confié leurs manteaux à un maître d'hôtel embauché pour la soirée. Il fait trop froid dehors pour ouvrir les fenêtres du grand appartement de Menie et Roger. Le vaste séjour est encombré de dizaines d'inconnus. Laurence a l'habitude, ça a toujours été comme ça à la maison. Si Évelyne, sa sœur aînée, déteste ces mondanités, et aurait largement préféré garder ses parents pour elle seule plutôt que de sauter sur les genoux de ministres, Laurence, en revanche, a toujours été fascinée. Enfant, elle passait des heures cachée dans le couloir à écouter le murmure de ces réunions d'adultes si élégants et si intéressants. C'était sûr, plus tard, elle aussi donnerait de grandes fêtes et serait le centre de l'attention.

— Tu nous offres un verre ?

— Ah, vous êtes là ! Tant mieux. Ces gens sont complètement cinglés, répond Frédérique qui prend à peine le temps d'embrasser sa sœur et son beau-frère. Pas d'alcool, j'imagine ? s'enquiert-elle.

— Que veux-tu, la maternité m'épanouit. Un verre d'eau gazeuse, ce sera parfait. Tu sais où est papa ?

— Non, je ne l'ai pas croisé. Le pauvre, tu as vu que maman a invité ce chanteur complètement idiot ? Tu sais, on n'arrêtait pas de danser sur son tube l'été dernier !

— Incroyable, c'est une vraie vedette !

— Qui ça, ce tocard ?

— Non, maman !

— Toi, dès qu'il s'agit d'elle de toute façon… Moi, ce que je dis, c'est que tout ça est en train de lui monter à la tête. Tu ne crois pas ? Et puis, depuis quand on mélange les ministres et les chanteurs de variétés ?

— Je trouve ça plutôt sympathique, intervient Erwan, à qui Frédérique a à peine adressé la parole, encore guère habituée à ce que sa grande sœur soit mariée et maman. Regarde, les gens ont l'air d'avoir plaisir à se mélanger.

C'est vrai que l'association est savoureuse. Jamais on n'avait vu autant d'énarques et de saltimbanques réunis au même endroit. Et loin de se toiser, ces deux populations paraissent heureuses de se rencontrer. L'alcool coule à flots, et les serveurs postés derrière une grande table recouverte d'une nappe blanche n'en mènent pas large. On se ressert, on picore les petits canapés au saumon et aux rillettes disposés un peu partout. On fume beaucoup, aussi. Les femmes sont très chics, et certaines portent des tenues plutôt provocantes. Même les contemporaines de Menie semblent éprouver du plaisir à découvrir leur décolleté et leurs jambes, à un âge où leurs mères avaient depuis longtemps rangé la séduction dans l'armoire des souvenirs.

Un vent de liberté souffle résolument sur Paris malgré le froid. Les connaissances de Roger et Menie sortent tous les soirs, comme eux. Théâtre, dîners mondains, réceptions, leur vie est emportée dans un tourbillon qui pétille comme les bulles du champagne qui ne cesse de couler. Les jeunes gens de bonne famille, eux, courent les rallyes. C'est dans l'un d'entre eux que Laurence a rencontré Erwan. Il était le plus beau des garçons de la soirée. Planqué derrière sa mèche brune, le regard coquin et l'assurance chevillée au corps, il détonnait dans l'assemblée. Il avait été invité par un ami avec lequel il faisait la tournée des soirées de la bonne bourgeoisie. Par jeu, beaucoup, et parce qu'on y mangeait bien, gratuitement, et que les filles y étaient jolies. Quand Laurence avait aperçu Erwan pour la première fois, quelques années auparavant, il avait pris dans ses bras sa petite amie de l'époque, de façon extravagante, en glissant un bras sous ses cuisses, l'autre sous ses épaules. Puis il l'avait emportée ainsi avec un romantisme qui avait laissé Laurence étourdie de passion amoureuse. Quand elle serait en âge, s'était-elle promis, elle épouserait cet homme-là.

— Vous prônez la liberté sexuelle, la contraception, voire l'avortement, et pourtant l'une de vos filles s'est mariée très jeune. N'est-ce pas un peu paradoxal ? s'était étonnée une connaissance professionnelle avec laquelle Menie avait récemment déjeuné.

Elle était restée sans voix. Comment pouvait-on être aussi peu enclin à la mesure, à considérer les nuances de l'existence, la particularité de chaque cas ?

— Ça n'a rien à voir. Je suis bel et bien pour l'avortement, et pas qu'un peu. Et ça ne me gêne pas le moins du monde de le revendiquer. Avez-vous entendu ces femmes raconter l'aiguille à tricoter, la honte, la douleur et leur corps rendu parfois stérile par ces actes barbares ? Dans beaucoup de pays, on encadre les grossesses non désirées. On aide ces malheureuses. Parce qu'il s'agit d'un accident, d'un viol ou d'une méconnaissance du corps humain. Savez-vous combien de jeunes filles, qui n'ont aucune idée de ce qu'est un utérus, une ovulation, m'écrivent avec angoisse pour m'avouer qu'un jeune homme leur a pris la main au bal, et qu'elles craignent d'être tombées enceintes ? Quant à la contraception, il serait grand temps que le gouvernement décide de son remboursement. Les dirigeants et les cols blancs n'ont aucune idée de la vie de leurs contemporains. C'est pour cela que mon émission est si importante. On a eu beau ouvrir le suffrage universel aux femmes, on ne les entend pas. De là à les écouter… Il n'y a guère que moi aujourd'hui. Alors si je dois donner de la voix, jouer de mes relations, remuer ciel et terre pour qu'on édicte des lois pour les femmes, je n'hésiterai pas – quitte à subir les injures et les moqueries qui commencent à pleuvoir.

» Oui, les choses privées deviennent des questions publiques, et c'est tant mieux ! Savez-vous depuis combien de temps les familles, les enfants, les couples souffrent en secret ? Quant à Laurence, elle peut bien faire ce qu'elle veut. De quel droit moi, sa mère, je devrais lui imposer le chemin à suivre ? La guider, c'est déjà pas si mal. Elle aime son époux. Je sais sentir les gens, et j'ai moi aussi une bonne impression. Il a beau avoir l'œil qui frise, ce jeune homme brûle d'amour pour ma fille. Pourquoi viendrais-je contrecarrer leurs projets de vie maritale précoce si tel est leur bonheur ? Chaque femme doit pouvoir être maîtresse de son destin, vous comprenez ?

Frédérique regarde sa mère virevolter d'invité en invité. Elle porte une robe pailletée très près du corps et des talons vertigineux. Plus loin, elle aperçoit son père qui quitte poliment ses interlocuteurs pour rejoindre son épouse. Il effleure son épaule doucement avant de se mêler à la conversation. Il paraît si fier d'elle. La jeune fille, émue de voir ses parents si amoureux et si complices, redoute néanmoins que la célébrité ne bouleverse leur couple, leur famille. Dans quelques années, elle aussi quittera ses parents. Et ils se retrouveront seuls au milieu de cette agitation. Est-ce que leur carrière et leurs engagements ne les éloigneront pas des leurs ? Non, elle sait qu'elle pourra toujours compter sur eux. Menie est une louve, ses filles peuvent l'appeler à tout moment, lui confier n'importe quoi, elle lâcherait tout pour leur venir en aide. Pourtant, elle sent que sa mère lui échappe un peu. Que toutes ces inconnues accaparent trop son esprit et son temps. Et parfois elle se demande si elle est fière de sa mère, ou si elle ne hait pas ces âmes cabossées qui la lui volent.

Une femme qu'elle ne connaît pas lui fonce dessus, très excitée.

— Vous êtes la fille de Menie ? Quelle chance vous avez. Votre maman est formidable !

Chère Menie,

Je vous écoute tous les jours avec attention. Quand j'entends toutes ces filles qui veulent faire l'amour et avoir des expériences sexuelles, je me demande ce qu'elles ont dans la tête. J'ai vingt-quatre ans, mariée depuis un an, j'ai eu quelques flirts, mais je n'ai jamais été tentée de faire l'amour comme ça pour le plaisir. J'ai commencé ma vie sexuelle avec mon mari et c'est très réussi. On s'entend très bien. Nous avons de bons rapports et une vie merveilleuse. Pas d'enfant avant l'an prochain, car nous savons « nous retenir » tous les deux. Pas besoin de pilule et de trucs anticonceptionnels. Pour réussir, pas besoin d'avoir des expériences, ce qu'il faut c'est une bonne éducation sexuelle, apprise par les parents et à l'école.

Hôpital de Tours, juin 1968

Mireille a toujours les yeux clos. Derrière la fenêtre, un merle s'est posté sur un arbre. Suzanne se demande si, comme on le raconte, cet oiseau est bien un messager de l'au-delà. S'il ne pourrait pas être leur père. Qui sait ? Elle a si peu connu cet homme mort au combat. Toute à ses pensées, Suzanne touche son ventre avec le bébé de Robert dedans. Elle sent monter l'angoisse. Une peur panique la submerge. Que fera-t-elle de ce bébé ? Et Mireille qui est si pâle.

Quand elle a débarqué à l'hôpital, ça a été une sacrée affaire de la retrouver. Personne ne voulait répondre à ses questions. Une femme seule, dans un lieu aussi prestigieux que celui-ci, vous pensez ! Suzanne n'avait rien pour justifier son identité, mais elle ne s'est pas laissé démonter. Ça non. Mireille est sa petite maman. Elle irait la sauver n'importe où, donnerait sa vie pour elle. Et puis une infirmière un peu moins revêche que les autres a accepté de la conduire à la chambre de sa sœur, comprenant sans doute que Suzanne n'aurait jamais fait un tel esclandre pour aller visiter une inconnue.

Aucun médecin ne l'a reçue, mais l'infirmière lui a expliqué que Mireille avait dû être opérée en urgence. Un abcès au sein qui s'est infecté. Elle aurait pu y passer.

— Une boule de pus grosse comme ça, a précisé la femme, en tendant son poing dodu sous le nez de Suzanne qui a senti son estomac se tordre.

Pour un peu, elle aurait vomi sur le sol javellisé de la chambre d'hôpital.

— Je peux rester avec elle, attendre qu'elle se réveille ? a demandé Suzanne.

L'infirmière a juste haussé les épaules, l'air de dire « Qu'est-ce que ça peut bien me faire », puis elle a tourné les talons. La bourgeoise qui partage sa chambre avec Mireille a beau avoir tiré d'un geste brusque le rideau qui la sépare de sa sœur, Suzanne a eu le temps de l'apercevoir. Elle, les gros bijoux posés sur la table de nuit, les livres savants et une petite couverture en cachemire semblable à celle qui repose pliée sur le canapé de sa patronne à Paris.

— Je suis où ?

Mireille a ouvert les yeux. Elle a l'air désorientée. Suzanne frissonne parce que Mireille est un roc. Jamais elle n'a montré le moindre signe de faiblesse devant elle. Et de la voir là ainsi dans ce lit inconnu, si frêle et perdue, ça la terrifie parce que, sans la protection rassurante de sa grande sœur, le monde est bien trop effrayant.

— À l'hôpital. À Tours. Tu as eu une opération. Tu t'en souviens ?

— Non.

Mireille regarde autour d'elle, cherche un objet familier, un mur, quelqu'un susceptible de lui rappeler ce qu'elle fiche ici. Soudain, elle sursaute, agrippe le drap et cherche à se relever.

— Lucien !

Suzanne la repousse doucement contre l'oreiller.

— Tiens-toi tranquille. Tu ne dois pas bouger. Regarde.

D'un signe de tête, elle lui indique le tuyau qui court de son poignet vers une petite poche de liquide. Et puis le large pansement qui dépasse de son pyjama rêche fourni par l'hôpital public.

— J'ai appelé Lucien. Il est au courant. Ne t'inquiète pas.

— Mais les petits, sans moi ils meurent.

En contemplant ce sein qui ne peut plus nourrir, Mireille écarquille les yeux d'effroi. Et puis elle se rend compte que la douleur est partie. Cette plaie brûlante qui irradiait dans son corps est remplacée par ce grand rectangle blanc qui recouvre son buste.

— Il va trouver une solution. Tu dois te reposer. Obéir aux médecins.

— Mais Lucien, il ne sait rien faire. Les repas des grands, l'école, la maison. Comment ils vont s'en sortir sans moi ?

— On va trouver une solution. Je te le promets. Et puis, on ne meurt pas comme ça, subitement, parce que sa maman a dû s'absenter. Regarde-nous.

— Oui, mais nous, c'est différent.

— Et pourquoi donc ?

— Parce qu'on est des filles, ça ne compte pas.

Suzanne se dit que sa sœur a sûrement raison. Lucien est bien incapable de prendre en charge tout ça. S'il trouve du lait pour les deux minots, ce sera déjà un exploit. Il faudra que la nourrice l'aide pour donner les biberons – s'ils acceptent de passer du sein à ça sans transition. Ça risque de causer un sacré raffut. Heureusement que Catherine est là pour l'aider. Elle devra sauter quelques jours d'école, mais ça ira certainement, c'est bientôt les vacances. Et si elle-même devait rester plus longtemps près de sa sœur ? Que dirait sa patronne ? En même temps, elle ne va pas pouvoir tenir longtemps à son service avec un gros ventre. Si Robert lui propose la noce, il faudra qu'elle quitte son travail pour vivre à Saumur, avec lui. Elle se rapprochera de Mireille et des enfants. Mais avec quel argent vivront-ils ? Surtout si elle a un bébé. Qui embauche une bonne avec un bébé ?

Depuis que le médecin l'a mise au courant, tout se bouscule dans sa tête.

« Vous êtes très enceinte, madame. »

Une sensation de trop-plein l'envahit, son corps est sur le point d'exploser, elle ne supporte plus la pluie qui frappe au carreau de la chambre. Alors elle se lève d'un bond, cherche des yeux la porte, passe devant la voisine de chambre qui n'a même pas le temps de s'en offusquer et se précipite aux cabinets. Et une nouvelle fois, elle vomit son angoisse, sa peur panique et son désarroi dans la cuvette blafarde de cette pièce où elle aurait aimé ne jamais venir.

Quand elle a fini de vider ses tourments, Suzanne se penche sur le lavabo, boit un peu d'eau trop tiède, s'en asperge le visage et, instinctivement, pose la main sur son ventre. Aussitôt, elle réprime son geste car ce petit-là, elle ne sait pas si elle doit l'aimer ou l'oublier avant même qu'il n'existe. Lorsqu'elle revient dans la chambre, un homme en blouse blanche se tient près de Mireille. La bourgeoise a tiré son rideau. Elle est plongée dans un livre, lunettes sur le nez, et fait mine d'ignorer Suzanne qui se sent néanmoins observée.

— La boule était très grosse. La taille d'un œuf, je dirais. Vous avez dû beaucoup souffrir. Pourquoi avez-vous attendu aussi longtemps avant de venir nous voir ?

— Je… pensais que ça allait passer. Et puis, avec les enfants, la maison.

— Comment avez-vous pu supporter ça ?

Mireille réfléchit. On ne lui a jamais posé cette question. Le fait même de sonder son corps lui semble incongru. Pourtant, on peut dire que les derniers jours, elle avait sacrément mal. À en pleurer, même, de ces aiguillons dans ses seins qui la clouaient sur place, faisaient hurler ses tripes.

— J'ai essayé de ne pas y faire attention. Chez nous, les bobos, c'est pour les gamins. Et tant qu'on n'a pas dégringolé d'un toit ou qu'on n'est pas sur le point de rendre l'âme, on serre les dents et on avance.

Le médecin ferme les yeux un instant. Puis il s'assoit sur le lit à côté de Mireille qui sursaute imperceptiblement avant de reprendre son air sage. On dirait une petite fille prise en faute. Ce docteur-là n'a rien à voir avec l'autre, songe Suzanne. Celui du « Ce bébé n'est pas arrivé là par l'opération du Saint-Esprit ».

— Madame, ça aurait pu être très grave, vous comprenez ? Le corps nous lance des signaux et vous devez les écouter. Vous soigner lorsque c'est nécessaire. Vous le faites bien pour vos enfants, j'imagine ? Lorsqu'ils pleurent, s'ils ont de la fièvre, vous appelez le médecin ?

— Oui, bien sûr ! s'agace Mireille.

Elle voudrait repousser le drap, s'enfuir pour retrouver ses petits, mais le docteur est toujours assis sur le lit, telle une figure paternelle.

— Alors pour vous c'est pareil. Voire davantage. Imaginez qu'il vous soit arrivé quelque chose. L'infection était sérieuse. Vous allaitez depuis longtemps ?

— C'est-à-dire ?

— Votre bébé, quel âge a-t-il ?

— Jacques a deux mois et Béatrice presque douze.

Le docteur hausse brièvement les sourcils. Assez pour que Suzanne perçoive chez lui comme une forme de désespoir.

— Il va falloir les sevrer, madame. Vous ne pouvez pas vous permettre de reprendre l'allaitement tout de suite.

— Mais je dois rentrer chez moi !

— C'est impossible. Les soins doivent être effectués à l'hôpital. Nous allons vous garder quelques jours. D'ici là, vos enfants seront sevrés. Vous avez quelqu'un pour s'en charger ?

— Moi ! intervient Suzanne, parce qu'elle sent bien que Mireille est en train de sombrer dans un abîme vertigineux.

Que va dire Madame, à Paris ? se demande Suzanne dans le même temps. Elle aurait dû rentrer ce soir, s'occuper des enfants, du ménage. Sa chambre ne lui est offerte que dans ces conditions. Mais ses neveux valent autant si ce n'est plus que les enfants d'une inconnue. Peut-être que Madame comprendra. Elle doit trouver un moyen de la contacter. Elle pensera à ça plus tard.

— Vous voyez ! Ils ne seront pas tout seuls. Et puis, il y a peut-être leur père ?

Il a baissé le ton. Parce que, avec les pères, on ne sait jamais. Ils sont souvent partis, absents, violents, ou totalement déconnectés de leur vie de famille. Lui-même a beau donner des conseils, il se demande bien ce qu'il ferait si son épouse devait être absente une semaine entière.

— Il travaille beaucoup. Et il ne saurait pas faire. Il ne va tout de même pas se lever la nuit pour nourrir les petits. Vous imaginez ?

Non, il n'imagine pas, en effet. Les bonshommes ne sont pas faits pour ça. Lui n'a jamais entendu les siens pleurer. À chaque naissance, il s'étonnait de la discipline du nouvel arrivant, toujours persuadé que celui-ci avait « fait ses nuits » sans poser de problème.

— Eh bien, peut-être faudra-t-il le mettre à contribution pendant ces quelques jours. Je vais vous donner les coordonnées d'une sage-femme qui vous expliquera comment les faire passer au biberon. Parfois, ça se déroule très bien.

— Au biberon ? Ah ça non ! Ils vont attraper des maladies.

— Ne vous inquiétez pas. On raconte beaucoup de choses, mais, vous savez, beaucoup de bébés sont élevés au lait artificiel et ne s'en portent pas plus mal. Vraiment, je vous rassure.

Mireille retient ses larmes, baisse la tête pour qu'on ne voie pas ses lèvres trembler. Pleine de culpabilité, elle remonte le drap jusqu'à son menton. Si son fichu corps n'avait pas flanché, elle n'en serait pas là, à mettre Suzanne dans la panade. D'ailleurs, si elle ne l'avait pas accompagnée, elle aurait peut-être pu continuer comme ça, avec la douleur et la vie qui se poursuit. Sa mère avait raison, les hôpitaux, vaut mieux s'en tenir éloigné. Dès qu'on y met un pied, on n'en ressort plus. Elle est terrifiée, mais ce docteur la rassure. Il semble vouloir son bien. Pourtant, ce qu'il dit sur le faux lait lui paraît suspect. On ne lui ôtera pas de la tête que la nature fait forcément mieux les choses. S'il avait fallu que les pères donnent le biberon, le Bon Dieu aurait créé les choses différemment.

— Vous voulez bien nous laisser ? ordonne le médecin aux blouses blanches qui l'accompagnent, et à Suzanne qui, vexée, comprend qu'elle doit également obéir.

Tous s'en vont d'un pas lent. Suzanne attrape son manteau. Elle va en profiter pour chercher un téléphone. Puis le silence se fait dans la pièce, bercée par le ronflement de la voisine de chambre de Mireille, manifestement assoupie.

— Vous avez entendu parler de la pilule ? reprend doucement le médecin aux yeux bleus, sincères, planqués derrière ses lunettes à monture très fine.

— Non. Enfin, vaguement, répond Mireille, qui a bien eu vent de ce truc de riches qui empêche de faire des bébés. On en a parlé dans les journaux.

Quelle histoire, se rappelle-t-elle. Les gens se sont mis à jouer aux apprentis sorciers. Le monde ne tourne plus rond.

— Bien. Une loi a été adoptée il y a quelques mois. À l'Assemblée nationale. Puis promulguée par le général de Gaulle. Qui permet aux femmes de contrôler leur fécondité. Dans certains pays, ça se fait depuis longtemps. Il s'agit de prendre une pilule chaque jour pour ne plus tomber enceinte. Vous pouvez bien sûr l'arrêter quand vous le voulez si vous désirez un nouvel enfant. Quel âge avez-vous ?

— Bientôt trente ans.

— Et combien de grossesses avez-vous eues ?

— Six. Et puis deux fausses couches.

Mireille a répondu sans réfléchir. Pourtant, elle n'a pas l'habitude de se confier. Surtout à un homme, et en particulier pour évoquer des sujets aussi intimes qui laissent entendre qu'elle et Lucien s'adonnent à la chose un peu trop souvent. Mais celui-là la met en confiance, même si elle sent bien qu'il l'éloigne de ses valeurs à elle, celles qu'on lui a apprises.

— Le plus petit n'a que deux mois, dites-vous, et la précédente un an. Vous les aimez, je n'en doute pas une seconde. Mais peut-être faudrait-il songer à espacer ces naissances. Cela doit être épuisant, non ? Quant au sujet qui nous occupe, cet abcès, il faudrait pour bien le soigner que vous ne tombiez pas enceinte trop rapidement. Votre corps doit se reposer, vous comprenez ?

— De toute façon, c'est trop cher, votre truc. On n'a pas l'argent. Et ça donne des cancers du sein.

L'homme a déjà entendu cet argument des dizaines de fois. Et c'est vrai que, même légalisée, cette fichue pilule reste le privilège des couples aisés. Assez informés pour en connaître l'existence et suffisamment fortunés pour dépenser chaque mois de quoi reprendre la main sur le hasard qui contraint le destin de toutes les femmes.

— Je vais vous la prescrire, vous faire une ordonnance. Je suis médecin, je sais ce que je fais. Beaucoup de femmes la prennent pour réguler leurs cycles, ou faire en sorte qu'une maternité ne les mette pas en danger. C'est votre cas. Madame Martin, ce que je vous dis est important, vous comprenez ? Où habitez-vous ?

— À Saumur.

Une petite ville. Il sait ce que ça signifie.

— Il n'y a pas beaucoup de pharmacies, n'est-ce pas ?

Il a déjà entendu parler d'officines qui refusent de délivrer ce médicament du diable qui mettrait à mal la société tout entière. Les gens n'ont aucune idée de ce que je vois, peste-t-il intérieurement. Ils n'ont aucune idée des centaines de milliers de malheureuses qui se font charcuter le bas-ventre chaque jour après des semaines de désespoir à chercher une solution pour redonner un cours normal à leur vie. Ils ignorent ces existences déjà brisées avant même d'avoir éclos – ces nourrissons qu'on enterre comme des chatons trop nombreux dont on ne sait que faire, ces bébés nés sous X, abandonnés sur le pas d'une porte, déposés en institution ou grandissant sans avenir dans des portées trop nombreuses. Dans beaucoup de pharmacies, hélas, les femmes doivent venir à la tombée de la nuit chercher leur contraception, contraintes de taire leur choix contre nature. Le médecin n'en peut plus de voir ces mères supporter l'injustice, prendre la responsabilité de cet acte pratiqué à deux, parfois subi, mais dans lequel les bonshommes feignent d'ignorer leur implication.

— Je vais vous la donner.

— Quoi ?

— La pilule. Je vais vous donner plusieurs plaquettes. Il faudra la prendre pendant quelques mois au moins, vous me promettez de le faire ? Une pilule par jour à heure fixe. Elle bloquera simplement votre ovulation. Et puis, dès que vous voudrez arrêter, vous le pourrez.

— Qu'est-ce que vous allez bloquer ?

Mireille a demandé ça sans agressivité. D'une voix de petite fille. Le médecin n'en finit plus de s'étonner de l'ignorance de ses contemporains. On n'informe pas les jeunes qui entrent dans la sexualité. Le sujet est tabou, partout. Chez les bourgeois, c'est la même chose. Et même après. Et dire que celle-ci, qui a eu six enfants, ne sait même pas comment ils sont arrivés.

— Chaque mois, votre corps produit un œuf qui, lorsqu'il est fécondé au cours d'un rapport sexuel, évolue en une grossesse. La pilule va mettre au repos ce processus. Ainsi, vous ne pourrez pas tomber enceinte pendant cette période. Elle vous permet simplement de choisir. Avec elle, c'est vous qui décidez, vous comprenez ?

Mireille n'en croit pas ses oreilles. Depuis qu'elle est adolescente, elle voit couler ce sang dont elle sait qu'il lui permet de donner la vie – c'est ce que sa mère lui a dit, avec humeur et impatience, lorsqu'elle a osé lui poser la question. Après son mariage, elle a bien compris que quand le sang ne coulait plus, les ennuis commençaient. Les vertiges, les nausées, la fatigue. Et puis le ventre qui gonfle. Mais jamais elle n'avait entendu parler de cette histoire d'œuf, comme ceux des poules qui couraient dans la cour de la ferme de tata Yvonne.

Elle ne sait pas si elle a envie de devenir une poule qui ne pond plus d'œufs parce qu'elle avale un médicament suspect. À quoi ça sert, une poule qui ne pond plus ? À courir bêtement en attendant que le temps passe ? Et puis qu'est-ce que dira Lucien si elle n'est plus qu'une demi-femme ? Pourtant, devant l'insistance de ce gentil docteur qui a plongé ses yeux bleu-gris dans les siens avec un air si doux, elle promet. Disons qu'elle va y penser, prendre les cachets et rentrer chez elle, surtout. Et puis elle verra. Oui, peut-être que ce serait bien de faire cesser ce cycle infernal. Le temps que Jacques grandisse. Comme Béatrice. Que Lucien ait une promotion. Qu'elle soit moins fatiguée et puisse faire rentrer de l'argent elle aussi. Elle verra. Elle est d'accord. Et ferme les yeux parce que l'épuisement qui l'envahit est trop grand et que la douleur dans sa poitrine se réveille. Il va la laisser, de toute façon.

— Une infirmière va venir changer vos pansements. Ce sera peut-être un peu douloureux, bien sûr. Mais infiniment moins que ce que vous avez subi ces dernières semaines. Il ne faut plus taire les signaux comme ça. Vous me promettez cela, aussi, madame Martin ? Vous aussi vous avez le droit d'être malade, de consulter, de prendre soin de vous. D'accord ?

Mireille ne se souvient plus si elle a eu la force de lui répondre. Elle pense qu'elle s'est endormie.

Chère Menie,

Oui, il faut une grande information. Je sais que les contraceptifs peuvent atténuer les risques d'avortement, et il y a un grand pas de fait en ce qui concerne la libéralisation de la femme, mais tant que la vente des contraceptifs sera conditionnée comme elle l'est actuellement, on ne changera rien. La France se complaît dans la stagnation au lieu d'évoluer ; elle recule et s'enfonce de plus en plus. Je suis fiancée, et nous nous marions seulement dans trois ans. Ça me répugnait d'aller voir un docteur pour la contraception, mais je me suis décidée : il m'a regardée comme si j'étais une prostituée ! Je me suis levée et je l'ai quitté en lui disant ce que j'en pensais.

Alors je prends la pilule sans ordonnance, je demande au pharmacien avec une telle assurance qu'il est convaincu que j'en ai déjà pris. Mais je ne fais aucun contrôle médical. Plus jamais je n'irai trouver un médecin français pour de tels problèmes…

Chère Menie,

Je viens d'entendre ce monsieur qui vous disait que, dans l'amour, on est deux. Eh bien, ce n'est pas vrai ! Demandez donc aux malheureuses femmes à qui, chaque soir dans leur lit, leur mari disait : « Je vais ma chérie te faire un enfant. » Il est probable qu'elles sortiraient du lit plus vite qu'elles n'y sont entrées. Ces messieurs prennent leur plaisir et nous devons être contentes de les avoir servis. Et notre plaisir à nous ? Quatre-vingts pour cent des femmes n'en ont presque jamais : c'est la peur d'être enceintes, bien entendu. Si on se retrouve enceinte, il vous dira : « Je ne l'ai pas fait exprès ! » Nous, on y est, et on le garde !

Les docteurs ne veulent pas donner de contraceptifs, car là aussi, c'est du commerce : il y aurait moins d'accouchements et de clientes. Les catholiques ne veulent pas que l'on détruise des vies. Et un docteur vous dira qu'il n'est pas encore sûr si on peut donner ces médicaments. Sur ce point, il faut instruire les femmes mariées, car c'est toujours nous les victimes et les abandonnées. Enfin, les couples s'entendraient beaucoup mieux !

Madame Menie,

J'ai eu six enfants, dont l'aîné a tout juste dix ans. Entre le deuxième et le troisième, j'ai fait deux fausses couches et je suis très fatiguée. Après le sixième, j'ai voulu prendre la pilule, mais mon mari s'y est opposé, car on lui avait dit que ça donne le cancer.

Il a demandé au docteur s'il ne pouvait pas faire quelque chose, mais le docteur lui a dit non, que c'était « impossible ». Quand je me suis retrouvée enceinte de mon septième, avec un retard de huit jours, il m'a donné six piqûres qui n'ont rien fait. Comment élever sept enfants avec les cinq cent cinquante francs que mon mari gagne par mois, et deux cent vingt francs de logement, plus, tous les mois, l'électricité et l'eau ? Nous nous privions déjà de tout, vraiment là, me savoir encore enceinte me décourage complètement.

Rochecorbon, août 2021

Les Picart m'ont donné la chambre de Menie. D'après eux, Roger avait installé la sienne au premier étage alors qu'elle avait choisi celle-ci, minuscule, donnant directement sur le salon. J'ai vu des photos de son appartement à Paris. Comme ici, elle s'était installée dans une pièce microscopique, contenant à peine un lit, qui ouvrait sur la gigantesque pièce de réception – je peux presque entendre le brouhaha des fêtes immenses qu'elle y donnait. J'ai du mal à comprendre ce qui l'a amenée à cette humilité bien excessive, elle si fière et flamboyante. Est-ce le souvenir de cette enfance où la miséricorde devait prévaloir contre toute forme d'orgueil ou d'épanouissement personnel ? Peut-être éprouvait-elle le besoin de se blottir dans un cocon comme dans un ventre maternel après avoir reçu ce torrent de malheur, cette quantité de désespoir déposée chaque jour à la radio, et ce déferlement de haine dont elle a été l'objet – bien avant les réseaux sociaux qui offrent eux aussi le confort de l'anonymat pour crucifier les uns et les autres en toute impunité. Menie rangeait ces lettres dans un dossier qu'elle appelait « venin ». Pour tenir à distance cette hostilité, venue en même temps que l'improbable vedettariat qui lui est tombé dessus à la cinquantaine.

Je n'arrive pas à dormir. Avec les Picart, nous avons dîné légèrement. Quelques œufs de la ferme d'à côté, des légumes et une salade de fruits. Les voisins ont bien connu « madame Menie », m'ont expliqué mes hôtes. J'essaierai d'aller les voir demain. Avant de regagner ma chambre, je me suis installée dans le jardin de cette incroyable bâtisse qui a abrité une grande partie de la vie de Menie. Les Noëls en famille, les week-ends avec Roger, les étés de la fin de vie lorsque les voix des femmes s'étaient tues. Le ciel d'encre était constellé d'étoiles. Et je me suis demandé si elle aussi s'asseyait là, sous le firmament, à côté de ces rosiers dont elle était si fière, que les Picart ont promis de ne jamais déraciner.

Une chouette a établi sa résidence nocturne près de ma fenêtre. Avec humeur, j'allume la petite lampe de chevet et j'attrape mon téléphone posé sur ma table de nuit. Hélas, les bonnes résolutions de Bréhat se sont rapidement envolées. Je ne quitte plus cet objet de malheur depuis que j'ai commencé mes recherches.

Pietro m'a envoyé un message. Il veut me parler, il n'en peut plus d'être sans moi. Il l'a envoyé à 0 h 49. Puis un autre à 1 h 04. Une photo de nous prise l'année dernière à Bali. Il avait tendu le bras pour nous immortaliser au temple d'Uluwatu. Je me souviens qu'on y avait beaucoup ri parce qu'un singe m'avait sauté dessus pour me voler mes lunettes. À moins que ce ne fût simplement lui qui avait ri. Nous avions passé trois semaines là-bas, à parcourir l'île de long en large sur un scooter que nous avions loué.

Je me souviens des réveils dans les suites splendides que nous louions de temps en temps, de la touffeur tropicale, de la chaleur qui avait envahi la chambre minuscule où nous avions atterri un soir, de l'amour que nous y avions fait au petit matin, enfin reposés de notre périple.

Est-ce que je parviendrai à aimer quelqu'un d'autre ? Lorsque je ferme les yeux, je sens sa peau contre la mienne, son odeur qui m'enveloppe. La mémoire est un faussaire, parce que, en observant bien la photo de nous, je vois la falaise devant laquelle nous avions posé, et ma peur lorsque nous avions débarqué sur le site après les heures de silence que m'avait imposées Pietro parce que j'avais répondu à un message sur mon portable. Un message probablement insignifiant car, à ce stade de notre histoire, je n'avais plus d'amies depuis longtemps. Nous vivions l'un sur l'autre, exclusivement, soudés par la fusion dévastatrice de nos deux êtres.

Oui, j'avais eu peur que, dans un accès de folie, il me pousse dans le vide de cette falaise. J'avais imaginé mon corps se disloquant sur les rochers, si loin de mon pays. Et le pire, c'est que ça ne m'avait pas semblé si fou, à l'époque. Ni tellement injuste. Méritais-je de vivre davantage ? Je ne valais pas grand-chose, Pietro ne cessait de me le répéter. Et c'est vrai que je ne travaillais pour ainsi dire plus, je n'avais pas écrit une ligne depuis des mois. Ma pauvre fille, si tu avais dû être publiée, ce serait arrivé depuis belle lurette. Chaque parcelle de mon temps lui était consacrée. J'avais presque éprouvé du soulagement à l'idée que cette inquiétude permanente me quitte.

Alors que je ne l'ai plus fait depuis des lustres, j'ouvre mon compte Facebook. Je sais bien que la plupart de mes connaissances ont migré sur Instagram, mais j'ai un train de retard. Pietro n'aurait jamais voulu que je m'y inscrive – des hommes auraient pu m'y écrire. Et puis qu'est-ce que j'avais à montrer ? Il avait horreur de ces machins-là, qui exaltent le pire de l'égocentrisme de l'homme. Un jour, dans un accès de rage, il avait supprimé le sien, disparu de ce Big Brother qui nous traque tous, se nourrit de nos vies pathétiques, note tout, nos lieux de vacances, nos goûts, nos désespoirs. Pour ma part, je m'en fichais pas mal et je ne voyais pas bien en quoi mes photos de lycée et les quelques articles que j'y partageais pouvaient intéresser qui que ce soit, et moins encore une puissance mystérieuse chargée de les consigner dans un grand livre de comptes de la comédie humaine.

Fascinée, je replonge avec délice dans cette marée de colères, d'indignations et de grands bonheurs déroulés au kilomètre. La plupart de mes quelques contacts y ont posté des photos d'eux dans des paysages paradisiaques, en couple ou en famille. Souvent, ils accompagnent ces souvenirs ensoleillés d'un petit texte commentant leur enchantement d'être ensemble. Et y ajoutent des cœurs pour prouver leur amour.

Je me demande ce que Menie aurait pensé de tout ça. De cette parole prétendument libérée, grâce à ces outils qui nous permettent de nous exprimer à tout moment sans avoir à courir aux PTT, chez une voisine ou à l'autre bout de la ville pour trouver un téléphone et se confier à cette amie qu'elle est si rapidement devenue pour tant de ses auditeurs et auditrices. Est-ce que les informations auraient été plus largement diffusées ? Est-ce que toutes ces jeunes filles enfermées dans leur ignorance auraient eu plus volontiers accès à la connaissance de leur corps ? Auraient-elles partagé sur ces forums leurs douleurs et leurs questionnements aussi naturellement qu'elles l'ont fait à l'oreille de Menie ?

Je décide de taper son nom dans la barre de recherche. Apparaissent des contenus. Les gens ne l'ont pas oubliée. Sous une vidéo où on la voit chez elle à Paris parlant des femmes « en rade » de son époque, je découvre beaucoup de commentaires.

> « Oh, je ne loupais pas une de ses émissions. Son timbre de voix si rassurant et d'une gentillesse. »
>
> « Quand j'étais petite, maman écoutait… Les femmes qui appelaient pleuraient sans cesse et je me disais que je n'étais pas pressée de devenir adulte. »
>
> « Une grande dame. »
>
> « Je l'ai écoutée tous les jours pendant des années. C'était l'après-midi un moment privilégié pour moi. À plusieurs reprises j'ai eu l'honneur qu'elle lise mes courriers à l'antenne ☺. Vraiment, elle était très en avance sur la condition féminine. Pas de sujets tabous et une grande intelligence et une grande classe. Je ne l'ai jamais oubliée, merci Madame du fond du cœur. »

Alors que je m'apprête à cliquer sur une vidéo de l'INA, une notification en haut de l'écran m'interpelle. J'ai une nouvelle demande d'ami. Je peine à le reconnaître sous son bonnet mais je finis par comprendre. C'est Paul, le responsable des archives de Tours. Il m'a cherchée, et trouvée dans la multitude des

Esther qui peuplent probablement le réseau social. Après réflexion, je me dis qu'il connaît mon nom de famille puisque toutes mes entrées et sorties ont été enregistrées à l'accueil. Hier, c'était le dernier jour de mes recherches là-bas. Je serais bien restée plus longtemps dans le cocon rassurant des archives, mais j'ai reçu un mail de Katell. Elle veut savoir où j'en suis, si on peut se prévoir un déjeuner fin août, à son retour de vacances. J'ai beau avoir pas mal avancé, voir son nom s'afficher dans ma boîte mail m'a angoissée.

Peut-être que je n'ai tout simplement pas envie de quitter Menie maintenant. Que plonger dans sa vie et celle de ses auditrices m'apporte une certaine cohérence. Comme s'il était écrit que ma rencontre avec cette femme, avec son histoire et celle d'une époque pas si lointaine, devait se produire à cet instant de ma vie. Je me rends compte aujourd'hui qu'avant Hélène je n'avais jamais parlé à personne de ce que j'ai vécu avec Pietro. De ces soirées passées à l'écouter pérorer dans la colère, à le regarder sonder mes mensonges, débusquer mes angoisses pour les exciter ensuite, appuyer fort dessus pour que ça fasse mal, et puis enfin frapper parce que je ne réagissais pas de peur qu'il ne s'emporte.

Ça a duré des mois, peut-être des années, je ne sais plus. Je confonds les chapitres de notre histoire. Si une telle émission avait existé alors, aurais-je appelé Menie ? Profitant de l'anonymat du téléphone, aurais-je déversé ma douleur vers cette voix rassurante et chaude qui aurait su me comprendre ? Aurais-je été encouragée par les millions d'oreilles penchées sur leurs transistors ? Peut-être que si j'avais su que tant d'autres vivaient la même chose que moi, je serais partie plus tôt. Pourtant, j'avais lu beaucoup de témoignages sur les violences conjugales, la première gifle, le renfermement, le déchaînement progressif, le sentiment de solitude extrême… Lorsque j'ai rencontré Hélène et que j'ai fini par lui raconter, j'ai éprouvé un véritable sentiment de honte. Celui d'avoir laissé cet homme prendre possession de moi, grignoter peu à peu ma confiance, pour me transformer en cette fille fragile et seule que j'étais alors.

Tandis que les sombres souvenirs se superposent à ceux plus heureux de notre histoire, qui ont failli me faire répondre aux supplications de Pietro, je clique sur le profil de Paul. Je vais directement sur ses photos. Il y en a une dizaine, pour la plupart prises en montagne, devant des paysages extraordinaires. Sur chacune, il sourit comme à son habitude. Je songe à cette fin d'après-midi que nous avons passée ensemble dans les ruelles du vieux Tours à ne parler que de Menie. Tel un chaperon invisible, celle-ci semblait nous protéger d'une embarrassante intimité qui m'aurait donné envie de fuir.

Sans avoir à lui poser de questions, j'ouvre facilement le livre de la vie de cet homme. Il a posté beaucoup d'articles essentiellement culturels, des petites phrases qui révèlent son humeur du jour ou commentent des événements anodins. Rien de polémique. Cette simplicité apparente a beau me rassurer, j'ai conscience que les réseaux sociaux ne sont qu'un ersatz de la vérité. Comme s'il m'avait entendue, je lis le dernier post de Paul. Une phrase de Lacan. « Le réel, c'est quand on se cogne. »

Au même moment, une petite fenêtre s'ouvre en bas de mon écran. « Vous ne dormez pas, Esther ? »

Étretat, juin 1968

— Roger, mais Roger, venez ! Elle est délicieuse !

L'air est particulièrement doux en ce début d'été. Roger a été invité par des messieurs très importants à venir donner une conférence. Ce week-end, c'est elle qui l'accompagne, et non le contraire. Paradoxalement, ça lui fait du bien de se fondre à nouveau dans ce rôle de « femme de ». Ce week-end, elle est Mme Grégoire, c'est tout. On leur a réservé une belle suite dans l'un des plus beaux hôtels de la ville. Ils sont arrivés vendredi soir, en fin d'après-midi. Après avoir enfilé ses gants de cuir, serré le volant, Roger a pris la route pour Étretat. Menie ne se lasse jamais d'admirer la prestance de cet homme que certains disent dépourvu de grâce mais qu'elle trouve, au contraire, magnifique. Il a le front haut et l'immensité des hommes qui ont fait l'histoire avec un grand H. Auprès de lui, elle se sent minuscule, fragile, et ce sentiment la rassure. Jamais elle ne l'avouerait à l'antenne. Les gens ne comprendraient pas. Comment peut-elle être féministe et aimer à ce point la dépendance viscérale qui la lie à cet homme ? Oui, elle est comme ça. Elle a beau mener sa barque, parler de sujets inconvenants à une heure de grande écoute, embarrasser peut-être son époux à faire la maligne sans lui demander son avis, elle n'aime rien tant que ce frisson qui la parcourt quand il joue les mâles avec elle, comme en ce week-end où le temps paraît s'être arrêté. Sans enfants, sans dîner à organiser ni maison à tenir. Ils sont libres. Et elle a l'impression d'être une de ces héroïnes des romans historiques qu'elle dévore, une de ces amoureuses qui ont fait tourner les plus grandes têtes et embrasser les plus belles passions. Elle a noué un foulard autour de son cou et sorti ses plus jolis bijoux pour l'occasion. Le visage à la fenêtre de la voiture, elle hume le vent, l'odeur de cette nature qui lui manque tant malgré ce qu'elle en dit. Elle, la provinciale qui se sent obligée de cacher ses origines qui ont pris racine loin de la capitale, des dîners en ville et de ce qu'elle ne se lasse pas d'appeler « le Tout-Paris ».

Hier soir, ils ont dîné avec les notables de la région et leurs épouses. Menie portait cette ravissante robe qu'elle a cousue avec Frédérique et Laurence l'été dernier. Elles ont gardé cette habitude, de coudre ensemble, même après le mariage de Laurence. Elles découpent des patrons, lissent les pans de tissu, coupent et puis cousent à la main les ourlets des manches, des jupons, du dos, avant de les assembler à la machine. Elles avaient fait les essayages ensemble, toutes les trois, autour d'une tasse de thé. Laurence était venue avec Julien, le premier petit-fils. Menie en est folle, elle n'a eu que des filles. Pour Frédérique, la troisième, elle avait espéré. Le Bon Dieu n'allait quand même pas lui faire ce coup-là. Et pourtant. Alors ce petit garçon, venu bouleverser le destin de Laurence à dix-neuf ans à peine, elle le considère comme la huitième des merveilles. Son regard, ses cheveux et son menton fier lui rappellent son père, dont le souvenir s'impose souvent à Menie, et qu'elle chasse rapidement. C'est trop douloureux. Dans le secret du cabinet du professeur Laforgue, elle a fréquemment évoqué cette figure fondatrice de sa personne. Elle a beaucoup pleuré, aussi. Parce que sa perte trop précoce a été si cruelle.

Lorsque Menie avait enfilé la robe très ajustée, Frédérique avait fait la moue. Elle n'aime guère que sa mère joue de sa séduction. Pour elle, une mère reste une mère, un point c'est tout. Laurence, quant à elle, voue une admiration sans bornes à Menie, qu'elle ne cesse de complimenter depuis son plus jeune âge. « Vous êtes si belle, maman », lui avait-elle lancé alors que Menie interrogeait son miroir comme dans ces contes qu'elle leur a tant de fois lus. « Miroir, mon beau miroir, dis-moi, qui est la plus belle ? » Marie Laurentin se serait étranglée de savoir sa fille si coquette, si orgueilleuse. « Enfin, Marie. Le Seigneur n'en a cure, de savoir si tu es belle ou non. Sois bonne, ce sera déjà beaucoup. » Mais Menie avait accueilli le compliment de Laurence avec plaisir, feignant la surprise pour la forme.

C'est vrai, se dit-elle, que les deux ou trois retouches entreprises par les équipes de Philippe sont très réussies. Menie s'était d'ailleurs livrée de bonne grâce aux mains de ces petites fées qui transforment les crapauds en princesses. Et observer le reflet de ce visage transformé lui plaît beaucoup. Quant à Roger, il semble ne rien trouver à y redire. Au contraire.

Il a posé son gros livre, ses lunettes, s'est levé de sa serviette et marche lentement vers elle. Ils sont presque seuls sur cette grande plage balayée par le vent. Le picotement de l'eau froide rappelle à Menie les eaux fraîches de Plassard. Roger s'approche doucement et lui enserre la taille. Trente ans après, il porte sur sa femme le même regard amoureux que lors de leur rencontre – peut-être l'est-il encore davantage à mesure qu'il la sent lui échapper un peu. Depuis que toutes ces inconnues sont venues tambouriner à la porte de leur vie de couple harmonieuse et tranquille. Mais il n'en dit rien. Roger a l'élégance chevillée au corps, et il ne lui viendrait jamais à l'esprit d'entraver la liberté de qui que ce soit, et encore moins celle de sa femme.

Ça ne se fait guère en public, et surtout pas à leur âge et dans leur milieu, pourtant il plonge son visage dans le cou de Menie, respire fort son odeur et embrasse avec passion l'échancrure de sa poitrine joliment comprimée dans un élégant bikini. Il lui murmure des mots d'amour, de ceux qui rendent n'importe quelle femme plus forte, qui incitent à dévorer le monde. C'est peut-être ça, son secret. Pas uniquement l'éducation de son père qui l'a poussée autant que ses frères. Pas uniquement l'exemple de sa mère qui a été un contre-modèle à suivre. Non, l'amour de Roger, son admiration, sa foi en son potentiel sont peut-être bien à l'origine de ce courage qui la constitue.

Ils se baignent ensemble, comme ils l'ont fait des centaines de fois. À Saint-Rémy, à Plassard, au bout du monde, lors des voyages insensés au cours desquels Menie a accompagné le grand Roger. Ils plongent dans cette mer vivifiante qui leur fouette le sang. Menie nage sans relâche pour entraîner son corps. Elle doit tenir bon encore longtemps. L'effort la compose. Et puis elle aime sentir ses muscles fatigués, son souffle court, et la caresse du soleil sur sa peau alors qu'elle ferme les yeux, allongée, sans pudeur, sur cette plage de Normandie. À quelques mètres de Roger qui a repris sa lecture, elle s'accroupit et confectionne un gros monticule de sable qu'elle entreprend de sculpter de ses mains aux petits doigts tarabiscotés – l'héritage de Juliette. Elle modèle un bel ovale, et puis des pommettes hautes, un menton, qu'elle façonne avec application. Elle y ajoute un nez, des arcades, une poitrine fière et puis une majestueuse queue de poisson. Elle aime sentir la matière sous ses doigts, faire surgir de cette immensité la beauté d'un visage, d'une forme, des poissons, comme ceux de la fontaine qu'elle a creusée dans la roche à Saint-Rémy. Menie se lève et va chercher des petits cailloux, des algues, qu'elle dispose autour des traits délicats de cette sirène surgie des eaux. Une sirène qui clame non seulement sa joie de condamner les hommes par sa beauté, mais aussi sa peine d'être enfermée dans cette beauté sans avenir. Et derrière le ressac et la félicité de ce doux moment coupé du monde, il lui semble entendre de nouveau des cris de femmes perdues dans la nuit.

Chère Madame,

N'est-ce pas une blessure énorme, injuste, inexplicable que les femmes supportent toute leur vie dans le silence le plus total ? Pourquoi ? La frigidité devrait être étudiée comme le cancer. Pourquoi personne ne s'intéresse-t-il à ce problème ? Si la frigidité touchait les hommes comme les femmes, il y a longtemps qu'elle serait guérie. Le premier problème est l'ignorance des jeunes filles, l'absence d'éducation sexuelle et l'inexpérience : on m'a seulement recommandé d'apprendre à faire la cuisine mais pas à faire l'amour – ah quel scandale ce serait cette suggestion. Le second est d'être libre de son corps, ne pas être condamnée à être une lapine et par une loi encore ! Je n'ai pas trouvé auprès des docteurs le moindre conseil, le moindre soutien. J'ai même cherché il y a quelques années dans un Bottin un nom de sexologue : il y en avait un seul dans tout Paris !!! À qui parler ? Même entre les femmes, on ne se dit rien. C'est le silence assourdissant sur la question. Vous êtes une femme connue, vous connaissez des personnes influentes. Vous vous exprimez bien. Pourquoi ne feriez-vous pas connaître ce fléau de la frigidité ? Pourquoi ne créeriez-vous pas des centres analogues à ceux du Planning familial pour aider les femmes frigides ? Madame, je vous en prie, faites quelque chose. Je n'en profiterai pas mais qui sait.

Saumur, juin 1968

La patronne de Suzanne n'étant jamais là en fin de matinée, Mireille a pris l'habitude de passer un petit coup de fil à sa sœur. Depuis qu'elle a pris ce travail à mi-temps à la mairie, elle a accès aux cabines. C'est plus simple pour elle d'y discuter avec elle. À la maison, il y a souvent Lucien ou les enfants. Ce qu'elles ont à se dire ne regarde qu'elles.

À son retour de l'hôpital de Tours, Mireille a dû expliquer à Lucien l'abcès, l'opération en urgence, et l'injonction du médecin à rester dans le service quelques jours. Elle s'est excusée, bien sûr. Si elle avait pu, elle serait immédiatement revenue. Si elle avait pu, elle aurait gardé la douleur, serré les dents et pensé d'abord à sa famille. Évidemment. Lucien a été bien embêté à cause d'elle. Ça a été une organisation pas possible, même avec l'aide de Suzanne, qui a pu prendre quelques jours parce que sa patronne est très compréhensive, même si, pour elle, ça n'a pas été simple non plus – elle a dû gérer ses enfants et son foyer toute seule, sans aide. Mireille sait que beaucoup de femmes sont assistées par du personnel de maison. C'est normal, la société tourne comme cela. Et puis il y a celles qui ont des enfants, comme elle, qui essaient de s'en sortir seules parce que le Bon Dieu en a décidé ainsi. De toute façon, elle n'aimerait pas avoir quelqu'un, comme on dit. Ses six petits, elle veut s'en occuper elle-même. Avec Catherine, qui se débrouille de mieux en mieux avec les derniers, et plus encore depuis que, par la force des choses, ils sont passés au biberon. Mireille a honte, bien sûr. Et peur qu'ils ne deviennent plus fragiles que les autres. D'après Suzanne, le sevrage s'est fait dans la douceur. Sa sœur a été merveilleuse pendant son absence. Elle n'a pas dormi. Elle a endossé son rôle avec courage et obstination, s'est occupée de la famille comme l'aurait fait Mireille si elle avait été là. Lucien l'a aidée, semble-t-il, parce que Suzanne n'a pas l'expérience de Mireille, et que, même épaulée par Catherine, elles n'y parvenaient pas toutes seules.

Pour la première fois de sa vie, il a donné un biberon à Jacques. Quand Suzanne lui a raconté ça, Mireille a éclaté de rire. Non mais on aura tout entendu ! Son Lucien avec un bébé dans les bras, un biberon dans la main. Et pourquoi pas changer les couches, tant qu'on y était ? Cependant, depuis son retour, il lui propose souvent de prendre en charge cette mission dont il semble désormais se considérer comme dépositaire. Mireille n'en revient pas. Si ses collègues voyaient ça ! Elle se garde bien de lui faire la réflexion parce que alors il risquerait d'arrêter d'un coup. Un homme, ça a son honneur. Et il ne s'agirait pas de crier partout qu'il s'adonne à des tâches de bonne femme. Pourtant, quand elle l'observe penché sur le bébé, dans une fragilité qu'elle ne lui connaissait guère, Mireille ressent un élan de désir inhabituel envers lui. Elle qui pensait ne l'aimer que viril, distant, auréolé d'une autorité que seuls les vrais hommes expriment, se prend à découvrir une autre forme d'attachement.

En revenant à Saumur avec sa cicatrice et ses kilos en moins, Mireille se sentait étrangement requinquée. Il faut dire que là-bas, à l'hôpital, on était aux petits soins pour elle, qui n'avait pratiquement rien à faire. Mireille ne se souvient plus depuis combien d'années elle n'a pas eu le loisir de se reposer ainsi. Peut-être que ça n'est jamais arrivé. Plus jeune, elle prenait soin de Suzanne. Et puis elle aidait à la maison. Les filles sont toujours très occupées, se dit-elle, soudain consciente de ce gouffre qui se creuse entre les sexes dès la petite enfance. Là-bas, à l'hôpital, elle restait au lit toute la journée. Un pur délice. Si l'on excepte les douleurs quotidiennes, le souvenir de ces quelques jours hors du temps est d'une douceur que Mireille peine à avouer.

Lorsqu'elle s'endort le soir, elle repense souvent à ces moments qu'elle n'oubliera jamais. Le petit déjeuner servi au lit, le ménage de sa chambre quotidien, les livres prêtés par le personnel, qu'elle s'est mise à dévorer, comme *Le Garde du cœur*, un livre de Françoise Sagan sur la vie amoureuse d'une femme aisée qui papillonne d'homme en homme – une découverte fascinante. Et puis le petit poste de radio que son infirmière du matin lui a apporté pour qu'elle puisse tromper l'ennui. Elle n'a pas osé lui dire que l'ennui, elle ne connaissait guère. Que le simple fait de pouvoir dormir à toute heure du jour lorsque la fatigue l'envahit, de ne pas avoir à penser aux repas, aux horaires d'école, aux devoirs, au linge à étendre, aux courses à faire et aux comptes mensuels suffisait amplement à son bonheur, mais elle a accepté de bonne grâce l'arrivée de cet objet dont les patients des autres chambres paraissaient ne plus pouvoir se passer.

Le matin, pendant qu'elle sirotait sa chicorée, elle écoutait les nouvelles. Elle a été surprise de découvrir que les Américains envisageaient de marcher sur la Lune, elle a écouté Coco Chanel, cette femme à la tête de son entreprise, interviewée par Philippe Bouvard à « Non-stop », découvert Guy Lux, Sophie Garel, Fabrice et Menie Grégoire – c'est sa nouvelle voisine de chambre qui lui a signalé l'émission de cette dernière.

La bourgeoise était partie le lendemain de l'arrivée de Mireille – elle avait fait une fausse couche à quarante-trois ans. On peut encore tomber enceinte à cet âge-là ? s'était étonnée Mireille, songeant avec effroi au nombre insensé d'enfants qui pourraient encore lui venir. La bourgeoise, en revanche, était bien triste – derrière le rideau, Mireille l'avait beaucoup entendue pleurer. Elle n'avait, semble-t-il, jamais réussi à tomber enceinte. Alors Mireille avait eu honte de ses pensées, honte d'avoir envisagé d'abîmer son corps avec les médicaments donnés par le médecin, qui dorment toujours dans son tiroir. Elle n'avait guère eu le temps d'exprimer sa sollicitude à cette femme, partie pendant que Mireille dormait.

Quelques heures plus tard, le lit était à nouveau occupé par une jeune femme, Jeannette, atteinte d'un cancer du sein qui attendait d'être opérée. Malgré la gravité de sa maladie, Jeannette s'était montrée d'un naturel extrêmement joyeux. Très vite, elle avait ouvert le rideau qui séparait leurs deux lits et passé un temps infini à bavarder avec sa compagne d'infortune. Chaque après-midi, elles avaient pris l'habitude d'allumer le poste de radio, posé entre leurs deux lits, pour écouter les auditeurs – surtout des femmes – parler de leur vie. Aucun sujet politique, culturel ou trop barbant n'était abordé. Les gens confiaient plutôt leurs soucis de famille, de couple. Mireille et Jeannette ouvraient de grands yeux, s'esclaffaient, s'emportaient parfois, rougissaient, mais écoutaient religieusement les conseils de « Menie », cette inconnue à la voix douce et grave qui semblait avoir réponse à tout sans jamais juger.

Depuis qu'elle est rentrée à la maison, Mireille ne rate aucune de ses émissions. À l'heure de la sieste, après sa matinée au travail, elle savoure ce moment rien que pour elle, passé à écouter ces voix provenant de régions qu'elle ne connaîtra sans doute jamais.

Ce matin, Suzanne a fondu en larmes au téléphone. Elle n'a toujours pas trouvé de solution à son problème, et son ventre commence à s'arrondir. Avant de repartir pour Paris, elle était allée annoncer la nouvelle à Robert, avec l'espoir qu'il pourrait peut-être l'épouser. Les deux sœurs s'étaient prises à rêver que Suzanne reviendrait vivre ici. Qu'ensemble elles pourraient élever leur progéniture et renouer avec les joies de leur enfance. Se voir tous les jours, se serrer les coudes pour supporter la rudesse de cette vie à laquelle les bonshommes ne comprennent pas grand-chose.

Hélas, Robert s'était mis dans une rage folle. Comment pouvait-elle lui faire ça ? Et elle ne pouvait pas se méfier ? C'était bien la première fois que ça lui arrivait, tiens, une histoire pareille. Parce qu'il savait s'y prendre avec les bonnes femmes. C'étaient pas les occasions qui avaient manqué. Peut-être même qu'elle lui avait tendu un piège, qu'à son âge avancé elle s'était dit qu'il serait le bon pigeon pour la sauver d'un célibat certain. Eh bien non, il ne fallait pas compter sur lui. D'ailleurs, il allait sûrement quitter la ville. Il avait rencontré une veuve très riche, pas bien fraîche mais follement amoureuse, qui lui permettrait de mener grand train avec l'argent du mari décédé. Elle n'avait qu'à se débrouiller maintenant avec son marmot. Elle savait quoi faire. Comme des tas d'autres femmes. Tiens, elle n'avait qu'à demander à la Nicole, qui connaissait une faiseuse d'anges à Rou-Marson.

Suzanne avait longtemps pleuré. Et puis elle avait décidé de repartir pour Paris. Que pouvait-elle faire d'autre ? Elle n'allait pas en plus perdre son travail. Elle n'avait pas d'homme pour la faire vivre, elle. Mireille en avait eu le cœur brisé.

— Suzanne, que comptes-tu faire ? murmura Mireille dans le combiné.

— Je ne sais pas. Oh, Mireille, je suis perdue. Je crois que j'aurais encore préféré finir vieille fille. Tout sauf devoir choisir entre la honte d'être fille mère, perdre mon travail, élever ce petit sans un sou ou devoir le confier à l'assistance publique. Ou le faire passer. Et puis, je ne connais personne. Pendant que je servais le thé, j'ai bien entendu une amie de Madame parler de ces femmes qui rendent ces services, mais elle chuchotait pour que je n'entende pas. Tu sais, parfois, j'ai l'impression d'être transparente ou complètement idiote. Elles pensent que je n'écoute pas, ou que je suis tellement étrangère à leur monde que je n'y ai pas accès. Alors elles ne se gênent pas pour raconter des histoires sur leurs amis, leurs amants, pendant que je trime. Mais là, on aurait dit qu'elles avaient conscience que ça pouvait arriver à toutes. C'est dommage, pour une fois, ça m'aurait bien arrangée qu'elles ne fassent pas attention à moi. Madame connaît des méthodes pour ne plus avoir de bébés. Des machins pour les riches venus d'Amérique. Je ne sais pas ce que c'est, mais en tout cas, après ses trois gamins, il n'y en a plus eu. Peut-être que son mari la laisse tranquille. Je vois bien qu'elle s'installe souvent dans la chambre d'amis. Ça, on ne me la fait pas, car c'est moi qui la nettoie. Mais je vois bien qu'avec l'avocat qui passe parfois la voir, ce n'est pas juste pour signer des papiers. Et alors, comment ils font ?

— Suzanne. Tu dois prendre une décision. Rentre à Saumur, je t'aiderai. On verra bien. Je peux peut-être demander à Lucien qu'on t'héberge un temps.

— Et qu'est-ce que je ferais ? Il n'y a pas de place chez toi. Si vous n'agrandissez pas la famille ? Non, impossible… Mais comment je vais gagner ma vie ? Et qui va m'épouser maintenant ? À vingt-quatre ans, avec un enfant sans père ? Je vais me tuer.

— Suzanne ! Ne dis pas ça.

Mireille a le cœur en miettes. Sa petite sœur sanglote au bout du fil. Si elle avait Robert sous la main, elle lui ferait passer un mauvais quart d'heure. Sa pause est bientôt terminée, elle doit raccrocher. Récupérer les petits, préparer à manger, aller chercher les grands… Les pensées se bousculent dans sa tête. Suzanne est comme sa fille. Elle a viscéralement besoin de l'aider. Elles n'ont plus de parents, pas vraiment d'amis. Et puis soudain, avant de raccrocher, Mireille reprend le combiné.

— Suzanne, écoute-moi. J'ai une idée. Je te promets que ça va s'arranger, lance-t-elle presque avec entrain.

Rue Bayard, juin 1968

Quand tout s'était enflammé brusquement à Paris, Menie était allée à la Sorbonne. Pour savoir, pour comprendre, pour aller à la rencontre de ces jeunes qui espéraient faire valdinguer le pays. Non, elle ne serait pas comme bien des adultes de sa génération qui se contentaient de conclure qu'il fallait que jeunesse se passe et étaient outrés qu'on puisse envisager de filer le bachot gratos à tous ces fainéants alors qu'à leur époque on entrait docilement dans la vie active.

Pendant ces jours particuliers, les radios périphériques avaient explosé. On raconte même que deux cent mille transistors s'étaient vendus en un mois. Alors que l'ORTF se faisait tirer les oreilles par le Général, qui goûtait peu le rôle grandissant de ce nouveau média dans le conflit qui l'opposait au pays, Europe numéro 1 et RTL prenaient leur envol. Leurs reporters fonçaient chaque jour rue Gay-Lussac, se coulaient dans la foule, entraient dans les immeubles lorsque le ministre des Télécommunications coupait les fréquences des radiotéléphones des voitures de reportage, utilisaient les combinés des particuliers chez qui ils s'étaient invités, arrachant le plâtre des murs à force de tirer sur les fils jusqu'aux fenêtres devant des propriétaires trop fiers de cette soudaine irruption médiatique dans leur quotidien pour y trouver quoi que ce soit à redire. Oui, on manifestait transistor à l'oreille.

— Martha, vous êtes là ?

— Oui, Menie, qu'est-ce qu'il se passe ?

— Où en est-on ? Je dois sortir déjeuner avec Laurence. Vous avez pu réserver chez Tong Yen ? C'est insensé, tout de même. Il y a quelques années, personne n'avait entendu parler de nourriture asiatique, et aujourd'hui c'est un monde pour obtenir une table. Si Drucker n'avait pas décidé d'y donner ses rendez-vous aussi…

— Bien sûr, Menie. Vous savez que la patronne ne peut rien vous refuser. Vous aurez votre table, comme d'habitude.

— Laurence est prévenue ?

— J'ai laissé un message chez elle. Elle était sortie.

— Parfait. Avez-vous pu faire un point avec l'équipe ? Il faut qu'on avance sur cette semaine consacrée aux « Back Streets ». Pouvez-vous me caler une réunion ? J'ai peur qu'on n'ait pas assez de témoignages.

— Vous le savez bien. Le jour où nous serons à court de problèmes, la société s'en portera mieux. Mais je doute que celui-ci arrive. Menie, il se peut que vous deviez répondre à toutes ces pauvres âmes pour le restant de votre existence.

Derrière le sourire machinal que Menie adresse à son assistante, Martha perçoit un léger trouble. Depuis que l'émission est devenue quotidienne, et qu'elle y consacre toute son énergie, Menie a repris la thérapie. Toute cette douleur la ronge. Ainsi que la haine qui se déverse sur elle quotidiennement, dans des lettres ignobles mais aussi dans la rue. L'autre jour, Laurence a raconté à Martha que, alors qu'elle se promenait avec sa mère, une femme s'était plantée devant elle et l'avait giflée. Menie a beau rester digne et prétendre que ça ne l'atteint pas, qu'elle prend sans doute pour les autres mais que rien ne l'arrêtera, son assistante sait combien la tâche est difficile. Menie représente souvent le dernier espoir de ces femmes.

Il y a quelques semaines, Menie a voulu donner une grande soirée pour fêter une promotion de Roger. Elle a envoyé des invitations à tout ce que Paris compte d'important. Elle sautillait comme une jeune fille à l'idée de célébrer cet époux admirable qu'elle regarde comme s'il était un dieu. Hélas, une bonne moitié a répondu qu'elle ne viendrait pas, jugeant cette Menie trop scandaleuse.

Martha travaille à RTL depuis des années. Depuis toujours, plaisante-t-elle. Dans les couloirs de la radio, nul n'ignore qui elle est. Débarquée très jeune de sa province pour gagner de l'argent, elle a occupé la plupart des postes à la radio. Le temps a passé, et elle ne s'est pas mariée. À près de quarante ans, Martha estime que c'est trop tard. Elle a bien eu des coups de blues, regretté de ne pas s'être forcée à aller au bal, pour choisir n'importe qui parmi les rares prétendants qui auraient accepté de s'unir à elle, cette femme courageuse, en bonne santé, qui aurait tout géré dans le foyer comme elle le fait ici. Mais Menie l'a rassurée. Si elle est heureuse ainsi, alors pourquoi regarder en arrière ?

C'est Philippe qui a proposé à Martha de rejoindre l'équipe d'« Allô Menie ? » lorsque l'émission a commencé à devenir un vrai phénomène. Martha a un peu hésité. Dans la station, beaucoup voyaient le programme d'un mauvais œil. On ricanait, et on continue de ricaner dans les couloirs. Et puis, toutes ces histoires de bonnes femmes, de sexe et de secrets, Martha ne savait pas si elle serait capable de les prendre à bras-le-corps. Quant à Mme Grégoire, c'est une grande bourgeoise, une femme des beaux quartiers mariée à un haut fonctionnaire, qui se pique d'écouter les malheurs des petites gens comme elle – la « fille du peuple », comme l'appelle Philippe. Celui-ci est ravi d'avoir réuni ces deux femmes qui, dès lors, ne peuvent plus se passer l'une de l'autre.

Martha est autoritaire, énergique, matinale. Lorsqu'elle a accepté le poste, elle a prévenu Menie qu'elle ne l'impressionnait guère. Pas plus que ses portraits dans Paris et sa fortune supposée. Mais, rapidement, elle a découvert une femme humble, d'une sensibilité à fleur de peau, sincèrement préoccupée par les problèmes des autres et investie d'une mission qui allait l'absorber complètement. Depuis, Martha est devenue le cerbère de Menie. Elles partagent le même bureau, et malheur à qui veut s'attaquer à sa patronne, dont elle gère la vie et sait pour ainsi dire tout.

Quelques semaines après son arrivée, alors qu'elles étaient submergées par les lettres et les appels, Martha a été chargée de constituer une équipe. Et depuis, dans un bureau adjacent, Nicole, Sophie et Martine répondent aux appels, filtrent les sujets, notent, synthétisent, classent. Nicole a même inventé un astucieux système que seule l'équipe comprend. Sur les petites fiches en carton où sont retranscrites les milliers d'histoires qui atterrissent rue Bayard, elle perce de petits trous. Un trou pour les problèmes de couple ; deux trous pour ceux concernant la maternité ; trois trous pour les demandes relatives aux enfants.

L'émission commence à 15 heures. Désormais, Menie refuse de connaître les sujets qu'elle traitera à l'antenne avant de coiffer son casque. Tous les jours, Martha écoute Menie devant son propre poste de radio, de plus en plus impressionnée par son à-propos, sa douceur, son intuition et ses conseils bienveillants. Lorsque la question arrive, Menie garde souvent les yeux fermés, pour mieux se concentrer sur une voix, un problème. On a l'impression qu'elle prie, songe Martha. Ça, elle ne le lui dira jamais. Elle sait combien Menie est sensible à ce sujet. Martha, en revanche, n'a rien renié de son éducation, elle continue d'aller à la messe tous les dimanches sans se soucier de ce que le Bon Dieu peut penser de son métier. Ses amies lui reprochent régulièrement d'outrepasser les préceptes catholiques, sa mère redoute qu'elle n'aille droit en enfer pour cela. Mais Martha est convaincue de faire le bien – bien plus que beaucoup de curés. Malgré tout, elle a conscience de se montrer trop dure avec Nicole, Sophie et Martine, qu'elle malmène parfois parce qu'elle les trouve trop naïves, trop jeunes pour gérer le monstre qu'est devenue l'émission. Mais Menie a voulu ces filles-là, elle aime donner sa chance à chacune.

— Martha, vous devez être moins rigide. Vous avez certes d'indéniables qualités, et notamment celle d'être un bourreau de travail, mais vous gagneriez à vous ouvrir aux autres, à apprendre de leurs différences, lui répète souvent Menie.

Martha acquiesce, de mauvaise grâce. Elle a horreur des remarques. Alors, elle se ferme pour la journée et tempête le lendemain. Elle sait que tout le monde la craint, ici. Mais si elle ne joue pas ce rôle, qui protégera Menie ?

— Oui, allô ?

— Martha ? C'est le standard. Je voudrais parler à Menie Grégoire.

— Ça dépend. De quoi s'agit-il ? Vous pouvez vous adresser à moi.

Martha profite de l'absence de Menie, partie bavarder avec « les filles du bureau d'à côté », comme elle les appelle, pour rasseoir son autorité. En même temps qu'elle a calé le combiné contre son oreille et son épaule, elle classe des papiers, compile des notes, prépare les documents à signer. Ses doigts sont maculés de l'encre de tous les tampons qui jonchent son bureau. Contrairement à ceux de Menie, parfaitement manucurés. Martha a bien essayé de suivre cette coquetterie, en vain. À la moindre occasion, la laque saute, et le résultat est désastreux. Chacune sa place.

— Il y a une dame à l'accueil qui souhaite la voir.

— Une dame ? Mais qui ?

— Rappelez-moi votre nom. Suzanne… ? Suzanne Verdier.

— Ça ne me dit rien. Est-ce qu'elle a rendez-vous ?

— Elle me répond que non, mais qu'elle doit absolument parler à Mme Grégoire.

— Ah mais c'est impossible. On ne monte pas comme ça. Vous imaginez si tous les courriers devaient se transformer en visites ? On n'est pas chez le psychologue, ici. Prévenez cette dame que Mme Grégoire n'est pas là.

— Très bien. Dois-je lui demander de repasser ?

— Eh bien… non, voyons. En plus, Mme Grégoire part bientôt déjeuner avec sa fille. Elle aura peu de temps avant l'enregistrement. Ensuite, elle a une interview puis une conférence à préparer. Non, non. Dites-lui d'appeler ou d'écrire, comme tout le monde.

— Mais…

Alors que la fille de l'accueil baisse la voix pour poursuivre, Martha est agacée d'avoir à tendre l'oreille. Elle n'a pas que ça à faire !

— Elle a l'air d'aller vraiment mal.

— Oui, enfin, on va tous mal. Et cette femme qui nous a appelées hier, parce que violée par son père et son frère depuis ses treize ans, elle va bien, peut-être ? Et cette gamine qui a failli mourir après s'être fait avorter par sa cousine, elle va bien ? Non, non. Je suis désolée. Si on commence comme ça, c'est la fin de tout.

Martha se radoucit. L'évocation de ces destins tragiques qui la hantent malgré l'armure qu'elle enfile chaque jour fait trembler l'édifice de son assurance.

— Écoutez, demandez-lui de laisser une lettre à l'accueil. Je passerai la prendre personnellement.

Je la mettrai sur le haut de la pile. C'est d'accord ? Désolée, je ne peux rien faire de plus.

— Très bien. Comme vous voulez.

Martha raccroche parce qu'elle ne souhaite pas entendre l'échange qui va suivre. Ni la déception de cette auditrice persuadée qu'en se déplaçant à la station elle pourra rencontrer son idole, lui demander conseil sans avoir à le faire à l'antenne. Si Martha ne se verrouillait pas le cœur, ça le lui briserait tout à fait. Alors elle détend ses épaules, fait craquer ses doigts et part claquer la porte du bureau parce qu'elle n'en peut plus d'entendre ces cancans résonner dans le bureau d'à côté. Non mais on n'a pas idée d'être aussi frivoles et légères. Heureusement qu'elle est là pour mettre de l'ordre dans tout ça.

*

Dans le hall de RTL, ça bruisse de monde. Il est bientôt midi, chacun se prépare à sortir déjeuner. Ils sont des centaines à travailler dans la station la plus populaire de France. Le gros logo sur fond rouge y trône dignement. Les stars de l'antenne ont leur portrait sur les murs. Menie les a rejoints, au grand dam de certains. On se salue, on se sourit, on se presse. Suzanne a profité que Madame était chez le coiffeur pour venir jusqu'ici. C'est Mireille qui le lui a conseillé. « Menie saura t'aider, a-t-elle promis. Va la voir, je suis sûre qu'elle nous dira quoi faire. » Suzanne n'a jamais écouté l'émission. Elle n'a pas le temps, avec le ménage. Et puis, elle n'est pas sûre d'aimer la radio. En écoutant ces gens savants qui rient trop fort ou racontent des histoires compliquées, elle se sent à côté de la plaque. Chez Madame, le poste reste éteint. Le silence enveloppe tout à l'heure de la sieste, surtout depuis qu'elle part rejoindre son avocat. Suzanne n'ose pas déranger cette atmosphère monacale dont elle pense percevoir un message. Doit-elle quitter le monde ? Après tout, à part Mireille, rien ne la retient ici. Elle a raté sa vie, c'est un fait, car elle n'entrevoit aucune solution à son problème. La nuit, les idées noires s'emparent d'elle, la réveillent. Elle se sent aspirée vers le gouffre du désespoir. Les nausées ont beau avoir cessé, elle éprouve à présent des douleurs à la poitrine. Penser à cet enfant dans son ventre lui bloque la respiration. Souvent, elle ouvre la fenêtre de sa chambre de bonne, laisse entrer l'air frais, contemple la lune, si féminine, qui semble lui souffler qu'elle s'est trompée de chemin. Les toits bleutés qui abritent toutes ces familles aisées achèvent de la convaincre qu'elle finira seule, exclue d'une société dont les règles ne la concernent pas. Elle aurait tellement préféré naître homme. Au moins, elle n'aurait pas eu tous ces problèmes. Si ça avait été le cas, elle aurait pu continuer sa vie comme Robert, sans se soucier des conséquences de leur petit écart aux conventions. Elle aurait travaillé comme ouvrier, elle aurait eu des camarades, des copains de bistrot. Tiens, elle aurait pu s'enrôler dans l'armée. Elle aurait eu un bel uniforme, marché fièrement au pas, arboré une jolie moustache, eu un avenir… Les femmes se seraient retournées sur son passage. Personne ne lui aurait tripoté les fesses dans les couloirs trop étroits ni demandé de parler doucement, de rêver raisonnable. En somme, de rester à sa place.

Alors Suzanne se demande ce que ça ferait de monter sur le petit escabeau qui lui sert de table de chevet, de passer une première jambe, et puis deux, de s'asseoir sur le rebord pour jeter un dernier coup d'œil à ce ciel immense et d'en finir avec ce destin. Personne ne regretterait son absence. Madame serait ennuyée, bien sûr. Il lui faudrait retrouver quelqu'un. Sans parler du sacré scandale que ça provoquerait. Et puis surtout Mireille serait dévastée. Alors Suzanne se retient. Mais elle ne sait pas pour combien de temps.

La fille de l'accueil, une très jolie jeune femme, au chignon crêpé comme Sheila, lui a proposé d'écrire une lettre, qu'elle ferait passer en priorité. Suzanne a seulement entendu « faire passer ». Une expression qui ne cesse de tourner dans sa tête. « Savez-vous où on peut faire passer un enfant ? S'il vous plaît ? » aimerait-elle demander à tous ceux qu'elle croise dans la rue. Elle n'a plus le temps d'écrire, elle fait ça trop mal. Elle se trouve bien bête d'être venue jusqu'ici. Qu'est-ce que tous ces gens ont à voir avec elle ? Non, vraiment, c'était idiot.

Alors elle dit au revoir à la jeune femme. Celle-ci semble peinée, et cette pitié accable encore plus Suzanne. Elle pousse le tourniquet derrière une dame très élégante, en tailleur de tweed, perchée sur des talons aiguilles. Elle a l'air pressée. Elle tient sa tête bien droite, comme ces gens sûrs de leur utilité dans le monde. Arrivée sur le trottoir, Suzanne tourne à gauche et se dirige vers l'arrêt de bus. Elle doit se dépêcher. Madame risque de revenir à tout moment.

Menie, qui a pris à droite, galope sur le trottoir. Laurence doit déjà l'attendre.

Madame Grégoire Menie

J'ai entendu l'émission que vous faites chaque jour à 3 heures celle de vendredi 17 septembre où l'on vous disait qu'une jeune fille était morte parce qu'elle s'était fait avorter.

Si des parents laissent la liberté à leurs enfants sachant qu'ils se fréquentent depuis 2 ans c'est qu'ils savent à quoi ils s'exposent car de nos jours les fiançailles ne doivent plus durer une éternité. Et la jeune fille qui se faisait avorter savait très bien qu'elle commettait un crime vu qu'elle enlève la vie à un enfant. Elle a eu son châtiment.

D'autre part Mme Menie je voudrais savoir combien l'on vous paie pour l'usure de votre langue car vous devez être bien payée comme charlatane.

Vous devriez passer dans les écoles et prescrire la fameuse pilule aux gamines de 13 ans en leur disant allez-y mes petites c'est la vie profitez-en quand vous vous marierez vous en aurez essayé des verges vous saurez qu'il y en a de toutes les tailles et le malheureux jeune homme qui vous épousera saura que vous êtes experte en amour facile [...].

Vous devez en connaître un rayon vous ce n'est certainement pas votre mari qui a eu votre pucelage. À quel âge l'avez-vous perdu ? Votre place d'assistante sociale allez l'exercer dans les hospices, là plus besoin de pilules. Allez réconforter les vieillards vous ferez mieux avec votre langue que d'argent gaspillé pour payer une femme et ses assistantes pour faire la réclame de la pilule. Votre mari en fabrique sans doute. Ah si vous l'aviez connue cette fameuse pilule il y a 20 ans vous n'auriez pas eu 3 enfants (c'est dommage). Vous ne serez pas grand-mère car si vous donnez la pilule à vos filles et belles-filles ou si vous leur conseillez l'avortement tout ira bien.

Dans vos prochaines émissions quand vous parlerez pilule sachez qu'un auditeur vous écoute avec des amis et qu'il ne vous porte pas en triomphe car si un jour il se marie ce sera avec une vraie femme fille pas avec une passoire où toutes les verges ont dégorgé.

Oui Menie va soulager les vieux porte-leur l'argent que tu gagnes sans sueur tu feras beaucoup mieux bon nombre de mes amis à 3 h ferment leur radio tu es un rasoir.

Tours, août 2021

Je dois partir ce soir. Avant de prendre mon train, j'ai accepté de boire un verre avec Paul. La place Plumereau est gorgée de soleil. J'ai enfilé une robe légère achetée ce matin, puis trouvé refuge sous un parasol et commandé un Perrier rondelle. Depuis Pietro, je n'ai plus remis de fines bretelles. Pendant notre histoire, j'avais pris l'habitude de porter des vêtements couvrants, des manches longues, des cols montants. Tout ce qui pouvait masquer l'abysse dans lequel notre histoire se précipitait. Plus je plonge dans le courrier de l'émission, plus je peine à comprendre comment j'ai pu en arriver là. Accepter cette emprise, cette soumission. J'ai été élevée avec l'idée d'égalité entre les hommes et les femmes. Enfin, il me semble. Mon frère et moi avons eu sensiblement les mêmes droits. Et c'est peut-être cela qui est pernicieux : ce que contient ce « sensiblement ». Aujourd'hui encore, lorsque nous fêtons Noël tous ensemble, mon frère reste à table avec mon père pendant que maman, ma belle-sœur et moi débarrassons le couvert. Comme si c'était normal. Que les hommes doivent se reposer. Comme si, toutes les trois, nous savions mieux qu'eux où se rangent les assiettes à dessert, les verres à vin et les plats. Ça ne souffre aucune discussion, c'est un état de fait. Quand avons-nous baissé les bras ? Pourquoi avoir tout envoyé valser d'un coup, sans aller jusqu'au bout ? La pilule était-elle le « cadeau » dont nous devions nous contenter ?

Quand Pietro m'interrogeait sur mes fréquentations, mes journées de boulot, mes amies, puis lorsqu'il s'est mis à valider mes sorties, mes tenues, mes lectures, j'ai laissé faire. À aucun moment je ne me suis rebellée. Et pour être tout à fait honnête, je trouvais ça presque justifié. Il était l'homme, et j'avais de la chance qu'il m'accepte dans sa vie, qu'il m'accorde son amour. Pour quelle raison l'aurais-je humilié avec mes rêves d'indépendance ? Lorsque nous sortions entre amis, au début de notre histoire, il lui est arrivé de me reprocher de parler trop fort, de prendre trop de place. « Une grande gueule, ça n'est pas excitant », ironisait-il. Je voulais qu'il ait du désir pour moi. Alors je l'ai fermée. En agissant ainsi, n'ai-je pas renié les efforts des pionnières ?

— Alors, vous partez ?

— Oui, je crois que ce travail documentaire me passionne beaucoup trop, et m'éloigne dangereusement de ma date de remise.

Comme lors de notre première rencontre, Paul porte une chemise à fleurs. En lieu et place de ses habituelles lunettes de vue, il a chaussé une paire de solaires qui lui donne l'air d'un acteur de cinéma. Il sourit, tire une chaise et s'assied face à moi. Je continue d'éprouver un grand malaise à me retrouver seule avec un homme, même dans un lieu public.

Son regard posé sur moi, cette intimité qui s'installe me gênent. Je baisse les yeux. Je ne sais pas ce qui m'a pris d'accepter ce rendez-vous. Peut-être la peur de me perdre dans ce passé où Menie m'emporte ? À moins que je ne veuille justement m'accrocher à ceux qui l'ont connue, comme on prend contact avec les proches d'un ancien amoureux après avoir été éconduite. Afin de le retenir encore un peu.

— Que vous a-t-elle dit sur ces femmes, lorsque vous l'avez rencontrée ?

— Menie ? C'est étonnant, parce qu'elle avait près de quatre-vingt-dix ans à l'époque. Et pourtant, le souvenir de l'émission semblait s'être gravé à jamais en elle. C'est quand même incroyable qu'elle ait tout gardé ! Vous imaginez ? Elle avait conscience, je pense, qu'il se passait là quelque chose d'important. Sa formation d'historienne y est certainement pour quelque chose. Tous ces carnets noirs, ces fiches sont des témoignages de cette époque, et ils se seraient sans doute envolés si elle ne nous les avait pas confiés.

— Vous ne trouvez pas ça bizarre que la voix des femmes se soit peu à peu tue ?

— Qu'est-ce que vous voulez dire ?

— Je ne sais pas. Avec #MeToo, toutes ces accusations, tous ces actes qui attestent de la violence des hommes, de l'inceste, on a l'impression que chacun redécouvre ce qui était déjà là il y a cinquante ans. Comment est-ce possible ?

Paul m'observe avec curiosité. Il se tait. Peut-être parce que, comme moi, il n'a pas de réponse à ça. Au fait qu'après cette période de sursaut, on ait voulu refermer la porte des foyers. Les femmes avaient obtenu la contraception, le droit d'avorter, celui de travailler. Elles avaient eu ce qu'elles voulaient, elles n'allaient pas continuer d'emmerder le monde. Maintenant, elles pouvaient la fermer.

— Vous savez que Menie interrogeait souvent mes collaboratrices sur leur vie ? Elle leur demandait sans cesse si les femmes étaient heureuses aujourd'hui. Elle avait gardé cette curiosité de la société qui l'entourait, chagrinée, sans doute, de ne plus en faire totalement partie. En tout cas, pas assez pour continuer d'aider celles qui en avaient besoin. Je crois qu'elle était inquiète des conséquences de ces bouleversements sur leur existence. Elle avait peur de ce que cette liberté avait paradoxalement ôté aux femmes. Elle se demandait comment les hommes vivaient tout ça. Cela doit vous sembler abominablement antiféministe, n'est-ce pas ?

— C'était une autre époque, réponds-je, bien consciente de mon illégitimité à estimer l'ouverture d'esprit de cette femme qui a été tellement conspuée pour avoir défendu les autres. Et que lui répondaient vos collaboratrices ?

— Oh, elles se battaient pour venir lui parler, vous n'avez pas idée. Menie avait gardé sa qualité d'écoute, son pouvoir d'attraction. Elle ne les jugeait jamais, elle prenait le temps. Je crois qu'elle aurait aimé continuer cela toute sa vie.

Le serveur vient encaisser nos commandes. Paul insiste pour payer. J'aimerais lui répliquer que je suis tout à fait capable de m'offrir ce verre, voire de lui en offrir un, mais je me dis que c'est idiot. Le combat est ailleurs.

— Vous reviendrez ? me demande-t-il tandis que nous nous levons.

— Je ne pense pas. Merci pour votre aide, Paul. Je ne manquerai pas de vous écrire si j'ai besoin d'une information. Enfin, si vous voulez bien m'aider.

— Bien sûr.

Tandis que nous marchons, je sens sa présence près de moi. Son corps est bien trop proche du mien. J'ai très chaud. Je voudrais m'enfuir. Mais vers quoi ? Si Menie avait fini par trouver sa voie, j'ai du mal à entrevoir la mienne dans ce brouillard qui s'épaissit. Alors je marque un temps d'arrêt, souris à Paul avec outrance et le remercie pour qu'il me laisse à ma solitude.

— Merci. Au revoir.

J'agite la main de loin pour ne pas le toucher, puis je tourne les talons et m'éloigne à grands pas. De crainte d'avoir à tout recommencer.

Restaurant Tong Yen, juin 1968

— Chère Menie, comment allez-vous ?

— Yves, quelle joie ! Vous connaissez ma fille ?

— Non, je n'ai pas ce plaisir.

— Laurence…

— Mademoiselle, enchanté.

— Madame, rectifie Laurence en rougissant.

— Eh bien, je vois qu'un jeune homme a été plus rapide que les autres. Il a bien fait. Vous êtes ravissante. Comme votre mère.

— Vous exagérez, Yves, minaude Menie. Aurons-nous le plaisir de nous croiser à Avignon ?

— Certainement. Mon agent gère tout cela. Y serez-vous aussi ?

— Je n'y passerai que quelques jours. Mais tâchons de nous faire signe.

— Au plaisir de vous revoir. Ah… et ma mère adore votre émission.

Menie n'a pas le temps de lui répondre qu'il est déjà parti, fendant la foule qui s'écarte devant son immense silhouette de danseur. Dans la salle du restaurant chinois ouvert il y a quelques années, ça bourdonne d'une agitation très mondaine. On est très heureux de venir déjeuner chez Thérèse, une pétillante Vietnamienne qui sait y faire avec le Tout-Paris. Politiques, gens de télévision et des médias, acteurs de cinéma, tout le monde se mélange avec le même bonheur que dans le salon des Grégoire.

— Maman, vous allez au Festival d'Avignon ?

— Peut-être, ma chérie. Bon alors, qu'est-ce que tu vas prendre ? Il faut partager, tu sais. Dans ce genre de restaurant. Veux-tu que je commande pour toi ? Lorsque nous avons fait notre voyage en Chine avec ton père, les dignitaires nous commandaient tant de plats, je t'ai déjà raconté ?

— Oui, maman, des dizaines de fois.

— Veux-tu quelques crevettes sel et poivre ? Et un canard pékinois ? Chirac prend ça, je crois. Thérèse ?

— Bonjour, Menie. Tout se passe bien ?

— Merveilleusement, comme d'habitude. Peut-on passer commande ? Je suis un peu pressée.

— Bien sûr, avec l'émission… Je ne voudrais pas être à l'origine d'un retard. Je vous envoie quelqu'un ! Et dites-moi, puis-je vous apporter quelques papiers pour les signer ? J'ai des clients qui souhaiteraient des autographes.

— Évidemment, vous pensez !

— Maman ? Il faut que je vous parle d'Évelyne.

— Oui ? Que se passe-t-il avec ta sœur ? Attends. On va d'abord commander. Mais qu'est-ce qu'ils fichent ? Étonnant, d'habitude c'est très rapide. Surtout pour moi. Tiens, tu as vu Johnny, là-bas ?

— Où ça ?

— Dans le fond, là. Avec une nouvelle fille. Je n'ai jamais compris ce qu'elles lui trouvaient toutes.

Il est charmant et très poli. Mais terriblement timide. Et puis, ces yeux en fente de tirelire… Peut-être que je devrais aller le saluer ? Il est en train de devenir quelqu'un. Mes auditrices m'en parlent souvent.

— Maintenant ?

— Eh bien, oui. Je ne vais pas attendre qu'il s'en aille. Ce qui est fait n'est plus à faire. Attends-moi ici. Ah, commande aussi du thé au jasmin pour nous deux si un serveur daigne enfin arriver. Ah non, zut. Regarde-moi celle-là. Il aura suffi d'une minute, tu as vu ? C'est ce que je te disais. Paris est une jungle. Ça, elle va l'avoir son interview. Et pourtant, qu'est-ce que j'ai pu l'entendre médire sur les chanteurs à minettes. Elle sait mettre son snobisme de côté quand ça sert sa carrière. Bon, j'irai plus tard. Tu disais ?

— C'est à propos d'Évelyne.

— Ah oui, Évelyne. Que se passe-t-il ? Tiens, bonjour, monsieur. Nous allons prendre des crevettes sel et poivre. Et un canard pékinois… Oh non, il n'y en a plus ? Quel malheur. Non, non, ne nous donnez pas la carte, ça n'est pas nécessaire. On va prendre des nems. C'est très bien, des nems. Une portion pour chacune. Avec la petite feuille de salade et la menthe – tu vas voir, c'est délicieux. Les crevettes, et puis un grand riz cantonais. Ah, et un thé au jasmin. Avec deux tasses. Voilà. Merci beaucoup. Oh, merci, vous êtes adorable. C'est très gentil, vous lui transmettrez mes amitiés. Tu aimes le riz cantonais, ma chérie, n'est-ce pas ?

— Je… Oui.

— C'est parfait. Alors, je t'écoute. Ah tiens, est-ce que vous venez jeudi soir à la maison ? Pour la soirée de ton père ? Tu sais qu'il est en train de prendre du galon. J'ai toujours su qu'il était brillant, mais là… on parle de lui pour entrer au gouvernement. Ça serait admirable. Admirable…

— Bonjour, Menie. Excusez-moi de vous déranger deux petites secondes. Vous savez, j'adore votre émission. Non, vraiment. Ma femme aussi l'écoute tous les jours. Bon, il y a bien quelques sujets un peu… disons. Enfin, c'est la vie qui est comme ça. Il faut bien parler. Vous en avez du courage. J'aimerais beaucoup vous inviter à déjeuner. Êtes-vous libre bientôt ? Pardon, bonjour, mademoiselle.

— Madame.

— Mais bien sûr, j'en serais enchantée. Demandez à ma secrétaire, à RTL. Martha. Elle vous trouvera ça.

— Eh bien, je ne vous embête pas plus longtemps. Bonne journée, Menie. Mademoiselle.

— Madame.

— C'est incroyable, j'ai complètement oublié le nom de ce type. Pourtant, tout le monde le connaît. Ah, Michel ? Patrick ? Tu vois qui c'est, toi ?

— Pas du tout.

— Ma petite chérie, il faut que tu lèves un peu le nez des couches. Enfin, il est très connu ! Tu sais, il fait ces émissions rigolotes à la télévision. Et sur Europe numéro 1. Tiens, j'espère que ça ne posera pas de problème à Philippe, si je le vois. Mais je me demande s'il n'a pas travaillé aussi à RTL. Ah, comment s'appelle-t-il ?

— Maman ?

— Oui, pardon. Attends, je vais juste le noter dans mon petit carnet, sinon j'oublie tout. Oh, ce sac !

Sur la nappe en tissu blanc, Menie dépose un à un tous les objets que contient son sac. Ses clés, un mouchoir roulé en boule, un stylo Bic, un autre, quelques cartes de visite récupérées çà et là, et puis un de ces calepins à couverture jaune et petits carreaux dans lesquels elle note tout ce qui ne concerne pas ses auditeurs. Leurs histoires, elle les consigne dans des carnets noirs que Martha range religieusement lorsqu'ils sont terminés.

— Les nems ?

— Ah, parfait, posez ça là. On se débrouillera. Pierre !

— Quoi, Pierre ?

— Mais bien sûr, c'est Pierre, son prénom ! Il présente « La Caméra invisible ». C'est plutôt amusant. Je n'ai jamais vraiment regardé – tu sais, moi, la télévision –, mais les gens adorent. Tu ne manges pas ?

— Si, si.

— Pardon, pardon. Vas-y. Parle-moi de toi. Comment vas-tu, ma petite chérie ?

— Oh, bien.

— Et mon petit-fils ?

— Il se porte comme un charme.

— C'est l'essentiel ! Et avec Erwan ?

— Très bien aussi. Il est très gentil, maman. Vous ne vous étiez pas trompée.

— Qu'est-ce que j'ai à voir là-dedans ?

— Quand vous m'avez assuré qu'il me rendrait heureuse, que vous le sentiez.

— Ah mais je ne suis pas un oracle, ma chérie. J'ai dit ça parce que toi tu l'aimes, et que tu as confiance en lui. C'est ton instinct qui a parlé, pas le mien. Bon, c'est vrai qu'il m'a également fait très bonne impression. Et ça va, tu ne t'ennuies pas ? Tu sais, tu pourrais prendre une bonne et trouver une activité.

— Non merci, maman. Je suis bien comme ça.

— D'accord. Comme tu voudras. Mais n'hésite pas à m'en parler si l'envie te vient. Tu n'imagines pas le nombre de femmes au foyer qui m'appellent pour me raconter leur désespoir. Quelle tâche ingrate. Elles font tout à la maison, s'occupent des enfants, préparent à manger avec ces robots dont on voit les réclames partout, mais qui ne les aident pas tant que ça – et personne ne les respecte. D'autant qu'elles doivent quémander de l'argent à leur mari. C'est important d'être indépendante.

— Tout va bien, maman. Nous avons trouvé notre équilibre, je suis très heureuse. En revanche, c'est plus compliqué pour mes sœurs.

— Tes sœurs ? Tiens donc, mais que se passe-t-il ? Frédérique est en forme. Elle passe son temps à coudre des robes pour ses sorties du week-end, et la semaine, on ne la voit pour ainsi dire jamais. Enfin, ton père insiste pour venir déjeuner avec elle le plus souvent possible. J'aimerais pouvoir le faire, mais avec l'émission en début d'après-midi, c'est compliqué.

— Je crois que c'est plus difficile pour elles d'assumer votre statut.

— Quel statut ?

— Cette célébrité soudaine. Et puis les sujets que votre émission aborde. C'est très… Enfin, il faut les comprendre. On a longtemps été les filles de papa, un conseiller d'État. Et maintenant, c'est vous.

— Eh bien quoi ?

— Elles sont très heureuses, bien sûr. Comme je le suis. Mais beaucoup d'amies de Frédérique ne lui parlent que de ça. Sans compter leurs parents qui ne sont pas toujours d'accord avec ce que vous faites. Quant à Évelyne, vous savez combien elle aime la discrétion.

— Mais que veulent-elles que je fasse ? Que j'arrête mon émission ? Que je jette à la poubelle toutes ces lettres ? Qu'on laisse les téléphones sonner dans le vide ? Sapristi, je ne fais pas non plus le trottoir. Et quand bien même, est-ce que ça ferait de moi une mauvaise femme ?

— Maman, non, évidemment. Je voulais juste vous parler du fait que c'est compliqué, pour nous.

— Ah, pour toi aussi ?

— Moi, je déplore juste de devoir vous partager, précise Laurence en approchant sa main de celle de sa mère.

Elle regarde l'auriculaire tordu hérité de Juliette, que Menie a parfois la coquetterie d'appeler « la bosse de l'écrivain », comme si ça excusait cette malfaçon qu'elle juge ingrate, mais qui émeut Laurence aux larmes. La jeune femme aimerait protéger sa mère de tous ces gens bien intentionnés. Elle a su par son père que Menie avait repris son analyse, mais elle n'ose pas lui en parler. Peut-être qu'il aurait mieux valu que rien de tout cela n'arrive, que sa mère continue d'écrire ses articles dans la chambre de bonne du sixième étage, préservée du monde et près d'elle et de ses sœurs. Aujourd'hui, Laurence a quitté la maison, Frédérique est à l'université et Évelyne, qui a été reçue au Barreau de Paris, a commencé son stage dans un cabinet. Que va devenir Roger au milieu de ce tourbillon ?

Le déjeuner se passe à parler de tout et de rien. Menie est très gaie, ravie d'être observée dans ce lieu où il faut voir et être vue. On dirait qu'elle se venge de cette enfance d'humilité et de restrictions. Elle porte des vestes à épaulettes très larges, comme pour montrer au monde que, sous sa frêle silhouette, elle est bien plus forte qu'il n'y paraît. Elle se dessine de longs sourcils étirés qui lui donnent l'air d'une vedette de cinéma, et remet souvent un peu de rouge sur ses lèvres. À ses poignets brillent de nombreux bracelets qui tressautent quand elle raconte cette nouvelle vie si éloignée de celle de Laurence, qui a soudain l'impression de mener une existence de vieille fille.

Entre les diverses intrusions de curieux, de fans et de célébrités, elles parviennent à parler de leur famille. Des cousins chez qui une fête est organisée bientôt. D'Évelyne, que Menie appelle pour prendre des conseils juridiques lorsqu'un problème d'auditrices l'exige – tu vois, ça se passe très bien ! Pour l'aider, Évelyne demande des conseils à l'avoué chez qui elle vient tout juste de commencer son stage d'avocat. Il se passionne pour ces affaires de société et ne rechigne jamais à prêter main-forte à l'équipe de RTL par l'entremise de cette jeune fille dont il n'avait pas soupçonné qu'elle fût la fille d'une vedette.

— Vous savez, c'est difficile d'être la fille de quelqu'un de connu. On ne sait plus si les gens vous approchent pour vous-même ou pour ce que vous représentez, glisse Laurence alors que Menie lève imperceptiblement les yeux au ciel.

— Ça, il y a d'autres choses plus graves dans la vie. Et puis, Évelyne n'a qu'à changer de nom en se mariant, et on n'en parlera plus.

Elles en sont au café alors qu'aux tables voisines on a commandé une carafe de vin rouge, puis une autre. On rit fort, on fume. On n'a clairement pas envie de retourner travailler tout de suite.

— Moi, je n'ai pas le choix, ma petite chérie. Je dois y aller. C'était formidable, de te voir. Et n'oublie pas la soirée pour ton père. Tu ne penses pas qu'on devrait se déguiser ? Les gens s'amusent toujours quand on leur propose de se costumer. Ils ne sont jamais pressés de repartir quand ils ont fait l'effort de choisir une tenue. À moins qu'on ne tombe davantage le masque en en portant un. C'est un peu comme la radio, tu ne penses pas ? Le fait de ne pas montrer son visage, c'est ça qui pousse à la confidence.

Menie est déjà toute à son émission. Elle n'écoute plus sa fille qui lui propose une sortie au parc, ce week-end, avec ses sœurs. Laurence serre contre elle la petite silhouette haute comme trois pommes, perdue dans son manteau de fourrure. Elle respire son parfum lourd, voudrait l'embrasser encore, mais sa mère trottine déjà sur le trottoir, dans le bruit des klaxons. Et tandis qu'elle la regarde passer devant l'arrêt de bus orné d'une publicité pour les produits Ajax, Laurence se demande comment tout cela va finir. Elle aimerait se réjouir, mais quelque chose en elle l'en empêche.

*

Postée derrière le micro de RTL, Menie est concentrée, presque en transe, déjà attentive aux voix qui vont bientôt résonner dans le minuscule studio autour duquel tout le monde s'agite. L'heure tourne. On va prendre l'antenne dans peu de temps. Derrière la vitre, elle aperçoit la silhouette rassurante de Martha qui donne les dernières directives aux filles, qui n'en finissent plus de consigner sur leurs fiches les sujets du jour. C'est elle qui fera la sélection finale. Menie lui fait une confiance absolue. Martha est sa béquille. Au-dessus de la vitre, une grosse horloge indique qu'il va bientôt être l'heure. Chez elles, les femmes ont fini de ranger la vaisselle du déjeuner, elles ont couché les enfants, elles sont enfin seules. Elles ont installé le poste de radio au milieu de la table sur laquelle est empilé le linge repassé. Certaines ont garé leur voiture, coupé le moteur et allumé RTL dans le secret de l'habitacle. D'autres ont posé le transistor sur le tracteur, au pied du seau pour la seconde traite des vaches. Ou dans le tiroir de leur bureau. Dix, neuf, huit, sept…

Menie ferme les yeux. Elle ne pense plus aux remarques de Laurence, au dîner de ce soir, à Roger qui ne lui fait aucun reproche mais dont elle voit bien qu'il peine à trouver sa place dans cette nouvelle vie. Derrière la vitre, l'assistante sociale qu'elle a embauchée est là pour orienter l'équipe, débusquer les situations dangereuses, guider vers les bons organismes. L'équipe ne la regarde pas, trop occupée à décrocher ces imposants téléphones gris accrochés au mur tapissé d'un papier peint rayé ocre et rouge. Martha tient dans ses mains des fiches dont Menie n'a rien voulu savoir. Elle veut garder la spontanéité de la découverte, la vérité du dialogue. Deux, un, zéro… Quelques notes de Mozart, les violons, son générique, un peu suranné, presque fastueux, le son d'un cadran de téléphone qui tourne sous un index, « RTL, 15 h 06, Menie Grégoire », et puis cette histoire. Une lettre, lue.

Ma chère Menie, j'ai trente ans. Je suis mariée depuis six ans et demi. J'ai un gentil petit garçon mais, hélas, je suis frigide. Je ne veux pas rester comme ça, Menie. C'est grâce à vous que j'en ai parlé à mon docteur. Et si vous, Menie, vous nous prenez au sérieux, les médecins nous disent que c'est difficile à soigner, sans chercher à savoir pourquoi, sans nous donner aucun conseil…

Le sujet est lancé. Menie prend son souffle et puis se cale devant les croisillons du micro pour répondre. Oui, cette auditrice est courageuse, et elle le lui dit. Elle remercie cette femme d'avoir écrit cette lettre, qui sert de prologue à l'émission, et de parler pour les autres. Elle la félicite d'être allée voir un médecin, ne blâme pas celui-ci parce qu'il ne l'a pas envoyée sur les roses. Pourrait-il l'orienter vers un spécialiste ? Le sujet est difficile à aborder mais il touche tant de femmes. Menie lui suggère d'en parler à son mari, de sonder ce passé qui a peut-être empêché son corps d'accéder au plaisir. Dans sa lettre, la jeune femme évoque une agression sexuelle subie dans la petite enfance. Quelle douloureuse entrée dans la découverte de son corps. Elle doit se libérer de ce poids, s'en ouvrir à son époux dont elle affirme qu'il est un bon mari, gentil. Lorsqu'elle aura déposé sa douleur, consolé l'enfant qu'elle était, alors peut-être pourra-t-elle vivre une existence de femme épanouie. Elle lui parle doucement, avec une tendresse infinie, d'une voix qui reste ferme. Pour Menie, les auditrices sont comme des enfants. Elles ont besoin qu'on les comprenne, de savoir que leurs problèmes ont forcément une solution.

— « Déjà sous leurs services de Sèvres, les marquises du Grand Siècle faisaient étendre une nappe en toile de Cholet. Aujourd'hui encore, les maîtresses de maison raffinées exigent pour leur linge de table le sceau accordé par Colbert aux toiliers de Cholet… »

Danielle s'est installée au côté de Menie pour lire les réclames de sa voix enjouée. C'est grâce à celles-ci que la radio gagne de l'argent et peut rémunérer toutes les filles qui s'activent derrière la vitre du studio. Menie se bat bec et ongles avec la direction pour les faire embaucher. Pour rien au monde elle ne voudrait que, faute de personnel, son courrier reste lettre morte et que les appels ne trouvent pas de réponse.

Parfois, Danielle se retient de rire tellement certains textes des réclames sont désopilants. Avec ses longs cheveux bruns, sa frange et ses grands yeux ourlés de rimmel, Danielle est une très belle femme. Menie a remarqué ses cuissardes brillantes qui mettent en valeur ses longues jambes et se dit qu'elle s'en achèterait bien, elle aussi. Car, franchement, ça en jette. La régie lance une musique suave, très bar d'hôtel, très James Bond. Roger adore les « James Bond ». Danielle adresse un clin d'œil à Menie, prend sa voix la plus enjôleuse et susurre au micro :

— « William Lawson's c'est étrange. William Lawson's c'est un scotch qu'il est difficile d'oublier. William Lawson's, c'est un whisky tellement, tellement séduisant. Quand vous commandez un William Lawson's 1849, on se dit : “Tiens, un homme de goût.” »

Ben voyons, articule Menie en silence, tout sourire, à l'intention de Martha qui, le nez collé contre la vitre, ne rigole pas du tout. Non, elle fait de grands gestes en tenant une fiche dans ses mains et la prévient que le prochain appel est grave, qu'il n'a rien d'amusant. Alors Menie reprend son sérieux, fait signe à Danielle.

Il est 15 h 34, Menie Grégoire vous répond.

— Allô ? Allô ?

Martha mime quelque chose qui suggère à Menie d'insister. Oui, il y a quelqu'un au bout du fil. Évidemment, l'équipe a filtré les appels, sélectionné celui-ci parmi beaucoup d'autres. C'est une femme, indique Martha comme elle peut.

— Allô, madame ? C'est Menie Grégoire.

— Allô, murmure une petite voix, très lointaine.

— Oui, je vous écoute. De quoi voulez-vous me parler ?

— Oh, Menie. Je ne sais pas par quoi commencer. Je suis si seule.

— Non, vous n'êtes pas seule. Je suis là.

— Oui…

— Je vous écoute.

— Oh, mon problème n'est pas si important.

— Tout est important, dès lors que ça l'est pour vous. Et que vous prenez la peine de nous appeler pour en faire part. Dites-moi.

— Eh bien, je suis enceinte.

— Oui ? Et est-ce que cela vous rend heureuse ?

— Non… C'est arrivé sans que je m'y attende.

— Vous ne saviez pas comment on tombe enceinte ?

— Pas vraiment. Enfin, le jeune homme avec qui j'ai… Oh, j'ai honte.

— Non, il ne faut pas. Que s'est-il passé ?

— Il m'avait dit qu'il savait éviter cela.

— La fameuse méthode du retrait ?

— Oui, probablement.

— Savez-vous que cette technique n'est pas fiable du tout ? Mais passons, ce n'est pas à vous de savoir cela mais à notre gouvernement d'instaurer l'éducation sexuelle dans les écoles. Quant à la pilule, il serait peut-être temps de la rendre gratuite et facilement accessible à toutes les jeunes filles.

Derrière la vitre, Martha ouvre de grands yeux. Elle a beau être tout acquise à la cause de Menie, elle n'aime guère qu'on s'attaque aux institutions. D'autant que M. Grégoire est un proche du pouvoir. Il ne faudrait pas non plus que l'émission lui attire des ennuis. La ligne du programme est claire : il s'agit d'un dialogue entre Menie et les auditeurs. Elle les interroge, ils répondent, et ses questions à elle les poussent à s'en poser d'autres pour essayer de trouver des solutions à leurs problèmes. D'ordinaire,

Menie ne donne jamais son avis. Aujourd'hui, elle doit être fatiguée.

— Continuez. Depuis quand êtes-vous enceinte ?

— Je ne sais pas. Trop longtemps. Je suis allée voir un docteur il y a quelques semaines avec ma sœur. Il a dit que je devais garder le bébé. Que je n'avais qu'à faire attention. Il a trouvé que j'avais des hanches à devenir mère. Et que ça n'est pas étonnant si ça m'est arrivé. Mais le père ne veut pas m'épouser. Pire, depuis que je lui ai annoncé, il fait comme si j'étais morte. Peut-être que c'est ce que je devrais faire.

— Quoi donc ?

— Mourir. Personne n'a besoin de moi. Et ce bébé, je n'ai pas de quoi l'élever. Que va dire ma patronne si elle l'apprend ?

— Vous êtes employée ?

— Oui, bonne à tout faire.

— Et votre patronne, que pensez-vous qu'elle dira ? Peut-être vous comprendra-t-elle, qu'en savez-vous ? Vous me parlez de votre sœur, est-ce qu'elle peut vous aider ?

— Non, la pauvre a déjà bien assez de soucis. Elle a six enfants, à peine de quoi les nourrir. Et puis son mari à s'occuper. Oh, Menie, qu'est-ce que je vais devenir ?

— Quel âge avez-vous ?

— Vingt-quatre ans. Je suis déjà si vieille. Ma vie est fichue.

— Qu'est-ce que vous racontez ? Vous avez la vie devant vous ! De quoi rêviez-vous quand vous étiez petite fille ?

— De quoi je rêvais ? Ben ça alors… On ne rêve pas beaucoup, chez nous. Mais si vous me le demandez, j'aurais bien aimé devenir une grande dame, comme vous. Mais avec ce bébé, maintenant, c'est impossible. Parfois, je pense à me jeter dans les escaliers, pour le faire passer. Alors, je serais toujours vieille fille mais sans la honte d'être fille mère. Rendez-vous compte. Tout le monde saura que je me suis donnée en dehors du mariage. J'ai lu aussi qu'en avalant de l'insecticide on pouvait tuer le fœtus dans le ventre. Vous croyez que c'est vrai, Menie ? Menie, est-ce que j'irai vraiment en enfer si je m'ôte la vie ?

À travers la vitre, on lui dit que les deux minutes accordées à chaque auditeur sont largement dépassées. Qu'elle doit raccrocher, proposer à cette jeune femme de réfléchir, de prendre conseil auprès d'une assistante sociale. Tiens, pourquoi pas celle de l'émission ? Mais cette fois, Menie a vraiment peur. Elle a perçu dans cette voix la volonté farouche d'en finir avec le désespoir. Et elle redoute qu'une nouvelle grossesse non désirée aboutisse à une telle tragédie. Alors elle s'efforce de maintenir le dialogue et griffonne sur un bloc quelques mots pour Martha : « La garder en ligne avec l'ass. sociale. Me la passer ensuite. Prendre numéro. » Son cœur cogne à tout rompre dans sa poitrine. Danielle est missionnée pour transmettre la note au bureau des appels – le « bureau des pleurs », comme l'appellent certains vieux briscards de la station. Martha lit le message, hoche la tête, afin que Menie accepte de lâcher la main de cette auditrice, dont elle ne connaît même pas le nom, et prenne les appels suivants.

Malgré tout, le souvenir de la voix ne cesse de hanter Menie durant la suite de l'émission. À peine celle-ci terminée, elle se précipite hors de la cabine.

— Elle est encore là ? La fille de l'insecticide ?

— Non, elle a dû raccrocher. Sa patronne rentrait. Désolée, Menie.

— Mais enfin, je vous avais demandé de la garder en ligne ! Vous vous rendez compte ? S'il lui arrive quelque chose. Si elle met fin à ses jours. Si… Qu'est-ce que vous avez fichu ? Non mais c'est incroyable ! Je ne demandais pas grand-chose, tout de même.

Pour la première fois, elle hausse le ton, tempête. Tout le monde se tait. Menie est généralement d'humeur égale. Plutôt gaie, souvent très concentrée. Mais colérique, jamais. Anne-Marie, l'assistante sociale, n'en mène pas large. Elle bredouille des excuses :

— J'ai bien essayé de la conseiller. J'ai insisté, Menie, mais elle était submergée par ses émotions. Elle a refusé de donner son numéro de téléphone, parce qu'elle appelait de chez ses patrons. Il faut la comprendre. Oui, je lui ai bien proposé de vous rappeler dès que possible, Menie. Et dit que vous aviez insisté pour lui parler à nouveau. Il y a peu d'espoir, mais sait-on jamais ? Menie, vous devez comprendre que vous n'êtes pas responsable de tous les malheurs de vos auditrices, que c'est déjà formidable de pouvoir offrir une écoute, si brève soit-elle. Et si vous ne sauvez pas celle-ci, vous en sauverez beaucoup d'autres, comme vous l'avez déjà fait.

Menie ne veut rien entendre. Furieuse, elle tourne les talons et part s'enfermer dans son bureau. Elle claque la porte – qui reste la plupart du temps ouverte. Dans le bureau d'en face, Gérard, *Le Monde* déplié sur son bureau encombré de papiers, en fait tomber la pipe qu'il mâchonne sans relâche en préparant son flash.

— Mais enfin, que se passe-t-il ? marmonne-t-il en levant les yeux au ciel. On n'est pas dans un poulailler, tout de même, lance-t-il à sa secrétaire plantée devant la grosse machine à écrire sur laquelle elle tape avec frénésie.

Cette dernière hausse les épaules. Elle se fiche pas mal de tout ça. Sa mère a le cancer, alors les états d'âme de Menie Grégoire ou de tartempion, ça ne la touche guère plus que les commentaires désobligeants de son patron ou les remarques grivoises du gars des sports.

Une fois dans son bureau, Menie éclate en sanglots. C'est trop. Les moqueries, les regards en biais, ses filles qui lui font des reproches, Roger qui ne s'intéresse pas à elle, ces inconnues qui s'arriment à elle comme à une bouée de sauvetage. Elle sent que la mer l'emporte comme il y a dix ans lorsqu'elle a failli sombrer elle aussi, avant d'être sauvée par René Laforgue, cet immense analyste disciple de Freud. Peut-être que sans cela elle serait morte, ou restée prisonnière de son enfance, de la place que la société lui avait assignée, comme sa mère. La psychanalyse forme les êtres, Menie en est convaincue, et elle les aide à mieux se débrouiller avec leurs problèmes. Faudrait-il que j'arrête tout cela ? se demande-t-elle. Et s'ils avaient raison, ceux qui aimeraient qu'elle retourne à ses conseils ménagers, à sa famille, à ses parties de bridge et aux bavardages sans conséquences ? Tous ceux qui préféreraient qu'elle laisse enfin les vrais professionnels faire leur métier.

Elle retire une de ses boucles d'oreilles, qu'elle fait rouler entre ses doigts pendant qu'elle compose le numéro de son frère Jean, le médecin.

— Allô, Jean ? C'est Menie.

Et elle laisse couler ses larmes parce que avec lui, comme avec ses autres frères, elle n'a pas à paraître. Malgré les années, elle se souvient de Plassard, des éclats de rire avec papa, des sauts dans la rivière et des après-midi à rêver un monde plus grand. Au milieu d'eux, elle a toujours eu l'impression d'être cette petite reine, elle n'a jamais eu besoin de se farder pour se faire aimer. Jean l'apaise, il pose peu de questions. Il lui arrive d'écouter l'émission à Cholet, où il exerce. Il ne la juge pas. Beaucoup de ses patientes lui parlent de Menie. Il dit rarement qu'il s'agit de sa sœur – ils n'ont plus le même nom depuis qu'elle s'est mariée. Il en a aidé certaines à prendre cette décision encore inaudible par la justice. Menie est convaincue que si une de ses filles doit faire face à cette tragédie, il l'aidera. Jean est un homme admirable pour lequel elle nourrit la plus grande passion.

La voix de son frère la console, la réconforte. Il lui conseille de se confier davantage à Roger. De ne pas tout sacrifier au malheur des autres, parce que alors elle n'aura plus la force de leur venir en aide. Se souvient-elle de la mort de leur mère ? Menie avait voulu l'accueillir chez elle, à l'époque. Tout comme sa sœur Nine, la préférée. Voir souffrir sa mère avait été un déchirement pour Menie. Leur incompréhension mutuelle s'était exacerbée. Mais, sur les conseils de Laforgue, elle avait abdiqué, acceptant de la laisser partir sans elle, sans qu'elles se fussent totalement comprises. Pourtant, pendant cette période, Marie Laurentin avait tapé le livre de sa fille, *Le Métier de femme*. En fin de compte, mère et fille étaient parvenues à dialoguer à travers les autres. Et lorsqu'elle l'avait veillée trois jours durant à Cholet, Menie s'était sentie soulagée, forte de ces semaines où elle avait démêlé ses conflits intérieurs.

Menie en veut à Jean de lui rappeler ces chagrins. Elle aimerait renouer avec le tourbillon qui l'emporte depuis quelques mois, qui l'aide à masquer la noirceur de son âme et celle du monde qui l'entoure. Mais au fond, elle sait qu'il a raison.

Quelqu'un frappe à la porte. Menie répond d'une petite voix. Un nuage de fumée de cigarette envahit la pièce en même temps que Martha, jupe au genou, chemisier boutonné jusqu'au menton.

— Menie, la fille de l'insecticide a rappelé. Elle vous attend.

Jardin du Luxembourg, juin 1968

En cette fin d'après-midi, le ciel a des allures de deuil. Pourtant, sur les balançoires, des petites filles en jupe plissée et mocassins vernis insistent auprès de leur nourrice pour rester encore un peu. Tout autour d'elles résonnent des cris d'enfants. Des amoureux profitent de la pénombre et de l'anonymat du lieu pour s'embrasser discrètement. De jolies étudiantes aux jupes très courtes courent vers des rendez-vous que la dame de cœur se plaît à imaginer galants, alors qu'elles filent probablement vers quelque leçon de piano ou à la bibliothèque Sainte-Geneviève pour réviser. Quelle liberté ! songe Menie qui, débarquée à Paris en pleine guerre avec son frère André, peinait à trouver de quoi manger et restait calfeutrée dans sa chambre de bonne en attendant que les Alliés les délivrent enfin d'un avenir aussi maussade qu'incertain.

La jeune femme s'est avancée vers elle d'un air timide. Menie lui avait indiqué un banc près du kiosque à musique. Elle l'a attendue un bon quart d'heure, feuilletant un *Elle* que continue de lui envoyer Françoise Lagarde. Cette semaine, on y apprend comment maigrir, ce qui étonne Menie car, jusque-là, aucune de ses auditrices n'a jamais mentionné ce problème dans la vie des femmes.

— Menie ?

— Vous êtes Suzanne ?

— Oui.

— Asseyez-vous.

— C'est bien vous ?

— Oui, c'est moi.

— Ça alors ! Je pensais à une blague.

— Ça aurait été une blague de très mauvais goût. Mais vous n'avez pas froid ?

— Non.

— Voulez-vous que nous allions dans un café ? Ou chez moi ?

— Non, surtout pas. Je ne voudrais pas vous causer des ennuis. Et puis, être vue avec vous. Enfin vous comprenez, les gens sauraient que c'est moi qui vous ai appelée. Je ne me rendais pas compte en le faisant.

— De quoi vous ne vous rendiez pas compte ?

— Que des centaines de gens nous écoutaient.

Menie n'ose pas préciser qu'en vérité ils étaient des millions. Elle est toujours étonnée que ses auditeurs oublient les autres. Qu'ils ne souhaitent parler qu'à elle, sans se mettre en scène, comme le suggèrent certains journalistes bien-pensants qui ne se lassent pas de fustiger son « émission-spectacle ».

— Allons, ne vous en faites pas. Nous ne donnons jamais l'identité des appelants. Et même, bien souvent, nous inventons des prénoms, des villes, pour qu'ils ne soient pas reconnus. Il n'y a jamais eu de problème. Mais vous, comment allez-vous ?

— Un peu mieux, depuis que je vous ai parlé.

— Vous ne voulez plus faire de bêtise, n'est-ce pas ?

— Non.

— Promis ?

— Oui, Menie, je vous le promets. Et puis, ma sœur Mireille m'a reconnue à la radio. C'est normal, c'est ma sœur, vous me direz. Elle a eu une de ces frousses. J'ai compris que je n'avais pas le droit de lui infliger ça.

— C'est à vous que vous n'avez pas le droit d'infliger ça. Vous avez plein de choses à accomplir. Ce bébé, vous le voulez ?

— Je ne sais pas.

— Il va pourtant falloir vous décider, parce qu'il ne va pas s'envoler par l'opération du Saint-Esprit. Faites-moi voir. Je peux ?

Menie pose sa main sur le ventre de Suzanne. Les premières grossesses sont toujours longues à apparaître. Pour Évelyne, ça avait été pareil. D'autant qu'ils n'avaient rien à manger. Alors Menie serait bien incapable de dire s'il est trop tard ou non pour que cette jeune femme prenne sa décision.

— Vous me faites confiance ?

Suzanne opine du chef. Trois pigeons sont venus picorer des miettes d'un biscuit abandonné près du banc où elles sont assises.

— Est-ce que vous avez un jour de congé ?

— Oui, le samedi. Le dimanche, je dois aider Madame parce qu'elle reçoit toujours sa belle-famille après la messe.

— Alors samedi prochain, vous viendrez avec moi. Nous irons voir quelqu'un. Un médecin qui pourra peut-être vous aider. Qui, dans tous les cas, vous dira si vous pouvez décider de garder ou non ce bébé. Vous êtes d'accord, Suzanne ?

— Vous feriez ça ?

— Je vous le promets. Mais en attendant, je veux que vous preniez une feuille de papier, que vous traciez une ligne verticale et que vous listiez d'un côté toutes les raisons que vous auriez de le garder, et de l'autre celles qui vous feraient renoncer à cette grossesse. Attention, c'est très important. Réfléchissez bien. Une fois votre décision prise, vous ne pourrez plus revenir en arrière. Vous m'entendez ?

— Oui, madame Menie. Merci. Vous n'imaginez pas.

— Non, c'est vous qui n'imaginez pas. Alors, vous êtes d'accord ? Samedi, je viendrai vous chercher ici, du côté de la rue de Vaugirard, dans une 204 grise. À midi pile. Et vous me direz. C'est d'accord ?

— Oui.

— Parfait. D'ici à la fin de semaine, cette affaire sera réglée, Suzanne. Croyez-moi.

Menie plonge son regard dans celui de la jeune femme, espérant y lire le fond de son âme. Mais elle comprend soudain que c'est avant tout la voix qui lui permet de se connecter avec l'inconscient des êtres.

C'est une folie, ce qu'elle fait là, songe Menie. Complètement insensé. Si Roger savait. Ça devient vraiment n'importe quoi. Elle doit s'en aller, retrouver les siens. Alors elle se lève, salue son interlocutrice, qu'elle sent rassérénée, et lui répète « À samedi ». Après quelques pas, elle s'arrête brusquement et, sans se retourner, demande à Suzanne :

— Le père… vous l'aimez ?

Une infime seconde de réflexion, dont Menie perçoit combien elle est superflue, suffit à Suzanne pour répondre :

— Non.

Paris, septembre 2021

J'ai vu Katell cet après-midi. Je lui ai montré la quantité de documents que j'ai collectés, les nombreuses archives sonores que j'ai retranscrites et mes notes. Et puis je lui ai fait lire la trentaine de feuillets écrits la semaine dernière, juste après être revenue de Tours, dont j'avais senti l'urgence poindre sous mes doigts tandis que prenaient forme Menie, le souvenir de ces années-là et, sous ce récit, peut-être ma propre histoire. Pendant que, debout devant la fenêtre, je regardais sans les voir le boulevard Saint-Germain et ses passants, Katell a parcouru mon texte. J'ai dû insister pour qu'elle le fasse. Elle avait toujours en tête de confier le projet à une auteure maison.

— Tu as beau avoir fait un boulot remarquable, tu n'as jamais écrit de bio, ni même de roman, a-t-elle objecté tout d'abord. Tu devrais te reposer maintenant, après ce travail de dingue, non ? D'ailleurs, j'ai prévu un petit complément financier pour toi. Tu le mérites.

Puis, en achevant sa lecture, Katell m'a regardée longuement, sans mot dire. Elle a laissé de côté son portable, qui ne cessait de clignoter comme la dernière fois – il y a de ça un siècle.

— D'accord, a-t-elle repris finalement. Tu vas écrire ce livre sur Menie.

J'ai bien vu que cela lui coûtait – le projet avec l'auteure maison devait lui tenir à cœur. Mais j'ai également senti qu'elle se délestait d'un poids. Celui de la culpabilité à mon endroit ? Dans une autre vie pas si lointaine, nous avions été très amies et nous avions eu les mêmes rêves. Allais-je parvenir à réaliser les miens avec son aide ?

Une certaine légèreté a envahi son bureau lorsqu'elle a appelé son assistante, la dame aux lunettes immenses qui n'a pas semblé me reconnaître, et expliqué qu'il me faudrait signer un nouveau contrat. D'auteure, cette fois-ci. En disant cela, elle m'a scrutée droit dans les yeux, comme pour insister sur la confiance qu'on me témoignait. À moins que je ne me sois fait des idées.

En sortant de la maison d'édition, j'ai senti quelque chose s'épanouir au fond de moi. Quelque chose qui ressemblait à de l'assurance perdue, disparue avec la jeunesse et l'idée progressive qu'il faut bien devenir raisonnable. Jusque-là, il me paraissait évident que j'avais « loupé le coche ». Mais Menie n'avait-elle pas vu sa carrière exploser à près de cinquante ans ? À une époque où une femme de son âge était « périmée » ? Son exemple me donne une énergie incroyable. Comment ai-je pu en arriver là ? Certes, j'ai connu une histoire d'amour compliquée. Douloureuse, même. Mais je n'en suis pas morte. Et puis je suis en bonne santé, et encore jeune. J'ai accès à la contraception, je peux reprendre des études si j'en ai envie, ouvrir seule un compte en banque, voter comme je le souhaite, louer un appartement, porter un short en ville, me masturber sans avoir peur, parler à un homme dans un bar, coucher avec une femme, faire des rencontres en ligne, avoir un enfant toute seule, écrire un livre.

Oui, tout en marchant sur le boulevard Saint-Germain, j'ai cette sensation folle que ma vie commence enfin, et qu'elle est pleine de possibilités parce que des femmes comme Menie, et tant d'autres après elle, se sont battues pour cela. Je n'ai plus qu'à prendre mon destin en main. Alors, quand Pietro m'a envoyé son message implorant presque quotidien, je me suis dit qu'il était peut-être temps d'en finir avec cette peur intérieure. Il faut que j'arrête de me cacher. Je suis forte, maintenant, ai-je songé. Et cela, je dois le lui faire savoir.

C'est moi qui ai proposé ce café très animé de la rue Mouffetard, parce qu'il est loin de ma petite chambre du XVIe arrondissement. Pietro ne pourra pas m'y suivre. Je n'aurai qu'à monter dans un taxi lorsque nous en aurons fini avec cet ultime chapitre de notre histoire. Je ne veux pas que des côtes fêlées et les néons blêmes de l'hôpital soient mon dernier souvenir de nous.

Pourtant, lorsque je vois Pietro s'approcher, je comprends immédiatement que j'ai fait une erreur. Il a gardé cette beauté fulgurante, cette odeur animale qui me tord le ventre. Mes doigts se mettent à trembler, tout mon être semble se consumer tandis qu'il se penche pour déposer un baiser sur ma joue – alors que je m'étais juré de l'en empêcher. Il porte ce parfum musqué que je lui avais offert, et un tee-shirt noir sur un jean vieilli, parce qu'il sait combien j'aime cela. Je suis exaspérée qu'il ait fait ces efforts que je soupçonne être un piège. Il n'est pas question pour moi d'autre chose que des adieux.

Pietro commande un demi. Je prends un Perrier parce que je veux garder les idées claires. Nous discutons du beau temps, de l'été qui s'enfuit déjà, de ses affaires qui marchent moins bien. Enfant, il rêvait de devenir pianiste. Ça ne s'est pas fait. Je me suis souvent demandé si cette frustration n'avait pas entraîné tout le reste. Lui et moi étions des artistes déçus. Aujourd'hui, c'est différent. Je lui parle du livre, du contrat d'auteure que je viens de signer, de mon enthousiasme pour ce projet. Il trouve que ça se voit, que je suis vraiment belle, que j'ai les yeux qui brillent comme lorsque j'avais décidé de raconter notre amour dans un roman. Est-ce que je m'en souviens ? J'esquive tout ce qui fait référence à ce nous qui n'est plus. Je lui raconte Menie, la radio, et cette époque où les femmes devaient avoir l'accord de leur mari pour ouvrir un compte en banque. En 1965, c'est incroyable, non ? Je sais qu'il ne supporte pas ces sujets-là. Je les aborde pour le provoquer. Pour lui prouver qu'il ne me fait plus peur, parce que j'ai désormais une armée de combattantes invisibles derrière moi, et que je ne suis plus seule. Il tente une plaisanterie. « Ça, on aurait peut-être mieux fait de ne pas leur donner cette liberté-là. » Je fronce les sourcils. Il rit, s'excuse, ajoute que je n'ai jamais su gérer mon argent. C'est vrai, non ? Sinon je n'en serais pas là à mon âge. Mais qu'est-ce qu'il a dit de si mal ? C'est moi-même qui répétais ça tout le temps, que je ne comprenais rien aux chiffres. Allez, il va commander un vrai apéritif pour se faire pardonner. À moins que je n'accepte qu'il m'invite au restaurant ?

— Non, non, ça ira. Je n'ai pas faim. Et de toute façon, j'ai beaucoup de travail.

Mais Pietro n'écoute pas. Il fait comme si tout ça était follement drôle, comme si mes refus n'étaient que des coquetteries de jeune fille qui n'ose pas s'offrir. Des coquetteries d'allumeuse. Il balance un billet sur la table, hèle un taxi et m'attrape par le poignet. Il donne au chauffeur une adresse que je ne connais pas. Dans la voiture, il se colle à moi, l'air de rien. Son odeur entêtante efface tout le reste, mes résolutions, la peur tapie au fond de mon ventre, le souvenir des heures de silence recroquevillée dans le noir à attendre qu'il veuille bien me pardonner. Pardonner quoi ? J'observe son profil délicat, sa bouche charnue, ses beaux cheveux bruns calés derrière ses oreilles, sa peau mate qui rend la mienne si terne. Mon corps a besoin de lui, réclame ce plaisir qui l'a quitté depuis des semaines. Ça n'est pas si commun de rencontrer le désir. Combien étaient-elles, ces femmes qui décrivaient à Menie des vies sexuelles souvent misérables ou douloureuses, des orgasmes inconnus même au crépuscule d'une vie ? J'ai cette chance, puis-je vraiment passer à côté ?

Sans que je sache vraiment comment, nous montons sur une péniche aux allures de guinguette. De petites ampoules multicolores égayent le ciel noir, une musique slave s'envole dans l'air tiède de septembre, nous mangeons à peine, buvons beaucoup, oublions le passé en dansant avec d'autres clients, étrangers à notre histoire. Je m'accroche au cou de Pietro, ce cou nerveux sur lequel j'ai tant aimé passer mes doigts au début de nos amours. Il plonge son visage vers le mien, me respire à pleins poumons, murmure quelque chose que je n'entends pas. Nous tremblons l'un et l'autre de nous retrouver, nous étanchons notre soif de l'autre dans un inévitable baiser qui me tire des larmes. Quelque chose se déchire au fond de moi. Est-ce le plaisir foudroyant ? Ou ma promesse de ne jamais retourner vers lui qui se rompt comme une digue ? A-t-on droit à une seconde chance ? Je sens le sexe dur de Pietro contre moi. Nous peinons à retenir notre excitation. Alors je cède parce que j'ai confiance en ma force nouvelle et que je suis incapable de réfléchir. Je me suis trop abritée derrière le passé, mes recherches, cette solitude confortable qui n'a rien à voir avec la vie.

Fous de désir, nous prenons un second taxi. Mes larmes continuent de couler tandis que la langue de Pietro fouille ma bouche et que je m'agrippe à lui comme une naufragée. Dans l'escalier menant à ma petite chambre, nous manquons de réveiller les voisins, faisant escale à chaque étage pour glisser nos mains dans nos jeans, nous caresser, réprimant avec effort les râles qui surgissent des entrailles de notre jouissance. Et enfin nous tombons sur mon petit lit, profanant mon refuge. Et, alors que Pietro entre en moi sans ménagements, me débarrassant avec fébrilité de mes derniers vêtements, l'enivrement de mes sens se confond un instant avec le regret, un sentiment d'échec et de panique immense.

Madame Menie Grégoire,

Je suis mariée depuis quinze ans, et ça fait dix ans que je subis les mêmes outrages de la part de mon mari. Même pendant la période de mes règles, je ne suis pas tranquille. Sans cesse il est sur moi, me relevant ma jupe, me tirant mon slip, me frappant pour se venger si je lui demande de me laisser tranquille. Je n'ai jamais de répit, car au lit c'est pareil, avec des demandes de toutes sortes.

J'ai déjà subi trois graves opérations et je cède pourtant tous les deux jours. Je ne comprends pas ce qu'il trouve à ça. Je suis une excellente femme d'intérieur et je me débrouille très bien en cuisine, mon ménage est parfait. Nous pourrions être très heureux s'il voulait bien mettre un peu du sien. C'est un calvaire car, depuis cinq heures du soir, je ne vis plus, sachant que de nouveau ça va recommencer.

Rue Bénouville, juin 1968

Lorsqu'elle se réveille, Menie constate que, comme souvent, Roger a déjà quitté leur lit. C'est un lève-tôt. Un couche-tôt, aussi. Hélas, avec toutes les occasions formidables qu'ils ont de faire la fête, il veut toujours rentrer de bonne heure à la maison, comme hier soir, quand ils ont dû prendre congé de leurs hôtes, à peine le dessert avalé, au moment où les invités se mettaient à danser. C'est d'autant plus dommage que Menie étrennait une nouvelle robe, un modèle sensationnel de chez Yves Saint Laurent que personne n'a pu admirer tout le temps où ils sont restés à table. Avant même de poser le pied par terre, elle attrape son carnet et le petit crayon de papier qu'elle laisse toujours sur la table de chevet pour y consigner ses rêves, à la volée, avant qu'ils ne s'enfuient, parce que l'inconscient parle la nuit.

Avec maman. Jézabel. Elle me reproche ma vie, les sujets que j'aborde, me condamne à mort. Peur et souffrance. Papa est loin avec Jean.

Le carnet est rempli de ces mots écrits dans le noir, généralement illisibles, qu'elle déroule en analyse.

Menie enfile une élégante robe de chambre, lisse ses cheveux, passe devant le miroir de la salle de bains parce qu'elle refuse de se présenter à son mari n'importe comment. Une épouse doit rester belle, désirable, soignée. Et puis elle rejoint la salle à manger, où des voix résonnent déjà. Roger est attablé avec Frédérique – qui n'a pas pris la peine de se brosser les cheveux, constate Menie, se gardant bien de lui faire un quelconque commentaire. Jamais elle n'infligerait à ses filles ce que sa mère lui a fait endurer. Toutefois, elle estime que cette nouvelle génération exagère. Ce n'est pas parce qu'elles se libèrent d'un carcan que les femmes doivent se laisser aller. Roger lève la tête et pose sur sa femme des yeux débordant de cette admiration sans bornes qui la convainc que tout est possible. Pourtant, elle doit avoir une mine épouvantable.

— Menie, vous avez bien dormi ? Vous aviez un sommeil très agité.

— Comme toujours. Je n'ai pas fermé l'œil, vous savez. J'ai toujours eu du mal à me reposer.

Roger et Frédérique se sourient. Menie dort d'un sommeil de plomb, ce qu'elle juge très inélégant. Depuis toujours, elle a la coquetterie de prétendre le contraire, arguant des nuits agitées pleines de réflexions philosophiques, de travaux d'écriture et de tourments épuisants. Aucun des deux ne relève.

— Voulez-vous une tartine ?

— Volontiers. Et puis un thé aussi. Bernadette est là ?

— Probablement.

— Maman, le thé est sur la table. Je vais vous chercher de la confiture, inutile d'embêter Bernadette avec ça.

— Chère Menie, vous m'avez l'air de méchante humeur.

— Pas du tout, pourquoi dites-vous cela ?

— Une impression, mais je dois me tromper. N'aimeriez-vous pas vous promener avec moi en forêt de Fontainebleau ? Les Broglie y sont allés la semaine dernière, ils m'ont dit le plus grand bien de leur escapade. Et puis la nature me manque. Quand retournons-nous à Rochecorbon ?

— Oh, Roger, ce que vous pouvez être casanier. Nous ne pouvons tout de même pas aller nous enfermer tous les week-ends en Touraine ! Nous en revenons à peine.

— C'était à Pâques.

— Oui, eh bien c'est ce que je dis. Et puis je ne peux pas cet après-midi, j'ai à faire.

— Ah bon ? Mais vous ne m'avez rien dit.

— Mais si, mais si.

— Je ne crois pas, non.

— Et quand bien même. Enfin, c'est un monde ! Depuis quand faut-il prévenir son mari de son programme ? Nous ne sommes plus au siècle dernier, et encore heureux !

Frédérique plonge le nez dans son assiette, engloutit son dernier morceau de pain et prend congé de ses parents. Elle feint la légèreté, leur explique qu'elle doit aller faire des essayages de robes chez une amie pour leur rallye du soir. Ils ne l'écoutent pas. Menie se complaît dans la mauvaise foi avec un air de petite fille gâtée. Roger l'observe. Il attend que la porte de la chambre de leur fille claque pour lui répondre avec humeur :

— Enfin, Menie. On ne peut pas dire que je vous empêche de faire quoi que ce soit. Vous êtes injuste ! J'ai simplement envie de vous voir. On ne partage plus rien. Vous êtes toute à votre travail. Moi aussi, je le sais bien. Mais justement, ne peut-on pas pour une fois profiter du week-end ?

— Qu'est-ce que vous racontez, Roger, c'est ridicule. Nous sommes tous les soirs ensemble. Tenez, encore hier. Et en ce moment même. Vous voyez bien ! Et puis je dois régler une affaire importante. Je serai de retour tôt. Allons dîner chez Lipp tous les deux, vous voulez ? Ce serait formidable. Voulez-vous que je demande à l'une de mes assistantes de réserver ?

Elle s'approche de lui, se met à genoux et caresse doucement son visage. Bernadette pourrait entrer, ou Frédérique. Mais elle s'en fiche. Roger prend sa main dans la sienne, qu'il caresse mécaniquement. Puis il reprend, d'une voix triste :

— Nous dînons à l'hôtel Matignon, ce soir.

— Oh mon Dieu, c'est vrai ! Je n'ai rien à me mettre. Et j'ai tant de choses à dire à Georges. Vous pensez qu'il acceptera que je l'interviewe ? Il faut que j'en touche un mot à Claude. Quelle femme remarquable, d'une élégance, d'une intelligence. Vous savez, Roger, je dois vraiment leur parler, à ces hommes d'État. Leur expliquer ce qu'endurent les femmes, leur raconter leur vie, la vraie. À quoi je sers, sinon ? Pompidou doit prendre des engagements. Et c'est moi qui le convaincrai. À quelle heure doit-on y être ?

— 20 heures. C'est indiqué sur l'invitation que je vous ai laissée dans l'entrée.

— Formidable. Je serai de retour ! Il faut que je file. Que je prenne rendez-vous chez le coiffeur. Qu'on me prête une robe. Non mais vraiment, où avais-je la tête ? Cette émission me rend folle. Bonne journée, Roger ! À ce soir. Ah, et n'oubliez pas votre décoration.

*

Suzanne piétine rue de Vaugirard. Elle porte un manteau triste largement ceinturé. Et un foulard sur la tête, comme si elle craignait qu'on la reconnaisse. Menie a d'ailleurs le plus grand mal à identifier la silhouette de l'inconnue du banc du Luxembourg au milieu de la foule de ce samedi matin ensoleillé. Sur les colonnes Morris, on annonce que *Le Diable et le Bon Dieu*, de Sartre, sera monté à l'automne au palais de Chaillot. Menie fait la moue et se demande si le Castor sera là. Ce couple a des mœurs bien étranges. Lui qui la trompe avec tout Paris tandis qu'on murmure qu'elle aurait eu une longue liaison avec une de ses élèves. Après tout, chacun fait ce qu'il veut. Mais alors, songe-t-elle, pourquoi ne pas revendiquer fièrement son homosexualité, puisque l'un et l'autre se targuent de la plus grande ouverture d'esprit ?

Quelqu'un tape au carreau de la voiture.

— Ah, vous êtes là ? Montez !

Suzanne se glisse dans le minuscule habitacle. Elle a mis trop de parfum. Sans un mot, Menie tourne la petite manivelle pour ouvrir sa fenêtre.

Comme d'habitude elle est assise sur la planche de bois qu'elle place sous ses fesses pour être à hauteur d'homme au volant.

— Vous êtes prête ?

Menie ne l'interroge pas sur sa décision. Elle sait. Très intimidée, Suzanne hoche la tête tandis que Menie klaxonne un grand coup, manquant d'emplafonner un véhicule qu'elle finit par contourner, et file dans les rues de Paris, très concentrée, sourcils froncés, le nez collé au pare-brise.

— Où allons-nous ?

— Chez une personne dont on m'a dit le plus grand bien. C'est une connaissance de mon frère, qui est médecin. Un bon médecin. Je vous aurais bien emmenée chez lui, mais il exerce à plus de trois cent cinquante kilomètres d'ici. Celui-là est tout proche de Paris. Il a aidé beaucoup de jeunes femmes dans votre situation. Et c'est très bien que je le rencontre. Je pourrai l'interroger, lui envoyer des auditrices. Vous voyez, Suzanne, je ne vous rends pas service. C'est vous qui me faites avancer.

Pendant le trajet, Suzanne raconte sa vie à Menie. Son enfance avec Mireille, le veuvage de leur mère morte avant d'avoir vécu, Robert, qu'elle a connu sur les bancs de l'école. L'espoir qu'elle avait eu de construire une vie ensemble, là-bas, à Saumur. De porter ses enfants après l'avoir épousé dans l'église où Mireille a épousé Lucien. L'emménagement à Paris où une famille recommandée par le curé cherchait une bonne. Ce travail finalement pas si désagréable, qu'il a bien fallu accepter parce qu'elle n'était toujours pas mariée, malgré le temps qui passe, et qu'elle devait gagner sa vie pour pouvoir manger. Et puis les nausées, la détresse et l'impasse. Menie parle peu. Elle interroge, réprime des exclamations parfois. Elle a entendu mille fois ce genre d'histoires. Souvent, ce sont les mères des jeunes filles enceintes qui l'appellent, prêtes à tuer leur progéniture pour ne pas subir le déshonneur. De temps en temps, elle tourne la tête vers Suzanne et observe son visage à peine sorti de l'enfance. Pourquoi diable une jeune femme de son âge doit-elle porter seule le poids d'un moment d'égarement – et de plaisir ?

Alors qu'elles quittent les grandes routes, Menie demande à Suzanne d'ouvrir la boîte à gants pour y prendre un plan. Il faut qu'elle la guide car elle n'est jamais venue à cette adresse. En l'attrapant, Suzanne fait tomber une photo.

— C'est votre mari ?

Menie manque de faire une sortie de route, saisit la photo et la glisse rapidement dans sa portière.

— Oui.

— Pardon, je ne voulais pas…

— C'est ma vie privée. Pardonnez-moi. Vous savez, on m'attaque de toute part. Alors je préfère écouter les autres. Oui, seulement ça… Par où passe-t-on maintenant ?

Menie regarde une nouvelle fois Suzanne. Lorsque la voiture se met à dévier lentement, Suzanne redresse rapidement le volant.

— Non mais… voyez ce que vous me faites faire ! reprend Menie, faussement fâchée.

De nouveau concentrée sur la route – à moins que ce ne soit sur autre chose –, elle poursuit :

— Non. Bien sûr que non. Bon, dites-moi, Suzanne, par où passe-t-on ? Si vous ne m'aidez pas, on risque de ne jamais trouver !

— Il faudra prendre la deuxième à droite, puis il y aura une petite impasse. Je crois qu'on n'est plus très loin.

— Vous êtes très dégourdie, dites-moi.

Suzanne rougit franchement. On ne lui a pas fait un tel compliment depuis l'école, où, il est vrai, elle était plutôt bonne élève. Et ça remonte à longtemps.

— Voilà, je crois qu'on y est.

Menie tire le frein à main d'un coup sec, pousse un de ses petits soupirs qui sont devenus comme un tic depuis qu'elle respire dans le micro de RTL. Elle baisse le pare-soleil placé devant Suzanne, le fait pivoter, puis sort de son sac un bâton de rouge à lèvres et rectifie rapidement son maquillage. Suzanne est subjuguée.

— Eh bien ? Vous êtes prête ?

Madame Menie Grégoire,

Je vous dis bravo, vous êtes courageuse. Je trouve ignoble le rôle de ces faiseurs d'enfants qui une fois l'acte accompli mettent leur chapeau sur leur tête et s'en vont contents. Mais j'habite une ville de province où le président du tribunal, qui donnait ses rendez-vous au cimetière, osait conter fleurette à ces pauvres filles qu'il séduisait et qui, bien sûr, devaient avorter par des moyens inavoués. C'étaient ces hommes-là qui jugeaient.

Menie Grégoire,

Voici treize ans que je suis sage-femme et je souffre de notre attitude, à nous les femmes, devant celles qui avortent. Nous ne sommes pas généreuses, ni bonnes, entre nous. Les hommes, médecins et autres, devant l'avortement, ne nous comprennent pas, ne nous aiment pas. Et pourtant, nous créons à deux !

Lorsque j'ai assisté pour la première fois à un avortement, le médecin qui a pratiqué l'acte a méprisé – ou du moins peu respecté – sa cliente, comme pour se déculpabiliser lui-même. Mon corps et mon cœur ont été meurtris, et j'en ai un souvenir très sombre. Mais gardons l'espoir : une poignée de jeunes sages-femmes, assistantes sociales, secrétaires et aides-soignantes sont là. Leur silence, leur regard, leur travail aident plus que des paroles. Dans la nuit, la haine, la peur, la douleur, nous, les femmes, les comprenons en profondeur : nous sommes une grande chaîne, faite de fleurs avec des épines. N'oublions pas aussi que nous sommes les piliers du monde, parfois si lourd à porter !

Pour éviter tous ces avortements, informons les jeunes sur la contraception, insistons. Merci de le faire !

PS : Les médecins ne parlent pas de contraception, ils examinent et signent, vite, vite.

Hôtel Matignon, juin 1968

Il y a là tout ce que Paris compte d'important et d'élégant. Menie a bien senti les regards se poser sur elle lorsqu'ils sont entrés dans la cour du ministère. Elle a beau porter ses plus hauts talons, elle arrive à peine à l'épaule de Roger. Très fardée, sa robe portefeuille dévoilant ses jolies jambes, elle se sent puissante, sûre d'elle et peu encline à céder, ce soir-là, au désespoir qui l'emporte trop souvent. Roger est fier de son épouse. « Vous êtes superbe », lui a-t-il glissé avant de fouler les premières marches pour monter sous bonne escorte vers l'immense salle à manger. Très à l'aise, Roger a salué l'assistance, présentant sa femme, que certains ont feint de ne pas reconnaître. Ça n'est que lorsque la femme du Premier ministre est venue saluer Menie que les autres épouses ont consenti à venir bavarder avec elle.

« Ma bonne vous écoute tous les jours. »

« Tiens donc, moi, c'est ma concierge. »

« Quelle patience vous avez, de vous farcir ces malheurs-là. »

Menie a souri, lasse d'expliquer que ce sont les autres qui la passionnent, que ces malheurs-là la nourrissent plus sûrement que les mets délicieux qu'on allait leur servir ce soir. Par les gigantesques portes-fenêtres, elle contemple le jardin illuminé, et Paris qui scintille derrière les hauts murs du pouvoir. Comme elle aurait aimé que son père puisse la voir. Elle lui aurait dit : « Vous voyez, papa, vous avez bien fait de m'autoriser à venir à Paris. Regardez où je suis, aujourd'hui. » Avant que les invités ne se mettent à table, elle est parvenue à glisser quelques mots au Premier ministre, lui faisant part de son projet de l'inviter à RTL.

— J'aimerais que vous vous engagiez devant toutes les femmes qui nous écoutent, et elles sont plusieurs millions, à changer cette loi indigne relative au « chef de famille » et à la « puissance paternelle », pour que les mères et les pères aient les mêmes droits sur leurs enfants ! s'est-elle exclamée.

Depuis qu'elle a récemment reçu des témoignages poignants sur le sujet, Menie plaide pour l'exercice de l'autorité parentale partagée qui, selon elle, devrait se substituer à la seule autorité du père en vigueur à ce jour. Comment priver les femmes de ce droit-là, alors même qu'elles portent les enfants ? Comment accepter qu'elles ne puissent rien décider les concernant, ni prendre la décision de quitter leur conjoint sans se voir déchues de tout droit maternel ? Le Premier ministre a souri, promis, et le dîner a été servi.

Pendant le repas, Menie a bavardé avec entrain avec ses voisins, des députés guère amusants dont l'un cachait mal son homosexualité sous l'apparence d'un bourgeois catholique père de cinq enfants nés d'une femme triste et très corsetée qui leur jetait des regards soupçonneux. Donner le change, elle sait faire. Pourtant, tout en lançant des sujets amusants, à la mode, en racontant de croustillantes anecdotes du show-biz dont sont friands ces technocrates peu au fait des ragots parisiens, elle repense à Suzanne. À la douceur du médecin qui les a reçues, qui a su trouver les mots pour la rassurer. Elle repense à ce jardin triste donnant sur le salon où elle avait attendu devant une tasse de thé. Et aux images brumeuses et monotones de cette fin d'après-midi se superposait le faste de cette soirée irréelle. Que penseraient ses auditrices si elles connaissaient sa vie ? Elle n'en parle jamais, mais n'en fait pas pour autant un secret. Visiblement, en dehors de son écoute, Menie intéresse peu les gens. Et c'est très bien comme cela.

Le dîner s'est terminé tard, après que furent servis deux plats, du fromage, un dessert, du café et des digestifs que ces messieurs ont acceptés avec plaisir. À table, tout le monde a beaucoup fumé, écrasant sans relâche des cigarettes dans les grands cendriers de cristal que les serveurs vidaient régulièrement. Menie a la tête qui tourne un peu lorsqu'elle se lève pour rejoindre Roger. Elle l'aperçoit à l'autre bout de la salle en grande discussion avec le Premier ministre. Il hoche la tête, sans prêter attention au reste de l'assemblée. Un homme retient Menie. Désire-t-elle une tisane ? Quelque chose ? Non, rien, merci. Ou bien visiter les appartements ? Non, elle est épuisée. Elle souhaite par-dessus tout retrouver son mari, consciente néanmoins qu'elle risque d'interrompre une conversation sans doute confidentielle – mais Roger peut-il vraiment cacher quelque chose à sa femme ?

Menie est presque arrivée à la hauteur des deux hommes. Et malgré le bruit alentour, un léger vertige et le soin que ces derniers prennent pour parler à voix basse, elle entend distinctement la dernière phrase prononcée par Pompidou.

— Roger, tu ne pourras pas être ministre à cause de Menie. Je suis désolé.

Commissariat du XVIe arrondissement, octobre 2021

Le bureau est glacial. Une fenêtre est ouverte. Sur le mur du fond, je reconnais l'affiche de *Star Wars* que j'avais oubliée. Derrière son pupitre, une femme en polo gris, à l'air sévère, s'installe en face de moi. Elle fait glisser la souris de son ordinateur, positionne ses mains au-dessus du clavier et commence à m'interroger sans me regarder, tandis que d'autres policiers entrent et sortent de la pièce.

— Alors, contre qui voulez-vous porter plainte ?

— Pietro Dumas.

— Pardon ? Comment vous écrivez ça ?

— Dumas. D.U.M.A.S.

— De qui s'agit-il ?

— Mon compagnon. Enfin, mon ex-compagnon.

— C'est la première fois ?

— Non.

— Tiens donc. Attendez. Redonnez-moi votre pièce d'identité. Ah oui… Dites-moi. C'est la sixième fois qu'on vous voit ici. Il a même été condamné à une peine de prison ferme… qu'il n'a pas purgée complètement.

— Oui, parce que j'ai retiré ma plainte.

Elle lève les yeux au ciel. Imperceptiblement, mais suffisamment pour que je le remarque. Elle a raison, j'ai été une vraie idiote. Mais j'avais tellement honte, lorsqu'il m'écrivait depuis sa cellule. Et ce qu'il m'avait fait ne méritait pas qu'on l'enferme. C'est ce que je pensais alors.

— OK, vous avez retiré votre plainte. Pourquoi ?

— Parce que j'avais des sentiments pour lui.

— « Des sentiments pour lui », répète-t-elle tout en pianotant sur son clavier.

Un agent vient lui taper sur l'épaule. Elle sourit, répond qu'elle ne va pas tarder. Au loin, j'entends des rires. Probablement un pot de départ ou d'anniversaire.

— Bon, et qu'est-ce qui vous amène cette fois-ci ?

— Je voudrais porter plainte de nouveau. Pour violences.

— Quelles violences ?

— Des petites violences. Des griffures, des bleus aux poignets. Il me tire par les cheveux aussi.

— Vous pouvez me montrer ?

— Non, parce que ça ne s'est pas produit récemment. Et depuis sa condamnation, il fait attention.

— Oui, enfin, je ne sais pas ce que je peux faire avec ça.

— Avec quoi ?

— Vous n'avez pas de preuves de ce que vous avancez. Je ne sais pas, vous n'avez pas de photos ?

— Non, je bredouille en tirant sur mes manches.

— La prochaine fois, prenez une photo.

— La prochaine fois ?

— Enfin, vous voyez ce que je veux dire. Madame, vous n'imaginez pas le nombre de dépôts de plainte que nous recevons tous les jours. Surtout depuis #MeToo. On n'est pas équipés pour accueillir tout ça, ici. Sans compter les femmes qui veulent se venger en portant de fausses accusations contre leur ex. Ce n'est pas votre cas, rassurez-moi ? D'ailleurs, pourquoi vous vous êtes remise avec lui, s'il vous en a autant fait baver que ces plaintes l'indiquent ?

— Quand il m'a dit qu'il avait changé, je l'ai cru.

— Bon… Et là, vous en êtes où ? Oui, Maxime ? J'arrive. C'est bientôt fini.

— Où j'en suis ?

— Avec lui ? Vous êtes encore ensemble ?

— Non. Ce matin, je lui ai dit que c'était fini. Définitivement, cette fois. Il a voulu jeter mon ordinateur par la fenêtre. C'est tout ce que j'ai, mon travail. Je crois que ça le rend fou. Il m'a traitée de pute, de… Vous pouvez demander aux voisins. Et puis…

Les mots refusent de sortir. Je me mets à sangloter. Ma gorge se contracte. J'ai tellement peur de retourner là-bas. Peur qu'il m'attende devant la porte du commissariat. Peur de rallumer mon téléphone et de me rendre compte qu'il m'a envoyé des centaines de messages de menace. Il fait ça depuis des jours. Ça a remplacé les coups, les bleus, les blessures. C'est plus insidieux. Il risque moins. Juste de me faire mourir à l'intérieur.

— Bon, madame. Ce que je vous propose, c'est d'enregistrer une main courante, d'accord ? Ce sera déjà ça. Demandez à votre petit ami de se calmer. Et puis quittez-le. Hein, il faut être forte. Personne ne vous oblige à rester avec lui. Vous avez des enfants ?

— Non.

— Alors, raison de plus ! Qu'est-ce que vous faites encore avec lui ? Non mais parfois, on se demande pour quoi se sont battues les féministes. Allez, trouvez-vous un gentil petit gars. Ça vous fera quelqu'un pour vous défendre. Et s'il vous embête à nouveau, pensez à collecter des preuves. C'est très important, les preuves, d'accord ?

Tandis qu'elle me délivre ses conseils, plusieurs feuilles à l'en-tête de la Police nationale sortent de l'imprimante. Ma main courante. Quelques lignes minuscules qui ne disent rien de mon désarroi. La colère me consume, mais je suis trop faible pour la laisser éclater. Oui, c'est donc pour ça que se sont battues les féministes ? Quel gâchis. J'ai honte. Je signe les documents d'une main tremblante, essuie mes larmes et me dirige vers la sortie du commissariat la peur au ventre. Et tandis que je serre toujours contre moi l'ordinateur que je suis parvenue à sauver dans ma fuite, un jeune homme au regard très doux m'interpelle. Il doit avoir vingt-cinq ans à peine. Sa voix est presque inaudible.

— Ça ne va pas, madame ?

— Pas très bien, non.

— J'ai entendu des bribes de votre conversation. Vous êtes venue porter plainte, c'est bien ça ?

— Non, ce n'est pas grave. J'ai déposé une main courante.

— Venez avec moi.

Je le suis parce que sa bienveillance me rassure. Et parce que je donnerais n'importe quoi pour ne pas quitter ce commissariat. Nous entrons dans un petit box individuel où trône une jolie plante verte. La voir en pleine santé me bouleverse, comme si elle me renvoyait à mon propre délabrement.

— J'ai suivi une formation d'écoute. Ma collègue, Virginie, elle est un peu expéditive. Il ne faut pas lui en vouloir. Elle est de l'ancienne école. Et elle a tant à faire. Entre ses gamins, son mari qui s'est t… Enfin, si vous voulez me parler, je suis là. Vous savez où aller ?

— Non. Il sait où j'habite, maintenant.

— Maintenant que quoi ?

— Maintenant que j'ai accepté de le revoir. Oh, je m'en veux tellement. Qu'est-ce qui m'a pris ?

— Vous l'aimez peut-être ?

— Peut-être… Ou alors c'est moi que je n'aime pas assez.

— Qu'est-ce qui vous a poussée à partir ce matin ? Je veux dire, pourquoi ce matin et pas un autre ?

— Il a voulu jeter mon ordinateur par la fenêtre. Il y a tout mon travail dedans. Toute la vie de ces femmes.

— Quelles femmes ?

— Ce serait trop long à raconter.

— Très bien. En tout cas, ces femmes et cet ordinateur vous ont fait prendre conscience que vous étiez en danger.

— Oui. Probablement.

Pour la première fois, je relève la tête. Je croise son regard. Que peut-il connaître aux femmes, à leurs douleurs, aux relations passionnelles qui mènent à de tels désastres ? Il est si jeune. Et pourtant j'ai envie de tout lui confier.

— Je vais le convoquer. Votre ex-conjoint. D'accord ?

— Je ne sais pas. Ça va être pire. Il y aura des représailles.

— Vous allez vous mettre à l'abri.

— Encore.

— Vous l'avez déjà fait ?

— Oui.

— Eh bien, nous allons recommencer. Vous savez, c'est souvent un long chemin pour sortir de ça, de l'emprise. Mais ça vaut le coup, vous ne croyez pas ? Ne serait-ce que pour toutes celles qui n'ont pas le courage de pousser cette porte. Votre ex-compagnon doit être entendu, prendre conscience de la gravité de ses actes, et vous laisser tranquille. Il faut que vous puissiez vivre, maintenant. Vous êtes sûre que vous n'auriez pas des éléments me permettant d'enregistrer une nouvelle plainte ? Ça faciliterait beaucoup la procédure. Si ça n'est pas le cas, ne vous en faites pas, on trouvera une solution.

— Les messages ?

— Oui ?

— Tous les messages qu'il m'envoie. Où il menace de me défigurer, de s'en prendre à mes proches, ça peut être… comment dit-on, versé au dossier ?

— Bien sûr. Personne n'a le droit de faire ça, d'envoyer ce type de messages. Montrez-les-moi.

— Ah, et puis, il y a ça…

Alors je relève mes manches et je lui montre. Pour que ce soit la dernière fois.

Rue Bayard, avril 1970

— Allô ? Oui, madame, c'est bien l'émission de Menie Grégoire. Je vous écoute. De quoi souhaitez-vous parler ?

Suzanne sort un stylo, une nouvelle fiche, cale le combiné gris contre son épaule et écoute ce nouvel auditeur. Cette fois, c'est un jeune homme. Il est amusant. Le pauvre est très timide, il ne sait pas comment s'y prendre avec les filles. Il sollicite les conseils de Menie. Ça va beaucoup lui plaire, d'autant que la courbe des thèmes sur le mur montre qu'on en a soupé des sujets graves, ces jours-ci. C'est Nicole qui a eu cette idée de courbe. C'est très malin, et ça leur permet de prendre le « pouls du pays », comme disent les journaux – enfin, ceux qui ne s'en prennent pas à Menie. Les sondages d'opinion et les résultats des audiences, que l'équipe attend tous les trois mois, n'en finissent plus de glorifier le succès de l'émission. Alors, il faudrait savoir. À moins que ces affreux journaux ne les méprisent, elle et puis les hommes et les femmes qui appellent depuis toute la France.

L'autre jour, le grand patron est venu faire un tour dans les bureaux. C'était impressionnant. Heureusement, Menie était là pour le recevoir. Elle était sensationnelle avec ses grandes bottes bordeaux et son chemisier assorti. Suzanne aimerait être aussi élégante que Menie. Elle s'en inspire beaucoup. Elle a même coupé ses cheveux, qu'elle crêpe avec énergie chaque matin pour réaliser un joli bombé qui lui va plutôt bien. Le grand patron les a félicitées, elle et les autres téléphonistes, comme on les appelle ici. « La pénétration de l'émission auprès des professions libérales a bondi de 10 à 24 % », a-t-il annoncé, visiblement très satisfait. Le tarif de la publicité dépend du temps d'écoute, et les auditeurs qui suivent l'émission de Menie sont des fidèles. Une fois le poste allumé, ils restent jusqu'au bout. Ça, on peut dire qu'elles sont dans les petits papiers de la direction, ce qui ne plaît pas à tout le monde, Suzanne le voit bien. S'ils se moquaient beaucoup au début, certains autres animateurs vedettes commencent à grincer des dents. Mais les filles s'en fichent pas mal. Elles sont toutes ensemble, soudées, même avec Martha, qui n'est pourtant pas commode. Et tant pis si ça ne leur plaît pas.

Ça s'est passé très vite, pour Suzanne. Sur le chemin du retour après le rendez-vous avec le médecin, Menie roulait vite. Elle avait un dîner important ce soir-là. Elles n'ont pas fait comme si ce qui venait de se passer n'avait pas d'importance, parce que ce bébé qu'elle n'aurait pas, ce n'était pas rien. Suzanne a laissé couler quelques larmes que Menie n'a pas tenté d'apaiser. Suzanne avait pris sa décision, et l'événement s'était déroulé le mieux possible. Elle allait pouvoir reprendre sa vie, cesser de se tourmenter et d'imaginer le pire. Elle pourrait aider de nouveau Mireille, travailler. Et même envisager de trouver un mari, qui sait ? Dans la voiture qui avalait à vive allure les kilomètres régnait un mélange de tristesse et de soulagement, tandis que le ciel se teintait de stries orangées. En arrivant à Paris, Menie s'était garée en double file et avait déposé la jeune femme en bas de chez sa patronne. Mais quand celle-ci l'avait remerciée, jurant de ne pas la décevoir, d'être à la hauteur de ce qu'elle avait risqué pour elle, Menie lui avait lancé :

— Ça vous dirait de changer de métier ? Vous êtes dégourdie, je vous l'ai dit. Et j'ai besoin d'une fille comme vous. Pas une bourgeoise ou une fille des villes élevée chez les bonnes sœurs. Non, une fille qui connaît la France de ceux qu'on ne voit pas.

Suzanne avait voulu protester, rappelé qu'elle n'avait aucune formation, qu'elle ne saurait pas. Et puis d'ailleurs, en quoi consistait ce travail ? Et elle avait lu dans les yeux de Menie qu'il n'était pas question de perdre du temps ni d'hésiter. Encore moins de douter. Une nouvelle voie apparaissait comme par miracle sur son chemin. Une chance pareille ne se représenterait probablement jamais. Alors elle avait accepté, était remontée dans sa petite chambre. Après une nuit de tourments, oscillant entre peur panique et extrême agitation, elle s'était réveillée au petit jour, sûre de son choix. Cela faisait deux décisions, et pas des moindres, prises en quelques jours, qui allaient bouleverser son destin.

D'abord contrariée, Madame l'avait mise en garde contre cette étrange bonne femme qui corrompait une génération tout entière, puis elle s'était radoucie.

— Enfin, si c'est vraiment ce que vous souhaitez faire… car en définitive, on ne sort que rarement de sa condition.

Suzanne n'avait pas bien compris mais elle était soulagée d'avoir osé parler de son projet, d'autant que Madame avait accepté qu'elle garde la chambre un mois de plus en échange de quelques heures de ménage non rémunérées qu'elle effectuerait en dehors de son travail à la radio.

Les premiers temps avaient été épuisants. Très consciencieuse, Suzanne arrivait à la station à l'aube, saluait les matinaliers et plongeait avec délice dans les sacs postaux déposés là par les personnes du courrier. Chaque nouvelle lettre qu'elle décachetait lui procurait la même excitation. Puis elle lisait, surlignait et archivait chaque courrier tandis que ses collègues prenaient leur poste, les unes après les autres. Alors, le bureau s'emplissait de leurs vies fascinantes faites d'histoires de cœur, de cancans parisiens dont beaucoup concernaient des journalistes de la station, de confessions très intimes et d'éclats de rire permanents. Elles déjeunaient toutes ensemble, tôt, à la cantine, ou dans l'un des restaurants du quartier, puis elles fonçaient prendre leur poste tandis que les appels commençaient à affluer dans une vaste cacophonie. L'après-midi, Suzanne avait du mal à quitter le bureau, malgré les longues heures de ménage qui l'attendaient. Elle aimait cette ambiance pleine d'énergie, grouillant de monde, de vedettes de la littérature, des sports, de la politique ou des arts qui venaient parler au micro de RTL. Dans le bureau d'en face, l'animateur rigolard chouchou du show-business avait fait de la station un music-hall quotidien. Tout était très gai, plein d'entrain. Menie était enchantée des réunions avec les chefs. Le grand patron voulait tout tester, quitte à se planter et recommencer. L'autre jour, un de ses journalistes avait paraît-il déclaré que la vie manquait cruellement de poésie. Qu'à cela ne tienne, il avait immédiatement rebondi : des vers de Villon ou de Lamartine seraient désormais récités à l'antenne, entre les réclames de Danielle, toujours au bord du fou rire. Quant aux émissions, elles allaient de « À la télé hier soir » à ce nouveau programme qui laissait la parole aux évêques. Suzanne n'en revenait pas, elle avait l'impression de naître une seconde fois, comme si elle n'avait jamais véritablement vécu avant cela. Alors la fatigue, la poussière et l'argenterie à nettoyer sur ses heures de sommeil, ça ne comptait pas. D'autant qu'elle continuait d'écouter RTL, refusant de perdre une seule miette de ce flux de connaissances et de divertissement qui se déversait joyeusement dans sa vie. Avec tout ce qu'elle apprenait chaque jour, sa tête était parfois sur le point d'exploser le soir, mais ça valait toujours mieux que les idées noires qui l'avaient traversée quelques mois plus tôt.

Rapidement, Suzanne s'est liée d'amitié avec Nicole, une jeune étudiante en sociologie que Menie a accueillie lorsque celle-ci a divorcé de son mari. À vingt-six ans, Nicole assume sans aucune gêne son statut de mère célibataire, ce qui ne manque pas de fasciner Suzanne.

— C'est Menie qui m'a convaincue de quitter mon mari, lui avait expliqué Nicole. Mon père était dans les camps pendant la guerre avec son mari, et depuis ils sont très liés. C'est ma mère qui m'a conseillé d'aller la trouver quand mon couple a commencé à valdinguer. Menie m'a demandé si j'aimais mon mari, si je me voyais faire toute ma vie avec lui. Grand Dieu, non. J'étais désespérée. Sans elle, il est probable que je serais restée pour toujours mariée. Comme Mme Bovary. Tu connais, *Madame Bovary* ?

Nicole logeait avec son fils dans un petit trois-pièces du VIe arrondissement que ses parents lui louaient à un prix avantageux. Lorsque Suzanne avait dû quitter la chambre de Madame, qui devait héberger sa nouvelle bonne, Nicole lui avait aussitôt proposé d'emménager avec son fils et elle. Depuis, les deux jeunes femmes menaient une existence très agréable dans ce joli appartement donnant sur une cour pavée. Suzanne n'a jamais été aussi heureuse, s'occupant avec joie du petit Jean-Charles qu'elle couvre de cadeaux achetés avec son salaire – qu'elle juge faramineux –, quand elle ne sort pas le samedi soir.

— Alors, les filles, qu'est-ce qu'on a aujourd'hui ?

Martha a fait irruption dans le bureau. Suzanne a les mains qui tremblent. Elle regarde les lettres éparpillées sur son bureau, au dos desquelles elle a pris des notes.

Jeune femme. Une boule au sein. On pense au cancer. En attendant le verdict elle remet sa vie en question. Mari indifférent, sans amour, pas de métier. « Contente d'avoir trouvé cette petite boule qui lui a permis de réfléchir et de découvrir qu'elle n'était pas elle-même. » A décidé de changer sa vie.

F. 54 ans Mariée Enfants N.S. moyen Ville province

Regrette la passion qui l'a jetée dans les bras de ce garçon de petite condition par rapport à elle, devenu son mari.

Ils auraient été de parfaits amants mais autre chose que sexualité pour faire un vrai couple et tout le reste ne l'avaient pas. A honte et toujours eu honte de lui mais honte de le dire au brave homme.

Martha survole les notes. Elle fait une moue que Suzanne connaît maintenant. Qui signifie que rien ne l'emballe vraiment.

— Ah, sinon j'ai un jeune homme timide, vingt-cinq ans, qui n'a jamais eu de relations sexuelles. Ça va plaire à Menie, ça. On retient ?

— Oui, demain !

— D'accord. Je prends ses coordonnées.

— Moi, j'ai une femme, mère de quatre enfants, Perpignan. Elle n'ose pas prendre la pilule. On lui a dit que ça donnait des crises cardiaques, reprend Nicole.

— Gardez-la pour la semaine de la contraception. Tiens, d'ailleurs, je voudrais que vous restiez après l'émission. Il faut qu'on prépare ça. C'est d'accord pour tout le monde ?

— Oui !

— Moi j'ai un homme qui se plaint des femmes qui veulent du plaisir. Il dit que Menie nous tourne la tête avec ces idées. Qu'avant elle les couples avaient moins de problèmes.

— Ben voyons… Ça, c'est pas mal, tiens. Vous me le gardez. On a une lettre pour introduire tout ça ?

— Oui, attendez.

Suzanne farfouille dans les fiches des lettres « frigidité » – trois trous –, puis dans celles qu'elles ont appelées « hommes » – quatre trous. Elle se souvient bien d'en avoir lu une à ce sujet hier matin. Elle finit par la trouver et la tend à Martha, qui se plonge dedans, alors que les filles ont repris le standard dans un vacarme pas croyable.

— Oui, bon, il va falloir couper. Passez-moi un stylo.

Suzanne lui tend un Bic jaune qu'elle pioche dans un pot à crayons qui en contient des dizaines. Martha rature, entoure, surligne avec une rapidité qui ne cesse d'impressionner sa jeune recrue.

— Voilà. Vous lui ôterez les enfants, et on va le mettre en Alsace, d'accord ? Il n'est pas question qu'on puisse reconnaître qui que ce soit. Sans l'anonymat, l'émission ne tient plus debout.

— Bien sûr, Martha, comme d'habitude.

Martha se saisit du tas de fiches puis, très concentrée, rejoint son bureau. Le téléphone sonne, elle décroche.

— Menie, votre fille ! lance-t-elle.

— Quelle heure est-il ?

— Trois heures moins le quart !

— Madame Placard ! s'écrie Nicole au loin, tout en griffonnant une nouvelle fiche sur laquelle elle a écrit « comment on fait les bébés ».

— Passez-la-moi. J'espère que c'est important. On commence dans quinze petites minutes. On dirait que tout le monde s'en fiche. Elle ne pouvait pas appeler plus tard ? Ou plus tôt ?

Martha ferme la porte et lui indique le bouton rouge qui clignote avant de reprendre son travail. Menie ne la prie pas de sortir. Les deux femmes n'ont plus aucun secret l'une pour l'autre.

— De laquelle s'agit-il ? chuchote-t-elle.

— Frédérique, articule Martha.

— Oui, ma chérie ? Je suis très pressée, tu sais ?

— Comme d'habitude.

— Bon… Qu'y a-t-il ?

— Je voudrais changer de nom.

— Tiens. Qu'est-ce que c'est que cette histoire ? Et pourquoi donc ?

— Je n'en peux plus qu'on me parle de vous tout le temps. Et pas forcément en bien, si vous voyez ce que je veux dire. Non mais maman, vous ne vous rendez pas compte. Toutes ces questions… Enfin…

— Oui ?

— Disons… intimes.

— Sexuelles ?

— Voilà. Personne n'a envie d'avoir une mère qui parle de ces choses-là à la radio.

— Ma chérie, tu es sûre que c'est bien le moment de parler de cela ?

— Ce n'est jamais le moment !

— Mais si, enfin. Comment peux-tu dire une chose pareille ? À moi ? Qui passe ma vie à écouter les autres.

— Les autres peut-être, mais pas moi ! Pas nous ! Et Évelyne, qui déménage cet été. Vous y avez pensé ? Elle doit tout organiser toute seule. Sans sa mère pour l'épauler.

— Tiens, tu te soucies du sort de ta sœur, maintenant ? C'est nouveau. Et, personnellement, j'aurais adoré que ma mère n'intervienne pas dans mes affaires.

— Mais tout le monde n'est pas comme vous. Et ça n'est pas parce que vous avez votre éducation en horreur que nous devons reproduire le même schéma.

— Ma petite chérie, je pense que tu vas trop loin.

— J'en ai assez. Je vais partir chez Michel. Ses parents nous laissent leur maison de Deauville pour les révisions de nos examens. J'ai besoin de prendre l'air.

— Mais tu n'y penses pas. Tu ne vas pas dormir toute seule dans la même maison qu'un jeune homme de ton âge !

— Vous vous entendez, maman ? Vous, l'incarnation de la liberté sexuelle ?

— Mais ça n'a rien à voir. Et tu es ma fille ! On parle de ça ce soir.

— Non, c'est tout décidé. Papa est d'accord.

— Tu n'es pas majeure ! Frédérique ? Frédérique ?

— Menie, on commence dans quatre minutes ! prévient le réalisateur en entrant, casque sur les oreilles et chemise ouverte sur son torse trop velu.

— Martha, rappelez-la-moi.

— Vous allez prendre l'antenne, Menie. Peut-être après ? suggère Martha, d'un ton aussi compréhensif que résolu.

L'émission doit commencer. Deux millions d'auditeurs attendent devant leur transistor. Il ne peut en être autrement. Pourtant Menie fond en larmes, qu'elle ne cherche pas à dissimuler en coiffant son casque devant les regards embarrassés de l'équipe.

Son maquillage coule sur ses joues. Sa poitrine tressaute. Le réalisateur se prend la tête dans les mains.

Antenne dans 5… 4… 3… 2…

Petites notes de musique.

— Menie Grégoire, nous la retrouvons immédiatement sur RTL !

— Immédiatement ! Eh bien, me voilà, déclare-t-elle d'une voix redevenue ferme, tandis qu'un large sourire éclaire son visage strié de mascara. Nous avons la lettre d'un monsieur de trente ans qui habite en Alsace et qui n'est pas très content de l'émancipation de sa femme.

Madame Menie Grégoire,

Quelques mots qui vont peut-être vous étonner. Marié depuis dix ans, mon ménage aurait pu être un exemple : entente parfaite à tous les points de vue. Ma femme ne travaille pas et ne manque de rien, elle s'occupe de son ménage normalement car nous n'avons pas d'enfants. Elle écoute votre émission tous les jours, et je me suis aperçu d'un grand changement envers moi : elle est devenue autoritaire, alors qu'elle était conciliante. Je le lui ai fait remarquer, elle m'a dit que « l'époque de l'esclavage était terminée » et que je devais en prendre mon parti et ne plus être « comme un seigneur », la femme étant l'égale de l'homme.

Vous voyez ma stupéfaction devant un tel raisonnement, alors qu'elle avait une vie exempte de tout souci ! Que penser de cela ? C'est navrant. Madame, faites comprendre aux femmes qu'elles doivent, tout en n'étant pas esclaves, rester femmes et accomplir leur rôle. Et ne pas porter le pantalon de façon intempestive.

Saumur, avril 1970

— Bonsoir, les enfants !

— Bonsoir, maman !

— Ça s'est bien passé ? Papa est là ?

— Oui, il est dans sa chambre.

— Va faire tes devoirs, ma Catherine. Je prends le relais, dit Mireille en passant la tête dans la chambre des garçons.

Alain est penché sur son bureau à regarder un atlas, comme il le fait chaque soir. Jean-Pierre, lui, est allongé sur son lit. Il feuillette un livre pour l'école, qui n'a pas l'air de le passionner.

— Bonsoir, les enfants.

— On mange quoi, maman ?

Mireille ne répond pas. Elle sait que Lucien, qui est rentré à 16 heures, soit près de trois heures avant son retour à elle, n'a rien préparé. Comme chaque jour, il se sera contenté de l'attendre. Mireille doit courir chaque soir pour arriver à l'heure après son travail – désormais à plein temps. Si elle est en retard, Lucien ne se gêne pas pour rouspéter. Et ce soir, le bus a été coincé dans un embouteillage, elle a mis un temps fou à rentrer.

— Bonsoir, mon chéri, ça va ?

Lucien lève à peine la tête de son journal. Lui aussi a faim, elle s'en doute. Mais elle ne peut tout de même pas laisser les petits tout sales. Alors elle fonce dans la cuisine, fait bouillir une grande marmite d'eau qu'elle demande à Catherine de surveiller. Elle peut compter sur son aînée, comme elle l'a toujours fait. Pourtant, elle aimerait lui laisser le temps d'étudier. À presque treize ans, Catherine est une bonne élève. Pour un peu, Mireille se prendrait à rêver pour elle d'un grand destin. Suzanne y est bien arrivée. Elle est devenue un modèle pour sa nièce, qui ne parle que d'elle, de sa vie parisienne, du salaire qu'elle touche, de son indépendance et des vedettes qu'elle côtoie. Mireille se demande si mettre de telles idées dans la tête d'une jeune fille n'est pas malsain.

Jacques et Béatrice courent dans la maison en criant et en attrapant tout sur leur passage. Ils vont énerver Lucien qui a besoin de se reposer après sa journée de travail. Mireille dépose une bassine au milieu de la grande pièce. Puis, pendant qu'ils font voltiger l'eau partout, Jacques debout, ses fesses dodues dans le courant d'air, Béatrice occupée à noyer un canard nageur, elle verse un kilo de pâtes dans la marmite. Elle met la table, sort la sauce tomate, les serviettes dans leurs ronds – il va bientôt falloir les laver –, sort les petits, les essuie vigoureusement et les envoie mettre leurs pyjamas. Vide les pâtes dans une passoire, les verse à nouveau dans la marmite et les recouvre de sauce.

— Catherine, tu peux aider les petits à s'habiller ?

Puis elle mélange le tout, pose la marmite sur un dessous-de-plat orange à motifs octogonaux en formica qu'elle a trouvé dans un vide-greniers, pose enfin son sac à main sur le sol, son manteau sur la patère, se recoiffe dans le miroir. Aujourd'hui, à la mairie, on lui a dit qu'elle semblait rajeunie. Et c'est vrai qu'elle a beau crouler sous les tâches, cette activité quotidienne en dehors de la maison lui fait le plus grand bien. À moins que ce ne soit juste les enfants qui ont grandi, des nuits complètes et réparatrices, l'allaitement qui n'est plus qu'un lointain souvenir ou l'idée que sa sœur est sauve et heureuse.

— À table ! À table ! appelle-t-elle.

Tout le monde se précipite, Alain, Jean-Pierre, Françoise, Catherine et Lucien. Mireille va chercher Béatrice et Jacques, qu'elle installe dans les chaises hautes, et sert tout le monde.

— Encore des pâtes ?

Mireille ne relève pas. Pas devant les enfants. Et puis, elle ne s'est jamais plainte. Pourquoi le feraitelle aujourd'hui ? Le dîner se déroule dans le calme. On allume la radio pendant qu'on mange tous ensemble. On suit les aventures d'*Apollo 13*, et les débats sur l'autorité parentale. Le père doit-il être seul responsable de ses enfants ou les deux parents peuvent-ils avoir voix au chapitre ? Mireille regarde Lucien qui mastique en silence, reprend un morceau de pain, une gorgée d'eau. Autour de lui, tout s'agite, il ne dit rien.

Il faut un peu de temps avant que les enfants ne se couchent. Pendant qu'elle tente de s'intéresser à l'histoire qu'elle lit aux plus petits, Mireille se remémore la conversation qu'elle a eue au téléphone avec sa sœur aujourd'hui. Elle doit trouver une solution, lui a dit Suzanne, pour ne plus avoir à tout faire seule. Ça n'est pas une vie, et Lucien a bien le temps. Aujourd'hui, les femmes osent faire valoir leurs droits. « Ta sœur est une saleté de féministe », maugrée Lucien lorsque Mireille lui parle de la nouvelle vie de Suzanne qui se serait fait monter la tête par « la mère Grégoire ». « Elle ferait mieux de se trouver un mari. » Heureusement qu'il n'a pas su pour le bébé de Robert, qui a pris la poudre d'escampette avec sa vieille avant d'éventer plus ou moins l'histoire.

Une fois la marmaille couchée, Mireille sort sur le parking et s'allume une cigarette. La première de la journée. Ça lui fait un bien fou. En regardant la vieille voiture de Lucien qui ne sert plus à rien depuis qu'il prend le car pour aller à l'usine, elle soupire. Tout en regagnant l'appartement familial, elle se prend à imaginer ce qu'elle pourrait faire avec.

Lorsqu'elle éteint la lumière, Mireille sent Lucien se rapprocher. Aujourd'hui, à la radio, Menie a prononcé un mot qu'elle n'avait jamais entendu jusque-là. « Orgasme ». La dame au téléphone n'avait pas l'air d'en savoir davantage. Alors l'animatrice a expliqué qu'on pouvait ressentir beaucoup de plaisir en faisant son devoir conjugal avec son mari, qu'il suffisait de le guider, de lui demander des caresses. Mireille en est restée comme deux ronds de flan. Parce qu'elle se doute bien qu'elle ne sait pas y faire avec tout ça, mais il ne lui serait jamais venu à l'idée que lui non plus. Alors, tandis que Lucien s'apprête à la pénétrer sans autre forme de procès, elle attrape sa main dans le noir et la guide vers ce bas-ventre qui, enfin, ne la fait plus souffrir. Il lui est même arrivé d'y sentir des signaux de plaisir lorsqu'elle prenait sa douche ou écoutait certaines émissions à la radio, ce qu'elle n'avouerait jamais. D'abord étonné, Lucien laisse sa main dans l'air, puis la glisse entre ses cuisses. Elle est chaude, douce. Alors Mireille se retourne contre lui, le laisse continuer et l'embrasse doucement, pour qu'il prenne le temps et ne se laisse pas dompter par son désir. Et puis elle sent monter une chaleur jusqu'alors inconnue, de celles dont parlent parfois les femmes qui appellent la dame de la radio. Oui, elle ne sent peut-être pas un orgasme, comme elles disent, mais bien quelque chose d'agréable, qui lui fait oublier tout le reste.

Lucien s'est endormi tout de suite après en avoir fini.

Mireille file dans la salle de bains, s'assoit sur la cuvette et tend son bras vers l'armoire à pharmacie. Comme chaque soir, elle en sort une plaquette, d'où elle extrait un petit cachet, et avale ce secret qui, elle doit l'admettre, a changé sa vie.

Cannes, mai 1970

Toutes ses robes sont jetées sur le lit. Des longues, des pailletées, des très courtes, des dorées. Elle a aussi posé çà et là des foulards, des bijoux. Elle a l'impression d'être une actrice de cinéma. Par la grande porte-fenêtre, Menie contemple la Méditerranée qui scintille sous le soleil de la Côte d'Azur. Elle est là depuis une semaine, peut-être davantage, elle ne sait plus. Ça s'est fait comme ça. RTL a voulu que sa vedette aille se frotter aux autres, aux stars de cinéma, aux flashs des photographes, aux chanteurs à la mode, aux soirées insensées qui réunissent petit et grand écrans, célébrités hexagonales et américaines, journalistes, politiques, starlettes et tout ce que le monde de la nuit compte d'individus assez audacieux pour rejoindre la Croisette pendant le Festival de Cannes.

L'air chaud monte jusque dans sa chambre du Majestic, en même temps que la clameur qui accueille la première montée des marches de la soirée. Menie a choisi une robe entièrement brodée de sequins, avec des manches ballon gigantesques, et un fourreau fendu près du corps. Satisfaite, elle observe son reflet dans le miroir. La coiffeuse a fait du bon travail. Ses cheveux noir de jais sont rassemblés en un chignon bas qui met en valeur l'ovale de son visage. Elle repense à la petite figure triangulaire qu'elle avait en horreur lorsqu'elle l'examinait à Plassard. Que penserait la jeune fille d'autrefois ? Elle prend place devant la coiffeuse et applique une dernière couche de mascara. Elle hésite à nouer un foulard – le cou et les mains trahissent les femmes plus que tout le reste. Le téléphone sonne. Si elle décroche, elle va être en retard à la première. Tout le monde l'attend, Drucker, Collaro, Barclay, Distel. Elle devrait même croiser Romy Schneider, ce soir, si tout se passe bien. Enfin, on ne sait jamais. Peut-être que l'appel est important. Ou alors il s'agit d'une livraison de fleurs. Hier soir, un homme très bien lui a fait une cour assidue.

— Oui, allô ?

— Madame Menie Grégoire ?

— Oui, c'est elle-même.

— Votre mari, madame.

— Allô, Roger ? Mon Dieu mais que se passe-t-il ? C'est Frédérique ? Non, Laurence. Il est arrivé quelque chose au petit ?

— Rien de tout cela, Menie. Je voulais simplement prendre de vos nouvelles autrement que dans les colonnes des journaux mondains.

— Ah, vous m'avez fait peur.

— Ça n'était pas mon intention.

— Écoutez, tout se passe merveilleusement. Il fait un temps de rêve. Cela vous plairait beaucoup. Quoique, je ne sais pas, c'est beaucoup d'esbroufe, voyez-vous. Je suis pas mal sollicitée. Et puis tout est très léger.

Pas vraiment votre tasse de thé. Vous êtes beaucoup trop intelligent pour tout cela.

— Bien sûr. Quand revenez-vous, ma chérie ?

— Eh bien, je ne sais pas. Après la cérémonie de clôture, j'imagine ?

— Vous ne deviez pas être là vendredi ? Je pensais que nous partions en Touraine. Évelyne nous y attend.

— J'ai vraiment dit ça ? Oh, il faudrait que je demande à Martha. Je n'ai pas mon agenda, vous comprenez. Et il est un peu tard pour la déranger à cette heure-ci. Mais non, Roger, cela ne me dit vraiment rien. Et puis, ce ne serait pas raisonnable de tout laisser tomber comme ça, pour un simple week-end en famille. Rendez-vous compte. Tout le monde des médias est là. C'est important pour ma carrière. Oh, attendez !

Menie se penche au balcon.

— Je crois que c'est Yves Montand, là ! Par la fenêtre. Roger ? Roger, vous m'entendez ?

— Menie, vous me manquez.

— Vous me manquez aussi, Roger. Allez, ne faites pas l'enfant. Ça n'est que l'affaire de quelques jours. Tiens, parlez-moi un peu de la vie à Paris. Comment va notre charmant petit monstre ?

— Françoise Sagan ? Je pensais qu'elle était avec vous.

— Vous êtes irrésistible. Non, Frédérique. Est-ce qu'elle avance bien dans ses révisions ?

— Pour autant que je sache, oui. Elle est toujours chez son ami Michel de Sèze.

— Quoi, encore ? Enfin, Roger, qu'est-ce que vous fichez ? Il faut qu'elle rentre à la maison.

— Menie, vous savez que je vous suis absolument inféodé. Et que je ne vous ai jamais empêchée de faire quoi que ce soit. Mais là, c'est trop. J'ai besoin de vous, bon sang !

La musique du Festival retentit au loin. On entend les applaudissements et les cris des photographes qui hèlent quelque actrice pour l'immortaliser sur le tapis rouge. Le soleil est encore haut. Dans le miroir, Menie remarque que son chignon n'est pas tout à fait en place. Il est près de 19 heures. On frappe à la porte. Elle doit y aller.

— Roger, je suis là. Je vous appelle demain. Bonne soirée.

Il a déjà raccroché.

Menie attrape sa pochette en satin, y glisse un bâton de rouge à lèvres, la clé de sa chambre, qu'elle déposera à la réception, enfile des sandales dorées tandis que les coups reprennent contre la porte.

— Menie, vous êtes absolument ravissante.

— Merci, mon cher. Vous n'êtes pas mal non plus. Voulez-vous bien me donner votre bras pour que je ne tombe pas dans les escaliers ?

— Avec grand plaisir.

Paris, novembre 2021

Je ne pense pas que je l'aurais appelée elle, si son numéro ne s'était pas affiché sur mon téléphone quand j'ai quitté le commissariat. Katell voulait savoir où j'en étais. Elle prévoyait de sortir le livre au printemps. Alors ce serait pas mal si j'avais déjà écrit la moitié. Est-ce que l'écriture se passait bien ? Les mots sont restés coincés dans ma gorge. Il faisait très gris ce jour-là, j'avais dans la poche les quelques adresses d'associations suggérées par Maxime, le gentil policier qui avait enregistré ma plainte. Elles pouvaient m'accueillir pour la nuit, voire plus. M'orienter vers les bonnes personnes, des psychologues, des ateliers. Le principal était que je ne rentre pas chez moi, que je ne réponde plus à mon conjoint, pardon, ex-conjoint, surtout avant qu'il ne soit convoqué. Le gentil policier a proposé de me conduire dans une de ces maisons où l'on aide les femmes comme moi. « Victimes de violences conjugales », a-t-il précisé, et j'ai réalisé qu'on ne disait plus « femmes battues », comme au temps de Menie – j'avais pourtant archivé dans un fichier des centaines de témoignages sous ce libellé. Est-ce que j'étais une femme battue ? Une victime ?

Je ne sais pas comment, mais Katell a tout de suite compris que quelque chose clochait. Elle ne m'a pas posé de questions. M'a simplement demandé où je me trouvais. M'a dit de patienter dans un café. Et qu'elle arrivait.

Hébétée, je l'ai attendue dans la rue sous le crachin. Elle m'a fait monter dans sa voiture, il y faisait bon. J'ai poussé les monceaux de livres et de papiers qui encombraient le siège passager. À l'arrière, un ballon et quelques Carambar m'ont rappelé qu'elle avait construit une vie, quand j'avais l'impression de flotter, seule, sur un radeau à la dérive, prête à sombrer avec mon ordinateur serré contre moi. Puis nous sommes montées chez elle. Un appartement sans ostentation du XVe arrondissement aussi bordélique que sa voiture.

— Ton mari et tes enfants ne vont pas rentrer ? ai-je demandé.

C'était la première phrase que je prononçais depuis qu'elle m'avait récupérée devant le café aux fenêtres embuées.

— Ce n'est pas leur semaine, a-t-elle répondu en allumant une cigarette.

Soudain, je me suis rendu compte que je ne lui avais posé aucune question sur sa vie, persuadée qu'elle était rangée, parfaite, comme ces photos préexistantes dans les cadres des magasins de décoration.

— Tu es divorcée ? ai-je demandé bêtement, parce que je ne savais pas quoi dire, et que je ne voulais pas commencer à dérouler mon histoire comme ça, les cheveux mouillés, encore déboussolée par la scène du matin et les dépositions.

— Oui, enfin non. C'est très long, tu sais. Non, tu ne sais pas. Mais je suis bien mieux comme ça. On ne s'aimait plus. Ça s'est fait sans heurt. On a le même avocat. Vive le consentement mutuel.

— Tu sais que Menie a beaucoup bataillé pour le faire adopter, j'ai répondu, en voyant ses yeux briller. Elle disait qu'avant ça le juge ne cherchait qu'à appliquer une sanction à l'égard d'un coupable.

Katell m'a installée dans la chambre de son fils, mais je n'ai pas pu dormir. Je me suis blottie contre les peluches et, pendant des heures, j'ai observé les petites étoiles phosphorescentes collées au plafond. Le lendemain matin, quand j'en suis sortie, Katell était maquillée, coiffée, habillée à la perfection. Elle m'avait préparé du café, des tartines grillées et une ramette de papier.

— Tiens, mets-toi sur la grande table, on y est très bien pour travailler. J'ai annulé mon dîner de ce soir. Toi et moi, on pourra papoter. Comme avant.

Avant de partir, elle a ajouté : « Ici, tu es en sécurité. » Pourtant, je ne lui avais rien dit. Peut-être que je l'avais mal jugée, qu'elle m'avait analysée plus finement que je n'avais voulu le penser. Peut-être que notre amitié n'était pas tout à fait morte.

Ce soir-là, je lui ai tout raconté. Mon histoire de huit ans. L'amour fou qu'on ne voit qu'au cinéma. La passion exclusive qui éloigne les autres, la jalousie qui surgit, l'univers qui se rétrécit, et puis l'oxygène qui vient à manquer. Et les coups. Tout en parlant, j'ai compris que c'était moi qui avais fait le vide autour de moi. Et non Katell qui m'avait écartée de sa vie parce que sa carrière démarrait. Elle n'a rien dit.

Juste écouté. Même si je n'ai retracé qu'une infime partie de ces années de brouillard qui m'ont effacée.

Quelques jours plus tard, Maxime m'a rappelée. Il avait réussi à joindre Pietro, qui avait joué l'étonné au téléphone – un « classique », avait-il précisé. Pietro n'avait pas voulu croire à ma plainte, même si d'autres l'avaient précédée, et malgré une précédente condamnation. Il avait ri, prétendu qu'il y avait méprise, que la police allait vite regretter de se tromper ainsi. Puis il s'était présenté au commissariat, parce qu'il n'avait pas le choix. Lorsque j'ai demandé si Pietro avait paru éprouver de la culpabilité, j'ai bien senti que le gentil policier voulait atténuer son propos.

— Non, non, a-t-il répondu, fataliste. Je vois ça tous les jours. Il ne faut pas se formaliser. J'ai pu le placer en détention provisoire, mais je ne sais pas jusqu'à quand. En attendant, vous pouvez être rassurée.

Voilà trois semaines que je suis chez Katell. Chaque jour, j'écris sans m'arrêter pour ces femmes qui ne sont plus là pour parler. Chaque jour, dès que j'entends des pas dans l'escalier, j'ai peur.

Rue Bayard, novembre 1970

— Ça a été comme un éclair. Rien ne pouvait le prévoir. On voit le premier éclair et on se dit : Tiens, il va y avoir un orage…

— C'est passionnant. Et la célébrité, comment la vivez-vous ? Vous l'avez connue sur le tard.

— Excusez-moi mais quelle heure est-il ?

— Près de 15 heures.

— Mon Dieu, je vais devoir vous laisser. On bavarde, on bavarde. Et j'ai tant à faire. Où est Martha ? C'est bon, vous avez ce qu'il vous faut, n'est-ce pas ?

— Oui, ça devrait aller. Et pour les photos ? Peut-on organiser une séance en famille ? Ou peut-être avec votre mari ? Nos lecteurs aimeraient certainement mieux vous connaître. Parce que, en fin de compte, on ne sait pas vraiment qui est Menie Grégoire.

— Ça n'a aucune importance, qui je suis. Ce qui en a, ce sont tous ces témoignages que je reçois. D'ailleurs, je prépare un livre là-dessus. On pourra peut-être se revoir à cette occasion ? Pour les photos, demandez à la station. Le portrait officiel est très bien.

— Vous pourriez me signer un autographe pour ma maman ?

— Mais oui, bien sûr, comment s'appelle-t-elle ?

— Renée.

— Menie ? Il va falloir y aller.

— Tenez, qu'est-ce que je vous disais ? J'arrive, Martha. C'est mon assistante. Elle est épatante. Martha, ce jeune homme est de *Paris Match*. C'est de là que vient Philippe. Vous savez comment on les appelait, lui et ses compères, à l'époque ? « Les rois Match », c'est tordant, non ?

— Certainement. Bon, on a des appels pas faciles, aujourd'hui. Il va falloir plonger dans le dur.

Menie prend une mine grave. Depuis quelque temps, la courbe des thèmes montre que le malheur s'intensifie. À moins que les gens n'éprouvent davantage de facilité à se confier, ce qu'ils n'osaient pas faire aux débuts de l'émission, lorsque l'habitude de se raconter n'était pas encore installée. La psychanalyse gagne du terrain dans la vie des Français, en même temps que la religion perd de son pouvoir sur les foyers. Alors on s'épanche, on cherche des questions en soi-même, on écoute les autres – ce que ne permet pas la confession, confidentielle par essence. Le rôle de Menie n'est pas d'absoudre mais de guider. Anne-Marie, l'assistante sociale, ploie sous une tâche chaque jour plus lourde. Hors antenne, elle récupère les cas les plus complexes ou les plus graves. Elle trouve du travail à certaines, des abris pour d'autres, elle connaît toutes les associations, les œuvres. Que feraient-elles sans elle ?

— Il est 15 h 10 sur RTL. Mmm, cette petite musique. Bonjour, Menie Grégoire.

— Bonjour, Jean. Vous savez, je reçois beaucoup de lettres. Toujours des femmes. Mais je tiens à préciser quelque chose : si je parle de tous ces problèmes, c'est pour essayer d'en sortir. Voici une première lettre.

Bonjour Madame,

C'est la première fois que je me confie et je ne veux pas vous importuner. Je n'ai pas comme les autres femmes qui vous écrivent de véritable problème mais je suis si seule. J'ai vingt-huit ans et je suis l'esclave de mon père. Je ne suis pas mariée. Je ne sais pas comment je pourrais rendre heureux un homme. Je ne vois pas qui voudrait de moi, je suis laide et maladroite. Madame, en lisant cette lettre, vous allez penser que je suis folle. J'aimerais vous remercier parce que vous faites beaucoup de bien. Vous avez un moral de fer pour réconforter tout le monde.

— Cette lettre-là, elle est beaucoup plus grave. La solitude de cette jeune fille, je pense que beaucoup de femmes vont se reconnaître dans un mot ou dans un autre. Ce besoin que quelqu'un vous écoute, cette impression d'être laide, cet esclavage aux parents à un âge où il faudrait rompre, je le rencontre beaucoup mais il est rare que ce soit aussi déchirant. Alors je voudrais vous dire, mademoiselle, à vous et à toutes celles qui nous écoutent…

À travers la vitre, Menie observe l'équipe ; une ambiance particulière paraît régner dans le bureau. Anne-Marie fait une tête pas possible. Comme Suzanne, agrippée à son combiné, dont le visage très rouge révèle une grande inquiétude. Menie aimerait pouvoir les rejoindre, leur demander ce qui se passe. C'est un supplice pour elle d'être enfermée dans ce studio, de devoir répondre aux témoignages avec rigueur et intérêt quand une telle agitation se déroule devant ses yeux. Même Martha lui tourne le dos, le petit écouteur collé contre son oreille. Elle acquiesce à l'intention de Suzanne, l'encourage silencieusement, lui écrit des petits mots sur un papier, comme le font souvent les assistantes avec Menie pour lui lister les grandes lignes d'un témoignage, ou lui permettre de relancer une conversation qui s'enlise. Parfois, quand la journée a été trop dure, Menie improvise de petits réconforts pour l'équipe. Il lui est même arrivé de faire monter du whisky pour qu'elles boivent ensemble, comme le font les jeunes recrues au vin blanc dans les casernes, à la façon des carabins qui découpent les macchabées. Cette émission-là semble durer une vie. Quand enfin on rend l'antenne, Menie balance son casque, manque de faire tomber sa chaise et se précipite hors du studio.

— Que se passe-t-il ? demande-t-elle dans un souffle.

— Oui, madame. Je comprends, bien sûr. Madame, vous devez être malheureuse pour faire ça. Ça n'est pas facile pour vous, je le vois bien. Évidemment. Mais nous sommes là pour vous aider. Donnez-moi votre adresse. Pardon ? Oui, deux enfants. Le père, ah bien sûr.

Anne-Marie l'encourage, insiste, écrit « l'adresse », qu'elle souligne avec rage, au point d'en transpercer le papier. Suzanne s'agace, l'air de dire « Je fais ce que je peux ». Quant à Menie, elle presse les autres de lui expliquer ce qui se passe.

— La dame a essayé de tuer son fils hier, lui répond Nicole, en larmes. Elle dit qu'elle l'a raté mais qu'aujourd'hui c'est différent. Qu'elle a tout ce qu'il faut et qu'elle attend son retour de l'école avec le petit frère.

— Oh mon Dieu ! Quelle heure est-il ?

— 15 h 45.

— Bien sûr, madame. Mais je crois que je peux vous aider. Si vous me donnez votre adresse, je pourrai vous envoyer des brochures pour des aides financières. Voilà. Ah, attendez, parfait. Oui, allez-y, je note.

À peine l'adresse écrite, Suzanne raccroche, les yeux emplis de panique.

— Il faut y aller, tout de suite !

— Montrez-moi ça. Ce n'est pas très loin. J'ai ma voiture. Anne-Marie, venez avec moi. Je vais avoir besoin de vous.

Anne-Marie a déjà attrapé son sac à main, tandis que Martha tend à Menie le sien, son manteau et ses clés de voiture. Toutes les trois foncent vers la sortie, bousculant d'autres journalistes guère étonnés de voir cette drôle d'équipe en proie à une hystérie manifeste. Sur le trottoir, Menie repère sa voiture. Une pervenche est en train de lui dresser une contravention. Quand celle-ci la reconnaît, elle s'excuse. C'est visiblement une fan. Menie lui adresse un petit sourire de gratitude – la renommée n'a pas que des désavantages. Les deux femmes grimpent dans le véhicule tandis que Martha reste dehors.

— Vous ne montez pas ?

— Je reste ici pour tenir la baraque. Et au cas où la dame rappelle. Passez-moi un coup de téléphone de chez elle ou d'une cabine pour m'assurer que tout va bien. Je vais prévenir la police, en attendant. Ah, Menie… Faites attention.

Menie lui lance un regard plein de tendresse. Sans elle, elle aurait peut-être tout abandonné.

Guidée par Anne-Marie, Menie fonce, pied au plancher, dans un Paris encore peu encombré à cette heure. Elles doivent absolument arriver là-bas avant 16 heures. Avant la sortie de l'école. Menie redoute ce qu'elle trouvera en débarquant. Mais elle n'a pas réfléchi. C'est à elle que cette situation a été confiée. Elle n'a pas le temps de tergiverser. Arrivées au bas d'une tour très triste, les deux femmes se précipitent vers l'ascenseur.

— C'est au septième !

— J'y vais ! Vous, attendez-moi là et récupérez les enfants. Qu'ils ne montent pas, surtout.

Menie grimpe, à pied, l'escalier raide. On ne sait jamais ce qui peut arriver avec les ascenseurs, se dit-elle, et celui-ci n'a pas l'air bien vaillant. Une fois parvenue au bon étage, elle examine les noms sur les sonnettes. À travers les portes, on entend des bruits d'aspirateur, la radio et le cliquetis des casseroles. Et puis elle sonne, le cœur battant, mais avec la certitude d'avoir pris la bonne décision.

La femme qui lui ouvre la reconnaît immédiatement, sans paraître s'en émouvoir plus que ça. Elle n'esquisse aucun mouvement de recul, ni même de surprise. Elle lâche juste un vague « Ah » tandis que Menie entre dans la pièce encombrée.

Menie s'assoit à la table, observe la toile cirée ocre sur laquelle est posée la corde. Et les jouets d'enfants tout autour. Elle est tétanisée, mais elle s'efforce de rester calme, désinvestie de cet immense chagrin qui la submerge. Elle prie la dame de s'asseoir face à elle et l'interroge de sa voix douce – une voix qui a poussé une inconnue à passer cet appel qui aura sans doute sauvé la vie de son enfant.

— Mais enfin, pourquoi ? Pourquoi voulez-vous pendre votre fils ? Vous l'aimez bien, n'est-ce pas ?

— Oui, mais son père n'a pas payé la pension. Je veux punir le père en tuant son fils ! s'écrie la femme, pleine de colère.

— Vous êtes très malheureuse, vous avez sûrement… Personne ne vous soigne ? Vous avez quelque chose pour vous remonter ?

— Si, si, je suis soignée au dispensaire. Ils m'ont donné des remèdes. Mais moi, je ne veux pas les prendre.

— Écoutez, madame, maintenant que je suis là, on va les prendre ensemble, vous êtes d'accord ? Avez-vous un jus de fruits ?

À travers la porte, Menie entend les pas lourds des policiers. Pendant que la dame prend ses cachets, elle lui demande poliment où se trouvent les petits coins, et part leur ouvrir discrètement. Lorsqu'ils appréhendent la femme, Menie reste de dos et se pince l'arête du nez pour ne pas pleurer. Et puis, lentement, elle redescend les marches tandis que les portes sur les paliers s'ouvrent une à une. Que se passe-t-il ? C'est encore la folle du septième ? Ça, un jour, il arrivera un malheur. Tiens, mais c'est pas la dame de la radio ?

En bas de l'immeuble, Anne-Marie entoure de ses bras deux petits garçons qui la regardent sans comprendre. Le petit joue avec des cailloux, souriant. Le grand a l'air buté. Il veut rentrer chez lui. Il a faim, c'est l'heure du goûter.

— Ils vont être pris en charge, murmure Anne-Marie. Des équipes arrivent. C'est fini.

Alors Menie court se réfugier dans sa voiture pour enfin libérer ses larmes.

Chère Madame,

Je suis une vieille femme de cinquante-deux ans, mère de huit enfants en treize ans. Paysanne avec tout ce que cela comporte : levée la première, couchée la dernière, travaux des champs très durs, ce qui n'enlève pas le travail de la maison et des enfants. Mais comme je suis heureuse d'avoir fait ce que l'on appelait autrefois « mon devoir ». Je veux vous dire que le monde moderne avec toutes ses découvertes marche comme les écrevisses. Dans les temps anciens, on ne se posait pas de questions, on vivait humblement, mais ces familles nombreuses étaient heureuses.

Saumur, avril 1971

— Eh bien, madame Martin, vous êtes prête ?

— Oui, enfin je crois.

— Ça va bien se passer.

— Si vous le dites.

— Au pire, vous continuerez de vous faire conduire par votre mari.

— Eh bien, non. C'est justement pour ça que j'ai pris ces leçons, monsieur l'instructeur.

— D'accord, mais je ne comprends pas bien pourquoi vous voulez toutes avoir votre permis de conduire. On ne m'enlèvera pas de la tête que la voiture, c'est un truc d'hommes. Il n'y a qu'à voir toutes ces ailes cabossées. Ça, on ne peut pas dire que vous ayez le compas dans l'œil. Mais bon, il faut vivre avec son époque, n'est-ce pas ? Et qu'est-ce qu'il en pense, votre mari ?

— De quoi donc ?

— Du fait que vous passiez votre permis. Où voulez-vous donc aller avec votre voiture ?

— Eh bien, partout. À mon travail, déjà. Et puis peut-être à Paris pour y voir ma sœur.

— Parce que vous n'avez pas d'enfants ?

— Si, six.

— Ah, très bien. Vous m'avez fait peur. Mais vous avez la bougeotte, ma petite dame. Pourquoi vous ne restez pas avec vos enfants plutôt que de vouloir vous enfuir comme ça ?

— Dites-moi, mon petit monsieur, on peut peut-être passer à l'examen ?

Mireille sent ses joues s'enflammer. Elle ne sait pas ce qui lui a pris, mais cet inspecteur l'a bien énervée. Déjà que ça a été assez compliqué comme ça d'expliquer à Lucien qu'elle voulait prendre des leçons de conduite, elle n'a pas non plus à se justifier auprès de la terre entière. C'est Suzanne qui lui a prêté l'argent. Elle a beaucoup insisté. Ça lui a changé la vie, a-t-elle raconté à Mireille. Depuis qu'elle a sa carte rose et une vieille guimbarde qu'elle a rachetée aux parents de Nicole, elle n'en finit plus d'avaler les kilomètres. Dans Paris, elle roule sans se poser de questions, des grands magasins à la radio, de son appartement à l'école de Jean-Charles. Quand elle a vu sa tante débarquer dans sa petite 2 CV vert bouteille, Catherine a écarquillé les yeux, comme si elle avait croisé Eddy Mitchell dans le jardin. Au bout d'un moment, Mireille a accepté de se faire conduire par sa sœur. Elles ont laissé les enfants à Lucien – avec l'aide de Suzanne qui lui a intimé de « jouer son rôle de père, parce que ma sœur n'a pas à tout gérer » – et elles sont parties rouler le long de la Loire et dans les forêts alentour, avec l'impression folle d'avoir ouvert la porte des murs qui les retenaient prisonnières depuis des années. Ou depuis toujours.

Aujourd'hui, Mireille ne veut pas décevoir Suzanne, d'autant que cette dernière a pioché dans ses économies pour ce cadeau. Elle replace son siège, vérifie une dernière fois que le rétroviseur central est bien en place, jette un regard bravache à l'inspecteur et met le contact.

Lorsqu'il lui tend le petit papier rose, c'est comme si sa vie commençait enfin. C'est idiot de dire ça, parce que avant il y a eu ses grossesses, la naissance des enfants, son mariage avec Lucien qui était un jour de grand bonheur, car en vérité elle l'aimait fort dès le début – oui, personne ne le lui a imposé –, et rien que pour ça elle remercie la vie. Mais ce diplôme qu'on lui tend, c'est comme lui signifier qu'elle pourrait en obtenir d'autres et qu'elle vaut quelque chose. Elle pensait qu'à trente ans elle avait pour ainsi dire bouclé une grosse partie de sa vie. Mais si ça n'était pas le cas ? La dame de la radio, cette Menie qui a sauvé Suzanne, ne cesse de répéter l'inverse. Elle a même entendu l'autre jour une dame de cinquante ans qui parlait de son désir qui ne s'éteignait pas. Menie lui a répondu que ça n'était pas grave, au contraire.

Souvent, Mireille est horriblement gênée en écoutant ces choses-là, mais ça lui ouvre des horizons, comme on dit. Des idées auxquelles elle n'avait même jamais pensé. Comme celle de demander à Lucien de l'aider avec les enfants. L'autre jour, elle a osé en parler. Lui dire que, comme il rentrait à 16 heures de l'usine, il pouvait s'occuper des devoirs des grands, parce qu'à son âge Catherine avait autre chose à faire que ça. Il s'est mis dans une colère pas possible. Encore. Il a répété qu'il ne comprenait pas ce qui lui arrivait, qu'ils étaient heureux avant tout ça, avant la nouvelle vie de Suzanne qui n'avait d'ailleurs pas l'air bien recommandable, et toutes ces bêtises qu'elle écoutait à la radio. Et puis, il a dit que Catherine, de toute façon, ça la formait pour plus tard, parce que devenir une bonne ménagère, c'est ce qu'on demandait aux femmes. Et qu'elle n'avait pas intérêt à se retrouver vieille fille comme sa tante.

Et ça, ça a été de trop. Parce que, aujourd'hui, Mireille tient à ce que Catherine puisse passer son bachot. Ils n'ont pas beaucoup d'argent, mais Mireille sait désormais que rien n'est impossible si on le décide. Alors, elle a tenu bon devant Lucien qui ne lui fait pas peur. Elle sait qu'au fond ce n'est pas un mauvais bougre. Elle ne lui demandera pas de faire à manger, ça non, les hommes ne savent pas le faire. C'est d'ailleurs pour ça qu'ils ne peuvent pas vivre seuls, sinon ils mourraient de faim. Mais s'occuper des devoirs des grands, ce n'est quand même pas un monde. Et puis, ça lui ôterait ses idées noires à ne rien faire sur le lit en l'attendant.

Ça a pris plusieurs jours, mais depuis elle le retrouve souvent auprès d'eux. Il a beau les gronder, elle les surprend à rire ensemble en parlant des choses très savantes qu'ils ont révisées et qu'elle ne comprend pas trop. Ça lui rappelle cette période où elle avait été retenue à l'hôpital à cause de son abcès, et où Lucien avait dû prendre le relais. À l'époque, Suzanne lui avait conseillé de continuer ainsi. Mais Mireille avait refusé. Elle devait accomplir son travail d'épouse, soutenir son mari, s'occuper des enfants, tenir son foyer. Car les femmes sont élevées comme ça, pas vrai ? C'est leur métier depuis la nuit des temps. Elles ne sont pas des stars de cinéma ni des rentières. Pourtant, Mireille avait fini par céder. Et depuis, leur couple s'en portait bien mieux. Sans compter les choses conjugales qui étaient devenues vraiment amusantes depuis que Mireille ne craignait plus de tomber enceinte à tout moment. Elle n'avait pas encore osé parler de la pilule à Lucien qui se demandait bien ce qui se passait, s'il avait un problème, s'il était encore un homme. Si ça attristait parfois Mireille de le voir se mettre dans ces états, douter de sa virilité et de sa capacité à lui faire des enfants, pour rien au monde elle ne serait revenue en arrière. Quant à lui dire, elle avait trop peur qu'il ne s'emporte, la mette en garde. Mais elle préférait avoir le cancer ou devenir stérile plutôt que de subir à nouveau une grossesse.

Cet après-midi-là, quand elle rentre à l'appartement, pleine d'excitation, Mireille constate qu'il est vide. Elle ira chercher Béatrice et Jacques plus tard, elle a posé sa journée pour le permis, mais Alain, Jean-Pierre, Françoise, Lucien et Catherine devraient être là. Elle pousse la porte des chambres bien rangées – elle prend toujours un petit quart d'heure le matin pour faire les lits, aérer et replier les vêtements de chacun – et trouve Catherine recroquevillée sur son lit.

— Eh bien, ma chérie, qu'est-ce qui ne va pas ? Où sont papa et les autres ?

— Sortis se promener.

— Ah, c'est très bien, ça. Je me réjouis. Tu dois être contente d'être tranquille, non ? Toi qui te plains toujours du bruit que font tes frères et sœurs.

Catherine renifle. Elle n'ose pas regarder sa mère.

— Dis-moi ce qui se passe.

— Maman… Je vais mourir.

Mireille comprend immédiatement. Elle se revoit devant la porte des toilettes où Suzanne s'était enfermée. Elle repense à son ignorance, à sa peur, à cette horrible panique qui l'aurait anéantie si elle ne l'avait pas trouvée ce jour-là pour en parler. Pour un peu, elle se giflerait. Elle a beau s'ouvrir à la modernité, et même accepter qu'on puisse être heureuse sans mari ou travailler pour son plaisir, en fin de compte elle ne vaut pas mieux que sa mère. Catherine a bientôt quatorze ans. Comment n'y ai-je pas pensé ? se dit Mireille. Elle ouvre le poing de sa fille et récupère le petit chiffon taché de sang auquel celle-ci s'agrippe. Puis elle se met à genoux face à elle, lui relève la tête.

— Non, ma chérie, tu ne vas pas mourir, la rassure-t-elle avec tendresse. Tu viens d'avoir tes règles. J'aurais dû t'en parler. Toutes les femmes ont ça. Dorénavant, chaque mois, tu perdras un peu de sang. Ça sera parfois pénible mais ça veut dire que tu es une femme. Enfin, peut-être pas encore. Mais ça implique que ton corps peut faire des bébés. Alors, il faudra faire bien attention, parce que devenir mère, c'est ce qui m'est arrivé de plus beau, tu m'entends ? Mais je préférerais que tu choisisses le moment où ça arrivera. Je veux que tu prennes le temps de décider de ce que tu veux faire, où, et quand. Alors, quand tu auras un amoureux, et je suis sûre que tu en auras parce que tu es une jeune fille absolument ravissante et très intelligente…

Catherine lève les yeux au ciel, souriant à travers ses larmes.

— … Quand ça arrivera, alors tu viendras me voir et je te confierai un secret. D'accord ? Tu ne dois pas avoir peur de me parler. Tu vas avoir une très belle vie, ma Catherine. Parce que tu es née au bon moment. Viens, je vais te montrer comment on fait. D'accord ?

Mireille prend sa fille par la main, qui peine à marcher parce qu'elle a fourré tout ce qu'elle a pu trouver dans sa culotte. Mireille ne peut s'empêcher de sourire. Catherine, elle, ne semble pas trouver ça drôle du tout.

— Hé, mais je ne t'ai même pas dit la grande nouvelle ! J'ai eu mon permis !

Une demi-heure plus tard, Catherine est assise à côté de sa mère dans la vieille voiture de Lucien qu'elles ont eu un mal fou à faire démarrer. Catherine a même dû la pousser pendant que sa mère faisait vrombir le moteur qui crachotait. Et puis les roues se sont mises à tourner. Catherine a sauté côté passager et elles sont parties toutes les deux vers l'école des petits. Pendant le trajet, la jeune fille observe sa mère avec un mélange d'admiration et d'incrédulité. Mireille a allumé le vieil autoradio et elles chantent à tue-tête *Mourir d'aimer*, d'Aznavour, qu'elles connaissent par cœur parce que la chanson passe partout en ce moment.

L'air est doux, le printemps est là, Catherine a ouvert sa fenêtre, et une odeur de fleurs a envahi l'intérieur du véhicule. Mireille lui sourit, le cœur plein d'allégresse. Au feu rouge, elle aperçoit la couverture du *Nouvel Observateur* qui trône sur la devanture d'un kiosque. LA LISTE DES 343 FRANÇAISES QUI ONT LE COURAGE DE SIGNER LE MANIFESTE « JE ME SUIS FAIT AVORTER », titre l'hebdomadaire, en lettres orangées sur fond noir.

Mireille marque un temps d'arrêt, puis redémarre vite. Elle ne doit pas être en retard.

Madame,

Je sors de mes gonds en entendant ces gens de si petit esprit ! Comment en 1971 peut-on avoir des convictions aussi opposées à la liberté individuelle ? Quant à ces vieux professeurs imbus de leur savoir, je leur souhaite que tous les enfants non désirés leur tombent sur les bras et que les pauvres mères leur demandent de fortes sommes de dommages et intérêts. Voilà qui leur mettrait un peu d'humanité au cœur !

Dites que des milliers de femmes sont avec vous, et avec la courageuse femme[1] *signataire d'une proposition pour l'avortement libre. J'aimerais que cette lettre soit mise sous le nez des retardataires enragés qui empoisonnent la vie de millions de femmes.*

---

1. Gisèle Halimi.

Rue Bayard, avril 1973

— Philippe, on devrait faire une seconde émission parce qu'il y a beaucoup de problèmes sexuels. Il n'y a que ça dans la plupart des sujets qu'on me remonte maintenant. Mais ils sont cachés, on n'ose pas en parler. Alors, il faut faire une émission où on en parlera. Vous comprenez ?

Philippe allume une nouvelle cigarette. Son bureau a toujours ressemblé à un tripot. Revues, livres, vêtements et cendriers jamais vidés jonchent la table. Martha a beau se désespérer de ce chef qui donne une si piètre image de lui-même, Menie le sait brillant, drôle et la légèreté même.

— Dites, patron ? On a le nouvel habillage pour le reportage sur Pompidou en Chine. Vous venez écouter ça ? Ah, bonjour, Menie !

— J'arrive ! Bon, et donc, vous voulez parler de sexe, exclusivement de sexe, c'est bien ça ? Sur les ondes ?

— Oui, mais en gardant mon émission. Et puis, pour celle-ci, on passerait en différé. Je ne veux aucune vulgarité, vous comprenez ? Et les auditeurs… enfin, ils ont leur vocabulaire pour parler de ces choses-là. On ne peut pas toujours appeler un chat un chat. J'ai bien réfléchi. Il faut que je balise tout. Déjà, il nous faut un soutien du côté du gouvernement.

— Il *nous* faut ?

— Eh bien, oui. Je ne suis pas toute seule dans cette histoire. Il y a l'image de la station. Et puis l'équipe qui travaillera dessus. J'ai approché le ministère de l'Éducation. Vous savez que le ministre a pris la décision de faire entrer l'éducation sexuelle à l'école ? Une très bonne décision, si vous voulez mon avis. Vous ne pouvez pas imaginer, pour vous donner ce seul exemple, le nombre de mariages non consommés aujourd'hui en France, même après plusieurs années. Quant aux Françaises qui connaissent la pilule, elles tiendraient aisément place de la Concorde. L'ignorance est insondable. Philippe, les gens ne savent rien. C'est un drame.

— Comme vous dites ! Tenez, pas plus tard que l'autre jour, j'étais avec une très jolie dame, mariée, évidemment, vous connaissez mon goût pour les emmerdes…

— Mais tout ça ne doit pas venir que de moi, vous comprenez ? Les gens me font confiance, ils se confient à moi, comme si j'étais leur amie, une sorte de mère ou de sœur. Mais je n'ai pas de compétences particulières dans ce domaine.

— Que vous dites…

— Philippe, peut-on rester sérieux un instant ?

— Oui, évidemment.

Il rallume une cigarette, plante son regard dans celui de Menie, qu'il juge un peu trop exalté.

— Vous avez… deux minutes.

— Un sexologue, il nous faut un sexologue, bien sûr. Ou plusieurs, qui pourront se relayer. Parce que le pauvre n'aura sans doute pas la latitude de venir tous les jours. Et puis un psy. Ou en tout cas un expert. En psychodrame, en sophrologie. Et… un prêtre.

— Un prêtre ?

— Eh bien, oui. On ne peut pas dire que l'Église soit totalement exempte de responsabilités dans toute cette histoire. Quant aux gens, vous devriez voir ça, ils ont besoin de l'avis du Bon Dieu pour tout ce qu'ils font, sinon ils n'osent pas. Je pourrais demander à mon frère, tiens.

— Vous avez un frère prêtre ?

Philippe manque de s'étrangler en recrachant la fumée de sa cigarette.

— Oui et, pour être tout à fait exacte, j'en ai même deux, réplique Menie. Écoutez, si vous voulez qu'on puisse tout dire sur cette antenne, il faut une émission sur le sexe, ou plutôt d'information sexuelle. Et si quelqu'un peut le faire ici, c'est moi.

— Vous avez fini ?

— Oui.

— Faites-moi un numéro zéro.

— Philippe, vous ne le regretterez pas.

Saint-Rémy, août 1973

Françoise Lagarde est allongée sur une serviette orangée. Le soleil de Provence tape fort. Elle bronze seins nus, le corps enduit d'une huile au parfum de fleurs exotiques qui embaume en même temps que les champs de lavande bordant la piscine. Menie a pris place à son côté après avoir fait ses longueurs. Un peu plus loin, Frédérique et Évelyne font une partie de Scrabble sous un parasol. Laurence et Erwan sont dans la maison, au frais, avec leurs deux petits garçons. Roger est dans sa chambre, à son bureau. C'est ainsi, le travail est sa raison de vivre. Il goûte peu la chaleur et moins encore le sport, comme Churchill, préférant s'enfermer devant ses dossiers ou lire à l'ombre de la pergola. Jean-Jacques devait rejoindre Françoise hier, mais il lui a fait faux bond, comme souvent. Elle ne dit rien, mais Menie sait combien elle souffre de cet amour façon *Back Street* dont pourtant elle défend haut et fort les avantages.

— Vous n'avez jamais eu envie de le laisser tomber ?

— Jean-Jacques ?

— Oui. Enfin, Françoise, vous êtes belle, brillante, vous gagnez merveilleusement bien votre vie. Vous êtes malheureuse, je le vois bien.

Derrière ses immenses lunettes de soleil, Françoise ne dit rien mais Menie voit sa gorge se serrer.

— Je suis très bien comme cela. Et qui vous dit que je ne tire pas moi aussi profit de cette situation ? Je sais toujours où est l'homme que j'aime, et j'ai la liberté d'en rencontrer d'autres. Sans compter que je n'ai pas à m'occuper de ses enfants, ni de ses repas ou de ses chaussettes sales.

— Ce n'est peut-être pas si mal, effectivement, plaisante Menie. Mais vous l'aimez, n'est-ce pas ? Je vous dis cela parce que vous êtes mon amie. Vous méritez mieux qu'un second rôle. Peut-être que si vous lui faites comprendre que vous ne serez plus là pour lui, il quittera sa femme.

— Vous savez que ça n'arrivera jamais.

— Probablement. Et les enfants, vous ne regrettez pas de ne pas en avoir eu ?

— Cela s'est fait comme ça. C'est fini, maintenant. Il ne faut rien regretter. Et vous, Menie, comment votre famille survit-elle à ce raz-de-marée ? J'ai entendu dire que vous prépariez une nouvelle émission, disons… scabreuse ?

— Qui vous a raconté cela ?

— Vous savez que rien ne peut m'échapper.

— Je vous en parlerai quand nous en aurons fini avec toutes ces recherches, ces essais, ces maquettes. C'est épuisant, vous n'imaginez pas. Sans compter les lettres, les appels, les interviews. C'est un bonheur de pouvoir enfin me reposer. Ici, personne ne m'embête. Quoique, ce matin, au marché, un homme m'a traitée de traînée. Avec l'accent. Je l'ai remercié poliment parce que ça les rend fous quand on fait ça. Mais c'est difficile.

— Vous savez que ça ne va pas s'arranger, si vous faites ce nouveau programme ?

— Pourquoi « si » ? Nous le lançons en septembre, juste après les vacances.

— Menie, écoutez-moi. Moi aussi, je vais vous parler en amie. C'est formidable, tout ce que vous faites. Déterrer ces viols, ces incestes, ces chagrins, informer les femmes, les libérer, porter les combats que nous sommes nombreuses à soutenir, mais faites attention à ne pas aller trop loin.

— Comment ça ?

— Pour elles…, précise-t-elle en montrant Évelyne et Frédérique.

— Oh, elles sont habituées. Et grandes, maintenant. Que voulez-vous que ça leur fasse ?

— Peut-être plus que vous ne voulez l'admettre. Et puis il y a Roger…

— Il est très content pour moi, l'interrompt-elle sèchement.

— Oui, et immensément fier, aussi. Saviez-vous que l'autre soir, au dîner du Rotary, certaines femmes avaient refusé que vous fassiez partie des invités ? Roger a fait savoir que si c'était le cas, lui non plus ne viendrait pas. J'envie cet amour qu'il vous porte, et votre liberté. Mais enfin, comprenez qu'il fait quand même partie du jury de l'ENA, qu'il a contribué à fonder. C'est un homme de pouvoir, qui aurait pu gravir davantage de marches, si vous…

— Françoise, j'aimerais qu'on en reste là.

— Ce que je veux vous dire, c'est que des amours comme celles-là, on les choie.

Menie attrape son paréo, le noue autour de sa poitrine et repositionne de ses deux paumes ses cheveux pourtant parfaitement coiffés. Puis elle crie à tue-tête à l'intention de toute la maisonnée que le déjeuner est prêt.

Autour de la table, elle admire sa famille, ses trois filles, si belles, ses deux petits-fils, Françoise, qui n'ose plus croiser son regard, Anne-Laure et Victor, un couple de voisins venu partager leur repas, et puis Roger qui, en face d'elle, préside la grande table qui lui paraît minuscule tant elle a l'habitude de recevoir plus de monde – si elle s'était écoutée, elle aurait rempli la propriété d'une cinquantaine de convives, quitte à faire dormir les plus jeunes sur le canapé ou à la belle étoile. Cette année justement, elle a fait un effort. Celui d'être toute à ses proches lors de cette fin d'été, parce qu'elle a bien conscience de ses manquements. Et ça, elle aurait aimé que Françoise le comprenne. Elle contemple l'homme qu'elle a épousé il y a plus de trente ans. Elle l'admire tant, et il ne lui fait aucun reproche. Que ferait-elle sans lui ? Son monde s'effondrerait, c'est certain. Pourtant, elle sent bien que tout cela ne lui suffit plus.

Chère Menie, Cher docteur.

Bravo pour votre émission sur l'éducation sexuelle. Que de tabous tombés. J'ai 51 ans, mon mari 55, mariés depuis 31 ans. sans aucune éducation sexuelle bien entendu. Pas même pour les règles. C'est vous dire. Nous étions vierges tous deux. Mon mari avait juste lu « au seuil de l'amour ». Il est instituteur libre. Certes nous avons eu 4 enfants quand même.

Il y a 2 ans, notre fils aîné (29 ans à l'époque) nous a envoyé une lettre nous disant toute la rancœur qu'il avait envers nous, surtout pour son éducation sexuelle. Que vouliez-vous qu'on lui dise, puisque nous-mêmes nous ne savions rien. Certes, j'avais essayé de me mettre au courant, il y a quelques années, en allant seule à des réunions du planning familial. Le plus dur était d'en parler à mon mari. Il pensait bien faire en se contentant de la méthode Ogino.

Au reçu de cette lettre, nous avons bien pleuré et nous nous sommes mis à réfléchir. entre-temps notre fils nous a passé « Connaissance sexuelle de l'homme » et « Connaissance sexuelle de la femme » de Noël Lamare. Que de découvertes ! Depuis près d'un an j'achète Parents. *Quelle révélation de voir un couple nu enlacé. J'ai osé la première. Depuis vos émissions, je dialogue avec mon mari, nous nous sommes enfin ouverts l'un à l'autre. Petit à petit les tabous tombent. Mon mari a encore quelques difficultés, vu son éducation religieuse.*

Comme une femme mariée, j'apprends à découvrir le corps de mon mari, j'ose enfin toucher sans dégoût et sans honte ses parties génitales, j'arrive à prendre des initiatives et j'apprends à mon mari tout ce qui peut me faire plaisir. Il est tout étonné de découvrir tout ce qu'une femme peut ressentir. Ce n'est pas parfait, mais ça vient. Grâce à ce bonheur j'ai perdu 6 kg, mes cheveux blancs s'atténuent, mes règles reviennent plus abondantes.

Un autre miracle s'est produit samedi dernier. En cherchant dans une librairie un livre à offrir à maman, mes yeux sont tombés sur « La Sexualité féminine » de Robert Chartham. *C'est clair, compréhensible et bien expliqué. C'est enfin ce que je cherchais. Je le laisserai traîner sans honte afin que notre plus jeune en prenne connaissance le jour où il le désirera, avec l'espoir qu'il rende heureuse celle qui sera l'élue de son cœur. Vous avez bien raison de le recommander à tous. Encore merci pour tout ce que vous nous apportez. Le docteur s'exprime très bien. Nous en parlons quelquefois avec une voisine, mère de 7 enfants. Depuis 4 ans, elle prend la pilule et ne s'en porte pas plus mal, bien au contraire. Il en est de même pour une autre, mère de 10 enfants.*

Pour moi, le gynécologue ainsi que mon médecin traitant ne me l'ont pas conseillée vu mon âge. Mais maintenant je m'en fiche, je veux vivre en amante, puisque j'ai le bonheur d'aimer mon mari et qu'il m'aime. Avant, je n'étais jamais complètement disponible, mon esprit était ailleurs en train de calculer si la date pouvait convenir. Que de souffrances morales une femme peut ressentir lorsqu'elle craint d'être à nouveau enceinte. J'ai eu 4 enfants dont 1 aveugle née sans yeux, et 7 fausses couches non provoquées bien entendu, vu nos convictions religieuses. Les jeunes de maintenant pourraient vivre très heureux s'ils le voulaient et s'ils savaient.

Amitiés à tous deux, avec ma profonde reconnaissance.

Paris, décembre 1974

Mireille est arrivée hier. Elle a débarqué à Paris avec sa petite voiture. Suzanne l'attendait en bas de la radio, très excitée. Elle avait prévenu toute l'équipe que sa sœur viendrait lui rendre visite. Elle porte sa plus belle robe. Un modèle très court, structuré, qu'elle a cousu toute seule avec un patron prêté par l'assistante d'une émission matinale avec laquelle elle s'est liée d'amitié. Elle a enfilé des bottes blanches très hautes. On ne voit qu'un bout de ses cuisses. Il a beau faire froid, elle veut impressionner Mireille. Rue Bayard, alors qu'elle attendait sa sœur, un groupe de garçons lui a souri. Suzanne a rougi. Elle voit bien qu'elle plaît. Chaque fin de semaine, elle rejoint une petite bande d'amies avec lesquelles elle profite des joies de Paris. Ensemble, elles vont danser jusqu'à tard dans la nuit, boire, fumer des cigarettes. Nicole les rejoint parfois, lorsqu'elle parvient à confier le petit à sa mère. Il y a quelques jours, Suzanne a rencontré un gentil garçon, très beau. Il travaille dans les assurances, porte des costumes très classiques, tranche avec les autres garçons qu'elle a l'habitude de croiser, coincés dans la révolte de mai 1968 avec leurs pantalons et leurs cheveux trop longs. Non, lui est rasé de près, cheveux peignés sur le côté, ongles soignés. Il lui fait la cour, la raccompagne en bas de chez elle sans la brusquer, lui parle de ses yeux dans lesquels il pourrait plonger. Il s'appelle Étienne. Suzanne répète son prénom comme une litanie lorsqu'elle s'endort. Il semble se ficher qu'elle ait dépassé la trentaine. Elle fait plus jeune que son âge, pense-t-elle. Étienne a trente-deux ans. Il vit toujours chez ses parents. Une chute de cheval l'a forcé à garder le lit plusieurs années, l'empêchant de trouver une épouse à l'heure où ses anciens camarades d'école convolaient. Il en a conservé une faiblesse dans la jambe droite et une démarche particulière qui rappelle à Suzanne Joffrey de Peyrac, le mari mystérieux d'Angélique, marquise des anges, du film que Nicole et elle ne ratent jamais lorsqu'il est rediffusé à la télévision.

Mireille se précipite vers Suzanne, qu'elle embrasse affectueusement tout en jetant des regards impressionnés autour d'elle. Sur le trottoir, les passants les bousculent. À Paris, on marche vite. Le temps compte plus que tout, qui emporte trop vite les destinées.

— Entre, tu vas prendre froid !

Suzanne est fière comme Artaban, elle pousse sa sœur avec des airs de propriétaire, la conduit à l'ascenseur, ne peut plus s'empêcher de sourire. Elle salue plus souvent que d'habitude chaque personne qu'elle croise pour montrer à Mireille combien elle est importante. Ici, elle a un rôle. Son aînée peut être fière d'elle, tous ses efforts n'auront pas été vains. À l'étage, ça grouille de jeunes femmes qui entrent et sortent des bureaux, notes à la main. Des téléphones sonnent un peu partout, l'heure tourne sur de grosses horloges accrochées aux murs.

— Viens, je vais te présenter ! jubile Suzanne en attrapant la valise de sa sœur.

Très intimidée, Mireille ne dit pas un mot. Elle a l'impression d'avoir cent ans, de débarquer dans un autre monde. Dans le bureau, toutes les filles sont jolies, maquillées, habillées à la dernière mode. Comme Suzanne, elles portent des jupes très courtes avec des bottes très hautes. Leurs poitrines se dessinent sous des pulls près du corps. Leurs cheveux encadrent en cascade leurs moues boudeuses. Même les plus âgées ont ce quelque chose plein d'assurance qui les rend si spéciales. Ce quelque chose de furieusement parisien.

— Les filles, je vous présente ma sœur, Mireille !

— Ah, la fameuse Mireille ! Hello, Mireille !

On lui adresse des regards complices, certaines lui envoient un baiser de loin. Pas le temps de lui en consacrer davantage. Nicole lui claque deux bises sonores, le téléphone plaqué contre son épaule. Elles se verront ce soir, Mireille dort à la maison. Suzanne cale la petite valise dans un coin, prend sa sœur par la main.

— Viens, je vais te présenter à Menie !

— Oh non, on ne va pas la déranger.

— Mais on ne la dérange pas. Allez, viens ! Martha, Menie est là ?

— Oui, mais elle ne veut pas qu'on l'enquiquine. Elle n'est pas très en forme.

— Ah bon ? Ça ne lui ressemble pas, chuchote Suzanne. Attendons que la surveillante soit partie, je suis sûre qu'elle exagère. Elle veille sur elle comme le lait sur le feu, mais Menie sera ravie de te rencontrer.

— On devrait attendre.

— Mais non, allez !

Suzanne donne quelques petits coups contre la porte du bureau de Menie qui ne répond pas, pousse doucement sur la poignée. Il est fermé à clé.

— Bon, on la croisera plus tard. Tu veux aller déjeuner ? Je sais qu'il est tôt, mais ensuite je dois aider les filles. On est toujours un peu décalées avec cet horaire. Tu dois avoir faim, avec le voyage ?

Suzanne n'attend pas que Mireille lui réponde. Elle attrape leurs manteaux, prévient les autres qui ne l'écoutent pas. Elles sont au courant qu'aujourd'hui Suzanne reçoit sa sœur. Elles l'ont toutes fait – accueillir une mère, une tante, une bonne amie dans les secrets de l'émission dont tout le monde parle. Chaque fois, ça impressionne. On ne sait pas bien où se mettre ni où regarder. On se croirait dans une navette spatiale. Chacune manœuvre à sa manière cet étrange engin qui, dans deux heures, devra bien se poser.

Les deux sœurs prennent une table à la grande brasserie en face des locaux de la station, où les journalistes ont leurs habitudes. Il n'y a pas encore grand monde. Suzanne est déçue, elle aurait aimé que Mireille goûte à cette fascinante animation qui l'embarque chaque jour depuis qu'elle travaille à RTL. Seules quelques tables sont occupées. Au bar, quelques-uns finissent même leur café du matin, grignotent un œuf dur, jettent leur cigarette au pied du comptoir. Un serveur leur tend les menus, glissés dans une pochette en plastique bordée d'un ruban rouge qui a dû connaître des jours meilleurs.

— Ne regarde pas les prix, je t'invite, déclare fièrement Suzanne.

Mireille se cramponne à la carte, le nez collé dessus. Elle n'a pas encore ôté son manteau, ni son sac, bien sanglé contre sa poitrine. Elle commande un œuf mayonnaise et une bavette saignante. Suzanne opte pour la saucisse purée. Elle en raffole, ne prend plus que ça ici, raconte-t-elle. Oui, elle déjeune aussi dans certains restaurants des environs. Mais la plupart du temps, elle prend un sandwich ou se prépare un petit quelque chose avec Nicole, qu'elles apportent au bureau dans des tupperwares. C'est plus simple et moins coûteux. Et puis meilleur pour sa ligne.

Lorsque Mireille a plongé ses lèvres dans le verre de vin rouge que le garçon lui a servi avec précipitation, laissant quelques gouttes sur la nappe en papier, elle finit par se détendre. Elle contemple sa petite sœur, les joues roses de plaisir, tellement heureuse dans sa nouvelle vie.

— Et Lucien, il n'a rien dit ? s'enquiert Suzanne, la bouche pleine de pain.

— Il n'était pas enchanté mais je ne lui ai pas laissé le choix, répond hardiment Mireille. Je n'allais pas attendre que les enfants soient majeurs pour venir te voir, tout de même.

— C'est incroyable ce que tu as changé.

— Et toi, alors ! Moi, par contre, pas tant que ça.

— Oh, si. Regarde-toi ! Tu conduis, tu travailles, et puis tu as l'air tellement plus épanouie. Tu as un amant ?

Mireille manque de s'étouffer.

— Tu es folle ?

— Désolée, ça doit être l'habitude de la radio. Ça t'ennuie qu'on en parle ?

— Un peu. Oui, je ne sais pas… Mais bien sûr que non, je n'ai pas d'amant. Seulement, avec Lucien ça va mieux. On prend du plaisir à être ensemble. Enfin, tu vois…

— L'œuf mayonnaise ?

Mireille rougit à nouveau. Avoir ce type de conversation dans un lieu public ne la met guère à l'aise.

— C'est pour ma sœur ! indique Suzanne avec un sourire.

— Oh, c'est votre sœur ? Enchanté, mademoiselle.

— Tu vois, il t'a prise pour une demoiselle, s'esclaffe Suzanne. Bon, Mireille, ce soir, il faut que je te présente quelqu'un. C'est un jeune homme que j'ai rencontré. Un homme, plutôt.

— Mais c'est formidable ! Oh, je suis tellement heureuse pour toi. Enfin, pas qu'il faille forcément être en couple pour être heureuse, tempère Mireille, qui craint de se montrer trop ringarde ou trop traditionnelle.

Elle a bien senti, tout à l'heure, le vent de liberté qui soufflait dans le bureau.

— Je crois que je suis amoureuse.

— Mais c'est formidable ! Va-t-il me demander ta main, ce jeune homme ?

— Eh bien… je n'en sais rien, tiens. Et puis, il n'est plus si jeune. Tu penses qu'il pourrait ?

Interdite, Suzanne pose sa fourchette sur la table. Elle n'y avait pas pensé. Mais leurs parents étant morts, à qui d'autre qu'à sa sœur Étienne demanderait-il sa main ? Si tant est que l'envie de l'épouser le prenne.

— Je n'en ai aucune idée. C'est toi qui le connais !

— Tu sais, nous avons une relation sans contraintes et nous n'avons jamais évoqué cela.

— Il est marié ?

— Non.

— Divorcé ?

— Non plus.

— Des enfants cachés ?

— Pas que je sache. Et vu son empressement, je ne vois pas bien comment ça aurait pu arriver avec une autre que moi.

— Ah zut, c'est peut-être un problème, ça ?

— Quoi donc ?

— Vous n'avez jamais… ?

— La bavette saignante ?

— C'est pour moi. Merci. Non, non, ça ira, pas de moutarde… Dis-moi, tu ne crois pas qu'il essaie d'écouter notre conversation ?

— C'est bien possible, répond Suzanne. Henri est une vraie concierge. Il connaît les secrets de tous ses clients, et des vedettes du show-business. Si tu veux, on lui demandera de nous raconter la fois où Johnny et Sylvie se sont cachés dans les cuisines pour ne pas aller enregistrer leur émission. Non, on n'a jamais… Et je ne le ferai certainement pas. Tu sais, Robert m'a eue une fois. Je ne suis pas idiote non plus, je ne vais pas recommencer. Et même si Menie a tout fait pour que ça se passe du mieux possible, ça n'a pas été une partie de plaisir.

Mireille pose une main sur l'avant-bras de sa sœur, compatissante. Elles n'ont jamais reparlé de cet épisode. À l'époque, Suzanne avait surtout évoqué Menie, son sauvetage, leur rencontre, et expliqué que ce fardeau lui avait été retiré d'un coup, ce qui l'avait infiniment soulagée. Mais non, en fin de compte, elles n'avaient jamais vraiment évoqué l'événement, et la façon dont il avait pu chambouler Suzanne.

— Oh, mais ne t'inquiète pas. C'est fini, maintenant, reprend-elle, peu désireuse de s'appesantir.

— Est-ce qu'il t'arrive de regretter ? insiste Mireille, soudain sérieuse.

— Oui. Quand je croise des femmes heureuses avec leur petit dans la poussette, qui semblent parvenir à concilier tout ça, le boulot, leurs amies, les enfants, je me dis que peut-être j'aurais dû être plus courageuse. Je me dis aussi que je n'aurai probablement jamais d'enfants, que c'était ma chance. Et puis je me reprends vite et je me souviens de ma vie à l'époque, ma petite chambre de bonne, un salaire de misère, et je sais alors que j'ai pris la bonne décision. C'est le cas, n'est-ce pas ?

— Bien sûr. Regarde où tu en es aujourd'hui. Tu as une vie sensationnelle, tu rencontres des gens épatants. Et puis il y a cet Étienne, tiens.

— Tu as raison. Oh, mais il est déjà 13 heures, je dois y aller ! Tu vas voir, la préparation de l'émission, c'est quelque chose. Il faut juste que tu te mettes dans un coin et que tu n'en bouges pas. On ne dirait pas comme ça, mais c'est très organisé. Et même si Martha – c'est ma chef, que tu as vue tout à l'heure – accepte que quelqu'un vienne de temps en temps, elle n'est pas commode.

— Je serai une petite souris.

— L'addition, Henri, s'il te plaît !

Suzanne sort fièrement son carnet de chèques de son sac. Mireille aperçoit le nom de sa sœur écrit dessus. C'est incroyable, songe-t-elle, parce que sur le mien, il y a « Madame Lucien Martin ». Elle a préparé quelques billets qu'elle a glissés dans son porte-monnaie pour son séjour. À la vue de celui-ci, Suzanne fronce les sourcils.

— Ah non, hors de question ! Je t'avais prévenue.

— Mais tu es folle, ça va te coûter une fortune.

— Si je ne peux pas inviter ma sœur au restaurant, je ne vois pas l'intérêt de gagner ma croûte. Non, ça me fait plaisir, répond Suzanne en remplissant le chèque d'une écriture appliquée avant de le détacher d'un geste vif, le rose aux joues.

Dehors, le froid est mordant. Les rues sont constellées de petites ampoules accrochées pour Noël. Dans les vitrines, ça brille, et les vendeuses ont rivalisé de créativité pour les rendre attractives à l'aide de paquets cadeaux, de gros nœuds rouges et de petits sapins. Mireille se dit qu'elle aussi devrait décorer sa maison. Leurs Noëls sont toujours un peu tristes parce qu'elle n'a jamais eu l'habitude de le fêter enfant, mais c'est idiot. Les petits seront ravis. Peut-être que ça plaira également à Lucien. Non loin de l'entrée de la station, Mireille aperçoit une pharmacie presque déserte. Alors elle ralentit le pas, avale sa salive et lance, d'une voix faussement détendue :

— Vas-y toi, avance. Je te rejoins.

— Ah bon, mais tu vas faire quoi ?

— Je dois passer acheter quelques médicaments.

— Oh zut, tu es malade ? Ou bien les petits ? Jacques ?

— Non, ne t'inquiète pas. C'est l'affaire de deux minutes.

— Dans ce cas, je vais t'accompagner. J'ai justement besoin d'aspirine. Allez, on va faire vite.

— Non, tu vas être en retard, ne t'embête pas. Oh et puis, ça n'est pas grave. J'irai tout à l'heure, quand tu travailleras. Je prendrai ton aspirine. Voilà, on va faire ça. C'est beaucoup plus simple.

— Comme tu voudras.

Suzanne observe sa sœur avec un drôle d'air. Toutes deux saluent les dames de l'accueil, alors que la plupart des salariés sortent déjeuner à l'heure où les filles de Menie retournent travailler. Dans l'ascenseur, elles sont seules. Suzanne en profite pour se remaquiller dans le miroir et, sans se retourner, pendant qu'elle applique avec soin son rouge à lèvres, elle dit à Mireille :

— Si c'est pour la pilule, je te conseille la pharmacie des Champs-Élysées. Celui-là, c'est une peau de vache qui fait toujours semblant qu'il n'en a plus exprès pour nous embêter. Parce qu'il pense que nous sommes des traînées.

Mireille n'a pas le temps de répondre. La porte s'est ouverte, et le tumulte de la vie les emporte.

Rue Chapon, janvier 1975

Le jardin est entièrement recouvert de neige. Menie ne pensait pas parvenir à un tel résultat lorsqu'elle a acheté ce grand appartement avec Roger. La salle de réception est gigantesque, la hauteur sous plafond des plus folles, avec des poutres peintes qui donnent un cachet sensationnel à l'endroit. Elle a eu un véritable coup de cœur. Et puis, le lieu disposait de deux espaces très cloisonnés, qui leur permettraient de s'adonner à leurs activités sans déranger l'autre. Oui, ce serait absolument parfait maintenant que leurs trois filles avaient quitté le domicile familial. L'appartement, tout en longueur, donnait sur une cour, au premier étage d'un atelier de tissus. La folie de son père architecte est remontée dans les tripes de Menie. « Et si on recouvrait tout cela et qu'on y mette de la pelouse, des graviers, des arbres et des rosiers. Oh oui, des rosiers, n'est-ce pas, Roger ? Ce serait vraiment magnifique, non ? » Les travaux ont duré plusieurs mois durant lesquels ils ne se sont quasiment pas vus. L'émission « Responsabilité sexuelle » a immédiatement marché. Quant aux lettres, si elles sont moins nombreuses à arriver à RTL – signe des temps –, les appels téléphoniques, eux, ne tarissent guère, même si l'on y sent poindre une inquiétude nouvelle. Le chômage pourrit peu à peu les foyers. Ici, tout le monde s'en fiche, mais Menie, sur laquelle la France déverse sa réalité, sent bien que quelque chose commence à clocher. On lui parle moins du couple, des enfants. Davantage du travail et de l'argent qui manquent, de l'avenir qui fait peur.

Chaque soir, elle continue de se rendre à des premières, des dîners, des réceptions fastueuses. Elle prépare aussi un livre sur sa vie, qu'elle écrit la nuit. Tout remonte, l'enfance, sa mère, et la rivière de Plassard qui menace de l'engloutir en rêve. Elle parcourt aussi le pays. Beaucoup d'émissions sont déplacées dans les grandes villes. Martha organise tout, gère son agenda, les billets de train, les chambres d'hôtel. Toujours vaillante, Menie n'a plus qu'à plonger dans l'arène, à suivre le flot qui l'emporte. Elle continue d'être surprise chaque fois qu'elle arrive sur le lieu de l'enregistrement, quand des centaines de femmes fondent sur elle pour la remercier, lui dire combien elle a changé leur vie. Ça la réconforte parce qu'on est de moins en moins tendre avec elle depuis cette seconde émission. Des articles entiers lui sont consacrés. Elle est devenue une sorcière, de celles qu'on brûlait au Moyen Âge, qui la terrifiaient tant quand elle était enfant. Est-ce qu'elle fait fausse route ? « Le Démon de Menie », a titré un magazine la semaine dernière. « Menie, oui, oui. » Martha a beau continuer de cacher les lettres d'insultes, elle ne peut plus se protéger de toute cette haine qui finit par l'atteindre. Sans compter la mère des deux petits garçons qu'Anne-Marie et elle ont sauvés, qui continue d'écrire à RTL. « Vous m'avez volé mes enfants ! » fulmine-t-elle sans relâche depuis qu'ils lui ont été retirés. Anne-Marie prend souvent des nouvelles. La mère vient voir ses fils chaque dimanche. Même s'ils ont été très bien pris en charge, avaient-elles pour autant le droit d'interférer dans ces vies-là ?

Menie remet une bûche dans la cheminée. Ce soir, Frédérique viendra dîner avec son mari. Ils passent rarement, alors elle se réjouit. Comme elle avait savouré leurs retrouvailles familiales à Rochecorbon pour Noël ! C'était très gai. Il y avait tous les neveux, leurs femmes, leurs enfants, Évelyne et son compagnon, Frédérique et le sien, Laurence, Erwan et les deux petits. Une grande table avait été dressée sous le plafond de pierre de cette bâtisse que Marie Laurentin avait tant aimée. Les rires avaient empli la salle immense, tandis que les bougies perchées sur de vieux chandeliers dessinaient des ombres mystérieuses sur les visages familiers. Des restes de papiers cadeaux traînaient partout, déchirés, que Menie avait voulu jeter au feu malgré les cris de ses filles. « Attention, maman, les chèques, les notices de jouets ! » Menie a toujours été ainsi. Elle ne peut pas s'empêcher de ranger. Vite, mal. Elle fait tout comme ça, songe-t-elle. La sculpture, la peinture, le dessin. Écrire, aussi. « Mais non, maman, vous faites tout si bien, au contraire », lui objecterait Laurence si elle l'entendait. Ses deux autres filles sont plus sévères. Sans doute lui en veulent-elles d'avoir transformé leurs vies à tous. Peut-être auraient-elles préféré qu'elle bouscule moins les choses, qu'elle reste à sa place.

En se servant une tasse de thé arrosée d'un nuage de lait, Menie jette un coup d'œil au *Figaro* du jour. Alors, elle a réussi… Cette nuit, contre vents et marées, et tous ces bonshommes bien décidés à lui faire la peau, Simone Veil est parvenue à faire voter la loi à l'Assemblée. Celle qui rendra l'avortement légal. La malheureuse a subi la colère des députés mais elle a tenu bon. Il y a longtemps, Menie était aussi allée les voir. Elle leur avait raconté, à tous ces hommes – parce que oui, il n'y avait que des hommes –, les épouvantables boucheries, les femmes qui mouraient seules avec leur aiguille à tricoter, celles qui payaient des fortunes pour se faire charcuter par des charlatans qui prenaient du plaisir à les faire souffrir dans l'espoir que ça leur passerait l'envie de recommencer. Elle leur avait parlé de Suzanne et de l'insecticide, et elle les avait vus flancher. Et puis il y avait eu Bobigny, cette pauvre fille avortée après un viol, qui n'avait simplement pas de quoi aller en Suisse ou en Angleterre, comme toutes les jeunes filles de bonne famille, et qu'on voulait mettre en prison simplement parce qu'elle n'avait pas eu de quoi régler cela dans l'anonymat. Bientôt, toutes ces horreurs seront enfin terminées. Ça aurait dû la réjouir, la transporter de joie, même. Parce que, entre ça et la contraception, la vie des femmes va être soulagée. Pourtant Menie se sent lasse. Comme si tout cela n'avait servi à rien.

Elle ne sait pas si elle en parlera dès ce soir à Frédérique et son mari. Mais Roger est parti.

Paris, avril 2022

Je suis arrivée par le train ce matin, et je suis partie directement là-bas. Katell m'a prévenue hier qu'il était là. J'attends ce moment depuis si longtemps – depuis toujours, peut-être – que je n'ai pas pu patienter davantage. J'ai sauté dans la première navette. Il y avait un brouillard pas possible sur le quai. Les bateaux des pêcheurs oscillaient lentement, revenant de leur sortie matinale pendant que je trépignais sur le quai, un café brûlant entre mes mains glacées, enveloppée dans un ciré jaune prêté par Hélène. Je suis revenue ici fin décembre, lorsqu'il a bien fallu m'atteler au travail d'écriture, et qu'il m'était devenu impossible de le faire en sachant Pietro si près de moi. Il avait beau être en détention provisoire en attente de son procès, il s'était procuré je ne sais comment un téléphone avec lequel il passait ses journées à m'envoyer des messages, alternant supplications et menaces. Lorsque j'avais changé de numéro, il avait basculé sur les réseaux sociaux. J'aurais pu supprimer tous mes comptes, disparaître à nouveau. Mais devais-je m'effacer pour me protéger de lui ? Maxime, le policier, me conseillait de faire des captures d'écran de tous les messages que je recevais, afin de les verser au dossier. Lui et moi avions compté. Depuis mon dépôt de plainte, Pietro m'avait envoyé huit cents mails ou SMS.

— Ça, c'est du harcèlement, m'avait-il expliqué. Ce n'est pas de l'amour, non. Vous avez le droit de vivre tranquille, de décider que votre histoire est terminée sans que de prétendus sentiments vous empêchent de prendre cette décision. On ne dit plus « crime passionnel », avait-il ajouté, parce que ça reviendrait à justifier le geste de compagnons blessés.

Pendant des années, l'amour et l'institution du mariage ont empoisonné la vie des femmes, dédouané bien des conjoints de leurs gestes, de leur emprise, de la terreur qu'ils font régner dans leur foyer. Pourtant, Pietro et moi ne sommes pas mariés. Il n'a aucun « droit » sur moi, même devant Dieu ou la loi. Comment l'ai-je laissé me dominer ? Comment ai-je pu croire que je lui étais inféodée parce que nous vivions une belle histoire, qu'il était mon homme et que j'étais sa femme ? Est-ce à cause de mon éducation, des contes de fées que je lisais enfant, des comédies romantiques dont je me délecte encore aujourd'hui ? Il me faudra du temps pour désosser tout cet amas qui me constitue, car au fond de moi je crois bien que je ressens toujours de la culpabilité à l'avoir fait enfermer. J'ai commencé à voir un psy à Paris. J'y ai toujours été opposée, mais je pense que l'histoire de Menie m'a convaincue. Comme Katell, qui m'a laissé entendre qu'elle était passée par là au moment de son divorce, et que ça l'avait aidée à régler « pas mal de choses ». J'ai cherché dans les pages jaunes le contact d'un analyste dans son quartier, parce que je n'avais pas encore le courage de faire des trajets en métro, moins encore de me promener seule dans la rue, comme si Pietro pouvait surgir à tout instant et me forcer à le suivre où bon lui semblerait.

J'ai trouvé un cabinet pas loin, où officient un homme et une femme. Ils ne portent pas le même nom mais je me suis demandé s'ils étaient ensemble. Ça me paraissait étrange de travailler au même endroit, de démêler les peines d'autrui en étant si proches l'un de l'autre. J'ai longtemps hésité. Devais-je choisir l'homme ou la femme ? Aurais-je davantage de facilité à me confier à une personne de mon sexe ou de celui qui me fascinait tant, et m'effraie tellement aujourd'hui ? J'ai finalement choisi la femme, estimant qu'elle serait plus à même d'appréhender ce qui m'était arrivé. Je ne voyais pas bien comment un homme aurait pu, même avec la plus grande empathie, comprendre mon histoire, mon passé, les bouleversements du corps féminin, la maternité qui s'éloigne. Cet héritage de siècles de soumission, de docilité et de courtoisie, d'injonctions à être jolie, discrète et ordonnée, les années de jeunesse à tenter de plaire, à nouer des amitiés avec d'autres femmes sans se marcher sur les pieds, les samedis soir à regarder les garçons hilares s'extasier devant du porno, les « Sale pute » encaissés dans la rue, tête basse pour ne rien risquer, et puis les regards qui finissent par se détourner parce que le temps a passé. Non, je ne voyais pas bien comment un homme aurait pu saisir la complexité de tout cela.

Alors j'ai choisi Delphine Joyeux, dont le nom me laissait entrevoir la couleur que pourrait prendre mon avenir. Deux fois par semaine, je me suis assise devant elle dans son bureau dépouillé, meublé seulement d'un canapé et d'une chaise sur laquelle elle prend place, sérieuse, munie d'un petit calepin où elle consigne scrupuleusement mon passé. Lorsque j'ai finalement rejoint Bréhat, elle m'a proposé de continuer notre travail sur Zoom. Depuis, je branche mon inconscient à cette inconnue chargée de m'aider à repousser les barrières que j'ai érigées autour de moi. Je lui parle de tout, du livre beaucoup, d'Hélène, de Katell, de Pietro, de mon frère et puis de mes parents, auxquels je n'avais plus repensé depuis longtemps. Je n'aime pas beaucoup les évoquer mais ça lui semble important.

Dans le bus qui me conduit à ma maison d'édition, j'observe les grands immeubles haussmanniens, les enseignes lumineuses. Autour de moi, je constate que les passagers ont le nez sur leur téléphone. Deux femmes lisent un roman, ça me rassure. Tous les autres consultent leurs messages, leurs mails, regardent une série ou jouent à un jeu sans même jeter un coup d'œil à leur voisin de banquette. Est-ce qu'on est encore plus seul aujourd'hui qu'au temps de Menie ? Lorsque je descends, sur le trottoir, je croise une jeune femme au téléphone, très énervée, un chien au bout d'une laisse. « Mais t'as cru quoi ? Des femmes qui ont trois enfants et qui s'en occupent toutes seules, j'en connais plein ! Je peux très bien me débrouiller, je n'ai pas besoin de toi. » Plus loin, je vois deux quinquagénaires qui s'embrassent à une terrasse de café. Je me demande s'ils ont traversé la vie ensemble, s'ils ont eu des enfants devenus grands, qu'ils ont élevés du mieux qu'ils pouvaient avant de se retrouver enfin seuls avec leur amour, ou s'ils viennent de se rencontrer. Je veux encore y croire. Devant les bureaux de Katell, un jeune papa tient une petite fille par la main et fait avancer une poussette de l'autre. Il a l'air heureux. Il est jeune et très beau. Mon premier réflexe est de me demander ce qu'il fait là, dans la rue, à cette heure incongrue où les papas sont censés être au travail. C'est idiot, je le sais. Alors je lui souris. Il me regarde, étonné et un brin suspicieux – il doit se demander qui est cette folle toute seule qui s'attendrit. Une voleuse d'enfants, une vieille fille rendue démente par la solitude. Je me fais peut-être des idées. Et puis, les vieilles filles, ça n'existe plus, et c'est tant mieux.

— Qui dois-je annoncer ?

— Esther Kahn.

— Ah oui, pardon… Vous allez voir Katell Le Goff, n'est-ce pas ? Votre livre est arrivé hier. Il est superbe.

— Merci. J'ai hâte de le voir.

— Katell ? Esther Kahn est là. Très bien, je la préviens. Elle descend, me dit-elle.

En l'attendant, j'observe les couvertures des auteurs prestigieux qui sont publiés ici. Je n'en reviens toujours pas d'être un peu associée à eux.

— Esther ! Mais ne reste pas là. On t'a proposé un café ?

— Non, mais…

— Joséphine ! Vous auriez pu le faire.

— Oui, pardon. Enfin, j'étais au téléphone. Vous voulez un café ?

— Ça ira, merci.

Et tandis que nous nous dirigeons vers le service de presse, je pense à cette pauvre fille à l'accueil à qui Katell a parlé avec autant d'autorité. Avec l'aide de Delphine Joyeux, j'ai décidé que, dorénavant, j'oserais formuler ce qui me contrarie ou me questionne au lieu de le laisser pourrir au fond de moi. Alors, je me lance maladroitement :

— Ça ne te fait rien d'exercer ton autorité comme ça ?

— De quoi parles-tu ? s'étonne Katell.

— Moi, je crois que je ne pourrais pas donner des ordres aux autres comme tu le fais, surtout à des femmes. Cette fille, à l'accueil…

— Joséphine ?

— Oui, Joséphine. Ce n'est peut-être pas son rôle de s'occuper du café. J'aurais pu me le faire, ou toi. Est-ce que, si on ne se soutient pas les unes les autres, on ne risque pas de reproduire un ancien schéma ?

— Esther, je crois que tu confonds tout. Sais-tu combien on est de femmes, dans cette maison ?

— Non.

— Trente-huit, sur quarante-deux employés. Sans hiérarchie, on n'arriverait à rien. Et on ne peut pas dire que j'exerce mon… pouvoir avec machisme ou mépris, ainsi que tu le sous-entends. Chacune a sa tâche et s'en porte très bien. Et puis si moi, qui suis en haut de cette pyramide, je refuse d'exercer cette autorité, comme le ferait un homme sans se poser de questions, alors on me remplacera par l'un d'entre eux. Sais-tu combien ça a été difficile pour en arriver là ? Combien j'ai dû me battre pour faire oublier que j'avais des enfants, mes règles une fois par mois et la possibilité de me mettre en congé deux mois et demi de temps en temps pour donner la vie ? Alors non, ne me fais pas ce procès. C'est loin d'être gagné, tout ça, tu sais ?

— Je le vois bien. Tu penses qu'on a arrêté de se battre après les victoires des années 1970 ?

— Tu es folle ! Tu n'imagines pas le nombre d'essais féministes que je reçois chaque jour. Au contraire, le sujet n'a jamais été aussi vivace. Enfin, peut-être qu'il l'est autant qu'il l'a été dans ces années-là, justement. Allez, viens voir ton bébé.

Nous entrons dans une salle où des dizaines d'exemplaires d'un livre tout neuf trônent sur une grande table en bois. Katell en prend un et me le tend. Sur la couverture, je vois mon nom au-dessus du visage de Menie. Émue, je serre l'ouvrage contre mon cœur. Il justifie tous les événements des mois passés, les nuits blanches et les questions, les découvertes, les renoncements, et même ma rechute auprès de Pietro. Peut-être me fallait-il tout ça pour lui dire définitivement adieu et prendre enfin conscience que notre histoire n'était pas de l'amour. Ou alors un amour qui étouffait celui que j'aurais pu avoir pour moi.

Paris, décembre 1976

Tout le monde se presse dans la loge où l'on fume beaucoup. Une maquilleuse se penche sur Menie, lui remet un peu de poudre de soleil, ourle davantage ses cils. Une coiffeuse fait gonfler une dernière fois son chignon. Menie sourit, Philippe est là avec elle, ainsi que Martha, qui l'accompagne partout. Cette émission de télévision, c'est quelque chose. Depuis la sortie du livre sur sa vie, Menie est invitée partout. On la reconnaît davantage dans la rue. Après ce soir, ce sera pire encore. Ou mieux. Elle ne sait plus ce qu'elle préfère. Voilà une semaine que l'équipe la suit partout avec ses caméras et ses questions. Ils sont venus à Plassard chez Jean, et puis chez Laurence aussi. Ils l'ont filmée avec ses fils. Laurence a parlé de sa mère devant la caméra, expliqué combien elle les avait aidées, elle et ses sœurs, à grandir sans les brider, à devenir autonomes et sûres d'elles. Et puis il y a eu cette séquence sur la rivière. Cette rivière qui revient chaque nuit pour l'engloutir. Le journaliste continuait de la presser de questions. On aurait dit qu'il voulait la piéger. Est-ce qu'elle était heureuse ? Et pourquoi déterrait-elle tous ces malheurs chez les autres, est-ce que ça en valait la peine ? Ne faisait-elle pas cela pour être célèbre ? Tout ça l'avait pas mal chamboulée. Le film allait être diffusé ce soir, en amont de l'émission. Et puis on bavarderait du « phénomène Menie Grégoire », de ce que ça révélait de la société. Elle raconterait une nouvelle fois le courrier reçu, la vie réelle des Français que les cols blancs de Paris méconnaissent, et la façon dont on s'ouvre à elle sans qu'elle ait vraiment compris pourquoi.

— Allez, ça va bien se passer, Menie, lui murmure Philippe, étonné qu'elle ait le trac.

Est-ce l'idée d'être vue ? Et pas seulement écoutée ? Pourtant, Menie est superbe. Elle a passé du temps à composer sa tenue pour paraître féminine mais pas trop, sérieuse mais pas austère. Elle a opté pour un chemisier saumon à large col, une veste noire et une jupe au genou avec de hautes bottes en cuir camel. Elle a clippé de grosses boucles sur ses oreilles, laqué ses ongles. Elle est prête. Mais elle a beau être la seule invitée du programme, personne ne vient la féliciter ni la saluer. Non, les chroniqueurs qui lui feront face discutent ensemble à l'autre bout de la loge. Ils rient beaucoup, sans lui jeter un regard. Ils ont l'air à l'aise et semblent former un bloc qui a quelque chose d'effrayant. Telle une meute. Menie aimerait leur envoyer Martha, dont la présence rassurante reste ferme. Elle aimerait lui prendre la main, lui demander de l'accompagner. Mais le présentateur vedette vient la chercher. Il lui sourit, aimable, cheveux gominés. Il va falloir y aller. Elle le suit, s'avance vers le plateau. Il y a beaucoup de lumières autour de cette arène. Au centre, un siège trône, pour elle. En face, cinq autres dans lesquels prennent place ses

« opposants ». Et tout autour, les caméras braquées sur son visage à elle, qui sourit courageusement.

Elle tente de croiser le regard des autres, le journaliste du reportage, le médecin, le philosophe et surtout la psy. C'est une femme, et elle doit bien savoir combien Menie œuvre pour sa discipline, combien d'auditrices ont entamé une analyse sur ses conseils. Mais aucun ne s'intéresse à elle, et le générique est lancé. Appliqué, le présentateur plante ses yeux dans ceux des téléspectateurs et présente son invitée.

— Nous allons la mettre en question parce qu'elle est devenue une institution nationale, déclare-t-il, un brin narquois. Une institution.

Menie jurerait avoir vu le journaliste sourire méchamment. Elle doit se faire des idées. Le stress accroît son imagination, c'est certain. Sans transition, il annonce la diffusion du petit film que l'équipe a tourné avec Menie, qu'il qualifie d'« autoportrait de quelqu'un qui ne veut pas être un mythe ».

Le reportage débute sur des plans d'immeubles de HLM, et puis de volets clos, de fenêtres tristes et de voitures qui roulent dans le brouillard, au son du générique de l'émission de Menie. Et puis il y a des passantes à qui l'on montre des photos de femmes. Des vieilles, des jeunes, des pétroleuses, des mamies Nova.

« À votre avis, qui est Menie Grégoire ? » leur demande-t-on. Toutes se trompent, optent pour une autre. Elles ne connaissent que sa voix. Alors Menie explique que lorsqu'elle arrive quelque part en disant qu'elle est Menie Grégoire, on lui répond invariablement « Et moi, je suis le pape ». Très vite, on la voit s'emporter lorsqu'on l'interroge sur son activité. « Je fais du journalisme, de l'information. » Et puis lorsqu'on évoque son image, qu'on lui demande ce qu'elle pense de tout ça, elle réplique : « Eh bien, moi, j'en ai ras le bol qu'on me parle de choses fausses, d'idées, de principes. J'en ai ras le bol qu'on me parle d'une femme qui n'est pas moi. J'en ai ras le bol qu'on mente. » Sa colère est manifeste, son chagrin aussi. La tension est palpable, et son malaise grandit car ces images ne disent rien de son bonheur d'aider les autres, rien des fous rires à RTL, de l'énergie de l'équipe et des amitiés. Elles parlent d'une bête traquée qui veut qu'on lui fiche la paix. Sur la barque à Plassard, elle pleure. Menie ne pensait pas qu'ils montreraient ça. « La seule chose importante, ce sont les gens qu'on aime, ceux qu'on a aimés et ceux qui sont morts. L'argent, la gloire n'ont pas d'importance si l'on ne peut vivre un bonheur intérieur. Parce que vous croyez que je suis Menie Grégoire mais c'est faux ! Je ne suis pas elle ! » Puis viennent Laurence et les petits. Et Menie qui donne le biberon devant sa fille. Roger n'est pas là, et cette réalité devient plus tangible encore à mesure que les images se déroulent devant ses yeux. Dans le silence de ce plateau, et en présence des ombres qui lui font face. « Le réel, l'authentique, il est là-dedans, conclut-elle. Et ça, je ne vous le donnerai pas. »

Lumière. Les visages des quatre autres apparaissent. Le journaliste a toujours les mains posées entre ses jambes, ses vieilles chaussures de cuir marron qui tressautent, sa mèche de cheveux longs difficilement plaquée de côté. Il a hâte de se lancer.

Ainsi est-elle riche ? Elle a du réseau, elle connaît les puissants, ça oui, il le sait. Menie se demande s'il va lui parler de Roger. Ce serait terrible, mais non, il poursuit, creuse son sillon, ne s'arrête plus, tandis qu'elle tente de conserver ce sourire qui est à la fois une politesse et une défense. Pourquoi exploite-t-elle la misère humaine ? Si elle a déjà tout elle-même ? Est-ce que ça n'est pas un peu cruel ?

— Ce sont eux qui me l'apportent, répond-elle. Je n'ai rien demandé.

Alors oui, elle en fait peut-être trop, parfois.

— Je reconnais que je marche par excès. Excès de langage, excès de passion, ajoute-t-elle. Mais passons.

— Pourquoi « passons » ? saisit-il, au vol, implacable.

Non, il veut au contraire qu'on approfondisse, qu'on cure la plaie.

— Votre journalisme, comme vous dites, c'est celui de la presse à sensation.

Il esquisse une moue de dégoût, sortant un petit papier sur lequel il a noté certaines répliques de Menie jugées pour le moins outrées. Il la singe, outrancier. « Mais madame, ce que vous me racontez, c'est horrible, c'est abominable. »

— Toute phrase sortie de son contexte peut vous faire dire des énormités, rétorque-t-elle. Imaginez que j'énumère tout ce que vous avez dit dans une vie, il y aurait à se gausser.

Mais il s'en fiche, il continue de ronger l'os sur lequel il s'est jeté. Il est venu pour ça. Le présentateur jubile. Son programme fonctionne. Et on en parlera sûrement dans les journaux de demain. Les autres chroniqueurs prennent ensuite la parole. Un peu moins cruels. Pas vraiment plus tendres. Chacun veut son bout de Menie, son bon mot, les hourras du picador. Et puis la mise à mort.

— Madame, vous faites entrer les femmes dans l'intimité des autres avec indécence. Vous leur faites dire des choses qu'on ne dit pas. Même dans les dîners entre amis.

La moue est dégoûtée. On y est. Les femmes sont indécentes. Comment peuvent-elles lever le mystère ancestral de leur féminité ? Répandre le secret des foyers ? Révéler sur les ondes les petits arrangements des couples, des familles, les manquements des pères, les douleurs des corps, l'insatisfaction des vies... Avant Menie, on se gardait bien d'ennuyer la société avec tout ça. D'évidence, le silence convenait à chacun. Mais, telle une enfant perverse, elle avait poussé ses petites camarades à bouleverser les règles tacites d'une société qui tenait debout depuis des siècles sans se poser de questions, et ce pour son simple profit. C'est exactement ce que le présentateur affirme. Qu'elle a poussé ses congénères sur la ligne de front pour jouir de la gloire de cette pitoyable bataille des femmes.

— Mais enfin, on m'appelle des prisons, on me téléphone des hôpitaux. Ça n'est pas de moi qu'il s'agit dans cette émission, mais de ce qui va mal ! Sur le plan éducatif, social, individuel. Si j'avais simplement servi à faire savoir que les gens souffrent, alors ça me suffirait, lance-t-elle, à bout de forces.

Tous sourient, condescendants. Rien de ce que Menie dira ne pourra les convaincre.

— Ah, très bien. Parlons sérieusement, reprend le journaliste en fronçant les sourcils. Il ne faut pas exagérer. Moi, je prétends que cette solitude, cette misère, vous l'exploitez !

Elle ne peut plus rien. Les lumières baissent. Chacun veut reprendre la parole mais le temps a passé.

— Ça commence tout juste ! regrette la psychologue, visiblement déçue.

Elle aussi voulait sa part du gâteau. Le présentateur rassemble ses fiches, la caméra bouge derrière Menie, poussée par un technicien probablement peu soucieux de l'exécution qui vient de se dérouler devant ses yeux. Il a juste hâte de rentrer chez lui.

— Ainsi s'achève la mise en question de Menie Grégoire.

Chacun se tait. Le générique est lancé tandis qu'il faut tenir, encore. Sourire. Attendre que l'antenne soit rendue. Patienter pour quitter ce purgatoire. Et puis c'est fini. Les chroniqueurs se lèvent, satisfaits. Ils s'éloignent sans un regard pour Menie, qui finit par se redresser, hagarde. Elle rejoint les coulisses, seule. Les bruits alentour ne l'atteignent pas.

Philippe est là, désolé. Il glisse quelques mots au producteur de l'émission, garde son sang-froid. Tout ça, c'est du spectacle, selon lui. Elle marche quelques pas derrière lui tandis qu'ils rejoignent la loge dans laquelle elle s'effondre littéralement, libérant des larmes trop longtemps contenues. Il est peut-être temps d'abandonner, songe-t-elle. Et puis Philippe se penche vers elle, impavide. Il la regarde dans le miroir et conclut :

— Allez, Menie ! C'est toujours la victime qui est sympathique.

Lyon, février 1977

C'est un petit hôtel de rien du tout dans lequel Menie a débarqué toute seule. Martha ne pouvait pas l'accompagner. Les filles sont toutes occupées. Même Frédérique, qui est enceinte et continue de se ficher pas mal de ce que fait sa mère. À moins que ce ne soit un système de défense – ne pas écouter ce que les gens disent de Menie, et ne garder d'elle que la part intime. En bref, elles n'en parlent pas.

L'émission sera enregistrée ici, à Lyon, en présence d'un public. La formule fonctionne bien. Elle permet à Menie de rencontrer ses auditrices, et réciproquement. C'est un sacré bazar de transporter tout le matériel pour l'enregistrement, mais ça vaut le coup. Ça témoigne que tout ne tourne pas autour de Paris, d'autant que les appels viennent souvent de beaucoup plus loin.

Hier, Menie est arrivée de nuit, par le train. Pendant le trajet, elle a regardé le paysage défiler en songeant à ces lettres qui continuent d'arriver, en particulier à celles de la mère des petits garçons qui lui ont été retirés par sa faute. *Sorcière. Vous m'avez volé mes enfants*. Ça l'empêche de dormir. Sans parler des critiques de plus en plus violentes, les amis qui se détournent, Roger qui n'est plus là auprès d'elle.

Elle se sent perdre pied. Pourtant, Philippe continue de l'encourager, tout ce qu'elle fait est formidable.

— Il faut y croire, lui répète-t-il. Les gens ont besoin de vous. Quant à ceux que tout cela chagrine, plus tard ils verront combien ils étaient d'affreux réacs. Est-ce que je n'ai pas toujours eu raison ? C'est très bien tous ces voyages, Menie ! Ça vous permet de vous aérer un peu.

Menie ne lui a pas parlé de la crise que traverse son couple, mais Philippe a probablement compris à demi-mot. Alors il la sort, l'envoie partout, pour lui changer les idées, lui faire reprendre du poil de la bête. Elle est descendue du train avec sa petite valise et sa sacoche. Toujours perchée sur ses talons. « Elle est jolie mais un peu petite. » La phrase de Roger ne la quitte pas. On ne sait jamais, il pourrait revenir à tout instant, qui sait ?

Sur le quai, le froid lui pince les doigts. Les immeubles qui bordent les quais de gare sont sans âme. Des quelques fenêtres allumées s'échappe un sentiment de solitude qu'elle ne connaît que trop bien. Les villes inconnues dans lesquelles on débarque de nuit ont toutes ce même parfum de tristesse alanguie. Une personne de la mairie est venue la chercher. Un jeune homme qui ne semblait pas vraiment savoir qui elle était, à qui on avait demandé de la conduire à son hôtel. Dans la voiture, ils ont peu parlé, il l'a juste informée qu'il l'emmènerait le lendemain pour l'enregistrement.

Une fois dans sa chambre, où on a déposé une corbeille de fruits, Menie sort ses livres, ses affaires, puis allume la télévision. Demain, le thème sélectionné pour la ville de Lyon sera « Urbanisme et habitat ». Après-demain, à Grenoble, « Les jeunes et l'école ».

Ensuite, ce sera Nancy, avec « Le divorce ». Lille et « Le rôle de la femme dans la société moderne ». Nantes et « La liberté sexuelle des jeunes ». Paris et « La prostitution ». Le lendemain, « L'homosexualité ». « L'adultère » à Bruxelles. « Les jeunes et leurs familles » à Rouen.

Comment vais-je tenir ? se demande Menie. À voyager ainsi tous les jours après l'enregistrement. Comment vais-je pouvoir encaisser les accolades, les pleurs et aussi les coups ? Tandis qu'elle se démaquille, elle observe dans le miroir ce reflet étrange qui est à la fois le sien et celui qui appartient aux autres, fruit de ses rencontres qui l'ont tant nourrie. En se glissant entre les draps amidonnés, Menie pense à ses filles, à ses petits-enfants. À Roger, aussi, qui lui a écrit une très belle lettre à laquelle elle n'a pas encore répondu. Il a ce talent qui la rend peu sûre d'elle-même. Que pensera-t-il de sa propre prose face aux merveilles qu'il couche par écrit ?

Les trains hurlent sous ses fenêtres. Le volume de la télévision de la chambre d'à côté est trop fort. Difficile de dormir. Elle rallume la lumière et attrape le téléphone posé sur la table de chevet, juste au-dessus de la bible. La France a beau être un pays laïque, la religion transpire encore par tous les pores de la société, paralyse les uns, console les autres. Elle hésite. Doit-elle appeler René ? Son frère est prêtre et théologien. Il est devenu l'une des plus grandes figures du catholicisme en France, et même dans le monde entier, et a publié de nombreux ouvrages. Menie est très proche de lui. Il participe occasionnellement à ses émissions, en même temps qu'il tient une chronique au *Figaro*. S'il ne soutient pas tous les combats de sa petite sœur, il sait la consoler lorsque le désespoir l'emporte.

Non, Menie préfère appeler Paulette, cette amie fidèle croisée il y a quelques années au Festival de Cannes, et qui depuis ne l'a plus quittée. C'est une petite femme pleine d'énergie, pourvue d'une chevelure blonde à l'épaisseur indécente, toujours vêtue de tenues extraordinaires. Le verbe haut, le timbre fort, elle rit sans arrêt de tout et de tous. Avec elle, l'existence ne sombre jamais du côté obscur, une contrée qu'elle ne connaît guère. Paulette est productrice de cinéma. Elle dîne avec les comédiens les plus en vue, court les festivals, les avant-premières, passe son temps dans les avions et les fêtes extravagantes. Auprès d'elle, la vie n'est que bulles et passion. Elle est une des rares personnes de son âge que Menie tutoie.

— Allô ?

— Paulette ? C'est Menie.

— Menie, tiens donc. Pourquoi m'appelles-tu à cette heure-ci ?

— Je suis à Lyon. Pour une conférence. Je me suis dit que tu étais peut-être réveillée.

— Tu sais bien que je ne dors jamais. Je prépare ma valise. Je pars demain pour un festival. Tu veux venir ?

— Impossible. Je fais ma tournée des régions.

— Oui, où avais-je la tête ? Ça se passe bien ?

— Ça débute. Je viens d'arriver à l'hôtel.

— Je vois. La solitude d'avant-concert.

— De quoi parles-tu ?

— Tous les artistes décrivent cela. Ce moment avant ou après un spectacle. Où tu passes des applaudissements, des torrents d'amour, des centaines de personnes qui crient ton nom, au silence et à la solitude que tu ne ressentirais pas s'il n'y avait eu cet avant. Tu as un petit coup de blues ?

— Peut-être bien. Paulette, tu penses que je devrais arrêter ?

— Arrêter quoi ?

— Tout. Les émissions, les lettres, les tournées. Tout ce spectacle.

— Toi, qu'est-ce que tu en penses ?

— Je ne sais plus. Ils sont tellement nombreux à me dire que je n'ai pas ma place, pas de légitimité, que je fiche le bordel dans une société bien ordonnée. Qu'en fin de compte les femmes avaient tout pour être heureuses, et que j'ai tout détraqué dans les couples. Peut-être ont-ils raison ? Après tout, quand Philippe est venu me chercher, et que les lettres sont arrivées, je n'étais rien.

— Tu étais toi. Et ces lettres ne sont pas venues par hasard.

— Tu crois en quelque chose d'ordre divin ?

— Hou là, non ! Dieu m'en préserve. Tu connais mon appétence pour la religion. Non, tu sais écouter, et les femmes l'ont senti. C'est un don, comme certains ont l'oreille absolue. Et je pense qu'elles en ont encore besoin. Mais si ça devient trop dur pour toi, alors il faut en effet arrêter. Passer à autre chose. Publier des livres, reprendre la presse écrite, faire une pause.

— Des confitures ?

— Tu les fais déjà très bien. J'ai encore un pot de celles à l'abricot de l'été dernier.

— C'est vrai. Mais… et Roger ?

— Roger, c'est autre chose. Penses-tu qu'il ait envie que tu abandonnes tout ça pour lui ?

— Ce n'est pas ce qu'il me dit dans sa lettre. Mais je vois bien combien j'ai pu lui être nocive. Je suis un poison…

— … qui a élevé ses trois filles. Tu es trop dure avec toi-même. Encore vos bondieuseries. Fais ce qui te paraît être le mieux. Sache que je serai toujours là pour te soutenir dans tes choix, quels qu'ils soient. Et si tu décides de te lancer dans la fabrication de confitures à grande échelle et de quitter ce monde merveilleux du show-business, sache que je ne te laisserai pas tomber. Il y aura toujours une place pour toi au Majestic. Bon, peut-être que Roger Moore n'aura aucune idée de qui tu peux bien être mais, que veux-tu, les confitures n'attendent pas. N'est-ce pas ?

Menie sourit. Paulette est une fontaine de gaieté qui parvient toujours à panser ses plaies. Elle lui envie cette joie de vivre que rien n'entache jamais, même les épreuves de la vie les plus cruelles, que son amie a pourtant vécues. Elle raccroche un peu apaisée, prend une feuille de papier et y jette quelques phrases avant de sombrer.

L'émission s'est admirablement bien passée. Les organisateurs ont été charmants. À son réveil, Menie a ouvert les rideaux en grand sur un ciel d'un bleu profond. Après son petit déjeuner, pris très tôt, elle est allée se promener dans les ruelles de la vieille ville, ragaillardie par ce doux soleil d'hiver, le sourire des passants, une nuit qui a effacé les tracas pour laisser place à une nouvelle page, blanche, pleine d'espoir pour un futur forcément agréable. Elle est arrivée en avance. Beaucoup de femmes, qui l'attendaient déjà, sont venues la saluer.

— On ne vous voyait pas comme ça.

— Mais comment, alors ?

— Oh, plus vieille, plus guindée.

Elles lui ont offert des pralines, que Menie a glissées dans son sac à main. Roger adore ça, les pralines. Est-ce que tout la ramène à lui parce qu'elle l'a perdu ? Ou la vie laisse-t-elle des signes qu'il faut déchiffrer sous peine de passer à côté de son destin ?

Le public s'est installé, ainsi que les invités. Le thème était sans risque, les questions avaient été préparées en amont par Martha et l'équipe. Tout s'est déroulé dans la bonne humeur. Il y a eu beaucoup de rires, sur le plateau et dans le public. C'était très agréable. Au moment de rendre l'antenne, Menie s'est dit qu'elle se sentait bien dans ce cocon doux tissé par des inconnus venus l'écouter et surtout la voir. Alors elle s'est attardée, plus longtemps que d'habitude, même s'il ne fallait pas traîner. Elle avait une feuille de route à respecter et un train à prendre. Pour Grenoble. Alors qu'elle allait partir, une femme s'est approchée, les bras chargés d'une gerbe de fleurs. Intimidée, elle a tendu un peu brusquement le bouquet à Menie en déclarant :

— Voilà, madame. Ce n'est pas moi qui vous les offre, c'est une morte. Je suis infirmière à l'hôpital Édouard-Herriot, je m'occupe des cancéreux. J'avais comme patiente une femme avec laquelle je m'étais liée d'amitié, qui vous écoutait tous les jours. Elle m'avait dit : « Je te demande une seule chose. Quand tu verras que je suis sur le point de m'en aller, tu me mettras la voix de Menie Grégoire. » Alors c'est ce que j'ai fait. Elle est morte en vous écoutant, et je vous apporte ça de sa part.

En direct de Cannes

Violette Nozière, *Claude Chabrol*

En 1933, une jeune fille (17 ans) tue son père et essaie de tuer sa mère. On apprend que son père abusait d'elle depuis plusieurs années mais personne ne veut la croire. Elle est condamnée puis graciée, et finalement réhabilitée.

Appel 1

À 14 ans, son père a abusé d'elle. Ça a duré 4 ans. À 18 ans, elle s'est fiancée. Son père a tout fait pour la séparer de son fiancé. Au cours d'une dispute, son fiancé a dû tuer son père pour se défendre. La légitime défense a été reconnue. On a étouffé l'affaire à cause de ses parents haut placés dans le pays. Ça s'est passé en 1934. On l'avait surnommée Violette Nozière dans son pays. Elle a dû prêter serment sur la tombe de son père de ne pas épouser son assassin.

Appel 2

Elle a été l'amie de V.N. C'était une pauvre fille, qui se plaignait souvent des actes de son beau-père. Sa mère était au courant.

Appel 3

Elle a été violée plusieurs fois par son père à 11 ans. Elle n'a pu en parler qu'à sa sœur devant sa tante. Elles se sont toutes les deux moquées d'elle sans la croire. Elle a eu envie de se suicider.

Appel 4

Son oncle maternel vivait avec eux et a abusé d'elle et de son frère. Elle n'a jamais osé en parler à cause de l'horreur de la situation. Son oncle avait des enfants qui vivaient avec eux.

(Extrait des carnets noirs de Menie)

Rue Bayard, 1977

— Depuis deux jours, nous entendons parler des femmes battues, comme tout à l'heure dans l'émission de 14 heures. On a entendu parler de l'association SOS femmes battues, de ses réflexions sur nos lois, du peu de défense qu'ont les femmes en pareil cas, des attitudes de la société devant ce genre de choses. Et bien évidemment nous n'avons entendu parler que des femmes. Hier, à la fin de l'émission, je me suis aperçue que nous n'avions qu'un volet de l'affaire et qu'on ne pouvait pas tout comprendre si on n'entendait pas les hommes. Je leur ai donc demandé s'ils pouvaient me téléphoner pour m'expliquer pourquoi un homme bat une femme, ce qu'il a dans la tête quand il fait ça. Je n'étais pas sûre qu'ils appelleraient, mais figurez-vous qu'on a reçu beaucoup d'appels. Et que nous avons un certain nombre de gens qui veulent bien témoigner. Je crois qu'on n'a jamais entendu ça, ni sur une antenne de radio ni ailleurs. Parce que les hommes l'admettent rarement. Je pense qu'on va apprendre beaucoup, alors je vous demande de dresser l'oreille à 15 heures et, messieurs, de m'appeler au 720 22 11. Je vous dis à tout à l'heure.

— Allô ?

— Oui allô, Menie Grégoire ?

— Oui, c'est moi. Bonjour.

— Bon alors je suis inspecteur de police et, dès le début de mon mariage, j'ai battu mon épouse pour des raisons absolument futiles.

— Futiles ?

— … que je n'ai pas pu élucider même encore maintenant.

— Donnez-moi donc des exemples.

— Des exemples ? Oh un manque de pain un midi.

— Parce qu'elle avait oublié de prendre le pain ?

— Voilà.

— Et les coups partaient tout seuls ?

— Absolument. Sans explications, parce qu'il faut dire que je suis charmant avec elle puisque nous sommes toujours ensemble.

— Oui ?

— Ça s'est arrangé depuis…

— C'était un mariage d'amour ?

— Oui, tout à fait.

— Vous n'avez jamais compris pourquoi vous la battiez ?

— Non. Je l'ai fait une fois, et puis ça a continué… Ça a d'abord été espacé par six mois, puis progressivement ça a été en se rapprochant.

— Écoutez… Moi, j'aimerais que vous me parliez un peu de la façon dont vous avez été élevé.

— Alors là, disons que la façon dont j'ai été élevé, ça a été un peu perturbé. Euh, dès l'âge de dix-huit mois j'ai été confié à mes grands-parents.

— Oui…

— À l'âge de six ans, mes parents ont voulu me reprendre, mais j'avais deux frères, et puis la vie chez mes parents ça ne marchait pas du tout.

— Vos parents se battaient ou pas ?

— Oh, ils se disputaient.

— Est-ce que vous avez vu votre père battre votre mère ?

— Jamais, non.

— Jamais ?

— J'ai entendu dire qu'il le faisait mais je ne l'ai jamais vu faire.

— Enfin ça devait se sentir, non ? Les coups n'étaient pas exclus de votre famille quand même…

— Oui, mais comme je n'ai pas vécu avec eux…

— Quand vous étiez à l'école, est-ce que les garçons avaient le droit de se battre ? Est-ce que c'était un geste naturel que de se tabasser, de cogner sur un autre ?

— Eh bien, disons que je ne sais pas comment c'était ailleurs, mais j'ai été élevé dans le nord de la France et les récréations se passaient uniquement à se bagarrer.

— Autrement dit, devenir un garçon à l'école c'était être capable de donner des coups.

— Absolument.

— Vous savez que c'est très important ce que vous me dites là, parce que c'est très général. Un copain qui ne vous plaisait pas, vous volait une bille, paf un coup !

— Exactement.

— Ça vous était rentré dans la peau, si je puis dire ?

— Ah mais je ne suis pas un bagarreur !

— Non, vous n'êtes pas un bagarreur, mais vous avez tout de même choisi un métier dans la police, donc… ce n'est pas par hasard.

— J'ai choisi un métier dans la police, et voilà le paradoxe. Disons que je suis apprécié dans mon métier pour mon calme, mon sang-froid.

— Autrement dit, c'est uniquement chez vous que vous vous défoulez ?

— Oui, exactement. Si ma femme était allée raconter cette histoire-là à mes collègues, jamais ils ne l'auraient crue.

— Vous dites d'ailleurs une chose très vraie : les gens ne croient jamais qu'une femme est battue.

Dans la voix de Menie, le sourire est perceptible.

— Jamais.

— Qu'est-ce qu'elle a fait, votre femme ? Comment a-t-elle réagi aux premiers…

— Sa réaction, c'est que quand elle en a eu marre, elle est partie, elle a emmené notre fille. Alors disons qu'à ce moment-là, bah ça m'a fait réfléchir…

— Oui.

— Euuh…

— Bien. Très intéressant, quelle belle leçon !

— Je dois dire que pour m'en sortir, ça a été pas très facile au début. Et moi j'ai pris le vélo, j'ai fait sept cents kilomètres en quatre jours, j'ai pris trois jours de repos. À la suite de ça, je suis rentré. Et je lui ai écrit…

— Vous avez fait ce voyage juste pour vous défouler ?

— Absolument.

— Pour fatiguer votre corps…

— Oui.

— … et une fois revenu bien fatigué, bien épuisé physiquement, vous lui avez écrit ?

— Oui, voilà. Et depuis, ça ne s'est plus jamais produit.

— Vous n'avez même plus la pulsion de frapper ?

— Euh, c'est arrivé mais…

— Vous vous retenez ?

— Oui, mais sans peine.

— Est-ce que vous ne pensez pas que vous avez établi un autre équilibre avec votre femme ?

— Tout à fait. J'ai changé ma manière de vivre également dans le travail, ma manière de vivre à la maison et à l'extérieur.

— Est-ce que ça ne tient pas à l'attitude qu'a eue votre femme ? Est-ce que ça n'est pas elle qui a été l'élément qui a tout changé ? Est-ce que vous ne croyez pas qu'en partant elle vous a forcé… à vous transformer ? conclut-elle en baissant le ton.

— Euh, de toute façon je pense que j'étais capable de changer mais qu'il fallait un détonateur, quoi. La volonté de changer, je l'avais, mais parce que disons qu'à force de frapper je regrettais…

— J'allais justement vous demander si vous aviez honte, si vous étiez malheureux ?

— Oui.

— Est-ce que vous vous excusiez ?

— Oui, oui. Mais malheureusement on oublie très vite.

— Mais pas elle ?

— Je crois… Oh, elle ne m'a jamais fait de reproches, c'est une femme intelligente…

— La preuve. Elle est revenue.

— Euh oui, c'est une femme intelligente, m'enfin (petit rire) même sans reproches, vous savez bien… les coups étaient arrivés.

— Elle attendait plus ? Elle a refusé ce rapport-là : entre un homme fort et une femme faible. Et quand c'est possible, ce qui est le cas avec un homme comme vous, je pense que c'est une très belle réponse. Mais il y a des cas, hélas, où c'est impossible.

— Oui, je pense aussi…

— Il y a des cas, l'interrompt-elle, qui ne me téléphoneront pas. Comme les hommes alcooliques qui perdent totalement le contrôle. Ceux-là ne m'appelleront pas.

— De toute façon, l'alcoolisme n'est pas mon cas.

— Oui, j'entends bien. Et c'est pour ça que je le dis. Et, dans votre métier, quelle est votre attitude vis-à-vis des femmes battues, des femmes qui viennent au commissariat pour que vous constatiez ?

— C'est chaque fois différent. On ne réagit jamais deux fois de la même façon…

— Ça dépend de la femme ? s'enquiert-elle.

— C'est ça.

— Vous sentez celles qui se défendent, celles qui ne se défendent pas ?

— Oui, et puis il y en a beaucoup qui viennent se plaindre mais qui boivent aussi.

— Et quand vous considérez que les deux boivent de part et d'autre, vous pensez qu'il n'y a pas grand-chose à faire.

— Ben…

— Pourtant, quand une femme boit et qu'un homme boit, ils sont à égalité. Après tout, il n'y a pas de raison que l'un des deux tape sur l'autre…

— Ah bah, non ! Mais je vois aussi beaucoup d'hommes battus, vous savez…

— Des hommes battus ? s'étonne Menie, sceptique.

— Oui.

— Avec des marques de coups ?

— Bien souvent, on doit intervenir. Enfin, moi je suis intervenu personnellement dans des cas où la femme venait se plaindre des coups, et on arrivait à la maison c'était l'homme qui était en sang.

— Ils s'étaient battus si fort que les deux étaient blessés ?

— Absolument.

— Avez-vous vu des hommes battus qui n'avaient pas frappé leur femme ?

— Oui, j'en ai vu.

— D'accord… Et comment étaient-ils physiquement ? Ils étaient très faibles ?

— Non, pas forcément.

— Ils étaient faibles de caractère ? C'est très intéressant ce que vous me racontez, vous savez, enchaîne-t-elle sans attendre la réponse.

— Le cas le plus étrange que j'ai vu là-dedans, c'était un couple de vieux, ils avaient soixante ans passés. Quand on est intervenus, il avait le crâne fendu parce que… son épouse voulait qu'il change de côté du lit, précise-t-il avec un petit ricanement.

— De côté du lit ?

— Oui, il a dit « Ça fait trente ans que je me couche là, elle a voulu que je me mette là, et puis comme j'ai pas voulu elle m'a cassé une bouteille sur la tête ».

— Honnêtement, je pense qu'on ne casse pas une bouteille sur la tête de quelqu'un sans plusieurs années de frustrations et de mauvais traitements. Depuis trente ans, il devait y avoir bien d'autres choses d'intolérables dans ce lit…

— C'est qu'il est difficile également de faire la part des…

— Je ne crois pas qu'on ait à faire la part des choses, tranche Menie. Je pense que chaque fois qu'on voit un être, plus fort, qui bat quelqu'un de plus faible, on est obligé de reconnaître qu'il y a violence. Et, finalement, dans votre cas de constater, vous ne croyez pas ?

— Oui, bien sûr, mais…

— Après ça, reprend-elle, c'est au couple de s'en arranger, de savoir s'il veut divorcer ou si, comme vous, il va réussir à s'entendre.

— Oui bien sûr. Mais je pense qu'il peut y avoir aussi des simulations.

— Mmm, je ne vous suis pas très volontiers sur les simulations. Il y a tellement de femmes réellement battues, soupire-t-elle, et j'en ai tant vu que, vraiment, je crois que si la police a dans la tête l'idée de la simulation, elle peut bien plus souvent se tromper que dans l'autre sens.

— Oh non. Je ne crois pas qu'on pense toujours à de la simulation. Généralement on ne veut pas se mêler de… des affaires des gens.

— Et pourtant, dans l'état actuel de la législation, il faut des constats pour arriver à se séparer d'un homme qui vous bat avant qu'il ne vous tue. Car c'est arrivé. Figurez-vous que j'ai connu deux femmes battues à mort.

— Oui. Mais je ne crois pas que la police en général refuse les constats…

— Non, bien sûr.

— … Mais je crois surtout qu'elle refuse de prendre fait et cause pour quelqu'un. C'est-à-dire que…

— C'est là que je ne vous suis pas, monsieur. Il ne s'agit pas de prendre fait et cause pour quelqu'un, il s'agit de constater qu'il y a eu des coups…

— Oui mais donnés par qui ? Parce qu'il faut un témoin !

— Eh bien, la police ne dira jamais que c'est le mari qui l'a battue si elle ne l'a pas vu. Par contre, elle peut constater que cette femme a un œil au beurre noir ou des bleus…

— Voilà. Je suis absolument d'accord mais…

— Et là, le coupe Menie, je pense que vous reflétez tout de même cette opinion publique selon laquelle les femmes battues, elles sont un peu là pour ça, et que ce n'est pas bien grave de battre une femme, n'est-ce pas ?

— Non, ce n'est pas ce que je veux dire…

— Vous êtes sûr que non ?

— C'est qu'il est très difficile de dire « les coups ont été donnés par le mari ».

— Ce n'est pas ça qu'on demande à la police. Ce qu'on lui demande, c'est de constater des coups.

— Tout à fait, mais s'il y en a, ça, on le donne sans problème…

— Bien sûr que les femmes vous en demandent plus, mais déjà donnez-leur ce constat qui leur sera très utile en cas de séparation…

— Nous leur donnons, bien sûr… C'est une centaine de demandes, elles ne savent même pas qu'elles peuvent l'obtenir.

— Alors pourquoi viennent-elles ?

— Elles viennent parce que la police peut arranger les choses… En fait, elles viennent pour être protégées.

— Exactement ! Je vous félicite et vous remercie beaucoup, monsieur. C'est… c'est très intéressant, même si nous sommes loin d'avoir fait le tour de la question.

[Générique.]

Bréhat, mai 2022

Je retire le casque d'écoute, le repose lentement sur le petit bureau en bois qui fait face à la mer. La voix de Menie et celle de cet homme résonnent dans mes oreilles, comme le grésillement de ces bandes numérisées que Paul m'a envoyées.

Le procès aura lieu à la rentrée. Mon avocat m'y prépare chaque jour. Ce sera éprouvant. Pietro tentera de minimiser ses actes. Son avocat dressera de notre histoire un récit passionnel, il décrira un couple excessif, amarré à son amour, une femme exclusive, elle-même violente, évoquera une responsabilité commune dans l'escalade vers la démesure.

Le livre est sorti depuis trois semaines. Ça a été un immense chamboulement. Le découvrir en librairie, dans les grandes surfaces, voir sur la couverture le visage de Menie m'observer de loin m'a donné une force surprenante. Sur les conseils de Katell, j'ai ouvert de nouveaux comptes sur les réseaux sociaux. Des comptes d'auteure sur lesquels mes lecteurs et lectrices peuvent me laisser leurs commentaires. Pour l'instant, je n'ai guère eu que quelques encouragements de libraires qui ont lu mon enquête et m'ont parlé de Menie, de l'importance qu'elle avait eue dans la vie de leurs mères, tantes et grands-mères. Ils racontent leurs après-midi passés cachés sous la table de la cuisine à écouter ces histoires de femmes. Pietro, lui, a cessé de m'écrire. Son avocat lui a probablement conseillé de le faire. C'est à la fois un soulagement et un vide au fond de moi – comme si le fait qu'il ait lâché ma main qu'il tenait trop fermement m'avait fait perdre mes repères. Hier soir, Paul m'a appelée. Je lui avais envoyé le livre avec une petite dédicace, redoutant sa réaction. Son avis compte plus que bien d'autres. Il m'a laissé un message sur mon répondeur, que j'ai écouté après avoir dîné avec Hélène sur la terrasse de sa maison bleue. Le temps était doux. Tandis que nous mangions nos crabes en buvant du vin blanc, une sensation de bonheur que je n'avais pas éprouvée depuis des semaines, voire des années, m'avait enveloppée.

Dans le silence de ma petite chambre, au son des mâts qui s'entrechoquent et de la mer qui respire, j'ai laissé sa voix me bercer. Elle est douce, chaude. Il a beaucoup aimé le livre, qu'il a lu d'une traite et terminé sur les bords de la Loire. Il aimerait m'en parler. Il a des choses à me dire, voudrait qu'on se revoie. Est-ce que je compte passer à Tours ? Il fait partie des organisateurs d'un salon du livre auquel il souhaiterait m'inviter. Je m'endors en pensant à sa délicatesse, à la bonté évidente de son regard sur moi.

Vers 5 h 30, j'entends les mouettes qui crient comme chaque matin sur le port, le moteur des bateaux qui rejoignent le large, les éclats de voix des marins. Dans une demi-heure, je serai en direct sur une radio nationale. Katell m'a laissé un message d'encouragement.

Elle a confiance en moi. Je connais mon sujet sur le bout des doigts. J'ai juste le temps de descendre dans la cuisine pour me préparer un café. La maison est silencieuse. J'aime ces heures douces du petit matin où la vie n'a pas encore pris ses quartiers. Pietro, qui se levait tard, n'a jamais pu me voler cet instant de quiétude, pendant lequel je renouais avec ma liberté. Je programmais mon réveil aux aurores pour lire, dessiner, replonger dans les souvenirs de mon enfance en fermant les yeux. Lorsqu'il se réveillait, il avait l'habitude de se plaindre que je l'avais abandonné dans le lit. Qu'est-ce que tu peux bien fiche toute seule dans le salon ? Quand on est en couple, on ne fait pas ce genre de choses ! On est là pour son homme, pour lui tenir chaud. Alors je feignais des insomnies, l'envie de ranger avant son réveil, de me débarrasser de mes corvées pour être ensuite toute à lui, justement.

L'odeur du café qui gargouille dans la machine à filtre m'apporte un peu de réconfort. J'ai peur de ce que je vais dire, des questions qu'on va me poser. Quelle est ma légitimité ? Après tout, je ne suis qu'une femme à qui son amie de jeunesse a demandé de se replonger dans la vie d'une dame oubliée. Qui ça intéresse, tout ça ? Je presse la tasse immense entre mes paumes, le regard tourné vers l'horizon. Le bleu du ciel breton est limpide. La journée va être magnifique. Allez, c'est l'affaire d'une dizaine de minutes, et puis je serai tranquille. Je remonte à pas de loup dans ma chambre, me glisse sous les draps, tapote les oreillers, chausse mes lunettes et pose mon téléphone devant moi. Il ne devrait pas tarder à sonner.

— Esther Kahn ?

— Oui, c'est elle-même.

— Je suis Bérénice, l'assistante de l'émission dans laquelle vous allez intervenir. Je voulais faire un test matériel avant votre passage à l'antenne. Vous m'entendez bien ?

— Oui, très bien.

J'ai le cœur qui bat à cent à l'heure.

— Parfait. Il n'y a personne autour de vous susceptible de faire du bruit ? Pas d'animal, d'enfant ni de voisin ? Pas de travaux ?

— Non. Rien de tout cela.

Je suis seule.

— Parfait. Alors je vais vous mettre en attente, puis vous reprendre juste avant votre passage. Et Pierre-Jean prendra le relais. C'est bon pour vous ?

— Oui.

La voix de la jeune fille laisse place à une annonce de publicité criarde qui ne me rassure guère. Je repense aux réclames lues à l'antenne par la collègue de Menie. C'était il y a cinquante ans, et j'ai l'impression que ça fait une éternité. Brusquement, je prends la mesure du temps qui était donné aux auditeurs pour se raconter. Sans cette nécessité d'aller vite, d'être synthétique, joyeux, de trouver des *punchlines*. Katell m'a conseillé d'en noter quelques-unes. J'ai essayé, puis j'ai décidé de rester naturelle. J'ai peut-être eu tort. De nos jours, tout est spectacle, apprêté, préfabriqué.

— Il est 6 h 07. Aujourd'hui, nous allons recevoir une jeune femme qui a écrit un livre sur Menie Grégoire. Vous vous souvenez d'elle ? Pour les plus âgés, dont je fais partie, elle est une icône, un souvenir de jeunesse, du temps où les écrans n'avaient pas encore envahi nos vies. Pour les autres, elle est racontée dans un livre tout juste paru et que nous avons lu. Bonjour, Esther Kahn !

— Bonjour, Pierre-Jean.

— Eh bien, comment une jeune femme d'aujourd'hui s'est-elle intéressée à l'histoire de Menie Grégoire ?

— Je ne sais pas si on peut dire que je suis jeune, je réponds, consciente de mal commencer cette interview. C'est mon éditrice qui m'a poussée à partir à la recherche de cette femme, Menie, que je ne connaissais pas, je dois l'avouer. Mais ça a été une vraie rencontre.

— Quel âge avez-vous ?

— Euh… quarante-trois ans.

— Eh bien, moi qui n'ai plus cet âge-là, je vous assure que vous êtes jeune. Après, si vous voulez vous lancer dans la danse classique, c'est peut-être un peu tard, en effet.

Il rit, satisfait. À son côté, un chroniqueur lui emboîte le pas.

— Menie allait avoir cinquante ans quand elle a débuté à la radio, j'insiste, pour réorienter le débat sur elle. Ma vie importe peu.

— C'est bien l'avantage de la radio ! Et c'est pour ça qu'on en fait. Pas vrai, mon cher Denis ?

— Vous exagérez, Pierre-Jean, j'ai mon émission de télévision.

— Programmée à des heures où personne ne regarde.

— Oh, ça, c'est vache !

— Vous le savez bien. Allez, nous n'allons pas embêter Mlle Kahn avec nos histoires. Bon, c'est très bien fichu, votre bouquin. Et ces lettres qu'on y trouve, ce sont des vraies ?

— Oui, je n'ai pas retouché une ligne.

— C'est incroyable. Non mais vous verrez en le lisant, l'ignorance de certains et certaines à l'époque, qui ne savaient pas comment on fait un enfant même après des mois de mariage. Et donc, ils appelaient Menie Grégoire à la radio pour lui poser des questions là-dessus. Précisons qu'il n'y avait rien à l'époque, pas d'Internet, pas de YouPorn.

— Ni de Jacquie et Michel !

— Denis ! Il est encore tôt.

J'interviens :

— Bon, si vous avez lu le livre, l'émission ne parlait pas que de cela. Menie, qui a donc commencé sa carrière à la cinquantaine, a ouvert le dialogue sur beaucoup de thèmes sociétaux importants dont personne ne parlait publiquement à l'époque. Il y avait la sexualité, bien sûr. Mais aussi la contraception, l'avortement, les problèmes de couple, de famille, l'éducation des enfants. Sans parler de l'inceste dans les familles. Rappelez-vous, il y a quelques mois, lorsque ce livre sur une famille connue est sorti, qui a eu un tel retentissement…

— Oui, incroyable cette histoire ! C'était le beau-père, c'est ça ? De bonne famille, en plus. Que devient-il ?

— Voilà. Eh bien on a dit, à ce moment-là, que la parole se libérait enfin, qu'on ne savait pas l'ampleur des incestes dans les familles, qu'il avait fallu ce déclencheur pour que la société en prenne enfin conscience. Mais tout était déjà là dans l'émission de Menie ! Elle en parle dans un de ses livres, elle dit : « C'était partout, dans toutes les couches de la société, cela arrivait aux enfants de tous les âges, et on ne ressort pas indemne de cette expérience-là. » Alors, c'est formidable qu'on en reparle aujourd'hui. Mais ce que je ne comprends pas, c'est pourquoi lorsque le couvercle s'ouvre – parce que c'est ce qui est arrivé avec l'émission de Menie –, il se referme ensuite. Qu'est-ce qu'on ne veut pas voir ? C'est aussi cela, je pense, que le livre raconte, outre les avancées de la condition de la femme en quelques décennies. Il raconte notre propension à fermer les yeux, nos élans, et puis nos peurs de connaître la vie de nos voisins, notre incapacité à tendre la main aux femmes, aux enfants qui en ont besoin, à comprendre la violence des hommes…

— … Oui, et ça on peut dire que les choses ont bien changé ! Eh bien, merci Esther Kahn. Je rappelle que votre livre est disponible dans toutes les bonnes librairies pour ceux qui veulent se replonger dans cette époque où l'on parlait sexualité à la radio à l'heure de la sieste.

— Ah vous voyez, c'est l'heure de mon émission de télé ! C'est un bon horaire !

— Mon cher Denis, je vous souhaite le succès de Menie Grégoire. Il est 6 h 18, je laisse la parole à notre humoriste qui a l'air bien endormi ce matin. Alors, Pascal, on a fait la fête ?

— Allô, mademoiselle Kahn ? C'est Bérénice. Eh bien merci, c'était parfait. Bonne journée.

— Oui, c'était court mais… merci.

L'assistante a déjà raccroché. Le soleil commence son ascension dans le ciel. Je trempe mes lèvres dans mon café. Il est tiède. Mes mains tremblent, je ne m'en étais pas rendu compte. J'attends quelques instants que le présentateur me rappelle. Il voudra peut-être qu'on fasse le point sur notre échange, évidemment trop bref. Mais rien ne se produit. Une odeur de pain grillé filtre sous ma porte. Un texto de Katell apparaît sur mon écran. « Tu as été parfaite. Lui, par contre, il serait temps qu'il rende l'antenne. #grosmacho. » Je suis rassurée, j'avais l'impression que c'était moi, mon attitude, qui avais suscité ses railleries, ses réponses condescendantes, mais c'est peut-être mon sujet qui le mettait mal à l'aise, ou simplement le fait que je sois une femme. Les relations entre les sexes ont-elles si peu évolué qu'on en soit encore là ? Aurai-je des lecteurs, ou seules des lectrices continueront-elles à s'intéresser aux problèmes des femmes ? Je parlerai de cela avec Delphine Joyeux tout à l'heure, puisque nous avons programmé une séance sur Zoom dans l'après-midi.

— Alors, ma belle, tu as bien dormi ?

Hélène est déjà douchée. Ses cheveux sont parfaitement coiffés. Elle est habillée tout en bleu, comme à son habitude. J'envie sa quiétude, son calme apparent. Elle non plus n'a pas eu d'enfants. Elle a une dizaine d'années de plus que moi. Son mari est mort jeune, je n'ai jamais osé lui demander comment. Depuis, elle vit seule dans cette grande maison qu'elle ouvre à des inconnus de passage auxquels elle offre quelques jours de bonheur et un peu de son temps.

— Moyennement. J'étais un peu stressée par l'émission.

— Tu as été très bien.

— Tu m'as écoutée ?

Hélène fait un petit signe de tête en direction d'un minuscule poste de radio posé au-dessus de la gazinière.

— Il appartenait à ma grand-mère. Elle écoutait Menie dessus.

— Ça alors ! Tu ne m'en avais jamais parlé.

— Tu veux du café ?

— Volontiers.

Je me ressers un grand bol, dans lequel je verse un peu de lait, puis je m'assois devant la table ronde recouverte d'une toile cirée aux couleurs de l'océan.

— Elle travaillait au port. Elle vivait ici, dans cette maison, avec ses cinq filles et son mari. Ma mère m'a raconté comme l'émission avait été une déflagration dans leur vie. À chaque nouvelle naissance, mon grand-père lui demandait d'arrêter de travailler pour rester à la maison avec les enfants. Il trouvait que ça ne faisait pas chic, une femme qui ramène de l'argent tout en donnant la vie. Ma grand-mère a beaucoup hésité, je crois, jusqu'à cette émission de radio dont une collègue lui avait parlé. Ensuite, elle s'est juré de ne jamais arrêter. Surtout, elle a fait jurer à ses filles de faire pareil. On en parlait beaucoup à la maison. Elle a été fondatrice dans notre famille de femmes.

— Hélène, pourquoi n'as-tu jamais voulu retrouver l'amour ?

— Je suis bien comme ça. Je ne vais pas me forcer. L'amour, ça vient quand on le veut bien.

De dos, elle continue à décortiquer les crabes qu'elle vendra en rillettes dimanche sur le marché avec ses amis. Ils se connaissent tous depuis des années, se soutiennent, passent leurs fins de semaine chez les uns et les autres. Certains sont en couple, d'autres, comme Hélène, se satisfont de cette solitude choisie, pansée par le soutien de cette petite communauté loyale. Je me demande si j'aurais le courage de me sentir accomplie autrement qu'en étant amoureuse.

Je tends la main vers le pain grillé, que je tartine de beurre tout en déverrouillant mon téléphone. Hélène ne s'offusque pas de mes silences. Notre intimité est suffisamment solide pour ne pas nous forcer à les combler. Nous nous parlons quand nous en avons envie. J'ouvre mon compte d'auteure sur Facebook. Quelques messages sont arrivés cette nuit. Des lectrices qui ont achevé mon livre, trouvé par hasard chez leur libraire ou avant de monter dans le train. Elles l'ont fini et veulent me remercier de leur avoir fait découvrir cette dame qu'elles ne connaissaient pas. Un homme me parle de sa mère avec laquelle il vivait seul depuis le départ soudain de son père un matin d'octobre. Elle aurait aimé ce livre-là. Et il y a cette femme qui m'écrit pour me parler de son fils qui lui échappe depuis qu'il est en couple. Sa belle-fille cherche à le couper de la famille, c'est certain. Elle ne sait plus comment faire, ne veut pas le braquer ni bouleverser sa vie amoureuse. Que doit-elle faire ? Merci pour mon aide.

Et puis il y a ce dernier message, signé Cathy, qui me bouleverse absolument.

Chère Menie,

J'ai 23 ans, mon mari 29, nous avons deux beaux enfants (un garçon de 2 ans et demi et une fille de quatre mois). Et nous sommes mariés depuis 5 ans. Bref, nous avons tout pour être heureux. Mais il y avait une ombre à notre bonheur : nous ne nous entendions pas très bien sexuellement. J'avais un orgasme sur une vingtaine de rapports sexuels environ, le reste du temps, je jouais plus ou moins la comédie. Mais je me sentais de plus en plus frustrée et presque anormale. Grâce à vos émissions, je me suis rendu compte qu'il y avait beaucoup de femmes dans mon cas qui souffraient de cette situation et qui n'osaient pas non plus en parler... Alors je me suis armée de courage et j'ai exposé mes problèmes à mon mari. Si vous saviez comme il a été heureux que j'aborde ce sujet. Il y a un mois et demi de cela et depuis notre vie sexuelle a complètement changé. Nous n'avions qu'un ou deux rapports sexuels par semaine, nous en avons beaucoup plus maintenant et de plus en plus réussis. Plus on a de plaisir et plus on a envie de s'appartenir. Dites bien dans vos émissions que les femmes qui jouent la comédie et qui croient que leurs maris ne remarquent rien se trompent. Mon mari s'en rendait compte, mais ne savait pas comment s'y prendre pour m'en parler.

Rue Chapon, juin 1978

C'est une très belle fête de l'été, presque aussi belle que celles qu'ils donnaient autrefois, Roger et elle, lorsqu'elle n'était pas encore célèbre, qu'elle s'occupait exclusivement de la carrière de son mari, de l'éducation de ses filles, de la tenue de son intérieur et de ses « petits papiers », ainsi que certains qualifiaient poliment les articles qu'elle écrivait déjà avec passion pour les magazines féminins. Menie a invité toute l'équipe. Suzanne, Nicole, Anne-Sophie, Fabienne, les petites jeunes de passage qui filtrent les premiers appels, et toutes celles qui ont participé à l'aventure. Et puis Martha, évidemment, qu'elle observe de loin en train de discuter gaiement avec un de ses neveux. Elle la voit rarement sourire ; elle s'en veut, parfois. Est-ce à cause de tout ce qu'elle a entendu pendant ces années, ces malheurs qu'elle doit classer, référencer, consigner dans des carnets noirs, qu'elle a perdu goût au bonheur personnel ? Mais non, Menie, lui a répondu Philippe le jour où elle s'en est ouverte à lui. Martha a toujours été comme ça. Même du temps où elle travaillait au parti communiste.

Frédérique, Laurence et Évelyne sont là, avec leurs maris. Ou futur mari. Évelyne convolera cet été. On fera un beau mariage en Touraine. Avec Roger. Oui, ils seront à nouveau réunis devant leurs amis, leur famille. Elle pourra sentir sa chaleur, se blottir à l'ombre de son grand corps rassurant. Ils ont recommencé à s'écrire, timidement. Roger lui confie ce qu'il a tu pendant toutes ces années. La frustration de ses absences à elle, la difficulté d'être son époux, parfois. Il ne la juge pas, se réjouit de ce qui lui est arrivé, lui redit sa fierté, mais, voilà, c'était trop dur. Lire leur histoire à l'imparfait déchire le cœur de Menie.

Il a pris un appartement dans le Ve arrondissement. Les filles y sont allées. Elles ont trouvé ça « très bien », « très papa ». « C'est un peu austère », a plaisanté Laurence, vite reprise par ses sœurs qui ne supportent pas la moindre plaisanterie au sujet de leur père. Roger travaille plus que jamais. Il a été nommé président de la section des travaux publics au Conseil d'État. Ce poste prestigieux rend Menie très fière. Parfois, elle lit pour elle-même cet intitulé. « Président », « Conseil d'État ». Leurs chemins ont clairement pris des directions inconciliables. Menie se demande si Roger console sa peine dans les bras d'une autre femme plus douce, plus savante, plus présente, qui lui prépare de bons petits plats, met toute son énergie dans l'accomplissement de sa carrière à lui. « Un homme, ça ne reste pas tout seul, lui a toujours expliqué sa mère. Ça a besoin d'une épouse qui le soutienne, le tienne par le ventre, remplace la mère qu'il a eue enfant. » Menie sait qu'elle ne tient plus ce rôle-là. L'a-t-elle jamais eu ?

Elle porte une robe légère, fleurie, qui souligne sa poitrine et sa silhouette gracile. Elle a la peau hâlée par ses week-ends passés en Touraine avec ses filles et leurs enfants. Ça lui fait tout drôle de voir ces petits garçons, elle qui n'a pas eu la chance d'avoir de fils. Ça lui a tellement manqué. Comment ces petits bonshommes vont-ils grandir dans ce monde où les femmes ont désormais des droits ? Est-ce que ce sera difficile pour eux ? Que deviendront les relations entre les sexes ? Si les hommes et les femmes ne parviennent plus à s'entendre, à se comprendre ? Sera-t-elle responsable de cela ?

Dans le jardin, les deux plus grands de Laurence courent, grimpent sur les murets, rient aux éclats tandis que leur père tente d'exercer son autorité. Un maître d'hôtel, embauché pour la soirée, apporte des petits canapés, des coupes de champagne, du vin de Loire. Les voisins se plaindront sans doute du bruit. Il leur arrive même d'appeler la police, qui s'étonne de débarquer chez la dame de la radio. Alors, on offre un verre aux agents, une tranche de saucisson, un autographe. Et en rentrant chez eux ils pourront raconter à leur femme : Tiens, tu ne sais pas chez qui j'ai passé la soirée ? Menie Grégoire ! Eh bien, elle ne ressemble pas du tout à ce qu'on pouvait imaginer.

Depuis Lyon, et le bouquet, Menie ne se pose plus de questions. Elle a retrouvé son énergie, l'envie d'aider ces auditeurs qui l'appellent chaque après-midi. Le téléphone occupe dorénavant la plus grande place. Il y a moins de lettres, mais le standard ne cesse de sonner. Le téléphone s'étant démocratisé, la plupart des foyers en sont pourvus. Plus besoin de courir à la poste ou chez les voisins.

L'émission d'origine est devenue presque secondaire. La suivante, sur la sexualité, est *le* programme dont on parle. Quelque chose de nouveau est en train de se jouer. Médecins, prêtres et spécialistes débattent sans détour de frigidité, d'orgasme, d'impuissance, de masturbation. Menie se doute bien que, pour les filles et pour Roger, c'est compliqué. Les gens parlent beaucoup. Les journaux, qui autrefois la décrivaient comme une sorte de voyante fantasque et guère professionnelle, se gargarisent aujourd'hui de ces sujets scabreux. Elle est devenue la scandaleuse. Comme si aborder ces sujets naturels faisait d'elle une traînée, une femme qui s'offre et pousse les autres, les femmes mariées, les jeunes filles, à s'essayer à toutes sortes de sexualités quand, depuis la nuit des temps, leurs hommes prennent des maîtresses ou vont au bordel sans que personne trouve à y redire.

Les années 1970 ont eu beau passer par là, la société a encore du mal avec la notion de plaisir – en particulier celui des femmes. Des siècles d'asservissement religieux ne s'effacent pas ainsi. Pourtant, la pornographie est partout. Au cinéma, le corps des femmes s'expose à l'envi. Dans la rue, aussi. Sur les réclames visibles par tous et même les enfants. Dans les familles, où l'inceste semble régner encore plus librement depuis la libération sexuelle de mai 1968, on dédouane les adultes de franchir cette ligne blanche que la société se refuse à tracer explicitement. Oui mais voilà, une femme qui jouit, c'est une femme de rien. Une femme qui fait passer son propre plaisir avant son devoir de mère ne mérite pas le respect. D'ailleurs, songe-t-elle, il n'est jamais question du corps des hommes. Combien de temps cela va-t-il durer ? Est-ce que tout ça ne prend pas la mauvaise direction ? En contribuant à la libéralisation de la sexualité, Menie ne favorise-t-elle pas cette marchandisation du corps féminin à laquelle elle assiste, impuissante ? Les seins, la peau, les jambes, les fesses des femmes font vendre tout et n'importe quoi, alors que pour elle il n'a jamais été question de cela. La presse conservatrice se déchaîne. On parle de « radio sans culotte ». Ce qui est dit à l'antenne serait « affreux », « ridicule », « dégoûtant ». Quant à Menie, à l'instar des nouveaux sexologues, elle serait une « obsédée sexuelle ».

Suzanne minaude avec son Étienne. Il n'a pas l'air bien dégourdi mais il est plutôt bel homme, et la jeune femme n'a jamais paru plus heureuse qu'à ses côtés. Pourtant, Menie s'inquiète : il ne manquerait plus qu'elle se noie dans une vie conjugale ennuyeuse et sans plaisir pour expier ce qu'elle semble toujours considérer comme sa faute originelle. Les cordonniers sont décidément les plus mal chaussés. Suzanne a beau passer ses journées à écouter les femmes, à les orienter, les conseiller, elle peine à se défaire du schéma millénaire de la famille et du couple.

Si elle est tout à fait honnête avec elle-même, Menie sait qu'au-delà de son manque physique de Roger, le manque social est immense. Beaucoup d'hommes lui font la cour. Il lui est même arrivé de répondre à ces avances, pour vérifier si elle plaît toujours, si ce qu'elle promet aux autres – le bonheur de choisir un partenaire, de butiner le cœur léger, d'offrir son corps au plaisir sans autre contrainte que celle de jouir… – est à la hauteur. Ce fut le cas. Et il serait malhonnête de prétendre qu'elle regrette ces grands frissons entre les draps de chambres d'hôtel anonymes, ces regards éperdus, ces étreintes enfiévrées, ces battements de cœur que seule la jeunesse semblait pouvoir offrir. Si la vie éternelle et tout ce qu'on lui avait fait miroiter, ou ce contre quoi on l'avait mise en garde, n'existent pas, il aurait été idiot de se priver de ces plaisirs de l'existence. Car qu'y a-t-il de plus fort ? La maternité, sans doute. Oui, c'est bien cela qu'elle a vécu de plus beau – ces petites filles nées d'elle, qu'elle a regardées grandir. Et puis sa réussite aussi. Cette revanche sur le destin qu'on lui avait promis. Cependant il lui manque quelque chose, c'est certain.

— Menie, cette fête est admirable !

— Merci, Philippe. Avez-vous pris tous les numéros de téléphone dont vous avez besoin ? plaisante-t-elle.

— Oh oui, et bien au-delà. Il y a ici deux ou trois femmes très mariées qui me l'ont glissé dans la poche sans que je le demande. C'est fou ce qu'une réputation d'homme à femmes peut vous affoler, mesdames. Parce qu'on ne peut pas dire que je parte avec toutes les chances de mon côté.

— Sans vouloir vous vexer, Philippe, je crois bien que vous avez raison, et ça me désole. Le simple fait de savoir que vous ne les rappellerez pas et que vous ne vous attacherez jamais à elles rend les femmes de votre public hystériques de désir pour vous. Ce qu'on peut être idiotes, parfois.

— Vous exagérez, ça marche dans les deux sens. Une femme qu'on sait invariablement fermée à nos avances en devient immodérément désirable.

À ces mots, Philippe plante son regard dans celui de Menie. Malgré les dix centimètres de talons qu'elle s'inflige, il n'est guère plus haut qu'elle. Elle n'a jamais aimé les hommes petits. Elle songe à Roger, à sa grande taille, son menton haut, ses yeux intelligents et ce flegme si charmant et hermétique à sa folie à elle, à ses doutes, ses angoisses, ses peurs. Elle ne perçoit pas le confondant désespoir de Philippe poindre sous la légèreté de son propos. Elle lui sourit distraitement en balayant l'assemblée du regard.

— Je vais reprendre une coupe de champagne, ça me fera du bien. En voulez-vous une ?

— Non merci, répond Philippe, vexé. Je vais filer au hasard cueillir parmi vos hôtes la première fleur qui voudra bien venir parfumer mes draps cette nuit.

— Vous êtes incorrigible. Philippe ! Dites-moi, vous pensez qu'on va trop loin ?

— Avec quoi ?

— « Responsabilité sexuelle ». Est-ce que c'est notre rôle ? Est-ce que celui qui était le nôtre il y a dix ans n'a pas assez duré ? Vous le voyez bien, il y a moins de lettres.

— Mais bien davantage d'appels. Enfin Menie, presque tous les foyers sont équipés d'un téléphone, et même d'un téléviseur ! Au contraire, je dirais que ce n'est que le début.

— Vous croyez ? Vous raisonnez comme un banquier.

— Vous vous trompez, Menie. Bien sûr, j'ai toujours été heureux que vos émissions fonctionnent, et même bien au-delà de mes rêves les plus fous. Mais je ne vous laisserai pas dire que seul l'argent m'intéresse. Nous avons aidé beaucoup de femmes. D'hommes aussi. Et nous allons continuer. Vous savez, je suis très fier de ce que nous avons accompli tous les deux. Il faut continuer.

Menie sent les larmes lui monter aux yeux. Les grands sentiments, les compliments, les épanchements provoquent toujours ce genre de réaction chez elle. Ça lui rappelle combien sa mère était distante, combien son père lui manque, combien elle est à la fois entourée et si seule.

— Il vous manque, n'est-ce pas ?

Elle hoche la tête, incapable de prononcer un mot de plus. Il ne faudrait pas qu'elle s'effondre en pleine réception. Depuis l'émission où elle a craqué devant son public, Menie s'est juré de ne plus fendre la carapace. Montrer son humanité, ses faiblesses, n'était peut-être pas si mal, mais ça ne doit pas devenir une habitude. Pour les auditeurs, pour ses filles, elle doit rester ce socle sur lequel tous peuvent s'appuyer.

— Mais ça va aller ?

Oui, bien sûr, ça va aller. Quelqu'un monte encore le volume de la musique qui sort des baffles du salon, qu'Erwan a posés devant les grandes portes-fenêtres. Des couples s'assemblent, esquissent des petits pas de danse. Les enfants aussi, qui forment une ronde adorable. Menie pose ses lèvres sur une des coupes qui appartenaient à sa mère. Elle n'a jamais vu Marie s'en servir. Elles restaient enfermées dans un vaisselier devant lequel Menie passait des heures à observer ce trousseau de mariage qu'on promettait de sortir pour les grandes occasions.

Le ciel se teinte de rose, l'air est doux. Frédérique rit aux éclats, cigarette à la bouche, jette ses escarpins sur la pelouse, fait tourner sa longue jupe fluide devant les yeux éberlués de son jeune époux. Ces deux-là n'ont pas grand-chose à voir, songe Menie. Mais peut-être sont-ce les différences qui rapprochent les êtres ? Elle aimerait danser avec Roger. Elle l'a obligé à prendre des cours de danse. De paso doble, de cha-cha-cha, de rock'n'roll aussi, pour qu'ils n'aient pas l'air empotés lors des réceptions. Avec le temps, ils ont appris à accorder leurs corps, même si le sien est resté un peu raide.

Un journaliste de la station, la quarantaine un peu sauvage, s'approche et lui tend la main. Veut-elle danser ? Qu'a-t-elle à perdre ? Alors Menie vide sa coupe d'un trait, laisse l'alcool lui monter à la tête, les bulles réchauffer sa poitrine. Elle ferme les yeux pour mieux sentir les mains de cet homme posées sur ses hanches, son odeur inconnue qui l'enveloppe. Elle se moque bien de ce qu'on peut penser d'elle. Si ses invités s'en offusquent, ils n'ont qu'à s'en aller. Et si ses filles sont choquées, elle s'en fiche pas mal aussi. Les femmes ne devraient pas se juger les unes les autres.

Mais lorsqu'elle rouvre les yeux, Menie se rend compte que la nuit les a tous embarqués, à l'instar de cette liberté nouvelle. L'alcool et ce début d'été ont emporté les dernières pudibonderies. Tout le monde partage ce moment suspendu, où ni les peurs, ni la honte, ni les interdits de l'enfance ne viennent entraver le bonheur d'aimer.

Je vous écoute quand je peux depuis 9 ans, et vous m'avez aidée énormément. Quand j'ai un problème, je l'analyse et m'imagine les questions que vous me poseriez : j'y réponds et je trouve toujours une solution. Je me situe : 53 ans, élevée très sévèrement, pleine de tabous, pensionnat… et j'en passe. Mais un mariage très harmonieux et heureux, et encore mieux réussi depuis 9 ans…

Je vous écoute depuis le début, et souvent je me suis reconnue dans les voix qui vous appelaient, et si j'ai quelques fois ri, j'avoue que j'ai souvent pleuré. Pas de pitié mais parce que, grâce à vous, je comprenais. Et comprendre fait souvent mal.

Chère Menie, je ne trouve pas les mots pour vous encourager à continuer aussi longtemps que possible ce que notre société ne veut ou ne peut plus aujourd'hui : c'est d'écouter. Je voudrais vous remercier de tout mon cœur pour toutes ces émissions durant ces 10 années, pour votre gentillesse, votre courage, votre patience, et je ne peux que vous féliciter et vous encourager pour continuer ainsi. Je n'ai pas le courage de parler de moi, pourtant, je peux regarder la vérité en face.

Vous n'avez pas été juste, Menie, seul le temps pourra dire si vous avez oui ou non raison. J'ai pu suivre votre démarche en dix ans et j'admire vos progrès.

Si vous étiez très amoureuse et autant aimée que vous avez, vous, la faculté de le faire, car vous êtes une passionnée, vous ne feriez pas ce travail dans lequel vous essayez de vous perdre, ou de vous trouver.

Menie vous n'êtes ni une fée ni Jeanne d'Arc, vous devriez tout laisser tomber et sauver votre peau, ne pensez-vous pas que c'est une trahison.

Pourquoi ne pas monter un journal ? Pourquoi ne pas trouver des formules nouvelles ?

Paris, mars 1980

La neige est tombée cette nuit sur Paris. Installée sur le canapé de velours qu'elle a récupéré chez Menie, Suzanne regarde le manteau neigeux depuis la fenêtre. Les livres s'entassent sur la petite table en bois vers laquelle elle tend une main lasse. Elle aimerait dévorer ces revues, ces ouvrages savants et ces romans sentimentaux, mais la lecture, ça n'a jamais été son truc, au grand dam de celle qui, un jour, a décidé de l'aider à prendre sa vie en main. La radio lui manque, les filles, l'excitation, et même les ricanements des gars des bureaux d'à côté. Étienne vient déjeuner avec elle chaque jour. Il est aux petits soins. Cette fois-ci doit être la bonne. Après, elle sera trop vieille. Et encore, à trente-six ans, Suzanne se doute que beaucoup la regarderont de travers avec son petit. Dans la rue déjà, elle sent les regards obliques sur son ventre rond. Enfin, madame, ce n'est pas un âge pour procréer, où avez-vous la tête ? Un homme, lui, peut se le permettre jusqu'à ce que mort s'ensuive. Mais une femme ? Quelle égoïste je suis, se dit-elle.

Bien sûr, elle aurait aimé que ça arrive plus tôt. Hélas, les choses ne se sont pas déroulées comme prévu. Étienne lui avait fait sa demande cinq ans auparavant, à l'occasion d'une soirée organisée par Menie à laquelle toute l'équipe avait été conviée. Suzanne se souvient du cri de joie qu'elle avait poussé à ce moment-là. Un grand « Oui, oui ! » avait résonné, puis un éclat de rire, et elle avait senti les larmes couler sur son visage. Elle avait étreint Étienne, comme si le malheureux allait s'enfuir ou s'envoler. Discrètement, parce qu'elle était aussi une incorrigible midinette qui continuait de pleurer en lisant le soir des romans d'amour, Menie avait elle aussi écrasé une larme. Oui, s'était-elle dit, ce soir, cet amour-là aura vaincu toutes les noirceurs. C'était sans doute cela, la vie, lui semblait-il : l'alternance de zones d'ombre et de merveilleuses allégresses.

Après leur mariage, Étienne et elle ont tout fait pour essayer de donner vie à cette progéniture qu'ils appelaient tous les deux de leurs vœux. Suzanne a retrouvé, avec un bonheur qu'elle n'avait pas anticipé, les transports du corps, la sensation d'une peau chaude contre la sienne et l'exaltation des sens au terme d'une rude journée. Après des années à écouter les sexologues, les psys et les médecins parler de ces choses-là, elle a appris à écouter ses propres désirs, à guider Étienne, à goûter sans honte au plaisir. Elle a même découvert l'orgasme, et surtout compris qu'avant cela elle n'avait jamais expérimenté ce mystère dont on parlait tant à l'antenne. Avec Robert, elle en avait pleuré d'excitation, de fierté folle que cet homme si beau, si obscur, chahute ainsi sa chair au creux des bosquets ou dans l'habitacle embué de sa vieille voiture. Mais jamais il n'avait pris le temps de la faire monter lentement vers cette explosion-là. À l'époque, la sensualité de Suzanne résultait surtout des scénarios d'amour qu'elle s'inventait.

Mais, avec Étienne, le plaisir avait beau être là, et leurs ébats être presque quotidiens, le bébé n'était pas venu la première année, après leur beau mariage célébré à la mairie du VIIIe arrondissement devant Mireille, Lucien, les enfants, Menie, les filles de la radio, les collègues et puis le maire qui avait accepté de les unir parce que Menie le lui avait demandé. Ça avait été une journée joyeuse, ponctuée par une minuscule averse qui avait fait dire aux invités que ce mariage serait forcément heureux puisque pluvieux. Lorsqu'ils étaient sortis de la mairie ce samedi-là, il faisait grand soleil. Ils étaient tous descendus sur les quais où Martha avait fait installer une immense table à tréteaux, sur laquelle étaient disposés des verres et quelques victuailles. Le frère de Lucien avait apporté son accordéon et amené deux copains musiciens de Saumur. Du haut de ses dix-neuf ans, Catherine avait les yeux brillants et le cœur triste de se sentir exclue de la vraie vie. Elle avait regardé avec dépit sa robe vieillotte, ses souliers démodés, et soupiré en écoutant discrètement les conversations fascinantes de ce petit monde libre et sans contrainte auquel le destin paraissait offrir toutes les chances.

Sur les conseils de Menie qui s'inquiétait de la voir s'étioler, Suzanne était allée consulter un médecin. Une femme, cette fois-ci. Elle ne voulait plus avoir affaire aux bonshommes qui, selon elle, n'y connaissaient rien – à l'exception du Dr Caron qui intervenait régulièrement dans « Responsabilité sexuelle ».

Elle s'était soumise à plusieurs examens. Étienne avait dû lui aussi en passer par là, le pauvre. Suzanne avait beau être féministe, elle estimait cependant qu'il est des choses qu'on ne fait pas subir aux hommes. Et tout ce qui se passait dans l'intimité de leurs sous-vêtements en faisait partie. Mais son époux s'était plié de bonne grâce aux vérifications médicales. Si ça pouvait les aider, il n'y avait pas mort d'homme.

Peu après leur mariage, Catherine, qui aidait depuis un an les sages-femmes de l'hôpital, avait émis le souhait de faire sa médecine. Ça, on peut dire que Lucien en était resté comme deux ronds de flan. Lorsqu'elle le leur avait annoncé, à lui et à Mireille, il était même parti d'un grand éclat de rire que sa fille aînée n'oublierait jamais. Une femme médecin ? Et quand bien même, un médecin dans la famille ? Non mais on aurait tout entendu. Qui lui avait mis de telles idées dans la tête ? Elle ne pouvait pas se contenter d'être comme tout le monde, ses amies de l'école primaire qui avaient pour la plupart trouvé chaussure à leur pied et aideraient bientôt leurs vieux parents à boucler les fins de mois ? De toute façon, il n'y avait pas d'école de médecine par ici. Et ils n'avaient certainement pas de quoi lui payer un logement à Tours pour que madame se fasse entretenir le temps d'apprendre l'anatomie complète de ses congénères. D'ailleurs, ça n'était pas très convenable de s'intéresser comme ça à celle des messieurs. Et qu'est-ce qu'elle en pensait, Mireille ?

Mireille n'avait pas dit grand-chose, trop habituée à laisser à Lucien les grandes décisions concernant le foyer. Il avait probablement raison, comme pour tout. Pourtant, une petite voix dans sa tête lui murmurait qu'il était peut-être temps de changer le cours des choses. Qu'il n'était pas forcément écrit que chacun doit suivre une voie toute tracée. Que Suzanne lui avait bien prouvé qu'on pouvait changer sa destinée, pour peu que quelqu'un vous tende la main. Sur le moment, Mireille était restée silencieuse, puis elle avait osé un « Parlons-en demain, ma chérie, tu veux bien ? » qui avait brisé le cœur de Catherine. Restée seule avec Lucien, elle avait préféré ne pas lui tenir tête tout de suite. Elle l'avait écouté lui expliquer pourquoi cette idée était très mauvaise. Catherine allait gâcher son avenir, elle finirait seule, les ruinerait et les ferait mourir de honte – soit d'avoir cédé à leur enfant, soit de la voir échouer. D'ailleurs, il n'avait aucune envie de courber l'échine devant cette nouvelle génération qui refusait de se plier aux règles établies depuis une éternité.

— Est-ce que nos parents pétaient plus haut que leur cul comme ça, hein ? Non, ils partaient à la guerre quand on le leur demandait, et ils étaient déjà bien contents d'avoir une famille en bonne santé, un toit au-dessus de la tête et quelque chose à manger, pas vrai ? avait-il conclu avant de partir se coucher.

Le lendemain, un peu avant l'heure du déjeuner, Mireille était allée à la cabine pour appeler Suzanne. À RTL, on lui avait répondu qu'elle était sortie déjeuner. Alors Mireille avait demandé à l'employée de lui chercher le numéro de téléphone de cette brasserie où sa sœur et ses collègues avaient leurs habitudes. Lorsque ça avait décroché, elle avait reconnu la voix d'Henri, le serveur qui s'était occupé d'elles et prenait un malin plaisir à écouter les conversations de ses clients. Suzanne ? Bien sûr qu'elle était là ! Elle finissait même son île flottante.

Accoudée au zinc, ses escarpins écrasant machinalement les mégots qui jonchaient le sol, la jeune femme avait commandé un café en écoutant sa sœur. Cette fois-ci, tandis que Mireille lui exposait ses scrupules à s'opposer à l'avis de Lucien, et sa peur de regretter toute sa vie de ne pas avoir aidé sa fille à réaliser ses rêves, Suzanne écoutait. Elle avait fait une fausse couche deux semaines auparavant et n'était pas au mieux de sa forme.

— Laisse-moi réfléchir, on en reparle demain, tu veux bien ? avait-elle répondu platement, laissant Mireille dans le même désarroi que sa nièce la veille.

Le soir même, elle avait raconté ce coup de fil à Étienne, inquiet de voir sa femme sombrer dans un désespoir dont il ne parvenait pas à la sortir.

— On ne peut pas laisser Catherine comme ça, pas vrai ? Elle devrait au moins essayer, quitte à se planter. On ne peut pas étouffer les espoirs d'une jeune fille avant même qu'elle ait démarré dans la vie. Qu'est-ce que je serais devenue, moi, si personne ne m'avait tendu la main ?

— On ne se serait pas rencontrés.

— Voilà. Tu imagines ?

Suzanne s'était blottie contre son homme, qui lui était devenu tellement indispensable. Comment avait-elle pu vivre sans lui avant ça ?

— Tu veux qu'on l'accueille à la maison ? avait-il chuchoté en lui caressant doucement les cheveux.

Suzanne n'avait pas bougé, de peur qu'il ne change d'avis. Pas plus qu'elle n'avait osé tourner la tête vers lui. Elle avait continué d'observer les flammes qui dansaient dans la cheminée. Si on lui avait dit un jour qu'elle aurait une cheminée. Et à Paris, en plus.

— On a la chambre de bonne. Puisque tu ne veux pas de domestique, maman dit que je peux bien en faire ce que je veux.

Ça, on peut dire que Suzanne avait de la chance. Parmi les appels qu'elles recevaient chaque jour, une grande partie concernait les belles-mères, poisons manifestes des ménages. Les trop dures, les toxiques, les trop présentes, les mortes idolâtrées, les malades, les sournoises, toutes semblaient avoir choisi de pourrir la vie de ces belles-filles qui avaient eu l'outrecuidance de leur voler leur petit garçon devenu grand. Mais la mère d'Étienne était très douce et se réjouissait que son fils ait trouvé une femme telle que Suzanne après ses années de solitude médicalisée. Elle l'avait peut-être trouvée un peu âgée dans un premier temps, mais s'était très vite ravisée : elle ne souhaitait que le bonheur de son fiston. Quant à l'amour qui émanait de ces deux-là, il eût fallu être absolument sans cœur pour souhaiter le faire vaciller. C'est donc avec une belle générosité que les beaux-parents de Suzanne avaient mis à la disposition du couple un petit trois-pièces près de la Bastille, au marché d'Aligre, qu'ils avaient acheté une bouchée de pain. Les filles de la station et même Menie faisaient de drôles de têtes lorsque Suzanne leur vantait les joies du canal, des maraîchers charmants qui vendaient des produits de qualité pour trois fois rien, et du bois pas très loin, où Étienne et elle se promenaient le dimanche. L'est de la capitale, personne n'y allait.

Peu après leur conversation, Étienne et Suzanne avaient pris la clé pendue dans l'entrée et gravi les quatre étages qui les séparaient de cette chambrette où dormaient de vieux cartons qu'ils n'avaient jamais eu le courage de déballer. Ils avaient ouvert la petite fenêtre pour faire entrer un peu de vie. Suzanne s'était dit qu'il faudrait passer un bon coup de plumeau, de balai, envisager peut-être un ou deux après-midi de peinture, mais qu'on se sentait bien dans cette pièce donnant sur un océan de toits. Elle lui rappelait vaguement ses jeunes années, le vague à l'âme en moins puisqu'il était hors de question de laisser sa petite Catherine livrée à elle-même comme elle l'avait été. Puis ils avaient fait l'amour, doucement, face au ciel étoilé, au milieu des cartons, heureux de sentir leurs corps se retrouver.

Le lendemain après l'émission, n'y tenant plus, Suzanne avait appelé Mireille.

— On la prend ! C'est décidé, Étienne est d'accord.

— Vous prenez quoi ?

— Eh bien, Catherine ! On va la loger chez nous, l'installer dans notre chambre de bonne. Je t'ai dit qu'on avait une chambre de bonne ? Je n'aime pas beaucoup ce nom-là d'ailleurs, il faudra qu'on en trouve un autre. Je vais tout refaire, poser des rideaux, et installer un petit bureau. Menie m'a proposé le sien. Tu te rends compte ? Ça n'est pas rien. Elle est en train d'en changer. Je n'en avais pas l'utilité mais pour notre petite Catherine, ce serait formidable, non ? J'ai vérifié, les inscriptions à l'université sont encore possibles.

— Mais… et pour l'argent ?

— On s'arrangera ! Mireille, tu veilles sur moi depuis toujours. C'est à mon tour de te rendre la pareille. Si j'ai bien appris quelque chose ces dernières années, c'est qu'entre femmes il faut s'entraider. Personne ne le fera pour nous. Alors entre sœurs… Laisse-lui cette chance. Si ça ne marche pas, il sera bien temps qu'elle prenne une autre voie.

— Non, non. Lucien n'acceptera jamais.

— On s'en fiche de Lucien. Laisse-moi donc lui parler. Je sais y faire, moi, avec mon beau-frère. Il ne va pas nous enquiquiner.

— Non, vraiment. On ne va pas prendre le salaire de ton mari.

— Alors déjà, il s'appelle Étienne, et il t'adore. Ensuite, il s'agit du mien, d'argent. Et pour l'instant, je n'ai personne qui puisse en profiter. Et, si ça t'arrange, on n'a qu'à dire que lorsqu'elle aura réussi son concours, la petite me remboursera avec ses premiers salaires, ça te va comme ça ?

— Reparlons-en demain, tu veux bien ?

À la fin de l'été, Catherine avait débarqué à Paris avec ses valises. Comme Menie l'avait fait de Cholet des années plus tôt. Puis comme sa tante l'avait fait de Saumur. Les immeubles lui semblaient immenses, les gens pressés, les bruits de la ville démesurés. C'était comme si on avait accéléré d'un coup la vie, et ça lui plaisait. Avec Suzanne et Étienne, la jeune fille avait passé deux semaines délicieuses avant la rentrée. Ensemble, ils avaient repeint la chambre, s'étaient promenés au marché Saint-Pierre pour choisir le tissu de ses rideaux, dont ils avaient pris quelques mètres de plus pour en coudre un dessus-de-lit, une taie d'oreiller, et même une petite trousse dans laquelle Suzanne avait glissé des stylos. Menie avait tenu parole, et offert avec joie à cette jeune femme prête à embrasser sa vie d'adulte son petit bureau en acajou rehaussé de cuir noir en son centre, qu'on avait placé face à la fenêtre. Les filles de RTL avaient toutes voulu participer à cette mise à l'étrier. Martha avait offert une plaque électrique dont elle n'avait plus l'usage, Nadine une belle bouilloire toute neuve qu'elle était allée acheter aux Galeries Lafayette. Quant à Philippe, il était arrivé un matin avec un luxueux porte-documents gravé aux initiales de Catherine, jetant quasiment son paquet dans le bureau, peu désireux qu'on le remercie ou, pire, qu'on le soupçonne d'un sentimentalisme peu en accord avec sa dive virilité.

La première année était passée. Catherine habitait sous les toits le soir, passait ses journées à la faculté, croisant quelques rares jeunes filles qui, comme elle, avaient décidé de faire fi des conventions selon lesquelles un métier aussi prenant et savant serait incompatible avec celui de femme, voire de mère. Le soir, elle descendait dîner avec son oncle et sa tante qui la couvaient comme si elle était leur enfant. Cette année-là, il y eut une nouvelle fausse couche. Curieusement, Suzanne, qui ne s'en était jamais ouverte à sa sœur, ni à ses collègues et amies, parvint à se confier à Catherine.

Était-ce parce que celle-ci étudiait l'anatomie, les mystères du corps humain, qu'elle serait bientôt confrontée à la nudité des autres, à leurs désarrois les plus profonds, au secret de leurs âmes et de leurs corps ? Toujours est-il que se livrer fit un bien fou à Suzanne. Catherine lui assura que cela arrivait souvent, qu'elle ne devait pas désespérer, qu'elle ferait une mère épatante. Et, quand bien même, peut-être pourrait-elle adopter ?

Le premier concours fut un échec. Catherine était classée loin derrière le dernier reçu sur la liste minuscule des élus de l'école de médecine. Elle envisagea d'abandonner. Elle avait été trop ambitieuse. C'était idiot. Comment une petite paysanne comme elle avait pu se mettre des idées pareilles dans la tête ? Elle était désolée. Elle avait fait perdre beaucoup d'argent à tout le monde. Maintenant, elle allait devenir raisonnable. Retourner là d'où elle venait, trouver rapidement un mari, avant que plus personne ne veuille d'elle, et laisser ses idées folles derrière elle. Suzanne n'avait rien voulu entendre, pas plus qu'Étienne qui fut peut-être le plus virulent des deux et lui passa un sacré savon. Alors comme ça, elle abandonnait ? Mais était-ce ainsi qu'il l'avait élevée – il prenait décidément son rôle de mentor très au sérieux – ? On ne baissait pas les bras au premier obstacle venu, ça non ! Mireille, Lucien et même Jean-Pierre étaient montés en renfort à Paris. Lucien avait même accepté que Mireille prenne le volant parce qu'il était fatigué par ses journées à l'usine. C'est vrai, quoi ! avaient-ils tous déclaré, à la surprise générale. Au point où Catherine en était, il était préférable qu'elle tente une nouvelle année. Il y avait bien une seule seconde chance, non ?

— Et remercie ton oncle et ta tante qui sont bien patients.

— Non mais vous plaisantez ? Notre petite Catherine, c'est notre rayon de soleil.

Alors Catherine était repartie pour une année de plus. Elle s'était fait une amie, Anne-Marie, avec laquelle elle avait entrepris un programme de révisions bien plus ardu et organisé que pour sa première tentative. Anne-Marie passait beaucoup de temps dans ce foyer de la Bastille.

— Tu en as de la chance, disait-elle souvent à Catherine. Ils sont vraiment amusants. Et puis gentils avec ça. Tu verrais mes parents.

Poussée par sa nièce, Suzanne avait évoqué cette histoire d'adoption avec Étienne. Il avait d'abord trouvé ça saugrenu, et puis avait accepté ce projet, comme tout ce que lui suggérait sa femme, lorsqu'elle avait proposé d'entreprendre les démarches. Après tout, ça ne mangeait pas de pain, même si cela aboutissait rarement.

Au mois de juin de la même année, Catherine et Anne-Marie avaient été reçues à leur concours. Au bureau, tout le monde avait exulté. On aurait dit qu'un membre d'une équipe nationale avait décroché une médaille olympique. Et il y avait un peu de cela, tant les filles s'étaient investies dans la réussite de la petite Catherine, qui justifiait en elle-même tous les malheurs reçus chaque jour au bout du fil, toutes ces heures passées à panser les plaies de ces sœurs qu'elles ne verraient pour la plupart jamais.

Oui, le destin de Catherine venait en quelque sorte réparer celui de toutes celles qui souffraient en silence.

Cet été-là avait eu quelque chose de magique. Après deux années passées enfermée dans sa routine studieuse, Catherine avait enfin pu découvrir cette ville qui l'accueillait depuis de longs mois. Avec son oncle et sa tante, elle avait visité les monuments, longé les quais de Seine, assisté à des spectacles, des pièces de théâtre, des séances de cinéma. Mireille et Lucien étaient revenus, avec toute la fratrie cette fois-ci. Ça faisait un sacré groupe, mais Suzanne et Étienne n'étaient pas du genre à se formaliser pour ça. Tout le monde s'était serré, voilà tout. On avait mis des matelas dans le salon, et Catherine avait pris sa sœur dans son lit. Ça avait été très joyeux. Puis ils étaient tous montés dans un train pour passer une quinzaine de jours en Bretagne dans un camping. C'étaient les premières vacances des enfants, et même de Lucien, Mireille et Suzanne qui n'avaient guère eu l'occasion de goûter à l'ivresse des congés payés ailleurs qu'à Saumur. Contre toute attente, les beaux-frères s'étaient très bien entendus et avaient passé leurs matinées à parcourir la région à vélo pendant que les deux sœurs bronzaient au soleil et que les enfants se baignaient sans jamais se lasser. Catherine et Jean-Pierre, plus âgés, vivaient là leur première plage de liberté. Le frère veillant sur sa sœur, ils avaient eu l'autorisation de sortir quelquefois le soir. Catherine avait alors remarqué l'effet qu'elle provoquait chez les garçons de son âge, mais aussi la liberté dont jouissaient les jeunes de sa génération, qui s'embrassaient en public sans honte, voire pire, au son de musique disco en buvant des piña coladas ou des

Orangina. Puis il avait fallu gagner un peu d'argent pour la rentrée, et rembourser sa tante – du moins symboliquement –, comme Mireille l'avait promis à Suzanne aux prémices de leur accord.

Catherine avait donc travaillé tout le mois d'août à RTL. Elle s'était immergée dans les archives de l'émission, avait classé des centaines de fiches, parcouru les fameux carnets noirs de Menie, rangé les bandes sonores dont celle-ci refusait de se séparer, contrairement à la plupart de ses collègues qui ne voyaient pas à quoi servirait de s'encombrer de tels vestiges. Qui s'intéresserait à ces bonnes femmes dans quelques années ? Les gens allaient passer à autre chose, voilà tout. Catherine avait adoré ces semaines de solitude dans le fameux bureau des filles de Menie. Quant à Paris, la ville s'était vidée d'un coup comme une salle de classe après la sonnerie annonçant la récréation. C'était agréable de s'y promener le soir, lorsque l'air était encore chaud et que quelques touristes continuaient de profiter de cette ville fascinante.

Catherine aurait aimé intégrer l'équipe à la rentrée. La plongée dans la vie de ces auditrices l'avait définitivement confortée dans son envie d'aider son prochain, et surtout sa prochaine, et l'idée de se former à la nature humaine en recevant les appels comme nombre d'étudiantes de son âge la passionnait. Quant à travailler avec Menie, dont Suzanne lui parlait à longueur de soirée depuis maintenant deux ans, elle aurait donné beaucoup pour pouvoir le faire. Tout juste si elle n'avait pas envisagé une année sabbatique. Évidemment, il n'en avait pas été question. Aussi avait-elle vaillamment entamé ces longues années d'études qui feraient d'elle la fierté de la famille.

Une nouvelle année s'était écoulée sans que Suzanne tombe enceinte. Était-ce cette satanée pilule qui l'avait détraquée ? Et dire qu'elle avait conseillé à des centaines de femmes de s'y mettre les yeux fermés. Catherine avait dû déployer des trésors de patience pour convaincre sa tante que ça n'avait rien à voir, pas plus qu'avec l'avortement qu'elle avait subi quelques années auparavant – ce dont Suzanne s'était ouverte à elle, Catherine étant devenue sa plus proche confidente.

Et puis l'année suivante, après les fêtes de Noël passées en famille, Suzanne et Étienne avaient été contactés par l'organisme d'adoption. Ils avaient passé des heures à expliquer combien ils seraient de bons parents, prêts à accueillir dans leur foyer un petit être abandonné, des heures à expliquer qu'ils gagnaient bien leur vie, qu'ils étaient équilibrés. Suzanne avait caché qu'elle travaillait pour Menie – l'aura sulfureuse qui entourait encore l'émission aurait pu jouer en leur défaveur. Elle avait simplement précisé qu'elle était salariée d'un média solide – ce qui était déjà très bien.

Et soudain, sans prévenir, il y avait eu ce miracle de l'année 1980. Cette lettre arrivée par la poste, avec le cachet officiel de l'organisme leur annonçant qu'ils allaient devenir parents d'un petit garçon. Ça avait été une déflagration de bonheur, la rupture d'une digue qui contraignait le couple depuis trop longtemps.

Ce soir-là, ils avaient abondamment pleuré, de joie bien sûr. Catherine s'était beaucoup inquiétée lorsqu'elle les avait retrouvés les yeux baignés de larmes, dans l'obscurité de leur petit salon dont ils avaient oublié d'allumer les lampes tant ils étaient à autre chose. Alors, ils lui avaient montré la lettre, et elle avait entouré de ses bras ces presque parents qui la portaient depuis quatre années, voire davantage si l'on songeait à l'influence que Suzanne avait eue sur la vie de Mireille et Lucien, et du reste de la famille. Catherine passait ses nuits à l'hôpital, en stage, et se passionnait pour ce métier choisi un peu par hasard et qui, en fin de compte, coïncidait avec celle qu'elle était devenue, et qu'elle espérait devenir. Souvent, Menie l'appelait pour la consulter, tout comme Martha qui avait peu à peu fendu l'armure et nourrissait à l'égard de cette petite mascotte une tendresse qu'elle avait du mal à dissimuler. Pour l'équipe de l'émission, Catherine se renseignait auprès de ses pairs, des professeurs prestigieux, mais aussi des nombreuses infirmières qui, mieux que personne, comprenaient les femmes et les hommes qui venaient confier à l'hôpital ce qu'ils avaient de plus intime, déposant à l'entrée les armes sociales ainsi qu'ils le faisaient au standard de Menie.

L'arrivée de Paul avait été programmée pour avril, au printemps. Alors Catherine, Étienne et Suzanne avaient renoué avec ces saines activités de fin de semaine qui les menaient au Bazar de l'Hôtel de Ville ou au Faubourg Saint-Antoine, afin d'acheter des fournitures pour repeindre, poncer, préparer la chambre du petit bonhomme, dépensant plus que de raison en meubles, mobile, table à langer, jouets, ou encore grenouillères, landau et chaise bébé. Bref, une quantité indescriptible d'accessoires dont le nouveau-né n'aurait a priori nul besoin tout de suite. Mais voilà, leur enthousiasme était difficilement contrôlable et la petite photo du bébé qui leur avait été envoyée commençait à être très abîmée à force de passer de main en main soirée après soirée.

Puis, alors que les premières belles journées s'installaient, il y avait eu cette brusque inquiétude. Une immense fatigue avait soudain accablé Suzanne. Une fatigue d'autant plus surprenante qu'elle faisait preuve depuis des semaines d'une rare énergie. Le soir, elle s'endormait sur le canapé avant même le retour d'Étienne. À RTL, elle devait lutter pour ne pas s'assoupir après le déjeuner, à l'heure où il fallait au contraire se montrer le plus à l'écoute. « Alors Suzanne, qu'est-ce que tu fiches ? On ne peut pas prendre tous les appels, tout de même. Il faut dormir, la nuit. » Si les filles étaient enchantées du bonheur de leur collègue, elles n'avaient aucune envie de subir son manque de sommeil. Il avait toujours été clair que les soucis personnels des unes et des autres n'avaient pas leur place ici. Toutes avaient leur vie et leurs problèmes, sans parler de ceux des femmes qui appelaient. Alors non, personne ne travaillerait double à cause de la légèreté de Mlle Suzanne, même si elle faisait partie des anciennes.

Honteuse et quelque peu anxieuse, Suzanne s'était décidée à consulter et était retournée voir la gentille doctoresse qui l'avait suivie lorsqu'elle avait encore l'espoir de concevoir. Et c'est allongée sur la table d'examen, priant le ciel pour qu'on ne lui annonce rien de grave, que Suzanne avait appris ce qu'elle n'attendait plus. Elle était enceinte. Était-ce la joie, le fait de n'y avoir plus prêté attention ou simplement l'un de ces hasards de la vie qu'il ne faut pas chercher à expliquer, toujours est-il que la nouvelle lui ficha un sacré coup.

Lorsqu'elle était sortie du cabinet cet après-midi-là, elle avait marché le long de la Seine, songeuse, se déroulant les dernières années, les fausses couches, et l'image du petit Paul gravée dans son cœur. Elle avait repensé aussi à cet après-midi où Menie l'avait accompagnée dans la décision qui avait bouleversé sa destinée. C'était à elle qu'elle désirait parler. Parce qu'elle n'en menait pas large, et qu'il lui fallait mettre de l'ordre dans son esprit.

Elle était entrée dans une cabine téléphonique et avait empilé plusieurs pièces de deux francs, en prévision des coups de fil qu'elle allait passer pour la trouver. À cette heure-là, Menie pouvait être n'importe où. Elle avait d'abord appelé à RTL. Martha s'était montrée plutôt revêche. Qu'est-ce qu'elle lui voulait, à Menie ? Elle avait travaillé tard sur « Responsabilité sexuelle » et avait un dîner ce soir-là. Pouvait-elle l'aider ? Suzanne avait tenu bon. Martha ne lui faisait plus peur. Alors, cette dernière lui avait suggéré de la chercher chez Lipp, où elle avait planifié une interview avec une journaliste qui souhaitait faire son portrait. Suzanne avait frémi parce que l'équipe n'aimait guère la curiosité des confrères à leur égard. Heureusement, Menie s'était endurcie, elle savait dorénavant où elle voulait aller, n'en déplaise aux esprits chagrins.

Suzanne avait pris un bus. Elle s'était assise, soudain consciente de cette vie minuscule qui poussait à nouveau en elle, mais qui la terrifiait moins que la première fois. Elle avait contemplé les rues de Paris, les femmes emportées par la frénésie moderne, qui couraient les bras chargés de courses ou de dossiers. Elles avaient réussi ça. Ces femmes-là étaient bien plus nombreuses que lorsque Suzanne avait débarqué. Et elles paraissaient heureuses, libres. Même en ployant sous les responsabilités. En cette fin de journée, il y avait peu d'hommes. Dans le bus, la tête encore pleine des réunions de la journée, les femmes gardaient le nez sur leur montre, pressées d'aller récupérer les enfants, de préparer le dîner. Suzanne, Menie, Martha et les autres ont senti ça germer chez elles. Ces nouveaux soucis nés de l'émancipation, de leur liberté, de leur intégration dans la société. Elles étaient nombreuses à appeler Menie pour raconter la fatigue, leurs difficultés à tout gérer, la culpabilité de laisser les petits grandir sans elles, de les confier à des nourrices ou à l'étude, de ne les voir que lors des vacances. Et puis cette double journée avec les courses en sortant du bureau, le Félix Potin, le dîner du mari, l'amour à faire parce que, maintenant, il fallait en plus jouir, puisqu'il n'y avait plus de grossesse à craindre et tant de plaisir à rattraper.

Elle était descendue devant l'église Saint-Germain. La nuit était déjà tombée. Elle était entrée et elle avait allumé un cierge. Pour le bébé qu'elle avait décidé de ne pas garder et pour celui-ci. Pour Paul aussi, auquel il faudrait peut-être renoncer. La vitrine de chez Lipp était illuminée. Suzanne avait toujours été très impressionnée par cette institution dans laquelle se pressait le Tout-Paris. Menie y avait sa table attitrée, non loin de la porte, au rez-de-chaussée, évidemment, parce qu'on n'allait pas la cacher. D'une certaine façon, elle faisait partie du patrimoine. Le cœur battant, Suzanne avait poussé la lourde porte et aperçu Menie, en pleine conversation avec une jeune femme. Elle avait d'abord hésité. Pouvait-elle la déranger comme ça ? Après tout, elle était sa patronne, Suzanne n'avait pas à débouler dans son espace. Elle aurait pu se confier à Mireille, à Catherine, à Étienne. Pourtant, comme des milliers de voix au visage inconnu, c'était à elle qu'elle avait envie de parler. C'était ainsi.

Menie l'avait tout de suite vue et avait compris que c'était important. Elle s'était aussitôt levée et avait demandé : « Alors, Suzanne, ça ne va pas ? » Puis elle avait poliment congédié son interlocutrice, l'entretien était terminé. Suzanne s'était assise et avait refusé le petit whisky que Menie lui avait proposé.

La salle du restaurant s'était peu à peu remplie. On venait prendre l'apéritif, se détendre avant les réceptions, attendre ses convives pour le dîner. Il y avait un chahut de tous les diables, la fumée de cigarette saturait l'air, une joie plutôt canaille se propageait, de grands éclats de rire résonnaient, et une jeune femme chantait même dans le fond de la salle. Ce n'était pas vraiment le lieu idéal pour s'épancher. Alors Menie avait fait signe au serveur, l'avait prié de mettre les consommations sur sa note et avait entraîné Suzanne hors du restaurant. Il faisait un peu frais ce soir-là malgré le soleil printanier de la journée. Menie avait prêté son étole à Suzanne. Elles avaient trotté jusqu'à la rue de Rennes, pris à droite, trouvé la voiture de Menie très mal garée. Elle avait arraché la contravention glissée sous l'essuie-glace, l'avait balancée sans ménagements dans sa boîte à gants déjà pleine d'amendes. Menie conduisait un peu n'importe comment – la carrosserie de sa voiture en témoignait. Par précaution, Suzanne attacha sa ceinture.

— Il faudrait que je prévienne Étienne, il va s'inquiéter, avait-elle chuchoté presque pour elle-même.

— Oui, on fera ça à la maison, on n'en a pas pour longtemps, avait répondu Menie, soufflant doucement entre ses dents comme elle le faisait quand elle était concentrée et que l'heure était grave.

La petite voiture avait traversé la Seine, foncé vers le Marais, grillé quelques feux rouges tandis que Suzanne se cramponnait à la poignée au-dessus de la portière. L'autoradio crachotait les informations. L'élection présidentielle aurait lieu dans un an, et tout le monde s'en préoccupait déjà. On voulait du changement. Le chômage gagnait du terrain. Les auditeurs le racontaient au standard – le mari qui perd son boulot, le fils ou la fille qui n'en trouve pas malgré les études qu'on s'est évertué à payer. La veille au soir, le chanteur Daniel Balavoine s'en était pris à Mitterrand en plein journal télévisé. Il avait crié leur colère, leur ras-le-bol. On dirait bien que le monde change de nouveau, s'était dit Menie, qui observait tout cela depuis la lucarne de leur petit bureau de RTL. La dernière fois, c'était en 1968, mais cette fois-ci l'espoir faisait place à la colère.

Elle avait garé sa voiture sur le bateau juste devant le grand portail bleu. Elle avait beau gêner le passage dans la rue, personne ne s'en souciait. Ses voisins, des grossistes chinois pour la plupart, la connaissaient.

Cette ruelle du Marais ressemblait à un petit village. Ses amis trouvaient amusant qu'elle se soit installée dans ce quartier bohème. C'était peut-être son côté artiste qui s'exprimait… Menie écrivait un nouveau livre. Elle n'a jamais cessé de faire courir le stylo sur le papier, songe Suzanne. Elle a besoin de raconter ce qu'elle entend, sa vie intérieure et les voix du passé, celles des comtesses, des ducs, des grandes dames d'autrefois. Elle avait aussi publié des contes pour enfants, dont quelques exemplaires étaient posés sur le bureau.

— Sur quoi écrivez-vous en ce moment, Menie ? l'avait interrogée Suzanne tandis que sa patronne, après avoir suspendu son manteau de fourrure dans le placard de l'entrée, remplissait d'eau une bouilloire.

— Un éditeur m'a commandé un recueil d'histoires vraies. Avec Nicole, nous avons pioché dans celles que nous recevons. Fait une sélection des plus fortes, de celles qui nous avaient marquées, et nous avons contacté leurs protagonistes pour connaître la suite de leur histoire. Vous vous souvenez de Juliette, fidèle pendant quarante ans à son Roméo disparu ? Et de Nadia, la petite fugueuse de quinze ans ? Géraldine et son prêtre ? Et Madeleine, cette grande femme d'affaires, proie d'un séducteur. Je voudrais que cela se lise comme un roman, celui d'une société qui change et dont les femmes sont les témoins. Vous le savez, vous, Suzanne, qui travaillez avec moi depuis… Depuis combien de temps, déjà ?

— Plus de dix ans.

— Sapristi ! Eh bien, vous savez que ceux qu'on appelle les gens ordinaires vivent des aventures plus brûlantes que celles de nos vedettes de *Paris Match*. Ça, il faut le rapporter, n'est-ce pas ? L'écrire surtout, parce que le reste s'envole. Mais venez, allons nous asseoir au salon.

Suzanne avait beau être venue ici des dizaines de fois pour des réunions de travail, des fêtes surtout, ou simplement pour y déposer des dossiers lorsque Madame Menie était clouée au lit ou qu'elle n'avait pas le temps de passer à la radio, elle était toujours aussi intimidée par l'endroit. Sur la cheminée qui leur faisait face, un cliché de Menie avec son mari occupait une place de choix. Ils posaient devant un fleuve qui pourrait être partout et nulle part. L'eau paraît avoir une grande importance dans la vie de Menie, s'était dit Suzanne. Cet homme-là aussi, dont l'image semble s'être effacée depuis quelques années.

— C'est en Égypte, avait précisé Menie en surprenant le regard de Suzanne. C'était un très beau voyage que nous avions fait pour le travail de mon mari. Regardez, j'avais encore mon visage d'avant. Plus doux, plus innocent surtout.

— Vous regrettez ?

— Quoi donc ? D'avoir abandonné certaines choses pour tout le reste ? Ça m'arrive. Rarement. J'ai accepté tout ce qui m'a emportée. On est toujours maître de ses choix, vous ne croyez pas ? Et vous, Suzanne, pourquoi êtes-vous venue me voir ?

Après toutes ces années, le vouvoiement était naturel entre elles. Suzanne aurait trouvé saugrenu d'en changer. Le reste de l'équipe faisait de même. Et même Philippe n'osait guère sauter le pas des familiarités. Pourtant, malgré cette coquetterie que certains jugeraient surannée, c'était à cette femme qu'elle avait osé ouvrir son cœur, à elle qu'elle avait décidé d'exprimer ses doutes, sans pudeur ni réserve. Alors Suzanne avait raconté les années d'attente, la culpabilité, les fausses couches, le désespoir, le soulagement, parfois, de n'avoir pas à porter un bébé, la peur de voir grandir en elle un corps étranger, la liberté de ne pas être mère, celle de pouvoir profiter de sa vie. Et puis les nuits de doute, de tristesse abyssale, l'impression d'être une femme incomplète parce qu'elle n'avait jamais enfanté. La peine d'Étienne et de sa mère. Et ensuite l'adoption, les rendez-vous, les papiers, cette épreuve pleine d'embûches et de désillusions qui les portait depuis des mois, des années, et qui les avait finalement rapprochés, Étienne et elle. Le bonheur immense de la lettre annonçant l'arrivée de Paul, qu'elle avait tout de suite considéré comme son fils. Et soudain cet enfant qui s'invitait au moment où on ne l'attendait plus, et qui lui filait la nausée, peut-être parce que c'est la nature, sans doute aussi parce qu'elle se demandait si elle devait le garder ou non, si elle devait renoncer à Paul à cause de lui. Et si, en fin de compte, elle ne voulait pas d'enfant ? Et si elle n'avait répondu qu'à une injonction de la société ? Peut-être qu'elle était faite pour rester épouse, amoureuse, sœur et amie, et pas pour devenir mère ? Peut-être qu'elle s'était mis tout ça dans la tête ?

Suzanne est perdue… Elle regarde à peine Menie, qui ne dit pas un mot et se contente de tremper ses lèvres dans sa tasse de thé. Elle joue avec la pince à sucre, la mine concentrée, les sourcils froncés. Elle ne juge pas, reçoit les tourments et les incertitudes de Suzanne froidement, tel un technicien qui jaugerait des dysfonctionnements d'un appareil avant de déposer les pièces, de les nettoyer, de les remplacer puis de les assembler pour que la machine fonctionne de nouveau.

La nuit est tombée depuis longtemps dans le jardin de Menie qui allume une à une de petites lampes à abat-jour disposées un peu partout. La pièce est chaleureuse, presque mystérieuse. Suzanne a fini de parler.

— Ce bébé, vous l'avez voulu très fort ?

Suzanne relève lentement la tête.

— Oui. Très.

— Alors il n'y a aucune raison de ne pas le garder. De toute façon, c'est une décision que vous devez prendre après en avoir discuté avec Étienne. Et je doute qu'il ait envie de cela, même si vous savez qu'elle n'appartient qu'à vous. Il s'agit de votre corps. Pas du sien.

— Oui.

— La question principale que vous vous posez, c'est « serai-je capable d'accueillir aussi ce petit garçon », n'est-ce pas ?

— Oui. L'appartement n'est pas très grand. Et puis, passer du jour au lendemain de deux à quatre, avec un bébé abandonné et un autre qui vient de naître. N'aura-t-il pas l'impression d'être une pièce rapportée ? Un lot de consolation qu'on n'a pas eu le cœur de rendre lorsqu'on a finalement découvert qu'on a gagné à la loterie ? Et s'ils ne s'entendaient pas ? Et si…

— Financièrement, vous avez les moyens, n'est-ce pas ?

— Oh, on ne roule pas sur l'or mais oui, avec mon salaire, qui est confortable, comme vous le savez, et puis celui d'Étienne, et l'appartement qu'on pourrait peut-être vendre pour en acheter un autre, oui, ça pourrait sans doute aller. Mais ça fait beaucoup de « si », et ça me fait peur.

— Je sais. Mais vous savez ce qui serait plus effrayant encore que de prendre ces risques, ce serait de ne rien vivre, de continuer votre chemin sans embûches, sans vous poser de questions, sans surprise et sans amour. Parce que c'est de ça qu'il est question, non ? Et là, j'ai l'impression qu'il y a beaucoup d'amour qui vous tombe dessus.

— Oui, et celui d'Étienne.

Menie ne dit plus rien. Elle se dirige vers le placard de l'entrée, tire sur la petite poignée ronde avec un petit clic qui sort Suzanne de sa torpeur. Elle s'approche avec son manteau. Alors Suzanne se lève mécaniquement, l'enfile en silence.

— Je vais vous appeler un taxi.

— Oh non, je peux très bien marcher. Je ne suis pas très loin. Et puis, je peux encore, répond Suzanne.

Menie sourit parce que, sans en avoir conscience, la jeune femme a pris sa première décision.

— Voulez-vous que j'appelle votre mari pour le rassurer ? Il doit s'inquiéter de ne pas vous voir.

— Oh, vous avez raison, le pauvre. Je n'avais pas vu l'heure. Puis-je emprunter votre téléphone ?

Alors Suzanne retourne dans le salon tout illuminé, saisit le combiné et fait tourner le cadran de son index. En attendant la tonalité, elle jette un œil au bureau de Menie. Il y a des lettres, auxquelles elle a choisi de répondre en personne, un manuscrit sur lequel elle appose ses dernières corrections, et puis une photo de ses filles avec leurs enfants. Suzanne est soudain bouleversée. Parce que derrière le personnage public, la femme admirée, l'animatrice célèbre et l'auteure reconnue, il y a cette mère, une femme comme les autres qui aime, pleure, sourit vaguement au photographe, avec une fragilité planquée au fond des yeux. Elle est entourée de celles qui font sa fierté et des petits qui sont un peu nés d'elle, à qui elle continue de transmettre ses valeurs, son expérience et son immense tendresse.

— Allô, Étienne ? C'est moi.

Paris, juin 2022

— Et c'est comme ça que Paul et Mariamne sont arrivés à la maison à quelques mois d'intervalle.

Catherine m'a donné rendez-vous dans un petit bistrot de la rue du Faubourg-Saint-Antoine, à quelques mètres de l'hôpital où elle travaille. Elle porte un blouson de cuir par-dessus sa blouse. On lui donnerait la cinquantaine. Elle est pourtant bien plus âgée que cela, m'apprend-elle dans un éclat de rire en commandant un double expresso au serveur qui semble bien la connaître.

— Pourquoi est-ce que vous avez eu envie de parler d'elle ? m'a-t-elle demandé très vite en me fixant de son regard franc, ourlé d'un trait de crayon noir mal assuré.

Je lui ai raconté Katell, mes quelques semaines de recherche, et puis la décision d'aller plus loin, de plonger dans cette époque et dans les témoignages de ces milliers de femmes, de tirer ce fil qui dénoue des destins, mais aussi ma propre histoire, consciente de la confusion de mon explication. Pourtant, Catherine a continué de me sourire d'un air bienveillant, propre aux soignants, qui vous poussent à vous confier parce qu'on sent bien qu'ils ne vous jugeront pas. J'avais tant de questions à lui poser. Sans retenue, elle m'a livré son histoire, celle de sa mère Mireille et puis celle de sa tante Suzanne, dont la vie a été bouleversée par sa rencontre avec Menie. Tout comme la sienne, par ricochet.

Elle s'est arrêtée sur ce mot.

— Je crois que ça aurait plu à Menie, cette histoire de ricochets. Elle qui aimait tant les rivières. Oui, je crois qu'elle a lancé un premier caillou qui a continué de rebondir ensuite, inlassablement, de femme en femme, de mère en fille, de sœur en sœur. Je pense souvent à elle lorsque j'écoute une patiente se confier à moi. Je me dis qu'on ne faisait pas cela, avant. Quand ma mère était jeune fille, on gardait ses problèmes pour soi, on attendait que ça passe, comme la douleur et les tracas. Il arrivait souvent qu'on en meure.

Elle tourne la tête vers la rue. Ses mains sont sèches, abîmées par les gels, les gestes de douceur. Je l'observe du coin de l'œil pour ne pas la gêner, et je me demande quel aurait été le destin de cette femme si elle n'avait pas fait sa médecine. Parce que je ne peux pas m'en empêcher et que j'ai peur de la brusquer, je reprends d'une voix douce :

— Votre mère est-elle encore vivante ?

Qui suis-je pour m'immiscer dans la vie de ces gens ?

— Non. Elle est partie l'année dernière.

— Je suis désolée.

— Vous n'y êtes pour rien. Et puis vous savez, elle est partie heureuse. La seconde partie de sa vie a été formidable. Avec mon père, ils se sont vraiment réinventés, comme on dit aujourd'hui. L'exemple de ma tante, le mien, a tout chamboulé. Dans notre famille, dans leur couple aussi. Quand ils ont pu prendre leur retraite, mes parents ont voyagé. Oh, pas loin, ils n'avaient pas des revenus mirobolants. Mais ils sont enfin sortis de leur région, de leur zone de confort, dirait-on. Ils étaient très amoureux. Peut-être même qu'ils le sont devenus sur le tard. C'est dingue, non ? Moi qui les ai connus très jeunes – ils m'ont eue à dix-huit ans –, je peux vous dire que c'est quelque chose, ce qui leur est arrivé. Passer de cette vie-là à cette révolution…

Elle a allumé une cigarette, l'air de dire « Que voulez-vous, c'est comme ça », puis elle a poursuivi :

— Papa est mort quelques jours après elle. On les a enterrés ensemble. Il y avait tous mes frères et sœurs. Personne n'a pleuré, parce qu'on savait qu'ils s'étaient suivis de peu. C'est étrange, hein ? Pourtant je suis très cartésienne. Mon oncle Étienne a fait un très beau discours. Après toutes ces années, ils étaient devenus proches. Mes parents partaient en vacances avec leurs petits derniers, et puis mon oncle Étienne et ma tante Suzanne, Paul et Mariamne. Pourtant, ils étaient si différents.

— Votre tante…

— Oui, elle est encore là. Avec mon oncle, ils vivent toujours à Paris. Pas loin d'ici. Je vais les voir presque tous les soirs. Vous voulez que je vous mette en contact avec Suzanne ? Elle pourrait vous raconter beaucoup de choses. Et puis, à près de quatre-vingts ans, elle se porte encore comme un charme. Elle fait son marché tous les jours et tient des permanences dans des associations d'aide aux femmes battues. Je crois qu'elle a toujours eu envie de remercier Menie d'une manière ou d'une autre. Quant à Mariamne, c'est une féministe très impliquée ! Elle est colleuse, vous savez ? Ces filles qui se réunissent la nuit pour que les murs continuent de raconter la réalité des femmes. Elle est courageuse. Je pense que Menie l'aurait beaucoup aimée.

— Et Paul ? C'est le petit garçon qu'ils ont finalement adopté ?

— Paul…

À l'évocation de ce prénom, les yeux de Catherine s'embuent.

— Tout cet amour qui nous est tombé dessus en même temps, ça nous a chamboulés. Je n'ai que treize ans de différence avec ma tante Suzanne. C'était une autre époque. Alors quand les deux bébés sont arrivés, c'est comme si j'étais devenue mère moi aussi. Paul a débarqué un peu avant l'été. Tante Suzanne était déjà enceinte de Mariamne. Lui avait quelques mois. Il était adorable. Il a tout de suite illuminé la famille de sa présence solaire. Ensuite, Mariamne est née. Ils ont été élevés comme des jumeaux. On n'a jamais fait de différence entre les deux. Même à l'école. Personne ne savait que Paul avait été adopté. Nous aussi, on a pour ainsi dire oublié. J'ai quitté la chambre de bonne quand je suis partie faire mon internat à Tours. Les enfants devaient avoir quatre ou cinq ans. Ça a été un déchirement. Mais quand je suis revenue, nous avons repris la relation là où nous l'avions laissée. Je crois que j'ai été une sorte de marraine pour eux. Ils sont arrivés au bon moment. Presque lorsque ça s'est arrêté…

Catherine écrase sa cigarette. Elle regarde sa montre. Je sens bien qu'elle va devoir y aller. Elle lève la main pour payer mais je l'arrête, c'est hors de question. Elle m'a déjà tellement donné.

— Mais revoyons-nous, propose-t-elle, déjà loin, le nez plongé dans son téléphone, quelques mèches blanches tombant en cascade sur son front. Je vous envoie les coordonnées de ma tante, elle sera ravie. Elle adore raconter. Elle fait ça bien mieux que moi.

Je la regarde s'éloigner et puis elle revient, dodelinant de la tête, l'air de dire « Ce n'est pas vrai, on n'en fait pas deux comme moi ». Tandis qu'elle récupère ses lunettes sur la table, j'en profite.

— Et Paul, qu'est-ce qu'il est devenu ?

Ses yeux s'écarquillent comme sa bouche, en un immense sourire.

— Paul ? Ah mais c'est le pire d'entre nous. Vous ne savez pas ? Il travaille à Tours ! C'est lui qui gère les archives de Menie.

Saint-Rémy, fin juillet 1981

L'élection a eu lieu il y a quelques mois. Ça a été une déflagration dans le pays. Mitterrand est passé. C'est la panique dans les ministères, que va-t-il se passer ? Le chômage gagne du terrain. Le dynamisme et l'enthousiasme ne suffisent plus pour trouver du travail. Une drôle d'époque se profile. Les courriers parlent de la misère, de la difficulté à boucler les fins de mois. Pourtant, aux États-Unis comme en France, c'est la mode des figures héroïques, des épaulettes gigantesques, des femmes puissantes et de l'argent qui coule à flots. Tout ça n'est pas très élégant, pense Menie. Enfin, chaque décennie a ses révolutions, elle en a vécu tellement.

En attendant, elle a rendu l'antenne pour les vacances et réuni toute la petite famille et les amis à Saint-Rémy. Ce midi, tout le monde a beaucoup bu. On a abondamment rempli les carafes en terre cuite du vin rosé rapporté des Baux-de-Provence, et mangé les grandes salades à l'ombre de la pergola tandis que le soleil tapait sur la pierre brûlante. Cette maison est devenue leur refuge à tous. Ils y cohabitent chaque été. Début juillet, Menie et Roger embarquent avec eux les petits-enfants pour tout le mois. Simplement tous les deux. Ça leur rappelle leurs jeunes années, et celles des filles. Et puis Menie aime bien rester en contact avec cette génération, leurs idées, leurs bouilles adorables, leur étrange langage. Elle s'abreuve, fort amusée, de tout ce qu'ils peuvent bien lui raconter. Les petits-fils déjà grands. Les petites-filles, nées récemment, sont trop jeunes pour venir sans leurs parents. Plus tard peut-être, elles pourront parler de ce qu'elle leur a légué.

Les adultes, arrivés depuis quelques jours, sont partis faire la sieste. La maison est redevenue silencieuse, n'étaient les rires des garçons qui chuchotent dans la pièce à côté. Elle peut les entendre à travers le mur de pierre blanche. Ils se racontent des bêtises, ont probablement sorti les bandes dessinées de la bibliothèque, éventré les jeux de cartes chipés dans la boîte du salon. Elle ne les grondera pas. Ce n'est pas son rôle. Elle est grand-mère.

Menie est allongée sur son lit au côté de Roger, plongé dans un livre épais qu'il tient solidement entre ses longues mains. Elle les a toujours admirées, elle dont le petit doigt bute avec la vie, raconte ses failles, ses démons intérieurs. Elle a posé sa tête contre sa poitrine. Elle sent son cœur battre, son souffle régulier. Il a passé son bras autour de ses épaules. Elle, toujours en mouvement, se laisse rarement aller ainsi. Mais les mois ont passé depuis la séparation. Et puis les années. Elle n'a pas oublié. Ils se sont timidement rapprochés. Ont partagé du temps, les week-ends, à Rochecorbon, puis des dîners avec des amis communs. Leur complicité était encore là, immuable, solide. Cet été, elle a déposé les armes, cessé de chercher partout ce qui était là depuis toujours. Cet homme-là, son amour, son calme, ses fulgurances, et le fait incroyable qu'il la trouve épatante, elle, la petite fille au visage triangulaire de la rivière.

Les cigales chantent gaiement dans les collines. Leurs stridulations traversent l'épaisse porte en bois qu'ils ont repeinte hier avec Roger et les petits-enfants. Venus pour le week-end, les parents bronzent autour de la piscine. La vie de ses filles rappelle à Menie les lettres qu'elle reçoit. Elles courent de leur bureau à l'école, organisent, cuisinent, aiment, tentent de concilier une vie de femme avec celle de mère, qui vous prend aux entrailles, vous réveille la nuit, fait monter les larmes et chavirer les cœurs plus qu'aucune ambition, plus qu'aucun combat, aussi.

Menie se demande si elle a été assez présente pour elles. Est-ce que l'analyse, les voyages, son travail, la douleur déteinte sur son cœur à elle n'ont pas entaché ce bonheur-là ? Pourtant, cet après-midi, lorsqu'elle observait ses trois filles, elles riaient, heureuses, magnifiques avec la chevelure brune qu'elle leur a léguée, et ce petit quelque chose du visage de son père qui s'exprime en chacune lorsqu'elles grimacent avec malice.

Soudain, le téléphone vient rompre la quiétude de l'après-midi. Menie l'observe un instant, posé sur son petit bureau qui fait face à celui de Roger. Ils aiment travailler ainsi, l'un près de l'autre. Alors que son mari pose un pied au sol pour aller décrocher, Menie l'arrête. C'est sans doute pour elle. Les Godard doivent venir dîner ce soir. Mais franchement, a-t-on idée d'appeler au beau milieu de l'après-midi ?

Menie réajuste ses cheveux avant de saisir le combiné. Elle ne veut pas que Roger la voie décoiffée. Elle a toujours gardé cette coquetterie.

— Allô, Menie ? C'est Philippe.

— Philippe, mais combien de fois vous ai-je dit d'attendre la soirée pour m'appeler ? Vous êtes incorrigible. Et d'ailleurs, quand venez-vous ? Nous vous attendons. Vous n'allez pas passer l'été à Paris comme ces vieux grincheux qui boudent le soleil. Venez avec qui vous voulez. Anne-Marie, Laëtitia, Babeth, Annette… On s'habituera, et puis on l'oubliera, comme chaque année.

Menie sourit à Roger qui la couve du regard. Il l'aime facétieuse. Lui seul sait qu'elle restera toujours cette enfant qui taquinait ses frères et cherchait l'admiration de son père. Le reste importe peu. Puis elle retrouve son sérieux.

— Menie, écoutez-moi. Nous avons eu une réunion avec la direction. Voilà, les chiffres de l'émission s'érodent, vous le savez.

— Oui, et je ne suis pas la seule dans ce cas. Les gens regardent beaucoup la télévision. D'ailleurs, vous savez, j'ai ce projet pour France 3…

— Menie, écoutez-moi. C'est décidé. On va s'arrêter là.

Une boule s'installe aussitôt dans son ventre. Menie ne dit rien. Elle a compris qu'il était inutile de discuter, de supplier. D'autres avant elle ont déjà été écartés de l'antenne. C'est comme ça. L'époque passe, les patrons changent, on veut tester d'autres choses. Tout comme ça a été le cas pour elle, au début. Alors elle décide de rester digne.

— Merci, Philippe, de m'avoir prévenue. De m'avoir accompagnée pendant toutes ces années, répond-elle.

Elle veut raccrocher vite, parce qu'elle a peur de craquer. Lui veut lui parler, aimerait lui dire combien elle a été importante pour eux tous, pour les femmes. Elle sait tout cela. Il est désolé. Bien obligé d'épouser les nouvelles idées, de continuer de fanfaronner dans le train qui balaie leur passé.

Alors Menie repose le combiné, fixe l'appareil du regard, pense à tous ces téléphones qu'elle a tant vus sonner. Roger se tait. Il ouvre ses bras dans lesquels elle se précipite, telle une enfant blessée. Elle reste à genoux devant lui, le visage enfoui dans sa chemise froissée, qu'elle couvre de maquillage. Elle le serre fort tandis qu'il lui caresse doucement les cheveux. Puis il prend son visage dans ses mains, la force à le regarder. Elle a honte parce qu'elle doit être affreuse, avec ces traces noires qui lui coulent un peu partout, son nez gonflé, son air effaré. Elle voit les beaux yeux bleus de son mari, qui lui ont toujours donné de la force, le courage d'affronter ces années-là. Et puis il lui répète ce qu'il lui a si souvent écrit dans les longues lettres à l'écriture serrée qu'il lui adresse depuis tant de décennies. Il lui dit qu'il l'aime elle, pas la star, pas la sœur de toutes ces inconnues qu'elle a aidées. Pas même la mère qu'il a faite d'elle. Non, il l'aime elle, Menie, Marie, tout entière et pour l'éternité. Malgré les années qui les séparent de leur premier jour, les enfants, leurs errements, les épreuves et les éloignements, il n'y a qu'elle. Il n'y a jamais eu qu'elle, qui a encore tant de choses à accomplir. Ailleurs. Dans un autre journal peut-être, une radio, des livres.

— Vous vous plaignez de n'avoir jamais le temps de vous y consacrer. Peut-être pourriez-vous continuer à raconter ces femmes qui ont jalonné l'histoire sans que personne s'en soucie ? Leur redonner la place qu'elles devraient y occuper. Oui, la vie ne fait que commencer.

Roger a confiance pour deux. Il a toujours cru en elle. Il sera là. Et tandis qu'il parvient peu à peu à apaiser le torrent de larmes, la porte de leur chambre s'entrebâille, laissant entrer un rayon de soleil et un petit garçon.

— Menita, on peut aller se baigner ? Promis, je mets mes petits bras.

En voyant ses grands-parents ainsi enlacés, il ouvre des yeux ronds. Fait un pas en arrière mais ne bouge pas plus que Menie et Roger, qui n'ont rien à cacher de leur amour.

— Que dirais-tu si je t'apprenais à nager, plutôt ? Tu as l'âge.

— Oh non, je crois que j'ai peur.

Le garçonnet s'avance de quelques pas. Ses yeux se sont habitués à la pénombre. Il porte un petit costume de bain qui laisse entrevoir ses marques de bronzage. Il est là depuis trois semaines. Roger et elle l'ont emmené aux vachettes, au marché, à la bibliothèque, dans les champs de lavande. Menie lui a raconté des histoires de rois, de princesses, et puis celles de sa mère enfant. Des anecdotes amusantes, qu'elle pensait avoir oubliées, de ses filles à Plassard qui jouaient avec leurs cousins, comme elle le faisait avec ses frères.

À Saint-Rémy, ils ont croisé beaucoup d'inconnues venues la saluer. « Bonjour, Menie, oh si vous saviez. » Le petit s'est impatienté. Qui étaient ces dames qui les dérangeaient sans arrêt ? Et puis de quel droit lui volaient-elles sa grand-mère ? Alors il a demandé : « Menita, c'est qui ces dames qui viennent te parler ? C'est des amies ? » Elle n'a pas trop su quoi répondre pour lui expliquer. Elle a fermé les yeux et simplement répondu : « Oui, oui, ce sont des amies. » Et le petit garçon a serré sa main plus fort, dodelinant de la tête l'air de dire « Qu'est-ce qu'elle en a, des amies ! ».

— Tu n'as pas à avoir peur, je vais t'apprendre, et puis on fera pareil avec ton frère, et tous tes cousins, tes cousines. Et toi, tu feras peut-être pareil avec tes enfants. Va chercher ta serviette, je me mets en maillot, j'attends que tu reviennes. D'accord ?

Le petit garçon observe sa grand-mère avec sérieux. Il sait qu'il peut avoir confiance en elle. Puis il respire un grand coup et part en courant. Il a pris une décision cruciale, qui va le faire passer dans la cour des grands.

Menie retire sa robe, ses sous-vêtements, enfile un maillot, puis des mules à talons. Roger, qui s'est levé, pose les yeux sur ces souliers totalement inadaptés à la situation. Elle trébuche un peu, et cette fragilité, ce petit accroc dans sa parfaite féminité suffit à le faire chavirer. Ils se regardent, ils n'ont nul besoin de parler. Menie baisse la tête comme une gamine prise en faute. Roger lui attrape le menton et l'embrasse tendrement.

— Menita, je suis prêt ! Je suis prêt ! On y va ? appelle leur petit-fils.

Avant de les rejoindre, Roger remarque la boucle d'oreille que sa femme retire toujours lorsqu'elle répond au téléphone. Roger sourit, avant de refermer la porte derrière lui.

Bréhat, mai 2023

Deux ans ont passé, et pourtant j'ai l'impression que c'était il y a une vie. Le ciel est encore sombre, duveteux, mais dans quelques minutes, une nouvelle journée commencera, pleine de promesses. Cet après-midi, j'ai une signature à la librairie d'une amie d'Hélène. Elles ont tout organisé. S'il fait beau, on mettra une table dehors, avec une jolie nappe bleu et blanc qu'Hélène a déjà sortie hier soir et déposée devant la porte pour ne pas l'oublier.

Elle a aussi préparé les affiches de l'association. On en distribuera un peu partout, et puis on les mettra sur la table de signature.

Après ma rencontre avec Catherine, et puis le procès, quelques semaines plus tard, cette idée d'association a très vite germé dans ma tête. Je suis revenue la voir pour lui proposer de s'occuper de cela avec moi. Nous n'étions que deux mais nous trouverions forcément d'autres femmes. Catherine prendrait sa retraite deux mois plus tard, et n'avait aucune envie de se *reposer*. Elle a allumé une cigarette, recraché la fumée par les narines et puis lâché : « Laissez-moi réfléchir, on en reparle demain, vous voulez bien ? »

Mariamne, la fille de Suzanne, nous a beaucoup soutenues. Plusieurs de ses amies nous ont rejointes. Le livre nous a beaucoup aidées. Partout où l'on me donnait la parole, j'ai parlé du projet, de la création de notre association d'aide aux femmes battues. Le réseau a grandi, un peu partout. Chaque région a créé son antenne, avec des petits groupes se relayant pour répondre aux mails, aux messages, et aux appels bien sûr. Car rien ne remplace la voix. Ensemble, nous sommes devenues plus fortes. Au contact de cette sororité, un bonheur immense a gonflé en moi. Une foule de femmes semble s'être enfin donné la main. Des mères, des sœurs, des amies… Nous sommes un peu tout cela, où que nous soyons. J'ai beau avoir accepté avec réticence de donner des conférences, je refuse de devenir la porte-parole d'un mouvement. Alors je raconte mon aventure, celle de Menie. La vie des femmes d'il y a seulement cinquante, soixante ans, prisonnières de leur ignorance et de la maternité, les hommes dressés à exercer leur autorité, l'interdiction de se plaindre. On me questionne souvent sur Menie, ses engagements, ses paradoxes aussi. Je réponds que nulle n'est une héroïne, ou que nous le sommes toutes. Il n'y a pas qu'un seul féminisme ni une seule forme de pensée. Il y a surtout des femmes, mais aussi des hommes, qui cherchent à se réinventer en même temps que s'écrit un monde où, ensemble, ils seraient plus heureux.

J'ai souvent l'impression que Menie est penchée au-dessus de moi, qu'elle me guide, bienveillante, observatrice curieuse de ces chamboulements.

Par la fenêtre, je vois Hélène qui redescend la côte, une baguette à la main. Puis j'entends le klaxon de la camionnette qui s'en va distribuer son pain frais plus loin. Je ferme les yeux. Et puis je les rouvre et me tourne vers le lit aux draps bleus. Cet après-midi, j'appellerai Paul.

Paris, mai 1980

La météo est optimiste, il devrait faire très beau ce week-end en Touraine. Roger profite toujours du séjour annuel de Menie à Cannes pour donner rendez-vous à ses filles à Rochecorbon. Ils sont séparés depuis un bon moment et la douleur est moins vivace. Pourtant, il n'a pas envie qu'ils s'organisent, comme ces couples officiellement désunis qui se partagent froidement les maisons, les enfants, les amis. Il préfère ce flou qui n'est pas comme un point final, même s'il sait Menie emportée par cette vie folle, ces sollicitations auxquelles elle cède inévitablement. Il arrive que des langues malintentionnées cherchent à l'informer de ses amourettes qu'il ne souhaite pas connaître.

Dans le petit cercle, quelques femmes pour certaines très séduisantes se sont ouvertement déclarées ravies de son retour sur un marché qui l'intéresse peu. Pourtant, il est humain. Et les années faisant, il faudra bien qu'il trouve une compagnie. Il a beau aimer la solitude, il est un homme et voudrait partager de nouveau les beautés d'un voyage, de bons restaurants, des visites au musée avec une femme qui l'écouterait, prendrait soin de lui, l'aimerait, tout simplement.

Il se demande souvent si Menie l'a jamais aimé. N'a-t-il pas simplement été cet ami d'un frère tombé au bon moment dans sa vie à elle ? Elle a peu de gestes d'affection à son endroit. Ne semble pas souffrir de leur rupture.

Frédérique l'a prévenu qu'elle viendrait le chercher avec la voiture de sa mère pour l'emmener. Ce sera plus pratique que le train. Les horaires l'enquiquinent et puis ils seront mieux pour bavarder. En entendant le klaxon dans la rue, il se penche à la fenêtre. C'est sa fille, dans la voiture toute cabossée de Menie. Roger sourit en découvrant les multiples traces d'accrochage.

Il prend place côté passager. Ce n'est pas très viril comme situation, mais Frédérique a insisté. Elle a envie de conduire son petit papa, de le laisser se reposer. Il a tant à faire et elle si peu. Elle vient de commencer son congé de maternité.

En jetant un coup d'œil au ventre de sa fille derrière le volant, Roger se dit que le temps a passé si vite depuis la guerre et la rencontre sur le pont avec la sœur de René, devenue la mère de ses enfants.

À la station-service, Frédérique le fait patienter le temps d'aller aux toilettes – elle a tout le temps envie de faire pipi, explique-t-elle. Roger trouve curieux de parler de ça à son père, mais attend en silence en regardant les autres conducteurs fumer, boire un café avant de reprendre la route. Le pare-brise est sale, on n'y voit pas grand-chose. Roger voudrait l'essuyer pour Frédérique. Il se dit qu'il doit bien y avoir des mouchoirs dans la boîte à gants, même si, malgré toutes les qualités de Menie, le rangement n'est pas son fort.

En effet, lorsqu'il ouvre le compartiment, un monceau de contraventions en tombe, accompagné d'un sachet de bonbons à la menthe. Il aperçoit quelques Kleenex, qu'il saisit avec satisfaction avant que son œil ne soit happé par un petit rectangle, tout au fond, qui lui rappelle quelque chose. Alors il l'attrape et rapproche de ses yeux cette photo oubliée. Une photo de lui prise par un photographe pendant ce week-end que Menie et lui avaient passé ensemble à Étretat. Il ne se souvenait pas l'avoir achetée. Sans doute l'a-t-elle fait sans le lui dire.

Il a l'air heureux, et si jeune. Il tourne la tête, n'observe pas le photographe. Il la regarde elle, certainement.

Puis Roger retourne le cliché, et découvre l'écriture de Menie, au dos. *Roger, Étretat 1968. Mon mari.*

Ces simples mots, « mon mari », et le fait que Menie conserve ce souvenir au plus près d'elle, bouleversent tout à fait Roger. Parce que si cette photo se trouve là après toutes ces années, après tout ce temps passé loin de lui, c'est peut-être parce qu'elle l'aime elle aussi.

— Oh, je vous jure, les gens sont d'un lent ! Ça fait combien de minutes que je suis partie ? Bon, j'ai fini par aller chez les hommes, hein, parce que moi, je n'ai pas la patience. Tenez, je vous ai pris des pralines. Et de l'eau. Bah, vous en faites une tête. Qu'est-ce qui se passe ?

— Rien, rien du tout, répond-il en souriant.

Puis il pose sa main sur le bras de sa fille, qui s'étonne, parce que dans leur famille, on ne se touche pas. Elle secoue la tête, débloque le frein à main et finit par retirer la planche posée sur le siège conducteur.

— Non mais elle est terrible, quand même. Je n'ai jamais compris comment elle arrivait à conduire avec ce machin.

Ce soir, Roger écrira de nouveau à Menie. Parce qu'elle a autant besoin de lui que lui d'elle. Et que tous ces chemins de traverse qu'ils ont suivis étaient peut-être nécessaires, car aujourd'hui la vie d'un couple est différente de celle de leurs parents. Bientôt, il retrouvera Menie. Et cette certitude suffit à lui mettre du baume au cœur.

— Elle est terrible, oui.

Puis il allume le poste de radio, tourne le bouton du volume alors que défilent les paysages tourangeaux.

— Nous sommes en direct de Cannes avec Menie Grégoire ! Bonjour, Menie.

Postface

Je n'avais jamais pensé écrire l'histoire de ma grand-mère. Pourtant, j'ai été cet enfant qui se lamente de devoir la partager avec tant d'inconnues croisées dans le train, sur les marchés, au coin d'une rue, qui lui disaient « Menie, je vous aime tant ». J'ai été cette petite fille qui monte en secret dans le grenier de Rochecorbon pour lire des lettres qui racontaient des vies auxquelles je ne comprenais rien.

Et puis j'ai été cette jeune fille qui voulait devenir comme elle. Une femme « grand chic », qui courait partout, donnait des réceptions folles et écrivait tout le temps, à Paris comme au soleil de Saint-Rémy. Une femme dont le mari l'embrassa un jour dans le cou devant nos yeux effarés de petits enfants. Une héroïne qui guida ma vie.

Ensuite, il y a eu cet article publié dans *Marie Claire* en 2021, à la demande de Katell Pouliquen que je ne remercierai jamais assez. Et les retours si nombreux de femmes de tous les âges, et même des très jeunes qui me disaient combien la vie de leurs aïeules avait été chamboulée par l'émission.

Alors est venue l'envie de raconter cette transmission, ces quelques décennies qui ont accéléré tant de choses pour les femmes si longtemps bâillonnées dans un « bonheur » imposé quand tant d'autres reculent encore aujourd'hui sans prévenir. Ces vagues d'avancées et de régressions, ce moment fou où le couvercle s'est ouvert sur tant de silences gardés. Ce livre est un roman. Mireille, Suzanne, Catherine, et même Menie et Roger, tous ces personnages ont été façonnés par mon imagination, mon regard, et l'envie de composer les destins de ces femmes parvenues à se lever ensemble.

Les lettres, archivées à Tours, ont été retranscrites sans modifications. Nombre d'anecdotes sont vraies, elles constituent les personnages et la narration de ce récit, qui entremêle réel et fictionnel. Une chose subsiste, la fascination qu'exerça Menie sur ceux qui l'ont croisée, et les existences, dont la mienne, qu'elle aura bouleversées à jamais.

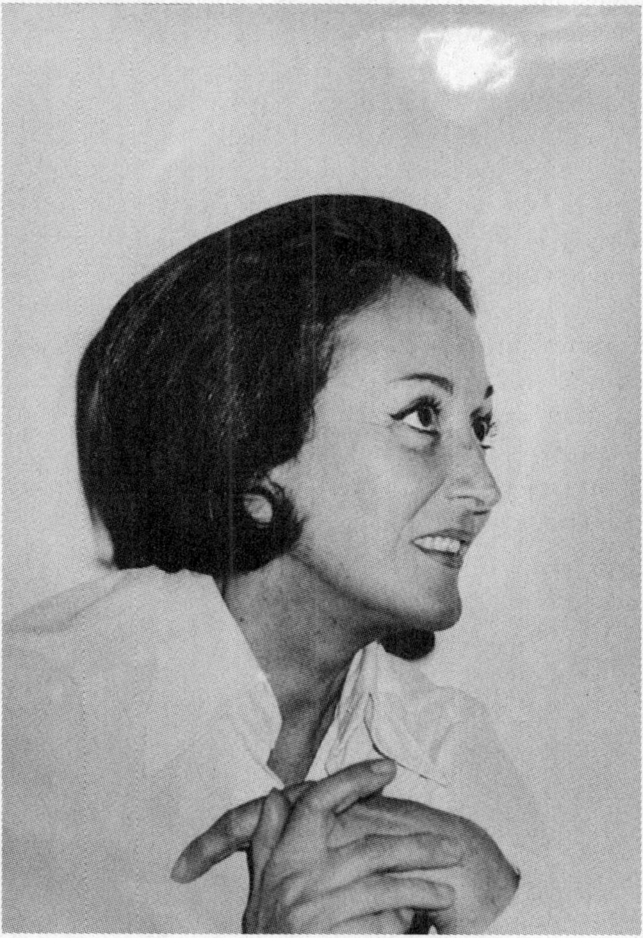

Merci aux Archives départementales d'Indre-et-Loire. À Isabelle Renault, Anne Debal-Morche, qui ont classé, inventorié et mettent à jour le fonds Menie Grégoire. À Michaël Beigneux, qui a entrepris de numériser les bandes sonores des émissions. À tous ceux, partis à la retraite, qui ont contribué à la sauvegarde et à la mise en valeur du fonds. À Arnaud de Castelbajac, directeur adjoint des Archives départementales d'Indre-et-Loire, pour son enthousiasme et son soutien.

Merci à toutes les femmes qui m'ont portée, soutenue, encouragée. Et à celles qui ont ouvert leur âme.

Sélection de lettres d'auditrices reçues par Menie Grégoire[1]

1. Toutes ces lettres font partie du fonds Menie Grégoire conservé aux Archives départementales d'Indre-et-Loire.

Madame,

Savez-vous s'il est possible de se faire inhumer sous son nom de jeune fille ?

Si oui, pouvez-vous me dire où faut-il que je m'adresse afin que le nécessaire soit fait pour le moment venu ?

Je vous demande ceci tellement j'ai honte de porter le nom de l'être répugnant et abject avec lequel je vis (si l'on peut appeler ça vivre). La solution du divorce est trop longue et je risque de décéder avant de quitter ce nom maudit et je ne tiens pas à le garder pour l'éternité.

Avec mes remerciements, veuillez agréer, Madame, mes sincères salutations.

Minnie,

Je suis une femme de vingt-sept ans, mariée et mère de deux fillettes de trois ans et demi et de dix-huit mois.

Je vous rédige cette petite lettre au sujet de votre émission du quinze janvier qui concernait les garderies de grandes surfaces. Vous avez dit une parole qui m'a fait très plaisir et aussitôt j'ai tout abandonné pour vous écrire, vous avez prononcé que bien longtemps nous avons critiqué les femmes qui élevaient elles-mêmes leurs enfants et que nous appelons les ménagères, j'en suis une et je suis très fière.

Depuis la naissance de ma première fille, j'ai consacré mon temps à sa petite vie. Mon mari et moi avons compris que nous avions créé un enfant car nous le voulions et que nous en avions l'entière responsabilité, et depuis bientôt quatre ans je ne le regrette pas. Maintenant l'aînée va à l'école et l'autre profite de sa mère du matin au soir comme la première en a profité et on en a pas à attendre qu'ils aient dix ans pour faire la différence avec ceux qui sont élevés en nourrice.

Je ne blame pas les femmes qui travaillent, il y en a qui ne peuvent pas faire autrement mais beaucoup le font parce que ça les arrangent elles sont plus libres (enfin d'après elle).

À l'époque du MLF qui est la plus libre : la femme qui travaille avec un patron sur le dos ou la femme au foyer qui organise sa journée comme elle le veut, et qui en plus élève son enfant comme elle l'entend et profite des plus beaux moments, celui de son éveil à la vie.

Chère madame,

Je vous écrit car j'en ai marre de vivre dans ce monde de fous, parmi ces hommes cinglés qui n'hésitent pas à taper sur leur femme, à les menacer de les tuer si elles partent, je ne m'étonne plus maintenant en écoutant la radio, la télévision, en lisant les journaux. Et les femmes voudraient être leurs égales à ces hommes qui sont plus près des bêtes que des humains ! Ah non, alors, que les femmes restent le plus possible des femmes. On dit que Dieu créa d'abord l'homme, et bien moi je crois que c'est la femme car elle est plus évoluée que l'homme, plus humaine. Notre milieu ouvrier est vraiment minable, la grande majorité des hommes sont des brutes car ils leur manque l'éducation.

Monique ma meilleure amie reçoit des raclées de son mari, il lui déchire ses vêtements, il lui a dit qu'il la tuerait si elle partait et pourtant elle est une jolie femme, intelligente, pas méchante.

Marie-France une copine est partie en laissant un mot sur la table. « Je vais me suicider ». Elle n'était pas heureuse, son mari l'avait menacer de la tuer si elle partait, maintenant il pleure, ça fait une semaine qu'elle est partie en laissant ses deux enfants... Où est-elle ? Dans une rivière ?

Hier soir alors que nous étions couchés mon mari et moi nous avons entendu la petite portugaise d'à côté qui criait, son mari la battait. Alors j'ai pleuré, mon mari m'a demandé pourquoi. Il n'a rien compris, car lui aussi il leur ressemble, il ne me bat pas, mais il me parle mal, il apprend à notre fils de 3 ans à cracher, à dire des grossièretés, à être méchant avec les autres enfants, moi je m'interpose dans la mesure du possible, et j'ai un autre bébé de 3 mois, un garçon, va-t-il leur gâcher la vie à tous les deux ? À tous les trois car j'ai 20 ans ma vie ne va pas se trainer ainsi pendant de longues années, mais comme dit mon mari si tu pars, il y a le fusil. Avec ça parlez-moi des hommes, du moins de certains hommes car j'en connais de gentils, polis même trop, car je suis mignonne et ils aimeraient faire l'amour avec moi, seulement moi j'aime mieux rechercher une gentille amitié que des aventures dangereuses.

Je ne sais pas si vous allez comprendre tout ce que je peux exprimer dans toute cette longue lettre. Merci d'avoir la patience de me lire.

Chère Ménie,

Je pensais depuis longtemps à vous écrire (depuis 3 ans mon Mari fait partie des Témoins de Jéhovah et ma vie est devenue un calvaire) mais je viens d'entendre votre émission au sujet de cette jeune fille de 17 ans et je vous avoue que j'ai été émue jusqu'aux larmes.

J'ai fait un petit retour en arrière de 10 ans. J'avais moi aussi 17 ans, j'étais aucci au lycée et mon fiancé avait 23 ans. Mes parents, comme tous ces gens pleins de bons principes qui vous ont téléphoné, sans me donner aucune éducation sexuelle, m'avait fait promettre de ne pas trahir leur confiance (ils avaient bien sûr oublié qu'ils s'étaient mariés "par force" ma mère avait 19 ans).

Le résultat Ménie, c'est qu'à chaque étreinte, baiser ou autre démonstration de mon Mari, je devenais un vrai bloc de glace... et de nerfs et que nous avons dû attendre 2 ans après notre mariage pour avoir des relations sexuelles normales.

J'ai eu la chance tout de même de faire la connaissance d'une gynécologue qui a été merveilleuse. Bien sûr elle m'a donné un petit traitement mais elle m'a aussi fait lire des ouvrages et... beaucoup fait parler.

Heureusement la leçon que je puis en tirer servira à mes deux petites filles qui n'auront pas à tenir de promesses aussi idiotes !

Je ne terminerai pas chère Ménie sans vous dire que je ne suis pourtant pas toujours d'accord avec vous mais que j'écoute vos émissions avec beaucoup d'intérêt parce que j'en tire quelque chose et, si vous le permettez, je vous embrasse de tout cœur.

Merci pour votre courage.

Chère Madame Ménie,

Je vous écris cette lettre au sujet de la lettre que vous avez lue hier sur cette dame qui a bien voulu se confier à vous. J'ai moi-même épouver les mêmes souffrance. Je suis une mère de 4 enfants et une grand-mère de 6 petits enfants que j'adore. Je suis une femme de 64 ans et si je n'avais pas fait comme cette dame j'aurais eu 13 enfants – 9 fausses couches et 4 curetages je vous assure que si la pillule avait exister je l'aurais prise car je n'aurais pas souffer de la separation de mon mari fatigué de me voir toujours entre deux grossesses à préférer prendre son plaisir seul car je l'ai souvent surpris et je ne souhaite à personne de passer par là. J'aurais préférer avoir mes 13 enfants.

J'ai souffer en silence s'en jamais me plaindre et cela fait 15 ans que nous vivons ainsi maintenant nous sommes vieux et cela marche bien voilà 48 ans que nous sommes ensemble peut-être que d'autres ne l'aurais pas accepter.

Et voilà ma vie.

Chère Madame Ménie

Je vous embrasse car vous êtes merveilleuse.

Une grand mère

Madame (si du moins vous croyez mériter ce nom),

j'ai entendu par hasard votre opinion sur l'avortement et l'abandon. Je suis une enfant trouvée et je remecis ma mère d'avoir eu moins le geste de me laisser la vie, même si elle a dû m'abandonner par la suite.

Je suis actuellement enceinte de 3 mois et je peux dire qu'en entendant vos propos hideux j'ai entendu mon enfant crier dans mon ventre au nom de tous les gentils et pauvres fœtus qui finirent à la poubelle.

si les gens sont malheureux ils n'ont quà se suicider, mais ne prenez pas la responsabilité de les tuer avant de leur demander leur avis.

Méfiez-vous un jour de payer pour tous les bébés qui par vos conseils ont péri de la main même de leur mère. Mon enfant dans mon ventre vous accuse.

Chère madame Mimi,

par cette lettre Je viens vous faire part d'un problème, qui passe en ce moment à votre émission, que j'aime beaucoup.

Voilà. Il y a 4 mois je me suis avortée toute seule, car c'était mon 6ᵉ bébé. J'ai 3 enfants et deux fausse-couche spontanée mais celle-là je l'ai faite toute seule car l'enfant que j'attendais n'était pas n'était pas de mon mari bien sûr mon mari croyais que cette enfant venait de lui. J'étais enceinte de 4 mois quand je l'est perdu. Ca c'est passer à la maison l'enfant a mis 1 mois pour descendre et à mimi on m'emmenait à la clinique c'est le docteur qui m'a couper le cordon, car l'enfant était descendu chez moi. maintenant je prends la pillule. J'en suis bien contente, car je ne désir plus d'enfants, et mon mari est pour ce que je prenne la pillule, il trouve que pour lui, tout est pour le mieux chère Mimi, je vous quitte et je voudrais bien savoir ce que vous pensez de ma lettre, je vous écoute tous les jours.

Pour l'enfant que je me suis avorter je me sens un peu coupable, mais chez moi c'est une révolte je ne pouvais garder cet enfant.

avec mes meilleurs sentiments pour mimi.

Madame Ménie,

Je sais que vous ne répondez jamais à votre courrier. pourtant, je vous serais reconnaissante de bien vouloir faire une exception pour mon cas désespéré.

Vous me redonneriez vraiment la vie si vous pouviez quelque chose.

J'ai vingt ans. je suis aide familial chez mes parents qui ont une propriété très moyenne (dont du fermage). Bien sûr je n'ai pas de salaire et très peu d'argent de poche.

Mon terrible malheur c'est que je suis enceinte et personne ne le sait. Je suis décidée à m'en débarrasser même au prix de ma vie. Je ne sais m'en sortir seule pourtant je ferai tout jusqu'au bout. Pour moi garder ceci est impossible aussi bien matériellement que moralement. Car il n'est pas question non plus de me marier avec ce garçon qui n'a rien de plus que moi et qui d'ailleurs part au régiment le mois prochain. Et puis je ne l'aime pas. Je ne suis allée avec lui que pour oublier celui que j'aimais et que je crois aimer toujours bien que séparés depuis un an.

Je ne sais où ni à qui m'adresser. Comment peut-on faire avec peu d'argent. Où aller ? Beaucoup de personnes dans mon cas s'arrangent mais où s'adressent-elles ? Si seulement je pouvais avoir à faire à une méthode aussi bien que celle de Grenoble !

Si vous pouviez me donner cette adresse ou une autre ou seulement un espoir.

Vous êtes ma seule chance.

Cela dure depuis deux mois vous comprendrez donc qu'une réponse est urgente pour moi. Je l'espère, même toute petite, avant la fin du mois. Je vous en remercie infiniment à l'avance.

Recevez, madame, l'expression de mes sentiments dévoués. Pardonnez mes ratures c'est l'émotion.

Madame,

Je suis célibataire, 23 ans, mère d'une petite fille de 6 mois. Actuellement, je me retrouve à nouveau enceinte de 2 mois à peu près, un enfant que je n'accepterai jamais.

Depuis que les médecins de la maternité où j'ai accouché m'ont dit que c'est impossible pour eux d'interrompre cette grossesse, mon état psychologique ne cesse d'empirer.

Aussi, chère Madame, ne sachant pas à qui je dois m'adresser afin d'avoir quelques renseignements me permettant de contacter un médecin pour interrompre cette grossesse, je vous écris afin de vous prier de me communiquer la liste des médecins signataires du manifeste pour l'avortement dans la région parisienne.

Je vous joins un timbre pour la réponse et je vous serai très reconnaissante si vous me répondez. Je crois avoir réuni la somme nécessaire pour cette intervention.

Avec mes remerciements empressés, je vous prie d'agréer, Madame, mes salutations distinguées.

Chère Mimy Grégoire,

Travaillant toute la journée, je vous écoute aussi souvent que possible, aussi aujourd'hui, je suis à l'écoute et n'ayant pas le téléphone, je me permets de vous écrire afin que vous puissiez m'aider le plus tôt possible.

Je me suis mariée à 18 ans avec un garçon que j'aimais, j'ai actuellement 24 ans et une fille de 4 ans.

Mais voilà, depuis 2 ans, je n'ai plus de relations avec mon mari, car pour lui, ce sujet ne l'intéresse plus.

Alors, j'avais un amant de 24 ans, qui adorait ma fille, qui la gâtait comme si c'était la sienne et me gâtait moi aussi. J'ai pris pendant 1 an la pilule, puis pour raisons de santé, j'ai dû arrêter. Mais voilà mon problème actuel. Il voulait un enfant de moi, et pour moi c'était la même chose. Aussi, nous l'avons fait. Me voilà donc enceinte de 1 mois 1/2 et maintenant qu'il le sait, il m'a quittée et m'a dit de me faire avorter car ce n'est peut-être pas de lui. Aussi, je dois me débrouiller seule, car je ne désire plus le garder, puisqu'il m'a quitté. Je vous précise qu'il est influencé par sa mère, qui ne m'aime pas.

Je suis allée voir mon médecin qui m'a confirmé ma grossesse, et je lui ai demandé de m'aider, le connaissant très bien depuis plus de 7 ans. Aussi, ma stupéfaction, il veut bien m'aider, si je ne refuse pas "de coucher avec lui". J'ai refusé aussitôt.

Que dois-je faire. Je ne peux garder cet enfant. Pouvez-vous me donner confidentiellement une adresse, soit en Suisse ou en Angleterre, car personne ne peut m'aider.

Je serai à l'écoute encore ces jours de la semaine, car je ne travaille pas en ce moment.

Pouvez-vous m'aider cher Mimy, j'attends votre réponse avec beaucoup d'impatience, et je vous remercie pour les bons conseils que vous donnez.

Je compte sur vous et je vous adresse toute ma reconnaissance.

Recevez mes salutations distinguées.

Chère Madame,

Ayant quelquefois eu l'occasion d'écouter vos émissions, je me permets de venir solliciter vos conseils. Je me trouve en effet confronté à une situation qui présente certaines similitudes avec celles qui vous sont soumises quotidiennement.

Je fréquente actuellement une jeune femme dont je viens de m'apercevoir qu'elle souffrait d'un problème que je considère comme assez grave. Notre premier rapport ayant été un échec complet, j'ai essayé de comprendre les raisons de cette situation.

Armelle a 23 ans et, très tôt dans sa vie (à partir de 8-9 ans) elle a été « manipulée » comme un jouet innocent qu'elle était par un père qui ne devait sans doute pas se rendre compte de la gravité et de l'infamie de ses actes.

Bien qu'aucun rapport n'ait eu lieu, Armelle a dû être terriblement traumatisée par ces agissements si j'en juge par la nature – ou l'absence totale – de ses réactions.

Je pense qu'il n'est pas besoin que je m'étende sur un problème qui n'est malheureusement pas unique. Nous avons décidé, en l'état actuel des choses, de ne pas poursuivre nos rapports pour le moment. je suis personnellement prêt à faire tous les efforts qu'il faudra pour arriver à une solution heureuse, qui est en fait l'épanouissement d'une femme, avec tout ce que cela comporte.

Je vous écris donc pas pour vous demander une recette, je pense qu'elle n'existe pas, mais pour profiter de vos précieux conseils, afin que nous déterminions l'attitude qu'il serait souhaitable d'adopter. À ce niveau, pensez-vous qu'une psycho-thérapie pourrait être salutaire ? Si oui, vous serait-il possible de me communiquer l'adresse d'une personne compétente ?

Je vous remercie sincèrement de prendre ces quelques lignes en considération et je vous pris d'accepter, chère Madame, avec nos salutations, l'expression de notre profonde gratitude.

Ménie,

Une chaude journée du mois d'août, l'année dernière.

Mon mari emmène les enfants en camion : une petite fille de 7 ans et un petit garçon de 3 ans.

Avant de partir il me demande la permission pour emmener la petite. Je dis : « Oui, bien sûr ! »

Au retour la petite vient me confier que son père a eu avec elle des gestes sexuels.

Pour moi, tout s'effondre. je suis perdue. Elle est perdue. C'est ce que je me suis dit à ce moment là.

Aujourd'hui, 1 an plus tard, je vis apparemment comme si rien ne s'était passé. Pourtant je suis devenu nerveuse et j'ai quelquefois envie de tromper mon mari. Et pourtant je l'aime toujours. Quand à la petite je me suis beaucoup occupée d'elle. Maintenant elle retravaille bien à l'école et n'a plus peur de son père. mais que va-t-il arriver dans quelques années ?

Mon mari est-il anormal, Ménie ?

Il refuse de me parler de cette histoire, estimant que ça ne sert à rien.

En fait, il se connaît très mal. il se ment à lui-même, refusant de voir ce qui le gêne en lui. J'ai pourtant essayer de l'aider. Car lui venir en aide, c'est également me venir en aide. Pourtant il m'aime beaucoup. J'ai quelquefois l'impression d'être sa mère en même temps que sa femme. Et c'est lourd pour moi.

Sur le plan sexuel, nous nous entendons à nouveau très bien.

Mais je me sens sale. Et la nuit je rêve que je me nois, seule, ou avec mes enfants.

J'ai également depuis ce temps, un problème de masturbation.

Je suis fatiguée. je suis seule et j'ai froid au fond de moi.

Et pourtant j'ai besoin de lui, de sa présence, à un point inimaginable.

Je voudrais pouvoir vivre sans lui sans souffrir.

Conseillez-moi, Ménie, s'il vous plait. Ne me téléphonez pas, à cause de mon mari.

De la même autrice :

La Cour des grandes, Lattès, 2015.
Les Jeux de garçons, Lattès, 2015.
Les Devoirs de vacances, Lattès, 2016.
L'Odeur de la colle en pot, Lattès, 2019.
Frangines, Lattès, 2020.
Haute saison, Lattès, 2021.

audiolib
écoutez, c'est un livre !
ADÈLE BRÉAU
L'HEURE DES FEMMES
Lu par Françoise Cadol et Clémentine Domptail
PRIX
MAISON DE LA PRESSE 2023
Un roman qui donne voix aux femmes
Disponible en téléchargement sur www.audiolib.fr

PAPIER CERTIFIÉ

Composition réalisée par PCA

Achevé d'imprimer en France par
CPI BRODARD & TAUPIN (72200 La Flèche)
en avril 2024
N° d'impression : 3056377
Dépôt légal 1re publication : avril 2024
LIBRAIRIE GÉNÉRALE FRANÇAISE
21, rue du Montparnasse – 75298 Paris Cedex 06